을 유 세 계 문 학 전 집 · 13

꿈

꿈

LE RÊVE

에밀 졸라 지음 · 최애영 옮김

❖ 을유문화사

옮긴이 **최애영**

서울대학교 불어불문학과를 졸업하고 동 대학원에서 석사 학위를 받았다. 프랑스 파리8대학
에서 정신 분석 문학 비평을 전공했고, 「알랭 로브그리예의 소설 『엿보는 자』의 글쓰기와 읽
기에 있어서의 무의식의 자리(La place de l'inconscient dans l'écriture et la lecture du Voyeur
d'Alain Robbe-Grillet)」로 박사 학위를 받았다. 현재 고려대학교 민족문화연구원 HK한국문
화연구단에서 연구하고 있다. 저서로 Le Voyeur à l'écoute(PUF, 1996)가 있고, 그 밖에도 프
랑스 문학 관련 연구 논문과 정신 분석 문학 비평 이론과 한국 문학 작품에 관한 평론이 다수
있다. 옮긴 책으로는 『아프리카인』, 『칼 같은 글쓰기』, 『사랑에 빠진 악마』, 『문학 텍스트의 정
신 분석』(공역) 등이 있다. 한편 이인성의 『낯선 시간 속으로』와 정영문의 『검은 이야기 사슬』
등을 프랑스어로 옮기기도 했다.

을유세계문학전집 13
꿈

발행일·2008년 11월 25일 초판 1쇄 │ 2021년 4월 20일 초판 3쇄
지은이·에밀 졸라 | 옮긴이·최애영
펴낸이·정무영 | 펴낸곳·(주)을유문화사
창립일·1945년 12월 1일 | 주소·서울시 마포구 서교동 469-48
전화·02-733-8153 | FAX·02-732-9154 | 홈페이지·www.eulyoo.co.kr
ISBN 978-89-324-0343-4 04860 978-89-324-0330-4(세트)

차례

1

1860년 그 혹독했던 겨우내 우아즈 강은 얼어붙어 있었고, 몇 차례 쏟아진 대설이 피카르디 지방 저지대의 평원을 뒤덮었다. 특히 북서쪽에서 불어온 거센 바람이 크리스마스에는 보몽 시(市)에 휘몰아쳤다. 아침부터 내리기 시작한 눈은 저녁 무렵엔 함박눈으로 변해 밤새도록 쌓였다. 언덕바지에 위치한 오르페브르 길 끄트머리에는 성당의 가로 회랑 북쪽 측면이 갇힌 듯 길을 가로막았고, 고딕 양식에 가까운 고색창연한 로마네스크 양식의 성 아그네스 문이 보였다. 무미건조하게 드러난 합각머리 아래로 성당 문은 온통 조각들로 장식되어 있었다. 눈이 바람에 떼밀려 길 안으로 세차게 들이닥치며 성당 문을 마구 쳤다. 그리고 그다음 날 새벽에는 눈이 거의 세 발 높이로 쌓였다.

거리는 전날 저녁의 축제로 지쳐 곤히 잠들어 있었다. 6시가 울렸다. 눈송이가 느리고도 고집스럽게 떨어지며 어둑한 세상을 파리하게 물들였다. 어둠 속에서 어렴풋한 형체 하나가 유일하게 살아 꿈틀거렸다. 아홉 살 소녀였다. 아이는 성당 문의 아치 아래에서 할 수 있는 최선의 방법으로 밤새 눈을 피하며 오들오들 떨었다. 누더기에다 너덜해진 머플러 조각이 겨우 머리를 감싸고 있었고, 맨발에는 커다란 남자 신발이 걸쳐져 있었다. 아마 아이는 도시를 돌아다니며 이 집 저 집 헛되이 문을 두드렸을 게다. 그러고는 지친 몸을 이끌고 그곳 성당 문 아래에 와 쓰러져 버린 것이었다. 아이에게 그곳은 세상의 끝이었다. 아무도 없고 아무것도 없이 마지막으로 스스로를 내버리고 만 것이었다. 배고픔으로 초췌해지고 추위로 죽을 것만 같았다. 기진맥진한 상태에서 심장의 무게마저 숨 막힐 듯 무거워 아이는 더 이상 버틸 수가 없었다. 돌풍으로 눈보라가 몰아칠 때, 아이가 할 수 있는 것이라고는 오직 몸을 웅크리는 일뿐이었다. 그것은 위치를 바꾸려는 본능, 오래된 돌들 사이로 몸을 깊숙이 끼워 넣으려는 본능이었다.

시간이 흐르고 또 흘렀다. 오랜 시간 동안 아이는 쌍둥이 문짝 사이의 벽에 기대어 있었다. 벽의 기둥은 열세 살의 어린 나이에 순교한 성 아그네스의 조각상을 받치고 있었다. 조각상의 발치에는 종려나무 잎과 어린 양이 있었다. 성 아그네스도 그처럼 어린 소녀였다. 상인방(上引枋) 위로 합각머리의 삼각 면에는 예수와 약혼한 이 어린 처녀의 모든 전설이 어떤 천진난만한 신앙심이 깎은 돌을새김으로 전개되어 있었다. 총독은 그녀가 그의 아들과 결혼하기를 거부하자 그녀를 발가벗겨 사악한 장소로 내쳤다. 그러자 그녀의 머리카락이 길게 자라 온몸을 가려 주었다. 그리고 형리들이 화형장에 불을 지피자 불꽃은 그녀의 몸에서 멀어지며 오히려 그들을 태웠다. 그녀의 유골은 황제의 딸 콩스탕스의 나병이 치유되는 기적을 일으켰다. 채색된 그녀의 형상 중에는 기적을 일으킨 것도 있다. 여자를 취하고 싶은 욕구로 괴로워하던 폴랭 사제가 교황의 충고에 따라 그 조각상에 에메랄드 반지를 선물하자, 그 형상은 그에게 손가락을 내밀어 반지를 받고는 그 손가락을 다시 거둬들였다. 이로써 폴랭 사제는 해방되었고, 그 반지는 지금도 그 손가락에 남아 있어 사람들이 그것을 볼 수 있다. 합각머리의 삼각 면 꼭대기에는 마침내 아그네스가 영광스럽게 하늘나라에 받아들여지고, 그곳에서 약혼자인 예수는 그토록 어리고 자그마한 아그네스에게 영원한 환희의 입맞춤을 하며 그녀와 결혼하는 장면이 묘사되어 있다.

그러나 바람이 거리를 파고들자 눈이 성당 문의 정면으로 내리쳤고, 흰 눈 더미는 문턱을 봉쇄해 버릴 태세였다. 그러자 아이는 옆으로 비켜 가서 벽면에 세로로 길게 뚫어 놓은 채광창의 기단 위에 세워진 처녀 조각상들에 몸을 바짝 붙여 피신했다. 이들은 아그네스의 동반자이며, 그녀를 호위해 주는 성녀들이다. 오른쪽으로는 감옥에서 기적의 빵으로 연명했던 도로테, 성탑에 갇혀 살았던 바르브, 자신의 처녀성으로 파리를 수호했던 준비에브가 있었고, 왼쪽으로는 젖가슴을 비틀어 잘라 버리는 고문을 당했던 아가트, 아버지에게서 고문을 당하자 자신의 살점을 아버지의 얼굴에 던졌던 크리스틴, 한 천사의 사랑을 받았던 세실이 있었다. 이 성녀들 위로는 다시 처녀들이 홍예 머릿돌의 아치 모양에 따라 위를 향해 세 줄로 촘촘히 열 지어 있었다. 의기양양하면서도 순결한 그

육신들은 만발한 꽃처럼 세 개의 아치들의 곡선을 장식했다. 이들은 아래쪽 줄에서는 고통 받고 고문으로 짓이겨져 있지만, 위쪽 줄에서는 천상의 궁정 한가운데에서 황홀경에 취해 있었다.

그러곤 오래전부터 8시가 울렸고 날이 훤하게 밝았을 때까지도 아이를 보호해 주는 것은 아무것도 없었다. 만약 아이가 눈을 밟으며 바닥을 다지지만 않았더라면 눈은 그의 어깨까지 쌓였을 것이다. 그 뒤로 낡은 성당 문은 마치 흰 담비 모피를 입혀 놓은 듯 온통 흰 눈으로 뒤덮여 있었다. 하지만 아무런 장식 없는 제단 모양의 받침대는 너무도 매끄럽게 닳아 버려 그 정면 아래쪽으로는 눈이 한 송이도 달라붙어 있지 않았다. 특히 채광창에 있는 큰 성녀 조각상들은 머리카락에서 발끝까지 온통 흰색으로 눈옷을 입고 순진무구한 광채를 내뿜었다. 위로 합각머리에 새겨진 광경, 아치의 곡선을 따라 새겨진 작은 성녀들은 그 형체는 묻혀 버리고 어두운 바탕 위에 빛으로 선을 그은 듯 날카로운 모서리만 만들어 내고 있었다. 마지막 황홀경, 그러니까 대천사들이 흰 장미꽃을 뿌리며 축하해 주는 아그네스의 결혼 장면까지도 모두 그렇게 윤곽만을 남기고 사라져 버렸다. 흰 종려나무 잎과 흰 어린 양과 함께 자신을 지탱해 주는 기둥 위에 서 있는 이 어린 처녀의 조각상은 순백색의 순수함 그 자체였다. 모든 것이 굳어 버린 뻣뻣한 추위 속에서, 눈처럼 순결한 그 육체는 주위를 감도는, 승리를 거둔 처녀성에 대한 신비로운 종교적 열망마저 얼어붙게 만들었다. 그리고 그 발치에는 다른 아이, 그 비참한 아이가 마찬가지로 하얗게 눈으로 뒤덮여 있었다. 아이는 돌이 되어 버렸다 해도 믿을 정도로 희고 뻣뻣해져 큰 처녀 상들과 더 이상 구분이 되지 않았다.

그때 성당의 잠든 벽면들 위로 한 덧창이 덜컥 열렸다. 그 소리에 아이는 눈을 떠 위를 바라보았다. 성당 오른쪽에 맞닿아 있는 집의 2층에서 나는 소리였다. 마흔 살가량의 튼실한 여인이 막 몸을 기울이고 있었다. 갈색 머리카락의 매우 아름다운 여인이었다. 아이가 움직이는 것을 보고는 끔찍한 추위에도 그녀는 소매를 걷어 올린 맨팔을 밖으로 내민 채 잠시 그대로 서 있었다. 예기치 않은 불쌍한 광경을 본 그녀의 고요한 얼굴에 슬픔이 드리워졌다. 그녀는 으스스 떨며 창문을 다시 닫았다. 그녀는 너덜거리는 머플러 아래로 얼핏 본 바이올렛 빛깔의 눈동자를 가진 금발 소녀의 모습을 기억했다. 갸름한 얼굴, 무엇보다 축 처진 어깨 위로 백합처럼 우아한 아주 긴 목, 그러나 추워서 파랗게 질린 그 모습, 반쯤 죽어 버린 조그만 손과 발. 숨결이 뿜어낸 가녀린 입김 외에 아이에게 살아 있는 것이라곤 아무것도 없는 듯했다.

아이는 아무런 생각 없이 기계적으로 한참 동안 그 집을 올려다보았다. 15세기 말경에 지은 매우 오래된 2층짜리 작은 집이었다. 그것은 마치 거인의 두 발가락 사이에 자라난 무사마귀처럼 두 버팀벽 사이로 성당 옆구리 벽면에 달라붙어 있었다. 그렇게 기대어 있는 탓에 그 집은 돌로 쌓은 아래층, 벽돌이 겉으로 드러난 위층의 나무 골조 벽, 꼭대기에 1미터가량 더 튀어나와 있는 처마의 골격, 왼쪽 모서리 쪽 건물 바깥으로 나 있는 계단을 둘러싼 탑, 그 모두가 놀라울 정도로 잘 보존되어 있었다. 조그맣고 보잘것없는 창문은 그 집이 처음 세워진 당시의 모습을 여전히 간직하고 있었다. 그러나 세월은 보수 공사를 요구하기도 했다. 기와지붕은 루이 14세 시대로 거슬러 간다. 그 무렵의 작업의 흔적은 쉽게 알아볼 수 있다. 예를 들어 계단 탑의 조각 장식에 뚫린 빛들이 창 여기저기 최초의 창틀을 대부분 대체한 작은 나무 창틀들. 그리고 2층에 나란히 뚫린 세 개의 창문 구멍은 중간 것을 벽돌로 막아 버려서 두 개로 줄었는데, 그 덕택으로 같은 길에 있는 좀 더 훗날에 지은 다른 건축물의 대칭적 면모를 그 집의 정면도 갖출 수 있게 되었다. 1층에 바뀐 것도 쉽게 눈에 띈다. 가령 계단 아래에는 낡은 철제 문 대신 쇠시리 장식을 넣은 떡갈나무 문을 달았고, 포석 깔린 거리를 향하는 옛 창틀이 모두 직사각형이 되도록, 중간의 커다란 홍예문의 경우 문틀의 아랫부분과 측면, 그리고 꼭대기의 뾰족한 부분을 벽돌로 수리해 아치형의 문틀을 너비가 넓은 창 모양으로 만들었다.

아이는 장인(匠人) 아저씨가 사는, 깔끔하게 관리된 가옥을 한참 동안 멍하니 바라보았다. 그 집은 아이에게 존경심마저 불러일으켰다. 그리고 아이는 출입문 왼편에 가만히 서서 노란색 문패를 읽었다. 거기에는 검은색 옛 글씨체로 이렇게 쓰여 있었다. 사제복 제조 장인 위베르. 그때 덧창을 여는 소리가 다시 아이의 주의를 끌었다. 이번에는 1층의 사각형 창문의 덧창이었다. 한 남자가 고뇌에 찬 듯한 표정으로 매부리코와 툭 튀어나온 이마를 내밀었다. 머리카락은 숱이 많았지만, 겨우 마흔다섯의 나이에도 불구하고 벌써 하얗게 새어 있었다. 그 역시 잠시 자신을 잊은 채 아이를 물끄러미 더듬어 보았다. 다정해 보이는 커다란 입가에 고통스러운 주름이 졌다. 그러고는 창가에 서 있는 그의 모습이 파르스름한 작은 유리창들 너머로 보였다. 그는 되돌아서서 무슨 몸짓을 했다. 그의 아내가 다시 나타났다. 너무도 아름다웠다. 두 사람은 아무런 움직임 없이 나란히 서서 깊은 슬픔에 잠긴 표정으로 아이를 계속 쳐다보았다.

위베르의 가계(家系)는 대대손손 자수를 놓으며 그 집에서 살아왔다. 루이 11세 치하에 살았던 한 사제복 제조 장인이 그 집을 지었고, 다른 선조가 루이 14세 때 그 집을 수리했다. 그리고 현재의 위베르 또한 그의 모든 선조들처럼 그 집에서 미사 때 사제가 입는 의복에 수놓는 일을 하고 있었다. 그는 스무 살에 열여섯 살의 처녀를 사랑했다. 그녀는 경탄할 만한 미모를 지녔다. 그의 사랑은 너무도 열렬하여 법관 남편과 사별한 그녀 어머니의 반대에 부딪히자 그녀를 납치하여 결혼해 버렸다. 그것은 그들의 사랑 이야기의 전부이자 기쁨이며 불행이었다. 그로부터 여덟 달이 지났을 때, 그녀는 아기를 밴 몸으로 어머니의 임종을 지키기 위해 친정으로 돌아왔다. 어머니는 그녀에게 아무런 유산도 남기지 않는 대신 저주를 퍼부었다. 그리고 그녀의 아기는 태어난 날 저녁에 사망했다. 그 고집불통의 부르주아 여인은 묘지에 묻힌 관 속에서도 여전히 딸을 용서하지 않았다. 그리하여 그 부부는 간절히 갈망했으나 더 이상 아이를 가질 수 없었다. 그렇게 스무네 해를 보낸 다음에도 그들은 잃어버린 아기를 여전히 슬퍼하며, 죽은 여인의 고집을 영원히 꺾지 못할 것이라는 절망에 젖어 있었다.

그들의 시선에 어쩔 줄 몰라 어린 소녀는 성 아그네스 문의 기등 뒤로 몸을 움츠리며 숨었다. 아이는 거리가 잠에서 깨어나는 것도 불안했다. 가게들이 문을 열었고, 사람들이 밖으로 나오기 시작했다. 오르페브르(금속 세공 장인) 길은 성당의 측면과 마주치며 끝났다. 만약 좁은 복도 모양의 태양 길이 교회의 측면 회랑을 따라 클루아트르(수도원) 광장의 건물 정면까지 이어지면서 그 길을 다른 방향으로 열어 주지 않는다면, 위베르 씨의 집이 성당의 뒤편을 막아 버려 오르페브르 길은 완전히 막다른 골목이 되었을 것이다. 두 명의 여자 신도가 지나갔다. 그들은 보몽에 그런 아이가 있는 줄은 미처 몰랐다는 듯 놀란 눈으로 그 조그만 거지 소녀를 힐끗 쳐다보았다. 눈은 느리고도 집요하게 내렸다. 추위는 창백한 햇살 아래 더욱 매서워지는 듯했다. 도시를 하얗게 뒤덮은 거대한 수의(壽衣)의 두께 속으로 어떤 목소리 같은 것이 아득히 삼켜질 뿐, 사람들에게는 아무런 소리도 들리지 않았다.

그러나 아이는 겁이 많았고, 버림받은 자신의 처지가 제 탓인 것만 같아 부끄러웠다. 하녀가 없기 때문에 직접 빵을 사러 나온 위베르틴이 그 앞에 갑자기 나타나자 아이는 다시 뒤로 움츠러들었다.

"애야, 너 거기서 뭐 하니? 넌 누구니?"

아이는 아무런 대답도 하지 않고 얼굴을 감출 뿐이었다. 그러나 소녀는 자신의 손발을 전혀 느낄 수가 없었다. 마치 심장이 얼어 버린 듯 아이의 존재가 꺼져 가고 있었던 것이다. 그 선량한 부인이 조심스럽게 동정하는 몸짓을 하며 등을 돌렸을 때, 쇠진한 아이는 풀쑥 쓰러지며 헝겊 조각처럼 눈 속으로 미끄러졌다. 눈송이들이 소리 없이 아이를 덮었다. 부인은 따끈한 빵을 들고 땅에 쓰러진 아이 곁으로 다가왔다.

"애야, 이렇게 바깥에 쓰러져 있으면 안 돼."

위베르가 뒤이어 집 문턱에 서 있다가 그녀의 빵을 받아 들며 말했다.

"아이를 안고 집으로 들어갑시다!"

위베르틴은 아무런 대꾸 없이 자신의 단단한 품속에 아이를 안았다. 싸늘하게 얼어붙은 아이는 둥지에서 떨어진 새끼 새처럼 가볍게 마치 물건처럼 들어 올려졌다. 아이는 어금니를 깨문 채 두 눈을 감고 있었다. 이제 더 이상 물러서지 않았다.

모두 집으로 들어갔다. 위베르는 문을 닫았고, 위베르틴은 아이를 안은 채 길 쪽으로 나 있는 방을 지나갔다. 그곳은 응접실로 사용되었고, 자수를 놓은 천 조각 몇 개가 커다란 사각형 창문 앞에 진열되어 있었다. 그 방을 지나 그녀는 부엌으로 갔다. 그곳은 옛날에는 가족이 모두 모이는 공간으로 쓰였고, 겉으로 드러나 있는 천장의 들보나 스무 군데 정도 수선한 타일 바닥, 그리고 돌로 된 널찍한 벽난로 맨틀피스가 거의 원래 모습 그대로 보존되어 있었다. 선반 위에 즐비한 요리 기구, 항아리, 주전자, 튀김용 냄비는 모두 1, 2백 년은 된 것이며, 사기그릇이나 도기 혹은 주석 제품 또한 오래된 것이었다. 그러나 벽난로의 널찍한 화덕은 최신식으로 주조된 것이어서 그 속에 함유된 구리가 윤기를 내고 있었다. 화덕은 붉게 달아 있었고, 주전자에서는 물 끓는 소리가 들렸다. 커피우유가 가득한 냄비가 한쪽 끝에서 따뜻한 온도로 유지되고 있었다.

　부엌 한가운데에 놓인 루이 13세 시대의 육중한 식탁 위에 빵을 놓으며 위베르가 말했다.

　"아무렴! 이곳이 바깥보다 더 좋지. 그 불쌍한 것을 화덕 가까이 내려놓아요. 그러면 몸이 녹을 거요."

　위베르틴은 벌써 아이를 앉히고 있었다. 부부는 아이가 정신을 되찾을 때까지 지켜보았다. 옷에 묻어 있던 눈이 녹으며 물방울을 무겁게 떨어뜨렸다. 구멍이 숭숭 난 남자 신발 사이로 흠집투성이의 자그만 발이 보였다. 그리고 얇은 원피스 아래로 얼어붙은 팔다리의 윤곽이, 가난과 고통으로 신음하는 그 가엾은 몸의 윤곽이 그대로 드러났다. 아이는 길게 몸을 떨었다. 그러고는 함정에 갇힌 상태로 잠에서 깨어난 짐승처럼 소스라치며 겁먹은 눈을 떴다. 턱밑에 묶은 누더기 머플러 속으로 아이의 얼굴은 더욱 깊이 가라앉는 듯했다. 그들은 아이가 오른팔을 가슴께로 바짝 죄며 움직이지 않아서 그 팔이 불구라고 믿었다.

　"두려워 마라. 우린 네게 나쁜 짓을 하려는 게 아니야…… 어디서 왔니? 이름이 뭐니?"

　그들이 말을 건넬수록 아이는 마치 누군가 뒤에서 때리기라도 하는 듯 얼굴을 돌리며 더욱 겁을 먹었다. 아이는 슬그머니 부엌을 둘러보았다. 타일 바닥, 천장의 들보, 반짝이는 요리 기구. 그 다음 그의 시선은 비대칭적으로 남아 있는 옛날 창틀 너머로 뻗어나가며 주교 관저의 나무에 이르기까지 정원을 샅샅이 훑었다. 눈 덮인 나무의 흰색 윤곽이 저편 구석의 벽을 굽어보고 있었다. 아이는 왼편 오솔길을 따라 성당을 볼 수 있다는 것에 놀라는 듯했다. 창문을 통해 성당 뒷면에 있는 부속 예배당의 로마네스크 양식 창문까지도 보였다. 아이는 몸속으로 서서히 파고드는 화덕의 열기를 느끼며 다시 한 번 크게 몸을 떨고는 시선을 아래로 향했다. 그러고는 더 이상 움직이지 않았다.

"보몽에 사니? 아버지가 누구시지?"

아이의 침묵 앞에서 위베르는 아이가 목이 메어 대답을 못하는 것이라고 상상했다. 그리고 말했다.

"아이에게 질문만 하지 말고 따뜻한 커피 우유를 한잔 주는 게 더 좋을 듯하구려."

너무도 이치에 맞는 생각이었다. 위베르틴은 즉시 아이에게 깨끗하게 씻어 놓은 자신의 커피 잔을 주었다. 그녀가 큼직한 토스트를 두 조각 만드는 동안 아이는 여전히 저항하며 몸을 움츠렸다. 그러나 배고픔의 고통이 너무 강렬했다. 아이는 정신없이 먹고 마셨다. 부부는 아이를 거북하게 하지 않으려고 아무런 말도 하지 않았다. 그들은 그 조그만 손이 입에 정확히 가닿지 못할 정도로 심하게 떨고 있는 모습에 가슴이 저렸다. 게다가 아이는 왼손만 사용하고 오른팔은 강박적으로 몸체에 묶어 두고 있었다. 먹고 마시기를 마쳤을 때, 아이는 커피 잔을 깨뜨릴 뻔했지만 불구자의 서툰 동작으로 그것을 팔꿈치로 잡았다. 위베르틴이 물었다.

"팔을 다친 게로구나? 겁내지 마라. 어디 한번 보자꾸나, 애야."

하지만 그녀가 몸을 만지려 하자 아이는 거칠게 일어나서 발버둥쳤다. 몸부림 속에서 아이는 마침내 팔을 벌렸다. 옷 속에 숨기고 있던 딱딱한 커버로 된 작은 책 한 권이 해진 속옷 사이로 미끄러져 떨어졌다. 아이는 그것을 다시 주우려 했다. 누군지 알지도 못하는 사람들이 그 책을 열고 읽는 것을 보며 분노에 차 있던 아이는 두 주먹을 불끈 움켜쥐었다.

그것은 센 강 지역의 구호 대상 아동 행정실이 발급한 아동 기록부였다. 첫 페이지에는 성 뱅상 드 폴의 초상이 부조로 새겨진 메달 아래 이런 서식의 문구가 적혀 있었다. 아동의 성(姓) 옆에는 잉크로 그은 짧은 선 하나가 여백을 채우고 있었다. 이어서 이름은 마리 앙젤리크, 1851년 1월 22일 생, 같은 달 23일 일련번호 1634번으로 수용되었다는 내용이었다. 그처럼 아버지도 어머니도 모르고 어떤 신분증도 호적 초본도 없는 상태에서 오직 희뿌연 분홍색 천 덮개로 묶은 그 책자만이 행정적인 냉랭함으로 아이의 신분을 말해 주었다. 세상에 아는 이 하나 없이 일련번호로 분류된 수용 기록, 그리고 버림만이 있을 뿐이었다.

"오! 업둥이가 왔어요!" 위베르틴이 외쳤다.

그때 앙젤리크가 지체할 수 없는 흥분 속에서 마구 외쳤다.

"난 다른 모든 아이들보다 더 나아요! 그래요! 난 더 나아요, 더 나아요, 더 낫다고요……. 난 한 번도 남의 물건을 훔치지 않았어요, 남들이 내게서 모든 걸 훔쳐 갔어요. 아저씨, 아주머니도 내게 훔쳐 간 것을 돌려줘요."

그토록 무기력한 자존심, 가장 힘세고 싶은 그 강렬한 열정이 아이의 몸을 들어 올렸다. 그때 아이는 오히려 작은 여자처럼 느껴졌다. 위베르 부부는 충격을 받았다. 그들은 더 이상 그 아이에게서 바이올렛 빛깔의 눈과 백합처럼 우아한 긴 목을 지닌 금발 소녀의 모습을 찾아볼 수가 없었다. 얼굴 위로 증오심이 떠오르며 아이의 눈은 검은색으로 변했고, 육감적인 목은 물밀듯 치솟는 피로 부풀어 올랐다. 이제 몸이 데워졌는지 아이는 일어나 휘파람을 불었다. 마치 눈 위에서 잡아온 물뱀 같았다.

위베르가 부드럽게 말했다. "그러니까 너는 나쁜 애로구나? 네가 누군지 우리가 알고 싶어 하는 건 너를 위하기 때문이란다."

그러고는 그는 아내의 어깨 너머로 그 책을 읽어 내려가며 페이지를 넘겼다. 두 번째 페이지에는 유모의 이름이 적혀 있었다. "마리 앙젤리크는 1851년 1월 25일, 술랑주 읍, 느베르 지구에 거주하는 농부 아믈랭 씨의 아내인 프랑수아즈에게 맡겨졌다. 유모는 이 아이를 생후 1개월에 처음 받았으며, 아이에게는 옷 꾸러미가 하나 있었다." 이어서 구호 대상 아동 수용소 소속 사제의 서명이 있는 세례 증명서가 있었고, 그다음에는 아이가 처음 도착했을 때와 수용소를 떠날 때 받은 진료 증명서들이 있었다. 다달이 지급된 돈이 세 달에 한 번씩 네 페이지에 걸쳐 적혀 있었고, 징수관의 알아보기 힘든 사인이 매번 반복해서 곁들여져 있었다.

위베르틴이 물었다. "뭐라고, 느베르라고! 네가 양육된 곳이 느베르 근처란 말이니?"

앙젤리크는 그들이 자신의 기록을 읽지 못하게 막을 수 없자 벌겋게 화난 얼굴을 한 채 완강한 침묵 속으로 다시 가라앉았다. 그러나 꽉 다물었던 아이의 입술이 분노로 다시 터졌다. 아이는 유모에 대해 말했다.

"아! 니니 엄마는 틀림없이 아저씨, 아주머니도 때렸을 거예요. 엄마는 내 뺨을 연거푸 때리긴 했지만, 그래도 나를 보호했어요…… 아! 물론 난 그 집에서 가축들과 함께 지냈지만 불행하진 않았어요……."

아이는 울먹이는 목소리로 더듬더듬 말을 이었다. 그는 그 적갈색 머리의 유모와 함께 갔던 들판 얘기며, 아이들이 뛰놀던 널따란 길, 함께 구워 먹었던 팬케이크, 자신을 깨물었던 커다란 개에 대해 횡설수설 늘어놓았다.

위베르가 그의 말을 가로막으며 큰 소리로 읽어 내려갔다.

"심각한 질병이나 나쁜 대우를 받을 경우, 부감독관은 아이들의 유모를 교체할 수 있다."

그 아래로 마리 앙젤리크 아동은 1860년 6월 20일 루이 프랑솜의 아내인 테레즈에게 인도되었고, 이들은 모두 파리에 거주하는 꽃장수였다고 기록되어 있었다.

위베르틴이 대꾸했다. "그래! 알겠어. 넌 병이 났고, 사람들이 너를 다시 파리로 데려온 거로구나."

그러나 그게 아니었다. 위베르 부부는 토막토막 꺼내는 앙젤리크의 얘기를 다 듣고 나서야 비로소 사실의 전말을 알 수 있었다. 니니 유모의 사촌인 루이 프랑솜은 어떤 열병에서 회복되기 위해 고향 마을로 되돌아가 한 달가량 살아야만 했는데, 그때 그의 아내인 테레즈가 앙젤리크에게 커다란 애정을 느끼고는 파리로 데려갈 수 있도록 허락을 받아 냈던 것이다. 파리에서 그녀는 아이에게 꽃장사하는 법을 가르쳐 주겠다고 약속했다. 그러나 세 달

후 그녀의 남편이 죽었고, 그녀 또한 몸이 많이 아파서 보몽에 사는 오빠인 가죽 제조공 라비에의 집으로 가야만 했다. 12월 초, 그녀는 아이를 올케에게 남기고 그 집에서 죽어 버렸고, 그날 이후 아이의 삶은 욕설에 매까지 맞는 고난의 나날이었다.

위베르가 중얼거렸다. "라비에 씨 가족, 라비에 씨 가족이라, 그래, 맞아! 보몽 저지대, 리뉼 강가에 가면 가죽 제조공 가족이 있지. 남편은 술꾼이고, 아내는 행실이 아주 나빠."

앙젤리크는 상처 받은 자존심에 분노하며 격앙된 목소리로 말을 이었다. "아저씨, 아줌마는 나를 말뚝의 자식처럼 취급했어요. 그리고 사생아 계집애 따위는 강물이나 마셔야 한다고 했어요. 아줌마는 나를 마구 매질하고는 음식을 땅바닥에 던져 주기도 했어요. 마치 고양이에게 하듯. 게다가 밥도 먹지 못한 채 잠자리에 든 적이 한두 번이 아니었어요. 아! 난 결국 죽음을 당하고야 말았을 거예요!"

아이의 절망스러운 몸짓은 분노에 가득 차 있었다.

"크리스마스 아침, 그러니까 어제, 그 사람들은 술을 마시고는 엄지손가락으로 눈을 후벼 버리겠다고 위협하면서 내게 달려들었어요. 그건 그저 농담 삼아 하는 짓에 불과했죠. 그런 다음 그게 재미없으니까, 결국 서로 싸우더군요. 주먹으로 마구 치면서. 두 사람이 방바닥 한가운데 쓰러져 있기에 모두 죽었다고 생각했어요…… 난 오래전부터 꼭 탈출하리라 마음먹고 있었어요. 하지만 난 내 기록부를 간직하고 싶었어요. 니니 엄마는 가끔씩 내게 그걸 보여 주면서 이렇게 말했어요. '얘야, 이게 네가 가진 전부란다. 이것이 없으면 넌 가진 게 아무것도 없게 될 거야.' 난 그 사람들이 테레즈 엄마가 죽은 뒤부터 내 기록부를 어디에 감춰 두었는지 알고 있었어요. 장롱의 가장 높은 서랍 속이었죠…… 그래서 그 사람들의 몸을 타넘고 방을 건너 그 책을 찾은 다음 그걸 팔에 꼭 끼워 붙이고는 달렸어요. 그게 너무 커서 세상 사람들이 모두 그걸 발견하고는 내게서 훔쳐 갈 것만 같았어요. 오! 난 달리고 또 달렸어요! 그리고 캄캄한 밤이 되었을 때 성당 문 아래에 왔는데, 너무 추웠어요. 너무도 추웠어요. 더 이상 살아 있다고 느껴지지 않을 정도로. 하지만 아무런 상관 없어요. 난 이렇게 이 책을 놓치지 않았으니까요!"

그리고 위베르가 아이에게 돌려주기 위해 그 책을 덮자 아이는 충동적인 몸짓으로 급히 그 책을 잡아챘다. 그런 다음 그것을 품에 껴안고 앉은 채 식탁 위로 쓰러지며 분홍색 천 표지에다 뺨을 대고 흐느꼈다. 너무도 비참한 마음이 아이의 자존심을 쓰러뜨렸던 것이다. 모퉁이가 낡은 그 몇 페이지 서류에 대한 쓰라린 감정에 아이의 전 존재가 녹아내리는 것 같았다. 그 하잘것없는 물건은 아이에게 보물이었고 아이를 세상 삶에 묶어 두는 유일한 끈이었다. 아이는 깊디깊은 그 절망을 가슴에서 모두 비워 버리지 못했다. 눈물이 하염없이 흐르고 또 흘렀다. 슬픔에 짓눌린 속에서 아이는 금발 소녀의 예쁜 모습을 되찾았다. 약간 긴 듯 갸름한 순진무구한 얼굴에, 부드럽고 엷은 바이올렛 빛깔 눈동자, 성당의 그림 유리창에 그려진 어린 처녀를 떠올리게 하는 가녀린 목 줄기. 갑자기 아이는 위베르틴의 손을 잡았다. 그리고 갈망하는 듯 입술을 그녀의 손등에 대고 뜨겁게 입을 맞추었다.

위베르 부부는 마음을 진정시키지 못한 채 울먹이며 말을 더듬었다.

"사랑스러운, 사랑스러운 아이구려!"

그러니까 이 아이가 전적으로 나쁜 아이는 아니지 않을까? 어쩌면 이 아이에게서 그들을 두렵게 했던 그 거친 모습을 바로잡을 수 있을지도 모른다.

"오! 부탁이에요. 제발 저를 다른 사람들에게 보내지 말아 주세요. 다른 집으로 보내지 말아 주세요!" 아이가 울먹이며 말했다.

남편과 아내는 서로 바라보았다. 마침 그들은 가을부터 자식 없는 아쉬움으로 우울해진 집안을 밝게 해 줄 여자 애를 정식 견습생으로 맞아들일 계획을 갖고 있었다. 그 일은 즉시 결정되었다.

"당신 생각은 어떠오?" 위베르가 물었다.

위베르틴은 잔잔한 목소리로 차분히 대답했다.

"난 좋아요."

지체 없이 그들은 절차를 밟았다. 위베르는 보몽 북부 공동체의 치안 판사 그랑시르 씨에게 그 일을 알리러 갔다. 그는 아내의 사촌이었고, 그녀가 관계를 지속하는 유일한 친척이었다. 그는 모든 일을 떠맡았고, 빈민 구제 담당 부서에 편지를 썼다. 앙젤리크는 일련번호 덕분에 신원이 쉽게 확인되었고, 정직함으로 명성이 나 있는 위베르의 집에서 견습공으로 머물 수 있도록 허락받았다. 관할 구역의 부감독관은 기록부를 규정에 맞게 하기 위해 집으로 방문하여 새 주인과 계약서를 작성했다. 그 계약서에 따르면 그는 아이에게 다정하게 대하고 청결함을 유지하게 하며, 학교와 성당에 다니게 할 것이며, 홀로 잘 수 있도록 침대를 제공해야 했다. 한편 행정부 측에서는 규칙에 따라 그에게 수당을 지불하고 옷가지를 보급해 주기로 약속했다.

열흘 만에 이 모든 일을 했다. 앙젤리크는 정원을 향한 다락 옆 꼭대기 방에서 잠을 잤다. 그리고 벌써 자수에 관한 수업도 받기 시작했다. 일요일 아침이면 위베르틴은 아이를 미사에 데려가기 전에 아틀리에에 있는 오래된 궤짝을 아이가 보는 앞에서 열어 보였다. 거기에는 금실이 있었다. 그녀는 기록부를 한 서랍 깊숙이 넣으며 말했다.

"내가 이걸 어디에 두는지 잘 보아라. 네가 원할 때면 언제든지 가질 수 있도록 말이야. 잘 기억해야 한다."

그날 아침, 앙젤리크는 다시 성 아그네스 문 앞으로 와서 성당으로 들어갔다. 한 주 동안 눈이 좀 녹는 듯하더니 추위가 다시 찾아왔다. 추위가 너무도 혹독하여 반쯤 녹아내리던 조각상들 위의 눈이 포도송이나 삐쭉삐쭉한 고드름 꽃 모양으로 얼어 버렸다. 눈은 이제 완전히 얼음이 되어 처녀들은 유리 레이스로 장식된 투명한 원피스를 입고 있는 듯했다. 도로테는 횃불을 들고 있었고, 그 손끝에서는 맑고 투명한 물이 흘러내리고 있었다. 세실은 은관을 쓰고 있었는데, 거기에서는 반짝이는 진주알들이 굴러 내리고 있었다. 아가트는 집게로 아프게 물린 가슴 위로 수정 갑옷을 입고 있었다. 합각머리의 삼각 면에 새겨진 장면과 아치의 곡선을 따라 등장하는 어린 처녀들은 마치 수백 년 전부터 그렇게 어떤 거대한 틀 속에서 유리와 보석으로 덮여 있는 듯했다. 아그네스는 궁정의 빛 실로 짜고 별 실로 수놓은 긴 망토 자락을 끌고 있었다. 그녀의 어린 양은 텁수룩한 다이아몬드 털을 갖고 있었고, 그녀의 종려나무 잎은 하늘 색깔을 띠고 있었다. 문 전체가 매서운 추위의 순결함 속에서 찬란하게 빛났다.

앙젤리크는 그 처녀들의 보호 아래에서 보냈던 지난밤을 기억했다. 그녀는 머리를 들고 그 조각상들에게 미소를 지었다.

2

보몽은 완전히 분리된 두 개의 독립된 도시로 이루어져 있었다. 언덕 높이 위치한 보몽-교회 구역은 고색창연한 12세기 성당과 17세기에 와서야 지은 주교 관저를 정점으로 그 아래로 겨우 1천여 명의 영혼들이 좁은 길 구석구석에 조밀하게 숨죽이며 살고 있었다. 그리고 보몽-도시 구역은 언덕 아래 리뇰 강을 따라 형성되었는데, 레이스와 곱게 짠 흰 리넨 제조업의 융성과 함께 확장된 옛 성의 외곽 지역으로서, 거의 1만여 명의 인구를 헤아릴 정도였고, 널찍한 광장과 신식으로 지은 근사한 시청이 있었다. 이렇게 남쪽과 북쪽에 자리한 두 공동체 구역은 행정적인 것 외에는 어떤 관계도 없이 공존했다. 파리에서 겨우 120킬로미터 정도밖에 떨어지지 않아 두 시간이면 갈 수 있는 곳이었지만, 보몽-교회는 비록 세 개의 문밖에 남지 않았음에도 불구하고 아직 과거의 성곽에 둘러싸여 있는 듯했다. 그리고 그곳에 정착한 독특한 집단이 5백년 전부터 조상들이 대대로 물려준 삶의 방식을 고수하며 변함없이 살고 있었다.

성당이 모든 것을 설명해 주었다. 그것이 모든 것을 낳았고 모든 것을 보존하고 있었다. 그것은 나지막한 집들의 작은 군락 한 가운데 거대하게 서 있는 어머니이자 여왕이며, 돌로 된 자신의 날개 아래 추위에 떠는 집들을 품으며 보호하는 듯했다. 사람들은 오직 그 성당만을 위해, 그리고 오직 그것을 통해 그곳에 살고 있었다. 오직 성당과 그 사제들을 먹여 살리고, 입히고, 돌보기 위해 산업들은 물건을 제조하고 가게들은 물건을 팔았다. 만약 부르주아 몇을 거기서 만나기라도 한다면 그것은 그들이 사라져 버린 수많은 신도들 가운데 몇 남지 않은 마지막 신도들이기 때문이었다. 성당은 한중심에서 고동치고 있고, 모든 길은 그것의 정맥들이다. 그 도시에서는 오직 그것만이 숨 쉬고 있었다. 다른 세대를 사는 그 영혼이, 과거 속에 굳어 버린 그 종교적 무기력함이, 그것을 둘러싼 그 폐쇄된 도시가, 평정심과 신앙이라는 시효가 지난 향기를 풍기고 있었다.

그리고 그 신비로운 도시 중에서도 이제 앙젤리크가 살게 된 위베르가의 집은 성당과 가장 가까이 있었는데, 그 집은 아예 성당의 몸 자체에 붙어 있었다. 아마도 옛날 어느 주임 사제가 그 자수 공예 기술자 가계의 어느 선조를 종교 의식에 필요한 용품을 공급하는 사제복 제조 장인으로서 자신에게 묶어 두려는 욕심에 그곳, 두 버팀벽 사이에 집을 짓도록 허락을 내렸음이 틀림없다. 정남 방향으로, 교회의 거대한 몸체는 좁은 정원을 가로막고 있었다. 먼저 측면 예배당의 둘레가 보이고, 창문은 화단을 향하고 있다. 그리고 평평한 납 조각으로 덮인 꼭대기의 거대한 지붕이 보인다. 태양이 그 정원 깊숙한 곳까지 파고드는 일은 결코 없었다. 그곳에는 오직 칡덩굴이나 회양목이 힘차게 자라고 있을 뿐이었다. 그리고 성당 후면의 엉덩이 같은 거대한 둥근 지붕이 변함없이, 그러나 매우 부드럽게 그곳에 그림자를 드리우고 있었다. 그것은 향기로운 냄새를 풍기는, 무덤과도 같은, 순수한, 종교의 그림자였다. 어떤 잔잔한 신선함을 느끼게 하는 파릇한 여명 속에서 두 개의 탑은 종소리만을 내려놓을 뿐이었다. 그러나 수백 년 묵은 돌들로 밀착되고 그 돌 속으로 녹아들어 그 돌의 피를 먹고 사는 그 집 전체는 그 종소리의 떨림을 머금었다. 집은 아주 작은 의례에도 소스라쳤고, 대미사가 있는 날 오르간의 웅장한 저음이나 성가대의 목소리가 신도들의 짓눌린 가슴속까지 울려 퍼지면 그 집의 모든 방에서 그 소리가 붕붕거리며 보이지 않는 곳에서 불어오는 성스러운 숨결로 그 집을 흔들흔들 얼러주는 듯했다. 그리고 때로는 따뜻해진 벽을 타고 향 연기가 자욱해지는 듯할 때도 있었다.

앙젤리크는 다섯 해 동안 그곳에서 자랐다. 세상에서 멀리 떨어져 지낸 그 삶은 수도원에서 사는 것이나 마찬가지였다. 그는 오직 일요일 아침 7시 미사를 보기 위해서만 외출했다. 위베르틴이 아이가 나쁜 아이들과 사귈까 봐 두려워 학교에 보내지 않아도 된다는 허락을 받아 냈기 때문이다. 성당 벽 사이 옥죄인 듯한 그 오래된 집이 아이에게는 세계의 전부였고, 그것은 생기 없는 평온함만을 부여했다. 아이는 석회를 칠한 지붕 밑 방을 차지했다. 아침이면 1층으로 내려와 부엌에서 식사를 하고, 2층 아틀리에로 올라가 일을 했다. 옥탑 방으로 올라가는 나선형 돌계단과 한 해 한 해 보존된 존경스러운 구석들이야말로 그 아이가 사는 유일한 공간이었다. 왜냐하면 그는 위베르 부부의 방에는 한 번도 들어가 본 적이 없으며, 아래층의 응접실과 그 시대의 취향에 맞춰 개조한 부엌과 아틀리에만 지나다녔기 때문이다. 응접실의 들보에 걸쳐진 골조들은 석회로 칠했고, 가두리는 종려나무 잎 모양의 돋을새김으로, 그리고 중심은 장미꽃 모양으로 천장을 장식했다. 그리고 노란색 큰 꽃무늬가 있는 벽지는 제1제정 시절의 것이었으며, 외다리 둥근 탁자나 위트레흐트 산 벨벳으로 덮은 긴 소파와 네 개의 팔걸이의자도 같은 시절의 것이었다. 창가에 늘어놓은 자수 천 조각들을 새것으로 바꾸어 진열하기 위해 아주 가끔씩 들를 때도 있었지만, 거기서 창밖으로 눈길을 던져도 눈앞에 펼쳐지는 것이라고는 언제나 성 아그네스 성당 문에 가서 부딪는 그 길, 변함없는 그 광경뿐이었다. 한 신도가 문짝을 열었고, 문짝은 다시 소리 없이 닫혔다. 맞은편 성스러운 촛대와 굵은 양초들이 나열된 금속세공 가게와 양초 가게가 있는 길은 언제나 텅 빈 듯했다. 그리고 마글루아르(나의 영광) 길과, 주교 관저 뒤편으로 오르페브르 길에 이르는 대로(大路)와 두 개의 탑이 우뚝 서 있는 클루아트르 광장, 요컨대 보몽-교회 구역 전체가 내뿜는 종교적인 평온함이 선잠에 빠진 듯한 공기 속에 금욕적인 냄새를 풍기며 창백한 햇살과 함께 포석 깔린 황량한 길 위로 천천히 내려오고 있었다.

위베르틴은 앙젤리크의 교육을 완성하는 임무를 맡았다. 그런데 그녀는 철자법을 익히고 네 가지 산술 방법만 알면 여자로서는 충분하다는 케케묵은 사고방식을 실천했다. 그러나 그녀는 창밖을 바라보며 넋을 놓아 버리는 아이의 부족한 의지에는 대항하여 싸울 필요를 느꼈다. 비록 정원을 향해 열린 그 창문들이 너무도 보잘것없는 기분 전환거리에 불과했지만 말이다. 앙젤리크는 독서 외의 다른 일에는 별다른 열정을 보이지 않았다. 상식적인 단어들을 받아쓰게 했음에도 불구하고 아이가 한 페이지 전체를 오류 없이 정확하게 쓰는 일은 결코 없었다. 그렇지만 날렵하고 확고한 글씨체는 예뻤고, 과거 귀족 부인들의 자유분방한 글씨체를 보는 듯했다. 지리나 역사, 산술 등의 나머지 과목에 대해서는 완벽하게 무지했다. 과학이 도대체 무슨 소용이란 말인가? 그것은 불필요한 것이었다. 훗날 첫 성체 배령이 있던 날, 앙젤리크는 아주 열렬한 신앙심으로 교리를 또박또박 암송했고, 모두 아이의 정확한 기억력에 감탄했다.

첫 해에는 아이에 대한 온정에도 불구하고 위베르 부부는 종종 절망했다. 앙젤리크는 최고로 능숙한 자수 공예가가 되기로 약속했지만, 몇 날은 모범적으로 연습에 열중하다가 급작스럽게 태도가 돌변하거나 이해할 수 없는 게으름을 피워서 그들을 당황하게 했다. 아이는 갑자기 무기력해지거나 교활해지고, 때로는 설탕을 훔치다가 눈자위가 멍들고 뺨이 빨갛게 달아오른 얼굴로 나타나기도 했다. 그리고 그들이 야단이라도 치면 아이는 고약한 대답을 내질렀다. 어느 날에는 아이를 길들이려고도 했다. 그러면 아이는 뻣뻣한 자세로 미친 듯 자만심을 폭발시키며 무엇이든 물어뜯고

찢으려는 태세로 발을 구르고 손으로 마구 쳤다. 결국 그들은 그 조그만 괴물 앞에서 경악하며 물러서야만 했다. 아이 안에서 요동 치는 악마가 두려웠던 것이다. 저 아이는 도대체 누굴까? 저 아이 는 어디서 온 것일까? 업둥이들은 거의 언제나 사악한 환경과 범 죄로 인해 태어났다. 두 번씩이나 그들은 아이를 맞아들였던 것을 후회하며, 침통한 마음으로 담당 행정 부서로 되돌려 보내기로 결 심한 적도 있었다. 그러나 매번 그 끔찍한 장면은 집 안에 여진을 남긴 채 어김없이 흥분된 회개와 펑펑 쏟는 눈물로 끝이 났다. 아 이는 바닥에 몸을 던지며 징벌을 간절하게 빌었고, 그러면 그들은 기꺼이 용서해야만 했다.

위베르틴은 조금씩 아이에게 권위를 갖게 되었다. 그녀는 선량 한 영혼과 강인하면서도 부드러운 고상한 표정과 철저하게 균형 잡힌 곧은 이성을 갖추었으므로 그 교육에 아주 잘 어울렸다. 그녀 는 아이에게 단념과 복종을 가르쳤다. 그녀에게 그것은 열정과 자 만에 반대되는 것이었다. 복종하는 것, 그것은 사는 것이었다. 하 느님과 부모와 상급자에게 복종해야 했고, 존경받을 가치가 있는 부류에서 벗어난 모든 자유분방한 삶은 그녀에게는 타락일 뿐이 었다. 그렇듯 겸손함을 가르치기 위해 아이가 반항할 때마다 매번 속죄의 방법으로 설거지나 부엌 청소와 같은 어떤 저급한 일을 시 켰다. 그리고 그녀는 일이 끝날 때까지 아이가 계속 바닥에 몸을 구부리고 있도록 하며 자리를 지켰다. 아이는 처음에는 격렬하게 반항했지만 결국 굴복하고야 말았다. 그녀가 아이에게서 특히 불 안하게 느낀 것은 열정이었다. 애무하는 그 몸짓의 흥분과 격렬함이라니. 그녀는 아이가 자기의 손에 키스를 퍼붓는 장면을 여러 번 목격했다. 그리고 수집한 그림들, 혹은 성스러운 장면이나 예수의 모습을 새긴 작은 조각품들 앞에서 열에 들떠 있는 표정도 보았다. 그녀가 아이에게서 그것들을 빼앗기라도 하면 마치 그녀가 아이의 살갗이라도 벗겨 버린 듯 눈물을 쏟으며 울부짖는데, 그 모습은 정말이지 더 끔찍했다. 그때부터 그녀는 아이를 더욱 엄격하게 다루게 되었고, 충동에 내맡기는 행동을 더 이상 용인하지 않았으며, 쉴 새 없이 일을 시켰고, 아이의 눈에 광기가 서리거나 뺨이 열기로 달아오르는 것을 느낄 때면 주변을 오직 침묵과 냉정함만으로 에워싸게 했다.

다른 한편으로 위베르틴은 고아원의 기록부에서 도움이 될 만한 것을 한 가지 발견했다. 세 달마다 세무 관리가 그 책에 서명할 때면 앙젤리크는 저녁이 되어서도 마냥 그 일로 우울해했다. 궤짝 속에서 금실 타래를 꺼내며 우연히 그 책을 볼 때면 아이는 어떤 고통이 가슴 깊이 파고드는 것을 느꼈다. 마침내 분노가 심술궂게 솟구치던 어느 날, 어떤 것도 그 기세를 꺾을 수 없게 되자 아이는 서랍 구석까지 온통 뒤엎어 버리고는 그 작은 책 앞에서 넋이 나간 듯 멍하니 있었다. 그러고는 흐느낌으로 숨이 막힐 지경에 이르자 아이는 위베르 부부의 발아래 쓰러지면서 자신을 비하하며 그들이 자신을 거두지 말았어야 했고 자신은 빵을 먹을 자격도 없다고 울먹였다. 그날 이후로 아이는 종종 그 책에 관한 생각으로 분노를 삼켰다.

그렇게 앙젤리크는 열두 살이 되었다. 첫 성체 배령을 할 나이였다. 그윽한 향냄새에 잠겨 찬송가 소리에 전율하며 성당의 그늘 아래 잠든 그 집이 아이에게 만들어 준 너무도 고요한 환경 덕택으로 어딘지 알 수 없는 근원에서 뿌리 뽑혀 외롭게 버림받은 아이의 거친 성격은 좁은 정원의 신비로운 토양에 이식되어 서서히 좋아졌다. 그곳 사람들이 영위하는 규칙적인 삶과 일상적인 노동, 그리고 졸음에 빠진 동네에 메아리 한 번 던지는 이 없어 바깥세상에 무지한 그 상태가 또한 그러한 개선에 한몫을 했다. 그러나 무엇보다 어떤 치유될 수 없는 회한이 확대시킨 위베르 부부의 커다란 사랑에서 발산되는 부드러움이 있었다. 위베르는 장모의 반대를 무릅쓰고 결혼함으로써 아내에게 가해졌던 모욕을 그녀의 기억에서 지워 버리기 위해 매일같이 노력했다. 그들의 아이가 죽었을 때, 위베르는 아내가 그런 징벌을 받게 된 것이 그의 탓이라고 생각한다는 것을 느꼈다. 그래서 그는 용서받기 위해 노력했다. 오래전에 용서를 한 그녀는 남편을 깊이 사랑하고 있었다. 그는 가끔 그 사실을 의심하기도 했고, 그것 때문에 그의 삶은 슬프고 고통스러웠다. 죽은 어머니가, 그 고집스러운 여인이 지하에서 뜻을 굽혔다는 사실을 확신하기 위해 그가 아이를 다시 갖기를 원했을지도 모른다. 그러나 그들의 유일한 욕망은 용서가 낳아 준 아이를 갖는 것이었다. 그는 부부를 결합시키는 뜨겁고 순수한 열정 중의 하나인 숭배하는 마음으로 늘 아내에게 경의를 표현하며 살았다. 그렇게 그들은 마치 여전히 약혼 상태에 머물러 있는 듯했다. 견습공 아이 앞에서 그가 아내의 머리카락에다 키스를 하는 일은 없었지만, 그는 결혼한 지 스무 해가 지난 지금도 한결같이 첫날밤을 맞은 새신랑의 설레는 마음으로 아내와 침실로 들어갔다. 흰색과 회색으로 칠한 벽에 푸른색 꽃다발 무늬의 벽지, 그리고 두툼하고 질긴 무명 천으로 덮인 호두나무 가구가 있는 침실은 소박하고 차분했다. 거기서는 어떤 소리도 새어 나오는 법이 없었다. 그러나 애정이 깊이 스며들어 있었으며, 그것이 집 전체를 온화하게 해 주었다. 그것은 앙젤리크를 가족애로 적셔 주었고, 아이는 그 분위기 속에서 매우 열정적이고 매우 순수한 모습으로 자랐다.

책 한 권이 그 아이의 형성을 완성시켰다. 어느 날 아침, 아이는 먼지로 뒤덮인 아틀리에의 마룻바닥을 뒤지다가 더 이상 사용하지 않는 자수 도구 사이에서 아주 오래된 책 한 권을 발견한 것이었다. 그것은 바로 자크 드 보라진의 『황금빛 전설(*La Légende dorée*)』이었다. 라틴어 원전을 프랑스어로 번역한 1549년도 판본인 이 책은 성인(聖人)들에 대한 유용한 정보가 가득한 그림들 때문에 어느 사제복 제조 장인이 산 것임이 틀림없다. 앙젤리크 역시 오랫동안 그림들에만 관심이 있었다. 순진무구한 신앙심이 새겨 놓은 해묵은 목판들은 그를 황홀하게 했다. 놀아도 좋다는 허락을 받으면 아이는 즉시 그 노란 송아지 가죽으로 묶은 4절판 책을 집어 들고는 천천히 페이지를 넘겼다. 먼저 "파리, 새 노트르담 길, 성 장바티스트 서점에서"라는 서점상의 주소와 함께 붉은색과 검은색의 가제목이 고어체로 등장한다. 그다음, 네 명의 복음서 저자들의 모습이 새겨진 메달들과 함께 제목이 등장하고, 그 아래로는 세 명의 동방 박사들이 경배하는 장면이 제목을 받치고 있고, 위로는 시체들을 밟고 걸어가는 예수 그리스도의 승리가 그려져 있다. 그다음에는 장식된 글자와 크거나 중간 크기의 판화와 그림이 페이지를 넘기며 텍스트 사이로 연이어 나타난다. 성모의 수태 사실을 알리는 장면에는 한 거대한 천사가 아주 가녀린 마리아를 빛줄기로 감싸고 있다. 조그만 시체들이 한가득 쌓인 가운데 서 있는 잔인한 헤로데 왕의 유아 학살, 그리고 구유가 있고, 성모와 성 요셉 사이에 아기 예수가 있다. 성 요셉은 양초를 들고 있다. 가난한 자에게 보시를 하는 성 요한. 우상을 깨뜨리는 성 마태. 사제 예복을 입고 아이들을 담은 나무통을 오른쪽에 두고 있는 성 니콜라. 그리고 모든 성녀들이 뒤따른다. 양날 검으로 목이 찔린 아그네스, 집게로 젖가슴이 잘린 크리스틴, 어린 양들을 이끄는 준비에브, 채찍질당한 쥘리앤, 화형당한 아나스타지, 사막으로 고행을 떠난 이집트 여인 마리아, 향 항아리를 들고 있는 마들렌. 그리고 또 다른 그림의 행렬이 계속해서 줄을 이었다. 어떤 공포와 연민이 커져 가면서 그 끔찍하고도 다정한 이야기 중 특별한 어느 한 그림뿐만 아니라 다른 모든 그림도 그의 가슴을 죄고 눈시울을 적시게 했다.

그러나 앙젤리크는 그 판화들이 정확히 무엇을 표현하는지 조금씩 알고 싶어졌다. 두 기둥으로 조판된 조밀한 텍스트는 누렇게 변한 종이에다 아주 검은색으로 인쇄되어 있었고, 고딕 글씨체의 야성적인 모양새가 그를 무섭게 했다. 그러나 그는 그것에 익숙해지면서 글씨를 해독하여 약자와 축약을 이해하고, 이젠 사용하지 않는 옛 표현과 단어의 뜻을 짐작할 수 있게 되었다. 그리고 마침내 그는 거침없이 읽을 수 있게 되었다. 그는 신비를 꿰뚫은 듯 황홀했으며, 새로운 어려움을 극복할 때마다 승리감에 도취되었다. 그 알 수 없는 암흑 속에서 한 세계 전체가 빛을 발산하며 계시되고 있었던 것이다. 그는 하늘나라의 찬란함 속으로 들어갔다. 일상적으로 읽던 몇 권 되지 않는 책은 너무도 건조하고 차갑게 느껴졌고, 이젠 그의 머릿속에서 지워져 버렸다. 오직 『황금빛 전설』만이 그를 열광시켰고, 두 손으로 이마를 괴고 페이지 위로 머리를 기울이도록 그를 끌어당겼다. 그 순간 그는 시간에 대한 의식도 일상적인 삶도 없었으며, 미지의 세계 깊숙한 곳에서 꿈이 커다랗게 꽃을 피우며 솟아나는 광경을 바라보는 듯했다.

하느님은 지극히 선량하다. 그리고 그는 먼저 남자 성인들과 여자 성인들을 통해 존재한다. 그들은 예정된 운명을 타고나며, 목소리들이 그들의 탄생을 예고하고 그들의 어머니들은 찬란한 태몽을 꾸었다. 모두가 아름답고 힘세고 승리를 거둔다. 커다란 빛이 그들을 둘러싸고, 그들의 얼굴은 눈부시게 빛난다. 도미니크는 이마에 별이 달렸다. 그들은 인간들의 생각을 읽고, 사람들이 생각하는 것을 그대로 소리 높여 외친다. 그들은 예언하는 능력을 지니고, 그들의 예언은 언제나 실현된다. 주교들과, 수도승들과, 처녀들과, 창녀들과, 거지들과, 왕족들과, 뿌리를 먹고 사는 벌거벗은 은자들과, 동굴 속에서 암사슴들과 함께 사는 늙은이들…… 예언자들의 수는 하염없이 많다. 그들의 이야기는 모두 똑같다. 그들은 구세주를 위해 자라나고, 그를 믿으며, 거짓 신들에게 제물 바치기를 거부하여 고문당하고, 영광으로 충만하여 사망한다. 황제들은 그들을 박해해 봤자 스스로 지치기만 할 뿐이다. 앙드레는 십자가에 매달려 2만 명이나 되는 사람들에게 이틀 동안 설교를 한다. 군중 사이에서 무더기로 개종이 일어나고, 4만 명이 단번에 세례를 받는다. 기적 앞에서 개종하지 않은 군중은 질겁하여 달아난다. 사람들은 성인들이 마술을 부린다며 고발한다. 그리고 그들에게 수수께끼를 내며 박사들과 겨루게 하면 그들은 비밀을 풀어내고 박사들은 침묵만을 지킬 따름이다. 사람들이 그들을 제물로 바치기 위해 사원으로 데려오는 즉시 우상들은 어떤 숨결에 밀려 쓰러지고 부서진다. 한 처녀가 비너스의 목에 자신의 허리띠를 매자 그 조각상은 쓰러져 산산조각이 난다. 지진이 일어나고, 디안의 사원은 벼락이 떨어져 무너진다. 그리고 민중은 봉기하여 내란이 일어난다. 그러면 종종 사형 집행인들은 세례를 간청하고, 왕들은 누더기를 걸친 누추함 그 자체의 성인들에게 무릎을 꿇는다. 사빈은 아버지의 집에서 탈출한다. 바오로는 그의 다섯 아이들을 버리고 스스로 목욕을 금한다. 시련과 금식이 그들을 순화시킨다. 밀도 기름도 없다. 제르맹은 자신이 먹을 음식에 재를 뿌린다. 베르나르는 맛있는 요리를 더 이상 구분하지 못하고 맑은 물의 맛도 알아보지 못한다. 아가통은 3년 동안 입속에 돌을 넣어두었다. 아우구스티누스는 개가 달려가는 것을 바라봤기 때문에 주위가 산만해지는 죄를 범했다고 절망했다. 재물과 건강은 경멸의 대상이고, 기쁨은 육체를 죽이는 궁핍에서 시작된다. 그렇게 승리한 그들은 별들이 꽃이 되고 나뭇잎들이 노래하는 정원에서 살고 있다. 그들은 용들을 전멸시키고, 폭풍우를 일으키고 잠재우며, 땅에서 1미터 높이로 떠오르는 황홀경으로 옮아간다. 과부가 된 부인들은 그들이 살아 있는 동안 필요로 하는 것을 제공하며, 그들이 죽으면 그들을 묻으러 가라는 명령을 꿈속에서 받는다. 놀라운 이야기가, 소설만큼 아름다운 그 경이로운 모험이 그들에게 일어난다. 그리고 수백 년이 지난 다음, 사람들이 그들의 무덤을 열면 그윽한 냄새가 피어오른다.

그다음, 성인들 맞은편에는 악마들이, 수없이 많은 악마들이 있다. "그것들은 대기 가득 헤아릴 수 없이 많은 파리 떼처럼 종종 우리 주변을 날아다닌다. 이렇듯 대기는 악마와 나쁜 정령들로 가득하다. 햇살이 원자 알갱이들로 가득하듯 악마들은 세밀한 먼지와 같다." 그리고 끝없는 전투가 시작된다. 언제나 성인들이 승리를 거두고, 언제나 승리를 반복해야만 한다. 더 많은 악마를 뒤쫓으면 쫓을수록 더욱더 많은 악마들이 몰려오기 때문이다. 한 여자의 몸 안에만 벌써 6,666개의 악마들이 들어 있다. 그것들은 포르투나가 풀어 놓은 것들이다. 그것들은 부산하게 움직이고, 악령 들린 자들의 목소리를 통해 말하고 소리 지르며, 폭풍을 일으켜 그들의 허리를 뒤흔든다. 그것들은 그들의 코와 귀와 입을 통해 몸속으로 들어가며, 여러 날의 무시무시한 투쟁 끝에 그들의 울부짖음을 통해 그들의 몸 밖으로 나온다. 길모퉁이를 돌아갈 때마다 악령 들린 어떤 사람이 웅크리고 있고, 지나가는 성인이 그와 전투를 벌인다. 바질은 한 젊은이를 구하기 위해 몸으로 부딪치며 싸운다. 마카리오는 여러 무덤들 사이에 누운 채 밤새도록 악마들의 공격을 받고 방어한다. 천사들 자신도 죽은 자들의 머리맡에서 영혼을 회복시키기 위해 악령들과 싸워야만 한다. 때로는 지적이고 정신적인 공격의 형태로만 나타날 때도 있다. 사람들은 농담하고 가장 섬세한 유희를 즐기기도 한다. 사도 바오로과 마술사 시몽은 기적 현상을 서로 겨루기도 했다. 사탄은 배회하며 온갖 형태를 띨 수 있어서 여자로 변장하기도 하고, 때로는 성인들과 비슷한 모습으로 나타나기까지 한다. 그러나 사탄은 패배하는 순간 곧장 자신의 추악한 모습을 드러낸다. "개보다도 더 큰 검은 고양이 한 마리가 불을 뿜는 커다란 눈알을 부라리며, 넓고 기다란 피 묻은 혀를 배꼽까지 늘어뜨린 채 꾸불꾸불한 꼬리를 위로 높이 치켜들고 끔찍하리 만큼 고약한 냄새를 풍기며 엉덩이를 드러내 보였다." 사탄은 오직 하나의 근심거리이고, 격렬한 증오심의 대상이었다. 사람들은 두렵지만 그것을 비웃는다. 사람들은 사탄에 대해 정직하지도 않다. 곰곰이 생각해 보면 사탄의 시뻘건 가마솥에 딸린 잔인한 도구들에도 불구하고 사람들은 계속해서 속아 넘어갔다. 그러나 사탄은 자신이 만든 모든 계약서를 결국 폭력이나 계략으로 빼앗기고야 만다. 나약하기만 하던 여자들이 사탄을 쓰러뜨린다. 마르그리트는 사탄의 머리를 짓밟고, 쥘리앤은 사슬로 때려서 사탄의 옆구리를 터지게 한다. 그다음 어떤 평온함이 번지고, 무기력해진 악은 경멸의 대상이 되며, 덕이 가장 높은 자리를 차지하면서 선에 대한 확신이 지배하게 된다. 십자가를 긋는 것으로 충분하다. 악마는 아무것도 할 수 없다. 그것은 그저 울부짖다가 사라질 뿐이다. 한 처녀가 십자가를 표시하자 모든 지옥은 무너져 버린다.

이처럼 남녀 할 것 없이 모든 성인들의 투쟁은 박해의 끔찍한 고통 속에서 펼쳐진다. 형리들은 순교자들의 몸에 꿀을 발라 파리 떼의 공격을 받게 하고, 뜨거운 숯불 위나 깨진 유리 조각 위를 맨발로 걷게 한다. 그리고 납덩이가 달린 채찍으로 그들을 마구 때리기도 하고, 산 채로 관 속에 가두어 못질하여 바다에 던지기도 한다. 또 그들을 머리카락 끝으로 매달아 불에 태우기도 하고, 생석회나 끓는 송진이나 끓는 납을 상처에 뿌리기도 하며, 하얗게 달구어진 청동의자에 앉히고, 횃불로 옆구리를 지지고 철침으로 허벅지를 자르기도 한다. 그뿐이 아니다. 눈을 뽑고 혀를 자르고, 손가락을 하나씩 부러뜨리기도 한다. 그러나 고통은 중요하지 않다. 성인들은 여전히 멸시로 가득 차 있고, 더 심한 고통을 받기 위해 안달한다. 한편 끊이지 않는 기적이 그들을 보호하고, 그들은 형리들을 지치게 만든다. 요한은 독을 마시고도 중독되지 않았다. 세바스티앵은 수많은 화살을 맞고도 미소 짓고 있다. 어떤 때는 화살들이 이 순교자 양쪽으로 공중에 떠 있는 상태로 정지해 있거나 활시위를 떠났다가 다시 되돌아와 형리의 눈을 찌르기도 하고, 순교자들은 끓는 납 마시기를 얼음물 마시듯 하며, 사자들이 어린 양처럼 엎드려 경의를 표하고 그들의 손을 핥는 경우도 있으며, 자신의 몸을 굽고 있는 격자 선반이 성 로랑에게는 적당히 서늘하다. 그가 외친다. "불행한 자여, 그대, 내 몸의 한 편이 충분히 구워졌으니 이제 뒤집어 구운 다음 나를 먹어라." 펄펄 끓는 물에 던져진 세실은 "마치 차가운 곳에 들어 있는 듯 땀 한 방울 흘리지 않았다." 크리스틴은 갖가지 고문을 무력하게 만든다. 그녀의 아버지는 열두 명의 사내들에게 그녀를 때리게 하지만 이들이 먼저 지쳐 쓰러져 버린다. 다른 형리가 뒤이어 나타나 그녀를 고문대에 묶고 그 아래에 불을 지피지만, 불꽃은 다른 곳으로 퍼져 천오백 명을 삼켜 버린다. 형리가 목에 돌을 매달아 그녀를 바다에 던지지만 천사들이 그녀를 떠받치고, 예수가 사람으로 나타나서 그녀에게 세례를 주고는 미카엘 대천사에게 그녀를 맡겨 그녀를 땅 위에 내려놓는다. 마지막으로 또 다른 형리가 그녀를 독사들과 함께 가두지만, 그것들은 그녀의 몸을 휘감고 목을 부드럽게 쓰다듬을 뿐이며, 그녀를 또다시 닷새 동안 화덕에 집어넣었을 때도 그녀는 그 속에서 고통을 받기는커녕 노래를 부를 따름이다. 뱅상은 그보다 더 많은 고문을 당했지만 고통을 느끼지는 않는다. 사람들이 그의 팔다리를 자르고, 쇠창살로 옆구리를 찢어서 내장이 쏟아질 지경에 이르고, 쇠침으로 그의 몸 곳곳을 찌르고 화로에 던져 넣어 온몸의 상처에서 피가 철철 흐른다. 그러고는 말뚝에 그의 발을 못 박은 채로 다시 감옥에 가두고, 피부를 벗기고, 불에 굽고, 배를 가르지만, 그는 여전히 살아 있다. 그 모든 고문이 꽃다운 감미로움으로 변하고, 어떤 거대한 빛이 감옥을 가득 채우는 동안 천사들이 그와 함께 장미 꽃잎들 위에서 노래 부른다. 노래와 달콤한 꽃향내의 감미로움이 바깥으로 전달되고, 그를 보러 온 보초병들이 신앙심을 갖게 되었다. 다시앵이 그 말을 듣고는 몹시 화가 나서 이렇게 말했다. "우리가 그에게 무얼 더 할 수 있겠는가? 우린 패배했다." 고문하는 자들의 외침이 그러하니 고문은 그들의 개종이나 죽음으로 끝날 수밖에 없다. 그들은 격렬하게 죽는다. 생선 가시가 그들의 목을 죄거나 번개가 쳐서 그들을 짓누르고, 혹은 그들의 전차가 부서지기도 한다. 그리고 성인이 갇힌 감옥은 모두 찬란하게 빛나고, 성모 마리아와 사제들이 쉽게 벽을 뚫고 그곳으로 들어온다. 열린 하늘에는 하느님이 보석들로 장식된 관을 쓰고 모습을 드러내며, 천사들이 내려와 끊임없이 도움을 준다. 그렇듯 죽음은 기쁜 일이며, 성인들은 죽음에 도전하고, 그들 중 누군가 쓰러질 때 그 부모는 기뻐한다. 아라라트 산 위에서는 만 명이 십자가에 매달려 사망했고, 쾰른 근처에서는 만 천 명의 처녀들이 훈족에 의해 말살되었고, 서커스에서는 맹수들에게 뼈째로 씹어 먹히기도 했다. 키리크는 성령에 의해 세 살 때 어른 남자처럼 말하고, 박해를 견딘다. 젖먹이들이 형리들을 모욕한다. 살에 대한 멸시와 혐오, 누더기 같은 인간 껍데기에 대한 멸시와 혐오는 천상의 희열을 얻기 위한 고통을 더욱 날카롭고 강렬하게 만든다. 살을 찢고 갈아 부수고 태우는 이 모든 행위는 선한 것이다. 고통을 더하고 더해도 인간의 몸은 결코 완전히 소멸되지 않을 것이다. 그리고 그들은 모두 강철 검으로 목을 찌르라고 호소한다. 오직 그것만이 그들을 죽이기 때문이다. 윌랄리는 화형대 위에서 그녀를 모욕하는 몽매한 천민들 사이에서 좀 더 빨리 죽기 위해 화염을 들이마신다. 그러나 하느님이 그녀의 기도를 들었고 흰 비둘기 한 마리가 그녀의 입에서 나와 하늘나라로 올라간다.

이런 이야기를 읽으면서 앙젤리크는 경탄했다. 그토록 극악한 행동과 승리의 환희가 현실 세계보다 더 높은 차원의 황홀경으로 그를 몰아갔다. 그러나 『황금빛 전설』의 다른 부분은 좀 더 부드러웠고, 그것 역시 그를 즐겁게 했다. 예를 들자면 동물들이나 방주 이야기 같은 것 말이다. 그는 은자들을 부양할 의무를 진 까마귀와 독수리들의 이야기가 재미있었다. 그리고 사자들에 대해서는 또 얼마나 흥미진진한 이야기가 많은가! 이집트 여인 마리아를 위해 무덤을 파는 착한 사자, 지방 총독들이 처녀들을 추악한 집들 안으로 들여보내려 할 때 그 문 앞을 지키고 서 있는 번뜩이는 사자. 또 한 제롬의 사자도 있다. 사람들이 사자에게 당나귀 한 마리를 맡겼는데, 그 사자는 그 당나귀를 도둑맞았다가 다시 찾아 데려온다. 통렬한 회한을 느끼게 된 늑대가 파리 떼를 모두 물리치자 파리들이 모두 죽어 떨어진다는 이야기도 있다. 레미와 블레즈는 그들의 식탁에서 새들에게 모이를 주고 하느님의 가호를 빎으로써 새들에게 건강을 되찾아 준다. 프랑수아는 "아주 위대하면서도 단순한 비결이 가득해서" 새들에게 설교하여 하느님을 사랑하도록 권고한다. "매미라 불리는 한 새가 무화과나무에 있었다. 프랑수아가 손을 내밀며 그 새를 부르자 그 새는 그의 말에 순종하여 즉시 그의 손에 날아와 앉았다. 그는 매미에게 누이여 노래 부르라, 그리고 우리의 주님을 찬양하라고 했다. 그러자 매미는 그가 돌려보낼 때까지 그의 손을 떠나지 않았다." 이 이야기는 휴식 시간 내내 앙제리크를 사로잡은 주제였는데, 그것은 제비를 부르면 자기에게 다가올지 궁금하여 그 새를 불러 봐야겠다는 것이었다. 그러고는 얼마나 웃겼던지 배꼽이 빠질 정도로 웃지 않고서는 도저히 다시 읽을 수 없는 이야기도 있었다. 크리스토프는 예수를 업은 선량한 거인이었는데, 앙젤리크는 그 이야기가 눈물 나도록 웃겼다. 또 아나스타지의 세 하녀들 때문에 총독이 당하게 된 불운한 사건을 읽었을 때도 숨이 넘어가도록 웃었다. 총독은 하녀들을 만나러 부엌에 갔다가 그녀들을 껴안는다고 믿으면서 프라이팬과 가마솥에 입을 맞추었다. "바깥으로 나왔을 때, 그는 시커먼 숯 검둥이가 되어 아주 추한 모습이었고, 그의 옷은 마구 찢어져 있었다. 그를 기다리고 있던 하인들이 그렇게 변해 버린 그를 보고는 그가 악마가 되었다고 생각해 그를 막대로 마구 때린 다음 홀로 남겨 두고 줄행랑을 쳤다." 그러나 앙젤리크를 자지러지게 웃게 한 장면은 사람들이 악마를 마구 때릴 때였다. 특히 감옥 안에서 악마에게 시험당한 쥘리앤은 악마를 사슬로 마구 때렸다. "감방장이 쥘리앤을 데려오라고 명했을 때 그녀는 악마를 끌고 왔다. 그러자 악마가 그녀에게 이렇게 부탁했다. '쥘리앤 마님, 더 이상 나를 아프게 하지 말아 주세요.' 그러나 그녀는 악마를 끌고 저자거리를 쏘다니다가 시궁창에 처넣었다." 때때로 앙젤리크는 수를 놓으면서 위베르 부부에게 동화보다 더 재미있는 전설을 얘기해 주었다. 앙젤리크는 그 이야기를 얼마나 반복해서 읽었는지 모두 외울 정도였다. 일곱 명의 잠자는 사람들의 전설은 박해를 피해 달아나다가 어떤 동굴에 갇히게 되는 이야기였다. 거기서 그들은 삼백일흔일곱 해 동안 잠을 갔는데, 그들이 잠에서 깨어나는 것이 테오도즈 황제를 얼마나 놀라게 했는지 모른다. 성 클레망의 전설은 예기치 않던 가없는 모험의 끝없는 연속이었다. 그의 아버지와 어머니, 세 아들 등 모든 가족이 엄청난 불행으로 인해 헤어졌다가 결국 더없이 아름다운 기적을 통해 다시 만나게 된다. 앙젤리크는 눈물을 흘렸고, 밤에는 그 이야기에 대한 꿈을 꾸기도 했다. 이제 그는 오직 기적이 승리하는 비극적인 세계 속에서, 모든 기쁨으로 보상받는 모든 미덕의 초자연적인 나라에서 살 뿐이었다.

앙젤리크가 첫 성체 배령을 하던 날이었다. 그는 여자 성인들처럼 땅에서 1미터가량 하늘로 떠올라 걸어가는 것만 같았다. 그는 그 원시 교회의 젊은 기독교 신자였고, 하느님의 은총 없이는 구원을 받을 수 없다는 사실을 책에서 배웠으며, 그렇게 하느님의 손에 인도되었다. 위베르 부부는 종교 생활을 했고, 그것은 소박한 것이었다. 일요일에는 미사에 가고, 커다란 축제일에는 성찬식을 했다. 그것은 보잘것없는 사람들이 갖는 평온한 신앙심이었지만, 약간은 전통을 따르고 그들의 고객을 확보하기 위한 점도 없지 않았다. 왜냐하면 사제복 제조장인 그의 가문은 대대로 부활절 행사를 해 왔기 때문이다. 위베르로 말할 것 같으면 그는 이따금 일손을 멈추고 아이가 『황금빛 전설』을 읽으면서 웃음을 터뜨리는 소리를 들었다. 그는 보이지 않는 존재의 가는 숨결에 머리카락이 하늘로 치솟기나 하는 듯 아이와 함께 떨기도 했다. 그는 그 자신의 열정 때문에 가슴이 벅찼다. 그리고 흰 드레스를 입은 아이를 보고 눈물을 흘렸다. 정말이지 그날은 꼭 꿈만 같았다. 위베르와 앙젤리크는 놀라고 지친 마음으로 집에 돌아왔다. 그날 저녁, 분별력이 강한 위베르틴은 비록 좋은 일로 그런 것이긴 하지만 그들의 과장된 감정을 책망하면서 나무랄 수밖에 없었다. 그때부터 그녀는 앙젤리크의 열정과 특히 그 아이를 사로잡던 열광적인 동정심과 싸워야만 했다. 프랑수아는 가난을 연인으로 선택했고, 보시자 쥘리앵은 빈한한 자들을 성주라 불렀다. 그리고 제르베와 프로테는 그들의 발을 씻어 주었고, 마르탱은 자신의 외투를 그들과 함께 나누어 입었다. 앙젤리크는 뤼스를 본받아 모든 것을 주기 위해 모든 것을 팔기를 원했다. 아이는 먼저 자신의 하찮것 없는 물건들을 내주었고, 그다음엔 집 안의 물건을 내주기 시작했다. 그러나 그중에서도 가장 심각했던 것은 그러한 동냥을 받을 자격이 없는 자들에게까지 무차별적으로 동정을 베풀게 되었다는 사실이다. 어느 날 저녁, 첫 성체 배령이 있은 지 이틀째 되던 날, 한 술주정뱅이 여인에게 창문으로 속옷가지를 던져 준 일 때문에 책망을 듣고는 과거의 그 난폭한 행동이 다시 재발하고야 말았다. 그것은 끔찍한 광기의 폭발이었다. 그러고는 수치심에 압도되고 병까지 들어 아이는 사흘간 병석에 눕고야 말았다.

그렇게 여러 주일이 흐르고 여러 달이 흐르고, 두 해가 지났다. 앙젤리크는 열네 살이 되었고, 여자가 되었다. 그녀가 『황금빛 전설』을 읽을 때면 그녀의 귓가에는 붕붕거리는 소리가 들렸고, 관자놀이의 푸르고 가는 정맥들 속에서 피가 맥질을 했다. 그리고 이제 그녀는 자매애로 전설 속의 처녀들에게 넋을 빼앗겼다.

처녀성은 천사들의 자매이며, 모든 선의 소유와 악마의 패배와 신앙심의 영토를 의미했다. 그것은 훼손 불가능한 완벽함으로서, 하느님의 은총을 느끼게 한다. 성령은 뤼스를 너무도 무겁게 만들어서 천 명의 남자와 다섯 쌍의 소도 총독의 명령에 따라 그녀를 고약한 장소로 끌고 갈 수는 없었다. 아나스타지를 품으려는 총독은 봉사가 된다. 처녀들의 순진무구함은 고문 속에서도 찬란하게 빛나며, 너무도 해맑은 그녀들의 살결은 쇠창살로 긁으면 피 대신 젖이 강물처럼 흘러내린다. 가족을 피하여 수도승의 옷으로 변장했던 젊은 기독교 여인의 이야기는 무려 열 번이나 되풀이된다. 그녀는 이웃의 여자아이를 타락시켰다고 비난받으며 변명도 못하고 중상모략까지 당하지만, 결국 그녀의 결백한 성의 정체가 갑자기 밝혀짐으로써 승리하게 된다. 외제니는 그런 식으로 판사 앞에 끌려가게 되는데, 자신의 아버지를 알아보고는 입고 있던 수도승복을 찢고 자신의 정체를 드러낸다. 끊임없이 순결함의 투쟁이 반복되고, 언제나 강렬한 자극의 고통이 생겨난다. 그러므로 여자에 대한 두려움은 바로 성인들의 현명함을 뜻한다. 이 세계는 군데군데 함정이 도사리고 있고, 은자들은 여자가 없는 사막으로 간다. 그들은 끔찍하게 투쟁하고, 자신을 채찍질하며, 가시밭이나 눈 위로 몸을 던진다. 어떤 은자는 강을 건너는 자신의 어머니를 도우면서도 자신의 손을 외투 속으로 감싼다. 밧줄에 매인 채 창녀의 유혹을 받았던 어떤 순교자는 자신의 이빨로 혀를 잘라 그녀의 얼굴에 피를 뱉는다. 프랑수아는 자신의 육체보다 더 큰 적은 없다고 선언한다. 베르나르는 주막집 안주인에게서 자신을 보호하기 위해 "도둑이야! 도둑이야!" 하고 외친다. 한 부인이 교황 레옹이 주는 면병을 받고는 그의 손에 입을 맞춘다. 그러자 교황은 자신의 손목을 잘라 버리고, 성모 마리아가 그 손을 다시 제자리에 봉합해 준다. 모든 사람이 부부의 이별을 찬양한다. 알렉시는 매우 부유한 기혼자인데, 순결을 지키도록 아내를 교육한 뒤 떠나가 버린다. 사람들은 오직 죽기 위해서만 결혼한다. 쥐스틴은 시프리앵의 모습에 괴로워하지만 저항한다. 그리고 그를 개종시켜 그와 함께 극심한 고통의 길을 걷는다. 세실은 한 천사의 사랑을 받는데,

결혼 첫날 밤 남편인 발레리앵에게 그 비밀을 말해 버리자 남편은 세실의 몸에 손대는 것을 원치 않고 천사를 보기 위해 세례 받기를 희망한다. 그는 자신의 방에서 세실이 천사에게 말하는 것을 보았다. 천사는 두 개의 장미꽃 화관을 들고 있다가 하나는 세실에게, 다른 하나는 발레리앵에게 주면서 이렇게 말했다. "오점 없는 마음과 몸으로 이 화관들을 지키세요." 죽음은 사랑보다 더 강력하며, 그것은 삶에 대한 하나의 도전이었다. 힐레르는 자신의 딸 아피아가 영원히 결혼하지 않도록 하늘로 불러 주기를 하느님께 기도한다. 딸은 죽고, 어머니는 자신도 하늘로 인도되도록 기도해 달라고 아버지에게 부탁한다. 마침내 그렇게 되었다. 동정녀인 성모 마리아 또한 여성들에게서 그녀들의 약혼자들을 데려간다. 헝가리 왕의 친척인 한 귀족은 마리아가 투쟁해 오자 놀라운 미모를 지닌 어떤 젊은 여성을 포기해 버린다. "갑자기 성모님께서 나타나 그에게 말했다. 그대가 말하는 것처럼 내가 그토록 아름답다면 왜 다른 여성을 위해 나를 내버려 두려는 건가요?" 그리고 그는 마리아와 약혼한다.

이 모든 여자 성인들 중에서 앙젤리크가 더 좋아하는 성인들은 따로 있었다. 성인들의 교훈은 그녀의 가슴에까지 파고들었으며, 그녀의 행실을 교정할 정도로 감동을 주었다. 그렇듯 왕실에서 태어난 현명한 카트린은 열여덟 살의 나이에 황제 막심이 대립시킨 쉰 명의 수사학자들과 문법학자들과의 논쟁에서 보편적 과학을 보여 줌으로써 앙젤리크의 마음을 사로잡았다. 카트린 앞에서 몹시 당황한 그들은 침묵할 수밖에 없었다. "깜짝 놀란 그들은 무슨 말을 해야 할지 몰라 모두 입을 다물었다. 그리고 황제는 그들이 어린 소녀에게 그토록 흉하게 패배하고 말았다는 사실 때문에 그들을 비난했다." 그러자 쉰 명의 학자들은 카트린의 종교로 개종했다는 사실을 황제에게 알리러 갔다. "그리고 그 독재자는 그 사실을 듣고 광분하며, 그들을 잡아 도시 한복판에 대령하라고 명령했다." 앙젤리크가 보기에 카트린은 꺾을 수 없는 학자였으며, 미모만큼이나 지혜도 자신만만하고 눈이 부셨다. 그리고 그녀가 진정으로 원했던 것도 바로 그런 지혜로운 인물이 되어서 목이 잘려 사형당하기 전에 감옥에서 비둘기의 도움으로 연명하며 사람들을 개종시키는 것이었다. 그러나 앙젤리크에게 특히 지속적인 가르침을 준 자는 헝가리 왕의 딸인 엘리자베트였다. 자신의 오만함의 반항으로 격렬하게 흥분할 때마다 앙젤리크는 매번 부드러움과 소박함의 모범이 되는 그 성녀를 생각했다. 엘리자베트는 다섯 살에 이미 경건한 마음을 가졌고, 놀기를 거부하고 하느님에게 경의를 표하기 위해 땅에 엎드렸으며, 훗날 튀링겐 지방 영주의 순종적이고 금욕적인 아내가 되어 비록 밤마다 눈물을 쏟았지만 남편에게는 언제나 기쁨에 찬 얼굴만을 보였다. 그러나 순결한 과부가 되어서는 그녀의 국가에서 추방되었고, 빈곤한 삶을 살면서도 행복해했다. "다른 색깔의 천을 덕지덕지 기워 붙인 회색 외투를 걸치고 다닐 정도로 그녀의 옷차림은 남루했다." 그녀의 아버지인 왕은 백작을 시켜 그녀를 찾게 했다. "백작이 그러한 옷차림으로 실을 잣는 그녀를 보았을 때 그는 고통과 경탄 속에서 소리 질렀다. 어떤 왕의 딸도 그러한 옷차림을 한 적이 없으며, 어떤 왕의 딸도 실 잣는 일을 하지는 않았다!" 그녀는 검은 빵을 먹고 거지들과 함께 살며 혐오감 없이 그들의 상처에 붕대를 감아 주고 그들처럼 거친 옷을 입고 딱딱한 땅에서 잠을 자고 맨발로 수사들의 행렬을 뒤따르며 기독교의 겸손한 정신을 완벽하게 실천했다. "그녀는 늘 부엌 설거지를 했고, 하녀들이 그녀가 그 일을 하지 못하게 할까 봐 몰래 숨어들어 갔다. 그리고 그녀는 '만약 내가 이보다 더 비참한 삶을 발견했더라면 난 그 삶을 선택했을 것이다'라고 말했다." 그 결과 그전에는 설거지를 시키면 분노로 빳빳해지던 앙젤리크는 이제 지배 욕구로 마음이 괴로워질 때면 스스로 비천한 일에 열중하게 되었다. 마지막으로 그녀에게는 카트린보다, 엘리자베트보다, 모든 여자 성인들보다 더 소중한 성녀가 있었는데, 그것은 바로 순교자, 어린 아그네스였다. 앙젤리크를 성당 문 아래에서 지켜 주었던 그 처녀, 자신의 머리카락으로 온몸을 가렸던 어린 아그네스를 『황금빛 전설』속에서 발견하자 앙젤리크의 가슴은 갑자기 요동쳤다. 그 얼마나 순수한 사랑의 뜨거운 불꽃인가! 학교를 파하고 나오는 아그네스에게 무례하게 접근했던 총독의 아들을 물리치던 그 모습! "나에게서 물러나라, 죽음의 목자여. 그대는 죄악의 시작이요, 불경한 마음의 부추김이니라." 아그네스는 또 얼마나 애인을 찬양하는가! "나는 그 어머니는 성스런 처녀이고 그 아버지는 어떤 여인도 경험하지 않은 그를 사랑한다. 나는 태양과 달을 황홀하게 하는 그의 아름다움, 죽은 자를 다시 살게 하는 그의 향기로움을 사랑한다." 그리고 아스파지앵이 "그녀의 목에 칼을 찌르라고" 명령하자 아그네스는 "진홍빛이 우러나는 하얀 피부를 가진 그녀의 남편"과 결합하기 위해 천국으로 올라간다. 특히 몇 달 전부터 뜨거운 혈기가 끓어올라 마음이 동요될 때, 앙젤리크는 그 성녀를 떠올리고는 간청했다. 그러면 즉시 다시 상쾌해지는 것 같았다. 앙젤리크는 주변에서 끊임없이 아그네스를 보는 듯했다. 자신이 저지르거나 생각하는 일 때문에 아그네스가 화가 난 것 같을 때는 절망했다. 어느 날 저녁, 앙젤리크는 때때로 즐겼듯이, 자신의 손에 키스를 하던 중에 분명 혼자였음에도 불구하고 갑자기 너무도 부끄러워 당황하여 돌아섰다. 그리고 아그네스가 그녀의 몸짓을 보았다는 사실을 알아차렸다. 아그네스는 그녀의 육체를 수호하는 성인이었다.

열다섯 살이 되던 해, 앙젤리크는 그렇게 사랑스러운 소녀가 되어 있었다. 틀림없이 격리된 부지런한 삶도, 성당의 온화한 그늘도, 아름다운 성녀들의 이야기가 있는 전설도 그 소녀를 천사로, 절대적인 완벽함을 지닌 피조물로 만들지는 못했다. 언제나 격정이 그녀를 몰아갔고, 부주의로 미처 방어벽을 쌓지 못한 영혼의 구석구석, 예기치 않던 틈새로 잘못이 드러났다. 그러면 그녀는 수치심에 너무나 당혹스러워했다. 자신이 완벽한 존재였다면 얼마나 좋았겠는가! 그런데 그녀는 너무도 인간적이고 너무도 생기 넘쳤으며, 사실은 너무도 순진하고 순결했다. 위베르 부부는 일 년에 두 번씩, 사순절 월요일과 성모의 몽소승천일에 마음먹고 큰 장을 보았다. 그해 어느 날 그렇게 장을 보고 돌아오던 길에 앙젤리크는 찔레나무 한 그루를 뽑아서 좁은 정원에다 놀이 삼아 다시 심었다. 그녀는 그 나무를 정성스레 다듬고 물을 주었다. 나무는 그곳에서 더욱 곧게 자랐고 더욱 큰 찔레꽃을 피우며 섬세한 향기를 발산했다. 그녀가 여느 때처럼 열정적으로 엿보던 것은 혹시 기적이 일어나서 그 나무가 장미꽃을 피우지는 않을까 하는 것이었다. 그 나무를 장미나무에 접목하는 것에는 거부감을 느끼면서도 말이다. 그녀는 나무 주위를 돌며 춤을 추었다. 그리고 황홀한 표정으로 이렇게 말했다. "나야! 나야!" 그리고 사람들이 곧 장미나무가 될 그녀의 나무에 대해 농담을 하면 그녀 자신도 약간은 파리하게 웃었다. 그리고 눈가에는 눈물방울까지 맺혔다. 그녀의 바이올렛 빛깔의 눈은 더욱 엷어지고 입이 반쯤 열리면서 새하얗고 자그만 치아를 드러내 보였다. 그리고 햇빛만큼이나 가벼운 금발 머리카락이 황금빛 후광처럼 갸름한 얼굴을 장식했다. 언제나 우아하면서도 자신만만한 목과 어깨, 봉긋한 가슴, 유연한 허리, 그녀는 가냘프지 않은 몸매로 자랐다. 그리고 명랑하고 건강하며 보기 드문 미모를 갖추었으며, 순진무구한 몸과 순결한 영혼이 무궁무진한 매력을 꽃피웠다.

그 아이에 대한 위베르 부부의 애정은 날이 갈수록 더욱 강렬해졌다. 그녀를 입양하겠다는 생각이 두 사람 모두에게 떠올랐다. 다만 그들은 서로 그들의 영원한 회한을 일깨울까 두려워 그 사실에 대해 아무런 말을 하지 않았을 뿐이다. 그랬던 만큼 침실에서 남편이 그런 결심을 말하던 날 아침, 아내는 의자에 털썩 주저앉으며 흐느껴 울었다. 그 아이를 입양하다니 그들이 아이 갖기를 정녕 포기한 것이 아니었단 말인가? 물론 그들의 나이에 아이를 갖는 것은 이제 거의 기대할 수 없는 일이었다. 아내는 그 아이를 딸로 삼자는 남편의 생각을 훌륭하게 받아들이며 동의했다. 그들 부부가 그 사실을 얘기해 줬을 때, 앙젤리크는 그들의 품에 매달 리며 감격의 눈물을 흘렸다. 그 일에 모두 합의를 보았고, 앙젤리 크는 이제 그녀 자신의 존재로 충만해지고, 그녀의 젊음으로 생기 를 되찾고 그녀의 웃음으로 명랑해진 그 집에 그들과 함께 계속 살게 될 것이다. 그러나 절차를 밟는 첫 단계에서 그들은 한 가지 난관에 부딪히며 실망에 빠졌다. 치안 판사인 그랑시르 씨가 확인 해 본 결과, 입양이 근본적으로 불가능하다는 사실을 통보해 온 것이었다. 입양될 아이가 성인이어야 한다는 조건이 법에 명시되 어 있었기 때문이다. 그리고 그들이 슬픔에 잠겨 있는 모습을 본 판사는 그들에게 비공식적인 후견 제도가 있음을 알려 주었다. 50세 이상의 모든 개인은 비공식적인 후견인이 됨으로써 합법적 인 자격으로 15세 미만의 미성년자를 데리고 있을 수 있다는 것 이었다. 그들의 나이가 그 조건을 충족시켰으므로 그들은 기쁘게 그 해결책을 받아들였으며, 그다음에는 법전이 허락하는 바에 따 라 유언의 방식으로 그들의 피후견인을 입양할 수 있도록 하는 결 정까지 마쳤다. 그랑시르 씨는 남편이 부탁하고 아내가 허락한 일 을 책임졌다. 그리고 후원을 받고 있는 모든 아이들의 후견인인 고아원장의 동의를 얻기 위해 연락을 취했다. 그런 뒤 당국의 심 문이 있었고, 서류들은 파리의 지정된 치안 판사 사무실에 제출했 다. 이제 비공식 후견 문서를 구성하는 보고서만을 기다리면 되는 상황이었다. 그런데 그때 위베르 부부는 뒤늦게 어떤 신중한 생각 을 하게 되었다.

그런 식으로 앙젤리크를 입양하기에 앞서 그들이 아이의 가족을 되찾기 위해 어떤 노력을 해야 했던 것은 아닐까? 만약 아이의 어머니가 존재한다면 그 아이가 버려졌다는 사실을 절대적으로 확신할 수 없는 상황에서 이 여자애를 자신들 마음대로 처분할 권리를 그들은 어디서 얻을 수 있을 것인가? 그리고 결국에는 그 알려지지 않은 사실, 그러니까 아이를 출생시킨 그 망할 근본이 있었다. 과거에 그들을 불안하게 했던 그 근본에 대한 걱정이 그 순간 그들의 뇌리에 다시 떠올랐던 것이다.

황급히 위베르는 파리로 떠났다. 그것은 그의 고요한 삶을 뒤흔드는 일대 사건이었다. 그는 앙젤리크에게 거짓말을 했다. 그는 후견인이 되기 위해 출두해야 할 일이 생겼다고 설명했다. 24시간 안에 그는 모든 것을 알 수 있을 것이라 기대했다. 그러나 파리에서 여러 날을 보냈고, 한 발짝 내디딜 때마다 여러 난관에 부딪혔다. 여기저기서 거절당하고, 길거리를 미친 듯이 샅샅이 뒤지면서 거의 울기까지 하며 파리에서 일주일을 보냈다. 먼저 빈민 구제 사업부에서는 그를 아주 냉혹하게 대했다. 아이가 성인이 될 때까지 자신의 근본에 대해 알아서는 안 된다는 것이 행정 규칙이었다. 사흘 동안 그는 아침마다 그곳을 찾았고, 매번 거절당했다. 그는 네 개의 부서를 돌아다니며 고집을 피우고 목이 쉬도록 비공식 후견인으로서 자신을 소개하고 사정을 설명해야 했지만, 결국 그 깡마른 부장은 정확한 기록이 전무하다는 사실을 갖은 생색을 내며 알려 줬을 뿐이다. 행정 부서는 아무것도 몰랐다. 어떤 산파가 어머니의 이름을 주지 않고 그저 마리 앙젤리크 아동을 데려왔을 뿐이었다고만 했다. 절망 속에서 보몽을 향해 길을 다시 떠나려던 찰나, 위베르는 그 산파의 이름을 알기 위해 출생 기록을 조회해야겠다는 생각이 떠올라 빈민 구제부에 네 번째 걸음을 하게 되었다. 그것 또한 매우 까다로운 일이었다. 결국 그는 푸카르 부인이라는 이름과 함께 그 여자가 1850년 되제퀴 길에서 살았다는 사실을 알아냈다.

그래서 달음박질은 다시 시작되었다. 되제퀴 길의 끄트머리는 허물어졌고 거리의 어떤 이웃 가게 주인도 푸카르 부인을 기억하지 못했다. 그는 연감을 조회했다. 그 이름은 그곳에도 없었다. 눈을 들고 간판들을 살펴보다가 산파들이 모여 있는 곳으로 찾아가는 길밖에는 다른 방도가 없었다. 그리고 그 방법은 성공적이었다. 그는 운 좋게도 어떤 노파를 만났는데, 그녀가 소리를 질렀다. 뭐라고! 그럼, 푸카르 부인을 알고 있지! 얼마나 좋은 점이 많은 사람이었는데, 불행한 일을 많이 겪었지 뭐야! 노파에 의하면 푸카르 부인은 파리 상시에 길에서 살고 있었다. 그는 다시 그곳으로 달려갔다.

그곳에서 그는 경험이 가르쳐 준 대로 능숙하게 행동하리라 작심했다. 그러나 짤막한 두 다리 위로 거대한 몸집이 주저앉은 듯한 푸카르 부인은 그가 미리 준비한 질문을 차근차근 펼치도록 내버려 두지 않았다. 그가 아이의 이름과 고아원에 도착한 날짜를 꺼내자마자 그녀는 물밀 듯 밀려오는 원한의 감정으로 자신과 관련된 케케묵은 이야기를 모두 들춰냈다. 아! 그 어린것이 살아 있었구나! 정말이지 그 아이의 생모는 방탕하기 짝이 없는 여자였어! 시도니 부인 —그 여자는 남편이 죽은 뒤로 그렇게 불렸다—
에게는 꽤 괜찮은 친척들이 있었는데, 사람들의 말에 의하면 오빠
가 장관이었어. 그리고 그 때문에 그 여자의 행실이 아주 고약해
도 말릴 수가 없었지! 그리고 푸카르 부인은 어떻게 해서 그 여자
를 알게 되었는지 설명했다. 푸카르 부인이 돈을 벌기 위해 남편
과 함께 플라상에서 파리로 무작정 올라와 생토노레 길에 터를 잡
았을 때, 그 망나니 여자는 그곳에서 프로방스 산 과일과 기름 가
게를 하고 있었다. 죽은 남편을 땅에 묻은 지 열다섯 달이 지난
후, 그 여자는 딸아이를 하나 낳았다. 그게 정확히 누구의 아이인
지 알지 못한 채. 정말이지 그 여자는 청구서처럼 건조하고, 거절
증서처럼 차갑고, 기록처럼 무관심하고 직설적이었다. 사람들은
실수를 용서한다. 그러나 배은망덕은 아니다! 그 여자가 산후 조
리를 하는 동안 창고에 있던 식품을 다 먹어 버리고 나자 푸카르
부인은 그 여자를 먹여 주고 또 어린것을 돌보지 않았던가? 그런
데 그 보상으로, 부인 자신이 고통에 빠졌을 때 부인은 그 여자에
게 제공해 주었던 그 한 달 치 끼니를 되돌려 받는 것은 고사하고
증서 없이 그냥 빌려 주었던 15프랑조차 돌려받지 못했다. 요즘
시도니 부인은 포부르-푸아소니에르 길에서 작은 가게와 반 층
높이 위에 지은 세 칸짜리 집 한 채를 갖고 있으며, 명색은 레이스
가게지만 이것저것 가리지 않고 팔고 있었다. 아! 그래, 아! 그래,
그 빌어먹을 애 엄마는 차라리 모르는 편이 나았어!

한 시간이 지난 뒤 위베르는 시도니 부인의 가게 주변을 맴돌았
다. 그곳에 깡마르고, 창백하고, 나이를 알아볼 수 없는, 전혀 여

성답지 않은 한 여자가 얼핏 보였다. 그녀는 검은색 낡은 원피스를 입고 있었는데, 온갖 종류의 수상한 암거래로 얼룩져 있었다. 우연히 태어난 자신의 딸을 회상한다 해도 그것이 그 브로커 여자의 가슴을 따뜻하게 해 주는 일은 결코 없을 것이다. 그는 조심스레 정보를 알아냈고 몇 가지 사실을 알게 되었지만, 그것을 누구에게도, 자신의 아내에게조차 발설하지 않았다. 그러나 그는 여전히 주저하고 있었다. 그는 그 협소하고 비밀스러운 가게 앞을 마지막으로 한 번 더 지나갔다. 자신이 누구인지 알리고 그 여자의 동의를 얻어 내야 하는 것은 아닐까? 그러나 그렇게 부모 자식의 인연을 영원히 잘라 버릴 권리가 그에게 있는지의 여부를 판단하는 것은 올바르고 정직한 그의 몫이었다. 돌연 그는 등을 돌리고 그날 저녁 보몽으로 곧바로 돌아갔다.

위베르틴은 비공식적인 후견인이 되기 위한 문서가 서명되었다는 소식을 그랑시르 씨의 집에서 듣고 막 돌아오던 참이었다. 그리고 앙젤리크가 위베르의 품에 달려갔을 때, 그는 간절하게 질문하는 그 아이의 눈에서 아이가 그 여행의 진정한 동기가 무엇이었는지 알아차렸다는 것을 느낄 수 있었다. 그래서 그는 아이에게 간단하게 말했다.

"내 딸아, 네 엄마는 죽었다."

앙젤리크는 눈물을 흘리면서 위베르 부부를 열렬하게 껴안았다. 그는 그 여자에 대해 두 번 다시 말하지 않았다. 이제 앙젤리크는 그들의 딸이었다.

3

그해 사순절 월요일, 위베르 부부는 앙젤리크를 데리고 오트쾨르 성(城)의 폐허로 소풍을 갔다. 그 성은 보몽 하류 쪽으로 8킬로미터 정도 떨어진 곳에서 리뇰 강을 내려다보고 있었다. 야외에서 달리고 깔깔거리며 하루 온종일을 보냈던 터라 그다음 날 아틀리에의 오래된 시계가 일곱 시를 울렸을 때도 아가씨는 여전히 잠자고 있었다.

위베르틴이 문을 두드리러 올라가야만 했다.

"이런! 게으름뱅이! …… 우린 벌써 밥을 먹었어. 나머지 우리 두 사람은 말이야."

앙젤리크는 헐레벌떡 옷을 입고 내려가서 홀로 식사를 했다. 그리고 그녀가 아틀리에로 들어섰을 때, 위베르와 그의 아내는 방금 전부터 이미 일을 하고 있었다.

"아! 정말 엄청 늦잠을 잤어요! 일요일까지 약속한 사제복을 마쳐야 하는데!"

아틀리에는 커다란 방이었고, 창문은 정원을 향해 나 있으며, 처음 지었을 당시의 상태가 거의 그대로 보존되어 있었다. 천장에는 두 개의 대들보가 있었다. 겉으로 드러난 작은 들보들 사이로 나 있는 세 열의 공간은 칠조차 하지 않았고, 아주 검게 그을려 있는 데다 벌레까지 먹었으며, 석회층이 조각조각 갈라지고 부서져 작은 들보들 사이로 가늘고 긴 판자들이 드러나 보였다. 대들보를 떠받치는 돌로 된 초엽들 중 하나는 필시 그 집을 지은 1463년부터 거기 그렇게 있었던 게 틀림없다. 벽난로 또한 돌로 된 것인데, 쪼개지고 틈이 갈라졌지만 날씬한 다리 부분, 콘솔, 관 모양의 장식으로 끝나는 연도(煙道) 등 담백한 우아함만은 여전히 간직하고 있었다. 장식 띠 위로는 나이로 용해된 듯한, 자수공들의 수호성인인 성 클레르의 소박한 조각상이 그 형체를 남기고 있어 아직도 분간할 수 있었다. 그러나 벽난로는 더 이상 사용하지 않았다. 아궁이에 그림을 잔뜩 그려 넣은 판자를 대어서 그것을 열린 가구처럼 만들었기 때문이다. 그리고 이제는 그 방을 데워 주는 난로가 따로 있었는데, 그것은 굵직한 주철 종 모양으로 그 관은 천장을 따라 올라간 다음 벽난로의 연도에 이어지게 되어 있었다. 문들은 루이 14세 시대의 것으로, 이미 불안정하게 흔들거렸다. 마루 조각은 구멍이 생길 때마다 하나씩 교체되었고, 남아 있는 옛것은 그 사이에서 거의 다 썩어 갔다. 누런 벽색은 거의 백여 년 가까이 지났는데, 윗부분은 색이 바랬고, 습기가 차는 아랫부분은 금 가고 갈라지고 초산염으로 얼룩져 있었다. 매년 그들은 벽을 새로 칠하자고 말하지만, 변화에 대한 혐오감으로 결심을 하지 못했다.

위베르틴은 사제복을 팽팽하게 당겨 놓은 자수틀 앞에서 고개를 들며 말했다.

"우리가 이 물품을 일요일에 넘기면 네 정원에 심을 팬지 한 광주리를 사 주겠다고 약속했던 것 알지?"

앙젤리크가 명랑하게 외쳤다.

"맞아…… 오, 지금 당장 일을 시작해야지! ……그런데 내 골무가 어디 있지? 일을 중단하면 도구들이 어디론가 날아가 버린다니까."

그녀는 그 조그만 손의 두 번째 손가락 마디에 상아로 된 해묵은 골무를 끼우고 창문을 마주보며 자수틀 건너편에 앉았다.

18세기 중반 이후로 아틀리에의 가구 배치에는 어떤 변화도 없었다. 유행이 바뀌었고, 자수 공예의 기술도 변화했다. 하지만 나무로 된 처마널은 여전히 거기 벽에 고정되어 있었고, 이동이 가능한 사각대 위에 설치된 자수틀도 여전히 그곳에 기대어 서 있었다. 구석에는 골동품 같은 도구들이 잠자고 있었다. 여러 개의 금실 타래를 동시에 신속하고 촘촘하게 감을 수 있도록 설치된 기계가 톱니바퀴와 방추들과 함께 방치되어 있었고, 실을 꼬기 위해 손으로 돌리는 도르래 형식의 물레가 벽에 고정되어 있었다. 그리고 갈고리 형 바늘로 수를 놓기 위해 설치된 다양한 크기의 둥근 자수틀들이 타프타와 체를 모두 갖추고 있었고, 한 나무판자 위에는 납작한 황금 고리들을 갖가지 모양으로 재단하기 위한 도구 세트가 있었다. 또한 과거에 자수공들이 흔히 촛대로 사용하던 구리로 된 널찍한 양초 상자가 난파된 잔해처럼 있었다. 징이 박힌 벨트 형태의 연장걸이의 버클들에는 송곳, 작은 나무망치, 망치, 송아지 가죽이나 실을 본뜨고 자르기 위한 칼과 초벌 작업용 도구가 걸려 있었다. 월계수나무로 된 재단 탁자 아래에는 커다란 얼레가 하나 있었는데, 두 개의 버드나무로 된 회전 바퀴에 붉은 모직 실타래가 팽팽하게 걸려 있었다. 그리고 광택 나는 명주실이 감긴 실패들이 한 줄로 꿰어져 벽에 걸려 있었고, 바닥에는 빈 실패들이 한 바구니 가득 있었다. 끈 뭉치 하나가 굴러 의자에서 떨어졌다. 이때 앙젤리크가 다시 말을 이었다.

"아! 날씨가 참 좋구나, 참 좋은 날씨야! 이런 땐 살아 있다는 게 정말 기뻐."

그러고는 작업대로 몸을 기울이기에 앞서 열린 창문 밖을 바라보며 다시 잠시 자신을 잊고 서 있었다. 찬란한 5월 아침의 햇빛이 들어왔다. 한 가닥 햇살이 성당의 지붕 꼭대기에서부터 부드럽게 내려왔고, 신선한 라일락 향내가 주교 관저의 정원에서 피어올랐다. 그녀는 눈부신 봄의 기운에 잠겨 미소를 지었다. 그러고는 마치 잠에서 깨어난 듯 새삼스레 놀란 어조로 이렇게 말했다.

"아버지, 금실이 없어졌어요."

긴 망토의 밑 본 베끼는 일을 마치던 위베르는 벽에 걸린 실패 고리의 깊숙한 곳에서 타래를 하나 찾아서 잘라낸 다음, 실크 천을 덮고 있던 금실을 손톱으로 긁으며 실의 양 끝을 가늘게 했다. 그러고는 양피 묶음 속에 빠져 있던 실타래를 찾아 주었다.

"이젠 다 됐니?"

"예, 다 됐어요."

빨간색, 초록색, 파란색의 갖가지 금실을 갖춘 방추들, 온갖 색조의 명주실을 감은 실패들, 모자 모양의 작은 바구니 속의 납작한 황금 조각들, 주름 장식, 무광택의 금실 뭉치, 길고 가는 바늘, 철사 옷핀, 골무, 가위, 밀랍으로 된 바늘꽂이, 그녀는 어느 하나 부족한 것이 없다는 사실을 한눈에 알 수 있었다. 그 모든 것이 자수틀 위에서, 질긴 회색 종이가 보호해 주는, 팽팽하게 당겨진 천 위에서 바쁘게 움직였다.

그녀는 금실을 바늘에 꿰었다. 그러나 바늘을 처음 찌르는 순간 실이 끊어지고 말았다. 금실 끝을 긁으면서 다시 실을 꿰어야만 했다. 그녀는 자투리 상자 속으로 긁어 낸 조각을 던졌다. 그 상자 또한 작업대 위에 아무렇게나 놓여 있었다.

"아! 이런!" 그녀의 손가락이 바늘에 찔렸다.

굳건한 침묵이 방 안에 감돌았다. 위베르는 한 자수틀을 팽팽하게 당기고는 긴 망토의 진홍빛 비단을 직각으로 정확하게 위치시키도록 두 개의 실린더를 처마널과 사각대 위에 마주 올려놓았다. 그러고는 실린더에 뚫린 구멍 속으로 얇고 긴 판자들을 끼워 넣고 네 개의 나사못으로 고정했다. 그다음 오른쪽과 왼쪽으로 격자를 만든 다음, 나사를 뒤로 밀면서 당기기를 완성했다. 그가 손가락 끝으로 천을 두드렸다. 천이 북소리처럼 울렸다.

앙젤리크는 아주 훌륭한 자수 공예가가 되었다. 그녀의 능숙함과 뛰어난 안목은 위베르 부부의 감탄을 자아냈다. 그녀는 그들이 가르쳐 준 것에다 덧붙여 자신의 열정을 쏟았으며, 그것은 꽃에 생명을, 상징에 신앙심을 불어넣었다. 그녀의 손 아래에서 명주실과 금실은 생기를 얻었고, 신비로운 영감이 아주 작은 장식에서도 약동했다. 그녀는 항상 깨어 있는 상상력과 보이지 않는 세계에 대한 믿음으로 자신의 모든 것을 바쳤다. 그녀가 수를 놓은 것들 중 어떤 것은 보몽 교구 전체를 어찌나 떠들썩하게 했는지 고고학적 지식이 있는 어떤 사제와 회화에 관심이 있는 다른 어떤 사제가 그녀를 만나러 왔을 정도였다. 그러고는 그녀가 수놓은 황홀한 성모상들 앞에서 감탄하며 최초의 순박한 형상과 비교하기도 했다. 거기에는 세부 사항에 세심한 완벽을 기했다는 점에서 동등한 진지함이, 저 너머에 대한 동등한 감정이 있었다. 그녀는 그림에 재능이 있으며, 가르침을 받지 않고 오직 저녁에 램프 아래에서 독학한 것만으로도 종종 자신의 모델들을 교정하고 그것으로부터 거리를 두고 자신의 환상 세계로 나아가 바늘 끝으로 어떤 새로움을 창조하기에 이르렀는데, 그것은 정말 기적이었다. 그에 따라 위베르 부부는 그녀가 훌륭한 자수 공예가에게는 필수적인, 그림에 대한 지식을 갖추었다는 사실을 인정하고, 비록 그들이 그 분야에서 더욱 오랜 경험이 있었지만 그녀 앞에 나서지 않았다. 그리고 그들은 겸손하게 그녀의 조수가 되어 최고급의 모든 작업은 그녀에게 맡기고 자신들은 그 준비 작업만 맡게 되었다.

그해 내내 경이로운 작품들이 그녀의 손을 거쳐 완성되었다. 그녀는 오직 비단이나 새틴, 벨벳 혹은 금실 은실로 짠 고급 직물에 둘러싸여 있었다. 그녀는 주교의 의례복, 어깨 위로 걸쳐 앞으로 길게 늘어뜨리는 스톨라, 왼팔에 걸치는 성대(聖帶), 긴 망토, 소매 짧은 제의, 주교의 모자, 깃발, 성배(聖杯)와 성체기(聖體器)를 덮는 너울에 자수를 놓았다. 그러나 특히 신앙 고백자들과 처녀들을 상징하는 흰색, 사도들과 순교자들을 상징하는 붉은색, 죽은 자들과 금식일을 상징하는 검은색, 유아(乳兒)들을 상징하는 바이올렛, 이렇게 다섯 가지 색깔을 넣는 사제의 의례복 주문이 계속 밀려왔다. 그리고 금실은 흔히 쓰이는 것으로, 흰색, 붉은색, 혹은 녹색을 대신할 수 있었다. 예수와 성모를 상징하는 표상, 방사상의 빗살로 둘러싸인 삼각형, 어린 양, 펠리컨, 비둘기, 성배, 성체현시대(聖體顯示臺), 수많은 가시에 찔려 피 흘리는 가슴 등 언제나 같은 상징이 십자가의 한중심을 차지했다. 한편 길게 수직으로 연장되는 부분이나 팔 부분은 길이를 따라 장식이나 꽃을 수놓았는데, 그것은 아네모네나 튤립, 작약, 석류, 수국과 같이 잎넓은 모든 종류의 꽃으로서 옛날부터 전해 오는 양식의 장식법을 모두 동원했다. 어떤 계절도 그녀가 검은색 바탕에 은실로, 붉은색 바탕에 금실로 이삭이나 포도 모양의 상징적인 장식을 수놓지 않고 지나간 적은 없었다. 아주 화려한 주교의 법의(法衣)에는 중심에 성인들의 두상, 성모영보(聖母領報), 구유, 예수 수난상 등의 그림을 넣고 섬세한 색조 변화를 주었다. 때로는 바탕 자체에 금은 장식으로 수를 놓았고, 때로는 금실이 든 화려한 비단이나 벨벳 위에 비단이나 새틴 띠를 둘렀으며, 그 위에 찬란하고 성스럽게 만개한 꽃을 그녀의 가는 손가락 끝으로 하나씩 탄생시켰다.

요즘 앙젤리크가 수놓고 있는 법의는 흰색 새틴으로 만든 의례복인데, 십자가는 금실 백합꽃 다발로 되었고, 거기에 미묘한 색조 변화를 주는 방식으로 발랄한 장미꽃을 엮었다. 그리고 중심에는 무광택의 황금실로 수놓은 작은 장미꽃 화관이 있었는데, 그 속에는 아주 풍부한 장식과 함께 성모 마리아를 상징하는 표상이 붉은빛과 초록빛 금실로 찬란하게 빛났다.

그녀가 작은 장미나무 잎을 금실 뒤덮기 방식으로 완성한 지 한 시간이 흘렀지만, 한마디의 말도 침묵을 흩트리지 않았다. 바늘에 꿴 금실이 다시 부러졌다. 그녀는 공예가의 능란한 솜씨로 수틀 아래로 더듬어 실을 다시 꿰었다. 그런 다음 고개를 들었다. 그녀는 창문으로 들어오는 봄기운을 길게 들이마시는 듯 보였다. 그러고는 중얼거렸다.

"아! 어제도 참 날씨가 화창했는데!…… 어쩌면 햇살이 이리도 상쾌할까!"

위베르틴은 실에 밀랍을 입히면서 고개를 끄덕였다.

"난 말이야, 이제 기진맥진해졌어. 팔에 감각이 없어진 것 같아. 이건 내가 더 이상 열여섯 살이 아니라는 얘기지. 게다가 이렇게 거의 외출도 하지 않으니!"

하지만 그녀는 즉시 일을 다시 시작했다. 그녀는 입체감을 주기 위해 송아지 가죽 조각을 기워 붙이며 지시된 위치에다 백합꽃들을 수놓을 준비를 했다.

"그리고 이 봄 햇살은 귀찮고 나른하게 만들어." 위베르가 말을 거들었다. 그는 자수틀에다 비단 천을 팽팽하게 당기고는 긴 망토에 쓸 띠의 본을 뜰 준비를 했다.

앙젤리크의 멍한 시선은 교회의 아치에서 떨어지는 햇살 속으로 아련히 멀어졌다. 그러고는 조용히 말했다.

"하지만 난 봄 햇살이 상쾌했는걸요. 야외에서 보낸 한나절이
피로를 가시게 했어요."

그녀는 금실로 작은 잎사귀를 수놓는 일을 마치고 넓은 장미꽃
잎 하나를 새로 시작했다. 비단의 미묘한 느낌만큼이나 많은 종류
의 실이 바늘에 꿰어 준비되어 있었고, 꽃잎이 향하는 방향을 그
대로 따르며 갈라지거나 안으로 들어가는 점을 하나하나 수놓았
다. 그러한 작업은 세심한 주의를 요구했다. 하지만 침묵 속에 남
아 있던 그 전날의 추억은 그렇게 되살아나자마자 그녀의 입술로
마구 넘쳐흘러 더 이상 말을 멈출 수 없게 만들었다. 그녀는 출발
하던 순간과 드넓은 들판, 그리고 그곳 오트쾨르 성의 폐허에서의
점심 식사를 차례로 떠올렸다. 그들은 어느 커다란 방의 타일 위
에서 식사를 했는데, 허물어진 벽 너머로 리뇰 강이 50미터 아래
버드나무들 사이로 흘러가는 것이 내려다보였다. 그녀는 추억으
로 가득했다. 그 폐허, 가시덤불 아래로 흩어져 있던 그 잔해는 그
거대한 성이 과거에 우뚝 서서 두 계곡을 호령할 때 지녔던 엄청
난 규모를 그립게 했다. 가장 높은 망루는 꼭대기가 허물어지고
틈이 벌어졌지만, 그 모든 것에도 불구하고 15피트 두께의 기반
위에서 60미터 높이로 아직 견고하게 서 있었다. 성벽에 연결되
어 있는 샤를마뉴 탑과 다비드 탑도 마찬가지로 굳건하게 버티고
있었다. 내부에는 예배당, 법정, 침실과 같은 건물의 일부가 아직
남아 있었고, 계단을 비롯해 창틀 안쪽의 부벽, 테라스의 벤치, 요
즘 세대 사람들에게는 지나치게 높은 사다리에 이르기까지 성은

꼭 거인들이 지은 것만 같았다. 그 성은 전체가 하나의 요새화된 도시였으며, 5백여 명의 전사들이 군수품과 식량의 모자람 없이 세 달 동안 포위를 견뎌 낼 수 있었다. 2백 년 전부터 찔레나무가 아래층 방들의 벽돌 틈새를 파고들었고, 라일락과 금작화가 무너진 천장의 잔해 사이로 꽃을 피웠다. 그리고 플라타너스 한 그루가 호위병들 대기실의 벽난로에서 자라났다. 그러나 석양이 질 때면 그 큰 망루의 몸체는 12킬로미터 멀리까지 펼쳐지는 경작지 위로 그림자를 길게 드리웠다. 성 전체가 땅거미 속으로 거대하게 다시 지어지는 것 같았고, 프랑스의 왕들까지 떨게 할 만큼 그 성을 난공불락의 요새로 만든 그 무서운 힘을, 과거 그 최고의 지배력을 여전히 느낄 수 있었다. 앙젤리크는 계속했다.

"그리고 전 확신해요. 밤이면 영혼들이 그곳으로 돌아와 산다는 것을요. 모든 종류의 목소리가 들려요. 그리고 짐승들도 그곳으로 와요. 우리가 그곳을 떠나려 할 때, 난 되돌아서서 거대한 흰색의 형상이 벽 위로 떠도는 것을 다 봤어요. 어머닌 성의 역사를 다 아시잖아요, 그죠?"

위베르틴은 평온하게 미소를 지었다.

"오! 난 귀신을 본 적은 없단다, 얘야."

하지만 위베르틴이 역사를 알고 있는 것은 사실이었다. 그녀는 어떤 책에서 그것을 읽었다. 그래서 그녀는 이 아가씨가 질문을 하며 조르는 바람에 다시 그 역사를 얘기해야 했다.

그 영토는 성 레미가 클로비스 왕으로부터 물려받은 이래 줄곧 랭스의 진지에 속해 있었다. 10세기 초엽에 세브랭이라는 한 주교가 우아즈 강 ―리뇰 강이 여기에 합류한다― 을 거슬러 올라가던 노르망족에 대항하여 나라를 지키기 위해 오트쾨르에 요새를 짓게 했다. 그리고 다음 세기에 보몽 시와 그 교회가 면세 지대로 남는다는 조건으로 세브랭의 한 후계자가 노르망디 가의 동생인 노르베르에게 그 성을 영지로 하사했다. 그렇게 해서 노르베르 1세가 오트쾨르 후작들의 우두머리가 되었고, 그때부터 그의 혈통은 역사의 페이지를 채우게 되었다. 에르베 4세는 교회의 재산을 갈취한 죄로 두 번씩이나 교구에서 추방되었고, 자기 손으로 단번에 부르주아 서른 명의 목을 베었으며, 자신의 거대한 망루가 프랑스의 왕 루이 르 그로에 의해 허물어지는 불운을 겪었고, 그로 인해 전쟁을 감행했다. 라울 1세는 프랑스의 왕 필리프 오귀스트와 함께 십자군 전쟁에 참여했으며, 가슴에 창을 한 방 맞고 생장다크르 앞에서 사망했다. 그러나 가장 유명한 자는 위대한 성주 장 5세였다. 그는 1225년에 이 요새를 새로 지었는데, 이 가공할 만한 오트쾨르 성을 세우는 데는 5년도 채 걸리지 않았으며, 이 성의 보호 아래 잠시 프랑스 왕좌를 꿈꾸기까지 했다. 그리고 스무 번에 걸친 전투 끝에 그는 자신의 침상에서 스코틀랜드 왕의 처남으로서 사망했다. 그다음엔 예루살렘까지 맨발로 걸어간 펠리시앵 3세, 스코틀랜드 왕좌에 대한 권리를 주장했던 에르베 7세, 그리고 마자랭의 체제 아래 이 성이 해체되는 광경을 목격해야 했던 장 9세에 이르기까지 수 세기에 걸쳐 힘세고 고귀한 여러 성주들이 있었다. 마지막 포위가 있은 다음 사람들은 큰 망루와 성탑의 궁륭을 폭약으로 파괴했으며, 건물을 불에 태웠다. 이 성은 프랑스의 왕 샤를 4세가 자신의 광기에서 잠시 벗어나기 위해 온 곳이며, 2백 년 가까이 지난 다음에는 앙리 4세 왕이 가브리엘 데스트레와 함께 여드레 동안 머물렀던 곳이다. 이 모든 장엄한 역사는 이제 풀숲에 잠들어 있었다.

색깔의 온화한 생기 속에서 장미꽃이 탄생함에 따라 마치 이젠 사라져 버린 그 귀족들에 대한 환영이 수틀 위로 떠오르는 듯 앙젤리크는 바느질을 멈추는 일 없이 열정적으로 그 이야기를 귀담아들었다. 역사에 대한 그녀의 무지는 사실을 확대하기도 하고, 경이로운 전설의 배경으로 사실을 후퇴시키기도 했다. 그녀는 매료되었고 믿음으로 전율했으며, 그 속에서 성은 다시 지어져서 하늘의 문턱까지 솟아올랐고, 오트쾨르 가 사람들은 성모 마리아의 사촌들이 되었다.

"그러면 우리의 새 주교님이신 오트쾨르 님도 그 가문의 후손인가요?" 앙젤리크가 물었다.

위베르틴은 그 가문의 장자 계통은 오래전에 멸망했으니 주교님은 그 동생 가문에 속할 것이라고 대답했다. 그것은 기이한 회귀라고까지 할 수 있었다. 왜냐하면 수백 년 동안 오트쾨르 후작들과 보봉의 사제들은 서로 전쟁하면서 살았기 때문이다. 1150년경에 한 신부가 오직 자신의 교구에서 거둬들인 재원으로 교회의 건축을 시도했는데, 그러나 건물은 겨우 측면 예배당들의 천장 높이까지 세웠을 뿐인데 돈이 바닥났다. 그래서 사람들은 예배당을 나무 지붕으로 덮는 것으로 만족해야 했다. 80년이 흐른 뒤 장 5세가 성을 다시 짓고는 30만 파운드를 교회에 기부했다.

사제들은 다른 금액에다 그 헌금을 합쳐서 교회를 계속 지을 수 있게 되었고, 그렇게 해서 예배당을 완성했다. 두 개의 탑과 대정면의 공사는 그보다 훨씬 후인 1430년경, 15세기 중엽에 들어서야 끝을 맺을 수 있었다. 장 5세의 후덕함을 보상하기 위해 사제들은 그와 그의 후손들에게 제단 후진에 위치한, 성 조르주에게 바친 예배당에 관을 묻을 수 있는 권리를 부여했다. 그때부터 이 예배당은 오트쾨르 예배당이라고 불리게 되었다. 그러나 그러한 좋은 관계는 곧 단절되고 말았다. 성은 보몽의 면세 지위를 지속적으로 위협했고, 조공과 서열의 문제로 적개심이 끊임없이 폭발했다. 그들을 무엇보다 적대적으로 만든 사안이 있었다. 섬세한 직조 산업으로 보몽 저지대가 눈에 띄게 융성해지자 성주들은 리욜 강의 운항에 조세를 매길 권리를 주장하게 되었고, 이로 인한 논쟁이 끊이지 않았다. 그 시대부터 보몽의 재산은 나날이 증대한 반면, 오트쾨르의 재산은 성이 해체되고 교회가 승리를 거둔 순간까지 계속 줄어들었다. 루이 14세 왕은 이 교회를 주교가 관장하는 대성당으로 승격했고, 수사들의 옛 경작지 안에 주교 관저를 지었다. 그리고 운명의 장난으로 오늘날 바로 그 오트쾨르 가의 한 후손이 주교가 되어 4백 년의 투쟁 끝에 자신의 선조들을 꺾어 버린 이 사제단을 지휘하러 오게 된 것이다.

앙젤리크가 말했다. "하지만 주교님은 결혼하신 적이 있잖아요. 그런데 스무 살 된 큰아들이 있어요, 그죠?"

위베르틴은 한 송아지 가죽 조각의 모양을 고치기 위해 가위를 집었다. "맞아, 코르니유 신부님이 말해 주더군. 오! 아주 슬픈 이야기야……. 주교님은 스물한 살 되던 해에 대위가 되셨단다. 샤를 10세 왕의 치하였지. 그리고 스물네 살이 되던 해인 1830년에 그분은 그 직위를 그만두셨대. 사람들은 마흔 살까지 방탕한 생활을 하셨다고 하더구나. 여행에다 연애 사건에다 결투까지 말이야. 그런데 어느 날 저녁, 시골의 어느 친구 집에서 발랑세 백작의 딸을 만나셨어. 폴이라고 불리는 아주 부유하고 기적처럼 아름다운 젊은 처녀였다지. 그 여인은 겨우 열아홉 살이었고 그분보다 무려 스물두 살이나 어렸어. 그분은 미치도록 그 여인을 사랑했고, 그 여인 또한 그분을 열렬히 사랑했대. 결혼을 서둘렀지. 그분이 불행하게도 오트쾨르의 폐허를 다시 사들인 것이 그때였어. 만 프랑이었다지, 아마. 그 성을 수리할 계획이었나 봐. 아내와 함께 그곳에서 살기를 꿈꿨거든. 아홉 달 동안 그 두 사람은 양주의 어느 낡은 저택 구석에 숨어서 살았어. 아무도 만나지 않고, 시간이 너무 빨리 흘러가는 것을 아쉬워하며……. 그런데 폴은 첫 아들을 낳고 죽어 버렸어."

위베르는 흰색 분첩으로 그림을 톡톡 치고 있다가 고개를 들고는 폴이 죽은 모습으로 중얼거렸다.

"아! 불행한 분이시구나."

"그분이 그 일로 거의 돌아가실 뻔했다고들 하더군." 위베르틴이 말을 이었다. "일주일 후 그분은 성직자가 되기 위해 성직위계로 들어가셨어. 그러니까 그게 20년 전의 일이었지. 그리고 이제 그분은 주교님이 되셨어. 하지만 그분은 어머니의 목숨을 대가로 지불하고 태어난 그 아들을 스무 해 동안이나 만나기를 거부하셨대. 죽은 아내의 친척 아저씨인 어느 늙은 신부의 집에 아들을 보냄으로써 당신의 삶에서 아들을 떼어 버리셨던 거지. 그리고 아들의 소식을 듣기도 원치 않으셨고, 그의 존재 자체를 잊어버리려 애쓰셨던 거야. 사람들이 그분에게 아이의 초상화를 보내 준 어느 날이었어. 사람들이 그분을 보러 다시 왔을 때, 그분은 마치 망치로 얻어맞은 듯 사지가 뻣뻣해진 상태로 마룻바닥에 쓰러져 있었다는구먼……. 죽은 아내의 모습을 보는 듯했던 것 같아. 주교님이 마침내 아들을 곁에 부르셨다고 코르니유 신부님이 어제 내게 말씀하신 걸 보면 틀림없이 연륜과 기도가 그 깊은 슬픔을 가라앉혔던 거야."

앙젤리크는 장미꽃을 완성했다. 꽃이 너무도 신선하여 새틴에서 향기가 풍겨 나오는 듯했다. 그리고 몽롱한 눈으로 햇볕이 내리쬐는 창밖을 바라보며 나지막한 목소리로 따라했다.

"주교님의 아들……"

위베르틴이 이야기를 마무리 지었다.

"신처럼 아름다운 청년이라고들 하더군. 그의 아버지는 그를 사제로 만들기를 원했어. 하지만 그 늙은 신부는 그 아이에게는 소명이 전혀 없는 것 같아 그걸 원치 않았지……. 그리고 수백만 프랑! 사람들이 이야기하는 것에 따르면 5천만 프랑! 맞아, 그의 어머니가 그에게 5백만은 남겨 놓았을 테니 그 돈을 파리의 땅에 투자했으면 이제 50배는 가치가 나가겠지. 결론적으로 왕처럼 부자라는 말이지!"

"왕처럼 부자, 신처럼 아름다운……" 앙젤리크는 꿈꾸는 목소리로 무심결에 따라했다.

그리고 기계적인 손놀림으로 그녀는 커다란 백합꽃 한 송이를 레이스 형태로 수놓기 위해 금실이 감긴 방추를 들었다. 그녀는 방추 끝의 뾰족한 부리에 걸린 금실을 잡아 뺀 다음 비단실로 한 땀을 찍어 두께를 주기 위해 붙인 송아지 가죽 가장자리에 그 끝을 고정시켰다. 그러고는 손을 계속 움직이면서 고조되는 욕망의 파도 속으로 빠져들며 다시 말했다. 그러나 그녀는 아직 자신이 무엇을 생각하는지 채 알지 못했다.

"오! 내가, 내가 소망하는 것은, 내가 소망하는 것은……."

침묵이 다시 내려앉았다. 그것은 깊었다. 그리고 오직 교회에서 들려오는 희미해진 노랫소리만이 그 침묵을 방해할 뿐이었다. 위베르는 흰 분으로 그린 모든 점선을 붓으로 다시 쓸며 그림을 정돈했다. 그렇게 해서 긴 망토의 장식 밑그림이 붉은색 비단 위에 흰색으로 나타났다. 이번에는 위베르가 말을 이었다.

"옛날에는 정말 장엄했지! 영주들은 자수를 놓아 아주 빳빳해진 옷을 입었어. 리옹에서는 옷감 가격이 한 자에 6천 파운드까지도 했지. 자수 공예장의 결정문과 주문서를 읽어야 해. 왜냐하면 거기에는 왕의 자수 공예가들이 군사력을 동원하여 다른 장인들에 속한 노동자들을 징집할 권리가 있다고 되어 있거든……. 우리는 문장(紋章)을 몇 개 갖고 있었는데, 하늘색에다 금실로 무늬를 넣어 가운데 띠를 둘렀고, 같은 모양의 백합꽃 세 개를 함께 장식했지. 둘은 상단부에, 그리고 하나는 하단부에 뾰족하게……. 아! 정말 아름다웠어, 이젠 다 옛이야기지만!"

그는 잠시 침묵하며 먼지를 떨어내기 위해 자수틀 위를 손톱으로 두드렸다. 그러고는 다시 입을 열었다.

"어렸을 때 어머니가 오트쾨르 가에 대해 종종 들려주시던 한 전설이 보몽에서는 아직도 사람들의 입에 회자되고 있지. 끔찍한 페스트가 도시를 휩쓸었고, 주민의 반이 이미 사망하고 말았어. 그때가 성을 다시 지은 장 5세의 시대였는데, 하느님이 재앙을 물리칠 수 있는 권능을 그에게 내리셨어. 그래서 그는 맨발로 환자들에게 다가가서 무릎을 꿇고는 '하느님이 원하시면 나도 원하노라'라고 말하면서 그들의 입술에 입을 맞추었지. 그의 입술이 그들의 입에 닿자마자 환자들은 곧 치유되었어. 이 말이 오트쾨르 가문의 금언으로 남게 된 이유가 바로 거기에 있단다. 그 이후로 이 가문의 모든 사람들이 페스트를 치유하게 되었어⋯⋯. 아! 자긍심이 있는 사람들이야! 왕조라고까지 할 수 있지! 주교님으로 말할 것 같으면 그분은 성직위계로 들어가시기 전에 장 12세라고 불리셨어. 그리고 당신 아들의 이름도 왕자의 이름처럼 틀림없이 특별한 표상을 갖고 있을 거야."

그의 말 하나하나가 앙젤리크의 몽상을 배양하고 지속시켰다. 그녀는 노래 부르는 듯한 어조로 반복했다.

"오! 내가 소망하는 것은, 내가 소망하는 것은⋯⋯."

방추를 잡고 실을 건드리지 않고서 오른쪽 왼쪽으로 번갈아 움직이다가 매번 되돌아올 적엔 비단실 한 땀으로 고정시키면서 금실로 송아지 가죽 위로 무늬를 넣었다. 커다란 황금 백합꽃이 조금씩 꽃을 피워 갔다.

"오! 내가 소망하는 것은, 내가 소망하는 것은 왕자님하고 결혼하는 거랍니다……. 한 번도 본 적은 없지만 어느 날 저녁 해 질 무렵 내 손을 잡고 궁전으로 나를 데려가기 위해 찾아올 어떤 왕자님하고요……. 그리고 또 내가 소망하는 것은 그분이 아주 아름답고 아주 부자이신 분, 오! 지금까지 세상에 있었던 가장 아름답고 가장 부자이신 분이었으면 좋겠어요! 창가에 서 있으면 말들의 거친 숨소리가 들려오고, 보석의 물결이 무릎 위로 흘러내리고, 손만 벌리면 황금이 빗물처럼, 홍수처럼, 내 손에서 떨어진다면……. 그리고 또 내가 소망하는 것은 그것은 나 자신이 그분을 미치도록 사랑하고 나의 왕자님이 나를 미칠 듯이 사랑하는 것이랍니다. 우리는 아주 젊고 아주 순수하고 아주 고귀할 거예요, 영원히, 영원히!"

위베르가 일손을 멈추고 미소를 지으며 다가서는 동안 위베르틴은 정다운 표정을 지으며 손가락으로 그 젊은 아가씨를 위협했다.

"아! 허영심 많은 것, 아! 욕심쟁이, 넌 도저히 구제 불능인 거니? 여왕이 되고 싶은 욕심으로 아주 가 버렸어. 그 꿈은 말이야, 설탕을 훔치거나 무례한 대꾸를 하는 것보다는 덜 고약한 거야. 하지만, 흠, 악마가 그 뒤에 숨어 있어. 열정과 오만이 그 뒤에서 말하고 있단 말이지."

앙젤리크는 즐거운 표정으로 그녀를 바라보았다.

"어머니, 어머니, 지금 무슨 말씀을 하시는 거예요?…… 아름답고 풍요로운 것을 좋아하는 것이 잘못인가요? 전 그게 좋아요.

왜냐하면 아름답고 풍요롭기 때문이죠. 그건 저를 뜨겁게 해요. 바로 여기, 가슴을 말이에요……. 어머니는 잘 아시잖아요. 제가 전혀 돈에 관심이 없다는 걸요. 돈이라, 아! 제가 그것으로 무얼 할지 아세요? 만약 제게 돈이 많이 생긴다면 가난한 자들에게 마구 뿌려 줄 거예요. 더 이상 가난이 존재하지 않는다는 것, 이건 진정한 축복이잖아요! 우선 어머니와 아버지를 부자로 만들어 드릴 거예요. 난 두 분이 옛날의 귀부인과 영주처럼 드레스를 입고 화려한 비단옷을 입은 모습을 보고 싶어요."

위베르틴은 어깨를 들썩했다.

"어리석은 것!…… 하지만, 애야, 넌 가난하잖아. 넌 결혼할 돈이 한 푼도 없어. 그런데 어떻게 네가 왕자님을 꿈꿀 수 있니? 그런데도 너보다 더 부자인 남자와 결혼할 거라고?"

"물론이에요, 전 그런 남자와 결혼할 거예요!"

그런 다음, 그녀는 혼미 상태에 깊이 빠진 듯한 표정을 지었다.

"아! 그래요, 전 왕자님과 결혼할 거예요……. 그분이 돈을 갖고 있을 텐데 제가 돈을 가져 봤자 무슨 소용이 있겠어요? 전 모든 걸 그분께 의지할 거예요. 그러면 전 그분을 더욱 사랑하겠죠."

그와 같은 의기양양한 추론이 위베르를 매료시켰다. 그는 딸과 함께 기꺼이 구름의 날개 위로 떠났다. 그가 외쳤다.

"아이의 말이 맞아."

그러나 그의 아내는 불만스러운 눈초리로 그를 바라보았다. 그녀는 냉엄해졌다.

"애야, 내 딸아, 훗날 알게 될 거야, 인생을 말이다."

"인생이라고요? 전 그게 뭔지 알아요."

"네가 그걸 어디서 알 수 있었겠니? 넌 아직 너무 어려, 넌 고통을 몰라. 흠, 고통이 존재한단다. 그것도 전지전능하게."

"고통, 고통……."

앙젤리크는 의미를 간파하기 위해 그 단어를 천천히 발음했다. 그녀의 맑은 눈 속에는 마찬가지의 순진무구한 놀람이 깃들어 있었다. 고통이라, 그녀는 그것을 잘 알고 있었다. 『황금빛 전설』이 그녀에게 이미 고통을 충분히 보여 주었다. 고통이야말로 바로 악마가 아니던가? 그리고 악마는 언제나 다시 태어났지만, 또 언제나 패배한다는 것을 그녀는 보지 않았는가? 전투가 있을 때마다 악마는 땅에 쓰러져 매를 맞고 딱한 처지에 몰렸다.

"고통 말인데요, 아! 어머니, 제가 그걸 얼마나 비웃는지 아신다면!…… 우린 자신을 이기기만 하면 돼요. 그러면 행복하게 살 수 있어요."

위베르틴은 서글프고 걱정스러운 몸짓을 했다.

"다른 사람들과의 교류를 끊고 이 집에서 우리와만 살도록 너를 길렀다는 것 때문에 언젠가 네가 나를 후회하게 만들 것 같구나. 삶에 대해 이토록 무지하다니……. 너는 도대체 어떤 천국을 꿈꾸는 거니? 넌 세상을 어떻게 상상하지?"

그 순간 몸을 기울인 채 한결같은 동작으로 방추를 이리저리 계속 움직이는 어린 아가씨의 얼굴이 어떤 거대한 희망으로 환히 밝아졌다.

"그러니까 어머니는 저를 아주 어리석은 바보로 믿으시는 거예요? 세상은 선량한 사람들로 가득해요. 정직하게 열심히 일하면 우린 언제나 그에 합당한 보상을 받게 돼 있어요……. 오! 나쁜 사람들이 있다는 것도 물론 알고 있어요. 몇몇 되죠. 하지만 그들이 중요한가요? 사람들이 그런 사람들과 교류하지 않으면 그들은 곧 벌을 받아요……. 그리고 보세요, 세상이 멀리서 어떤 커다란 정원과 같은 효과를 제게 가져다주어요. 그래요! 어떤 거대한 공원 같은 곳, 꽃이 만발하고 햇살 가득한 그런 곳 말이에요. 산다는 것은 너무도 좋아요. 삶은 너무도 온화해요. 그래서 삶은 나쁠 수가 없어요."

그녀는 마치 비단과 금실의 광택에 취해 버린 양 흥분했다.

"행복은 너무도 단순해요. 우린, 우리 같은 사람들은 행복해요. 왜냐고요? 서로 사랑하기 때문이죠. 그게 다예요! 어렵지 않아요……. 그러니까 제가 기다리는 사람이 찾아오는 날, 어머닌 아시게 될 거예요. 우린 곧 서로 알아보게 될 거예요. 한 번도 그를 본 적은 없지만 전 그가 어떤 사람인지 알고 있어요. 그는 들어서면서 이렇게 말할 거예요. 그대를 데리러 이렇게 왔어요. 그러면 전 대답할 거예요. 당신을 기다리고 있었어요. 절 데려가 줘요. 그는 저를 데려갈 거예요. 그러면 다 끝나는 거예요. 영원히. 우리는 어떤 궁전에 가서 다이아몬드가 박힌 황금 침대에서 잠을 자겠죠. 오! 너무도 간단해요!"

"넌 지금 제정신이 아니야. 그만해!" 위베르틴이 쌀쌀맞은 목소리로 말꼬리를 잘랐다.

그러고는 흥분에 들떠 금방이라도 꿈나라로 다시 올라갈 것 같은 앙젤리크의 모습을 보면서 말을 이었다.

"그만해, 너 때문에 두려워지는구나…… . 불행한 것, 우리가 너를 어떤 보잘것없는 작자와 결혼시켰을 때, 너는 땅바닥으로 다시 추락하면서 뼈가 부러지는 고통을 알게 될 거다. 우리 같은 불쌍한 사람들에게 행복이란 겸손함과 복종 속에만 있는 것이야."

앙젤리크는 여전히 미소를 머금은 채 흔들리지 않는 고집으로 대꾸했다.

"전 그분을 기다려요. 그분은 분명 올 거예요."

"아이의 말이 옳아요!" 위베르가 자신의 열에 들떠 흥분하며 외쳤다. "왜 당신은 아이를 나무라는 거요?…… 앙젤리크는 왕이 찾아와 우리에게 청할 만큼 충분히 예쁜 아이잖소. 어떤 일도 일어날 수 있어요."

위베르틴은 현명함이 배어 있는 어여쁜 두 눈을 들어 그를 바라보았다.

"얘가 잘못 행동하도록 부추기지 마세요. 자신의 열정에 굴복하는 것이 위험하다는 걸 어느 누구보다 당신이 더 잘 알잖아요."

굵은 눈물방울이 맥 빠진 그의 눈가에 맺혔다. 그러자 그녀는 설교한 것을 곧 후회하고는 몸을 일으키며 그의 손을 잡았다. 그러나 그는 손을 빼며 울먹이는 목소리로 말했다.

"아니, 아니, 내가 잘못했소…… . 들었니, 앙젤리크? 어머니 말씀을 잘 들어야 한다. 우리 두 사람은 제정신이 아니야. 네 어머니만이 분별력 있어…… . 내가 잘못했어, 내가 잘못한 거야……."

그는 너무도 흥분되어 앉아 있을 수가 없었다. 그래서 팽팽하게 틀에 맞추던 긴 망토를 내려놓고, 수놓기를 마친 다음 수틀에 그대로 끼워 두었던 깃발에 풀을 먹이는 작업에 열중했다. 그는 직물의 뒤편에 자수를 빳빳하게 하기 위해 플랑드르 산 풀 항아리를 장롱에서 꺼내어 붓으로 발랐다. 그의 입술에는 아직도 약간의 떨림이 남아 있었다. 그는 더 이상 말을 하지 않았다.

앙젤리크 또한 순종적이 되어 마찬가지로 침묵했다. 하지만 그녀는 아주 나지막하게 꿈꾸기를 멈추지는 않았다. 그녀는 욕망의 저편에서 높이, 더 높이 올라갔다. 그녀의 내면에서는 모든 것이 욕망을 말했다. 그녀의 입은 황홀경 속에서 반쯤 벌어졌고, 눈에서는 무한한 환영의 세계가 푸르게 어른거렸다. 지금 그녀는 그 가난한 소녀의 꿈을 금실로 수놓고 있었다. 바로 그 꿈으로부터 흰색 새틴 위로 커다란 백합꽃과 장미꽃과 성모 마리아의 표상이 완성되었다. 갈매기 모양의 금박으로 새겨진 백합 줄기는 신비로운 빛 줄기의 형상을 띠었고, 각각의 길고 가느다란 잎은 실을 감아 당기는 방법으로 납작한 황금 조각을 붙여 만들었는데, 마치 별이 빗줄기처럼 쏟아지는 듯했다. 중심에는 대량의 금실을 뒤덮기 방식으로 수놓고 압박하는 방식으로 입체감을 살린 마리아의 표상이 눈부시게 빛났다. 그것의 광택은 사방으로 신비로운 불꽃을 피우며 제단의 한중심을 차지하는 감실(龕室)의 영광처럼 타올랐다. 그리고 비단 장미꽃은 감미롭게 살아 있으며, 흰색의 법의는 황금빛 꽃을 기적처럼 피우며 찬란하게 빛났다.

긴 침묵 끝에 앙젤리크는 고개를 들었다. 그녀는 위베르틴을 고약한 표정으로 바라보았다. 그리고 턱을 끄덕이며 되뇌었다.

"전 그분을 기다려요. 그리고 그는 올 거예요."

그 상상력은 정말이지 광적이라고 할 수 있었다. 그러나 그녀는 완고했다. 그렇게 될 것이라고 그녀는 확신했다. 아무것도 그녀의 행복한 확신을 흔들 수는 없었다.

"제가 그런 일이 일어날 것이라고 말하면, 어머니, 그렇게 될 거예요."

위베르틴은 농담으로 받아들이겠다고 결정했다. 그러고는 앙젤리크를 놀렸다.

"하지만 난 네가 결혼하고 싶어 하지 않는다고 믿었는걸. 네가 소중하게 생각하는 성녀들이 네 생각을 온통 사로잡았었잖아. 그분들은 결혼하지 않았어. 약혼자에게 복종하기보다는 오히려 그를 개종시켰지. 어떤 때는 부모 집에서 도망쳐 나온 다음 목이 잘리기도 하고 말이야."

앙젤리크는 깜짝 놀라며 위베르틴의 말에 귀를 쫑긋 세웠다. 그러더니 큰 소리로 웃음을 터뜨렸다. 그녀의 건강이, 그녀의 삶에 대한 모든 애정이 노래처럼 명랑하게 울려 퍼졌다. 성녀들의 얘기는 까마득한 옛이야기였다. 시대가 바뀌었고 승리한 하느님은 어느 누구에게도 자신을 위해 죽기를 요구하지 않았다. 『황금빛 전설』에서 앙젤리크를 사로잡은 것은 세상에 대한 멸시와 죽음에 대한 취향이 아니라 초자연적인 경이였다. 아! 그렇다. 분명 그녀는 결혼하고 사랑하고 사랑받고 행복하게 살고 싶었다.

"정신 차려야 한다!" 위베르틴이 계속 말했다. "넌 너의 수호성인인 아그네스를 울게 만들 거야. 그녀가 총독의 아들을 거부하고 예수와 결혼하기 위해 죽기를 더 원했다는 사실을 잘 알고 있지?"

종탑의 커다란 종이 울리기 시작했다. 성당 후진의 창문을 에워싼 거대한 송악 덩굴에서 참새 떼가 날라올랐다. 아틀리에 안에서는 위베르가 여전히 침묵을 지키며 좀 전에 한 풀칠로 축축한 깃발을 팽팽하게 당겨 말리기 위해 벽에 박힌 커다란 못에다 걸었다. 태양은 돌며 자리를 이동했고, 낡은 도구, 구리로 된 양초 상자, 버드나무로 된 얼레, 방추, 그런 해묵은 도구에 경쾌한 느낌을 주었다. 그리고 햇빛이 수를 놓고 있는 두 모녀에게 이르자 그녀들이 작업하던 자수틀과 오래 사용해 반들반들해진 격자 틀, 황금 조각, 명주 실패, 가는 금실을 감은 방추하며, 직물 위에 떠도는 모든 사물 위로 불꽃이 타올랐다.

그 순간 온화한 봄의 햇살 속에서 앙젤리크는 자신이 완성한 커다란 상징적인 백합꽃을 바라보았다. 그러고는 자신감 넘치는 기쁜 표정으로 대답했다.

"하지만 내가 원하는 건 예수님이에요!"

4

앙젤리크는 활발하고 명랑한 성격에도 불구하고 홀로 있기를 좋아했다. 아침저녁으로 침실에 홀로 있을 때면 그녀는 긴장을 풀고 어떤 진정한 휴식을 취하는 데서 즐거움을 느꼈다. 때로는 한낮에도 잠시 몽상의 세계로 달려갈 기회가 있었다. 그러면 그녀는 전적인 자유를 향한 탈주와도 같은 행복감을 맛보았다.

침실은 다락방으로 지붕의 반을 떼어 낸 나머지 반을 온전히 차지했기 때문에 매우 컸다. 그 방은 벽에서 들보와 물매 식으로 지은 부분의 겉으로 드러난 서까래에 이르기까지 모두 석회 칠을 해서 온통 하얀색이었다. 그처럼 아무런 장식 없는 백색의 단순함 속에서 떡갈나무로 된 고가구는 시커멓게 보였다. 아래층의 응접실과 침실을 새로 꾸밀 때, 르네상스 시대의 궤짝, 루이 13세 시대의 식탁과 의자, 루이 16세 시대의 거대한 침대, 루이 15세 시대의 아주 아름다웠던 장롱처럼 여러 시대에 걸쳐 장만했던 고가구를 모두 그곳으로 올려 버린 것이었다. 오직 하얀 사기 난로와 화장대, 밀랍 바른 캔버스로 덮은 작은 탁자만이 그 유서 깊은 골동품 사이에서 버티고 있었다. 낡은 분홍색 사라사 천에는 들꽃 다발 무늬가 있었는데, 그 색이 너무도 바래 버려 겨우 짐작만 할 수 있을 뿐이었다. 하지만 무엇보다 그 커다란 침대는 오랜 세월의 장엄함을 지니고 있었다.

그러나 앙젤리크가 가장 마음에 들어한 것은 발코니였다. 과거의 두 창틀 가운데 왼쪽 것은 간단히 못으로 폐쇄되어 있어서 과거에는 2층 전체에 쪽 뻗어 있었지만 지금은 오른쪽 창문 앞에만 있었다. 아래의 들보들이 아직 양호한 상태를 유지하고 있었기 때문에 마룻바닥을 깔고 썩은 나무 난간을 쇠 난간으로 새로 교체하여 나사로 고정시킨 그 조그만 공간이 그녀에게는 아주 매력적이었다. 그곳은 처마 끝에 있는, 말하자면 둥지와 같았고, 19세기 초엽에 교체된 산자널이 처마를 막아 주었다. 아래로 몸을 숙이면 집 전체가 정원을 향해 있음을 알 수 있었다. 작게 깎은 돌로 쌓은 토대와 겉으로 드러난 벽돌을 혼합한 나무 벽면, 그리고 지금은 좁아진 넓은 창틀과 함께 집은 아주 오래되어 낡고 기력이 없어 보였다. 아래층 부엌 문 위로는 아연 판으로 덮은 차양이 있었는데, 위로는 마지막 대들보가 1미터가량 튀어나와 있었고, 지붕의 꼭대기는 커다란 S자형 까치발로 공고히 고정되어 있었으며, 그 아래는 1층의 평평한 쇠시리가 건물을 받치고 있었다. 그리고 발코니는 꽃무와 이끼가 푸르게 자라는 늙은 나무숲 깊숙한 곳에서 식물로 이루어진 건물 골조에 둘러싸인 듯 느껴졌다.

그 방을 차지한 이후로 앙젤리크는 발코니의 난간에 턱을 괴고 밖을 바라보며 몇 시간을 보내기도 했다. 우선 그녀 아래로 정원이 깊숙이 패어 있었다. 커다란 회양목이 변치 않는 푸름으로 음영을 드리웠다. 한쪽 구석에는 가느다란 라일락 꽃가지들이 교회에 기대어 오래된 대리석 벤치를 둘러싸고 있었고, 다른 구석으로는 경작되지 않은 채로 남아 있는, 클로-마리라 불리는 울타리 친 밭으로 이어지는 작은 문이 하나 있었는데, 송악이 그 문을 반쯤 가리며 안쪽 담 전체를 가지들로 뒤덮고 있었다. 클로-마리는 옛날에 수도승들이 가꾸던 과수원이었다. 셔브로트라 불리는 맑은 시냇물이 그곳을 지나갔고, 인근의 아낙네들이 그 개울가에서 빨래를 할 수 있도록 허락되었다. 가난한 가족들은 무너진 옛 방앗간 집터에서 몸을 피할 수 있었으며, 어느 누구도 들판에서 살지는 않았다. 주교 관저의 높은 담벼락과 부앵쿠르 저택의 담벼락 사이에 난 마글루아르 길과 들판을 연결하는 길은 오직 게르다슈 골목뿐이었다. 여름에는 두 정원에 자라는 수백 년 묵은 느릅나무가 꼭대기의 무성한 잎으로 좁은 시야를 가로막았다. 그리고 남쪽으로는 교회의 거대한 측면 지붕으로 시야가 아예 닫혀 버렸다. 그렇듯 사방이 완전히 둘러싸인 클로-마리는 야생풀로 뒤덮이고 바람이 심어 놓은 포플러와 버드나무가 자라는 곳으로서, 버려진 상태에서 평온하게 잠자고 있었다. 그리고 조약돌 사이로 셔브로트 시냇물이 수정 같은 영롱한 소리로 노래 부르며 쉬지 않고 폴짝폴짝 달려가는 듯했다.

앙젤리크는 그 외딴 곳을 바라보는 것이 지겨웠던 적이 한 번도 없었다. 비록 지난 7년간 매일 아침 이미 그 전날 본 광경을 그저 다시 보는 정도에 지나지 않았지만 말이다. 부앵쿠르 저택의 정면은 대로를 향해 있었는데, 정원의 나무가 어찌나 무성한지 오직 겨울에만 그녀가 백작 부인과 딸을 분간해서 볼 수 있었다. 그 아이 역시 앙젤리크와 같은 나이였고, 이름은 클레르였다. 주교 관저의 정원에는 가지가 훨씬 더 빽빽해서 주교님을 멀찌감치 옷으로나마 알아보려는 앙젤리크의 노력이 헛될 정도였다. 경작지를 향해 열린, 덧문 달린 옛 창살문은 오래전에 폐쇄되었음이 분명했다. 왜냐하면 정원사조차 그 문으로 드나드는 것을 본 기억이 단 한 번도 없기 때문이다. 빨래를 두드리는 아낙네들 외에 그곳에는 누더기를 입은 가난한 아이들이 매일같이 풀숲에 누워 있는 광경만이 눈에 들어올 뿐이었다.

그해 봄은 감미롭고 온화했다. 앙젤리크는 열여섯 살이었고, 그날까지 오직 그녀의 시선만이 4월의 태양 아래 클로-마리가 초록색으로 변해 가는 것을 보는 것에 즐거움을 느꼈을 뿐이다. 연한 나뭇잎의 돋아남, 포근한 저녁의 투명함, 향내를 풍기며 새로이 탄생하는 대지의 모든 것이 그녀를 마냥 즐겁게 했다. 그러나 그해 새싹이 처음 돋아나던 무렵, 그녀의 가슴이 뜀박질했다. 풀이 돋아나고 푸른 식물이 내뿜는 강렬한 냄새가 바람에 실려 그녀에게로 전해진 뒤부터 그녀의 내면에는 어떤 마음의 동요가 일기 시작하여 점점 커졌다. 급작스러운 불안이 이유 없이 그녀의 목을 죄었다. 어느 날 저녁에는 위베르틴의 가슴에 뛰어들어 슬퍼해야 할 아무런 이유도 없이 눈물을 흘렸다. 하지만 그 시절 그녀는 오히려 행복했다. 특히 밤이 되면 달콤한 꿈을 꾸었다. 유령이 지나가는 것을 보았고, 깨어나서는 감히 기억에 떠올릴 수조차 없는 황홀경 속에서 천사들이 그녀에게 주는 그 행복에 어찌할 바 모르며 정신을 잃기도 했다. 때로는 자신의 커다란 침대 속에 파묻혀 두 손 모아 가슴을 꼭 쥔 상태에서 깜짝 놀라 벌떡 잠에서 깨기도 했다. 어찌나 가슴이 짓눌렸는지 방바닥 타일 위로 맨발로 뛰어내려야 할 때도 있었다. 그러면 그녀는 달려가 창문을 열었다. 그러고는 격정에 사로잡힌 채 그녀를 진정시켜 주는 신선한 바람을 온몸으로 맞으며 전율 속에서 그곳에 머물렀다. 그전까지는 몰랐던 기쁨과 고통으로 성장한 듯 느끼는 것, 그래서 예전 자신의 모습을 알아보지 못하는 것이 그녀를 끊임없이 경탄하고 놀라게 했다. 그것은 여성으로서 꽃피는 환희의 순간이었다.

그녀가 꽃향기를 맡을 때면 뺨은 언제나 장밋빛으로 물들었다. 그런데 어쩌면! 주교님의 정원의 보이지 않는 곳에 피어 있는 라일락과 금작화가 그토록 달콤한 향내를 지녔단 말인가? 그녀는 그전에는 향기의 은근함을 한 번도 깨닫지 못했는데, 정말 이제는 그것이 생기 넘치는 숨결로 스쳐 가는 것까지 느낄 수도 있었다. 하지만 지난 세월 동안 부앵쿠르 가 정원의 두 그루 느릅나무 사이에 거대한 보라색 꽃다발이 보였어도 키 큰 오동나무에 꽃이 피었다는 사실을 그녀는 어떻게 여태껏 알아차리지 못했을까? 그러나 그해, 그 나무를 바라보던 순간 그녀의 시선은 어떤 감동으로 동요되었다. 그 연보라색이 그녀의 가슴에 너무도 강렬하게 와 닿은 것이었다. 마찬가지로 그녀는 조약돌 위로, 그리고 물가의 등심초 사이로 셔브로트 시냇물이 그토록 쟁쟁하게 재잘거리는 소리를 들어 본 기억이 한 번도 없었다. 분명 시냇물은 말했고, 그녀는 그것이 중얼거리는 모호한 말에 귀를 기울였다. 그러나 그 말은 언제나 같은 것의 반복이었고 그녀를 혼란에 빠뜨렸다. 하지만 이젠 달랐다. 그곳의 모든 것이 그렇게 놀랍도록 새로운 의미를 지닌다니 그곳이 더 이상 과거의 들판이 아니란 말인가? 아니 그곳에서 삶이 싹트는 것을 느끼고 보고 듣기 위해 오히려 그녀가 변한 것은 아닐까?

그러나 그녀를 오히려 더 놀라게 하는 것은 그녀의 오른쪽으로 하늘을 막아 버리는 거대한 덩치의 성당이었다. 매일 아침 그녀는 그 성당을 처음 보는 듯했다. 그리고 그 오래된 돌이 자신처럼 사랑하고 생각한다는 사실을 깨닫고 발견한 것에 감동했다. 그것은 전혀 이성적으로 추론된 것이 아니었다. 그녀는 어떤 체계적인 지식도 없었고, 오직 그녀 자신의 신비로운 비상(飛翔)에 자신을 내맡겼을 뿐이었다. 그 성당을 만드는 일은 3백 년이나 지속되었고, 세대에서 세대로 이어지는 신앙이 그 속에 쌓여 있었다. 아래층은 가장자리의 로마네스크식 예배당에서 무릎 꿇고 기도하는 사람들로 닳아 납작해졌고, 홍예 창틀 아래로는 아무런 장식 없이 오직 가느다란 기둥들만 덧붙인 활 모양의 창문들이 있었다. 그리고 24년 뒤에 지은 중앙 예배홀의 솟은 고딕식 창문은 하늘을 향해 얼굴과 손을 들어 올리며 고양된 듯한 느낌을 주었다. 가볍게 솟은 창문에는 장미 문양이 있고 창살대로 나뉘었으며, 아치는 부서져 있었다. 거대한 여성의 몸체 같은 그 성당 건물은 기쁨 속에서 꼿꼿한 자세로 땅 위로 솟아 있었다. 성가대가 노래하는 곳인 내진

(內陣)의 반아치형 걸침벽과 버팀벽은 2백 년 뒤에 완전한 고딕 불꽃 양식으로 보수되면서 작은 종루와 첨탑과 용마루를 갖추게 되었고, 반아치형 걸침벽 발치에서 석조루는 지붕에서 흘러내리는 물을 쏟아 냈다. 그리고 후진의 예배당 위로는 테라스의 가장자리를 따라 삼엽(三葉) 장식을 갖춘 난간이 첨가되었고, 지붕도 마찬가지로 꽃 모양으로 장식되었다. 건물 전체가 부단한 비상으로 하늘에 가까워짐에 따라 고대 성직자의 공포에서 해방되고 용서와 사랑의 신의 품으로 빠져 들면서 꽃으로 피어나는 듯했다. 그녀는 하느님을 육체적인 감각으로 느꼈고, 그때마다 마음이 가뿐해지고 행복해졌다. 그녀가 불렀을 찬송가가 아주 순수하고 아주 가늘게 아득히 드높은 곳으로 멀어져 갈 때의 그 순간처럼.

다른 한편으로 성당에는 생명이 살고 있었다. 제비들은 수백 마리씩 무리를 지었고, 그것들은 길게 이어진 삼엽 장식층 아래로 종루와 용마루의 파인 구멍 속에까지 둥지를 틀었다. 그리고 끊임없이 그 새들은 그들이 차지하고 있던 반아치형 걸침벽과 버팀벽들을 스치며 잽싸게 날아다녔다. 그렇듯 주교 관저 느릅나무의 큰 야생 비둘기들도 테라스의 가장자리에서 산책자들처럼 자태를 뽐내며 잰걸음으로 걸어 다녔다. 때때로 까마귀는 뾰족한 부리 끝으로 깃털을 매끄럽게 가다듬다가도 겨우 파리만 한 크기로 창공으로 사라지기도 했다. 그리고 담벼락의 틈에서 자라는 지의(地衣)나 잔디 같은 일련의 식물군이 그 뿌리의 소리 없는 작업으로 해묵은 돌에 생기를 불어넣었다. 큰비가 내리는 날, 빗물은 넘치는 도랑의 아우성만큼이나 소란스럽게 층층이 굴러내려 회랑의 배수로로 콸콸 쏟아졌고, 그렇게 지붕의 납 조각판들을 내리치는 소나기의 으르렁거림 속에서 성당 후진 전체가 깨어나 요란하게 소리쳤다. 10월과 3월의 윙윙거리는 거센 바람조차 성당에 영혼을 불어넣어 주었다. 바람이 성당의 합각머리와 홍예 모양의 장식과 작은 원주와 장미 문양의 숲을 가로질러 거친 숨을 내뿜을 때, 그것은 분노의 목소리이며 불평의 목소리였다. 마지막으로 태양은 온종일 움직이는 빛의 유희로 성당을 살게 했다. 아침이면 금발의 명랑함으로 그것의 몸체를 젊게 했고, 저녁이면 그림자 아래로 그것을 천천히 길게 늘어뜨리며 알 수 없는 그 무엇으로 감쌌다. 그리고 그 자신의 맥박으로, 진동하는 종소리와 오르간 음악과 사제들의 찬송가로, 그 전신을 전율케 하는 의례, 그러한 일이 벌어지는 성당의 내면 또한 생명을 갖고 있었다. 소멸하는 소리, 나지막한 기도문의 중얼거림, 한 여인의 가벼운 무릎 꿇기, 겨우 짐작할 수 있을 뿐인 어떤 떨림, 입을 꼭 다문 채 아무런 말 없이 올리는 어떤 기도의 경건한 열정, 생명은 언제나 성당 안에서 전율했다.

이제 낮이 점점 더 길어져 갔다. 앙젤리크는 아침저녁으로 발코니에 팔꿈치를 괴고 자신의 소중한 친구인 성당과 함께 오랜 시간 머물러 있었다. 그녀는 저녁의 모습을 더 좋아했다. 그때는 그 거대한 덩치가 오직 하나의 덩어리가 되어 별이 총총한 하늘 위로 부각될 뿐이었다. 그리고 건축의 다양한 측면은 사라지고 반아치형 걸침벽만이 허공 위로 걸쳐진 다리처럼 어슴푸레 보일 뿐이었다. 그녀는 성당이 암흑 속에서 깨어 있음을 느꼈다. 그것은 제단 앞에서 희망하고 절망하던 군중을 다 껴안은 커다란 존재로서,

7백여 년의 꿈을 가득 안고 있었다. 거기에는 과거의 무한대에서 와서 미래의 영원으로 나아가는 어떤 영속적인 깨어 있음이 있었다. 그것은 어떤 집의 신비감과 공포감을 불러일으키는 깨어 있음이었고, 하느님이 그곳에서 잠잘 수는 없는 노릇이었다. 언제나 그녀의 시선은 늘 부동의 자세로 살아 있는 그 시커먼 덩치 속으로, 클로-마리의 키 작은 나무 위로 보이는 성당 내진의 한 예배당 창문으로 되돌아갔다. 유일하게 그 예배당에만 불이 켜져 있었다. 그곳은 밤의 어둠을 향해 열린 한 아득한 시선처럼 빛났다. 그 뒤로 한 기둥 모퉁이에 성소의 램프가 타오르고 있었다. 바로 그 예배당이 과거 신부들이 오트쾨르 가의 장 5세의 후덕함에 대한 보답으로 그와 그의 후손들에게 묻힐 권리와 함께 선사했던 곳이다. 성 조르주에게 바친 그 예배당에는 12세기의 그림 유리창이 있었고, 그 성인의 전설이 거기에 그려져 있었다. 황혼 무렵부터 전설은 마치 어둠 속에서 빛을 받아 유령처럼 되살아났다. 앙젤리크가 매료된 몽롱한 눈으로 그 창문을 사모하는 이유도 바로 거기에 있었다.

그림 유리창의 바탕은 푸른색이었고 가장자리는 붉은색이었다. 각각의 부분은 색깔이 칠해졌거나 검은색으로 음영을 준, 납으로 둘러친 유리 조각으로 만들어져 있었는데, 어두운 색조지만 색감이 풍부한 바탕 위로 인물들이 선명한 색깔로 부각되었고, 그들의 나신이 날아갈 듯한 휘장에 의해 감추어지는 듯하면서도 드러났다. 전설의 세 장면이 층을 이루며 홍예 창틀까지 창문을 가득 메웠다. 아래에는 찬란한 의상을 입고 도시를 빠져나온 왕의 딸이 연못가에서 괴물에게 먹히려 할 때 성 조르주를 만난 장면이 있었다. 연못에서 괴물의 머리가 솟아올랐다. 어떤 길쭉한 삼각기에 이런 말이 적혀 있었다. "선량한 기사여, 나를 위해 죽지 말지어다. 왜냐하면 그대는 나를 구하지 못하고 나와 함께 죽을 것이므로." 그다음, 한중심에서 전투가 벌어지고 있었다. 말을 탄 성인이 괴물의 여기저기를 찔렀다. "조르주가 어찌나 용맹하게 창을 휘둘렀는지 용이 치명상을 입고 땅에 쓰러졌다"라는 문장이 그 장면을 설명해 주었다. 그러자 왕의 딸이 패배한 괴물을 도시로 데려왔다. "조르주가 말했다. 아름다운 아가씨여, 그대 목에 두른 띠를 괴물에게 던지시오. 그리고 어떤 것도 의심하지 마시오. 그렇게 하면 용이 아주 양순한 개처럼 그대를 따를 것이오." 원래는 그의 처형 장면을 그린 유리창 위로 아치형 창 꼭대기 한중심에 어떤 장식 모티브가 있었다. 그러나 훗날 예배당이 오트쾨르 가에 속하게 되면서 그 가문 사람들이 그 모티브를 그들 가문의 문장(紋章)으로 바꾸었다. 그렇게 해서 캄캄한 밤에는 전설 위로 최근에 만들어진 화려한 문장이 번쩍거렸다. 거기에는 1과 4, 그리고 2와 3, 그렇게 예루살렘의 상징과 오트쾨르의 상징이 4등분되어 교차했다. 예루살렘의 것은 황금으로 세로줄을 긋고 은으로 가로줄을 그은 T자형 긴 십자를 중심으로, 네 귀퉁이에 같은 모양의 작은 십자가들이 장식되어 있었다. 그리고 오트쾨르의 것은 남색 바탕에 가두리에 황금으로 요철 모양을 성곽처럼 둘렀으며, 한중심에는 은 방패꼴 속에 흑색 방패꼴을 액자 형태로 새겨 넣었고, 세 개의 황금 백합꽃 무리를 상단에 두 개 하단 꼭짓점에 한 개 배치하는 방식으로 바탕 전체를 장식했다. 방패는 오른쪽 왼쪽으로 두 개의 황금 은상어들이 지지하고 있었고, 쪽색 깃털 장식 가운데에는 은 투구가 부착되어 있었다. 투구는 정면의 모습이 새겨져 있는데, 황금으로 상감되었고 열한 개의 창살로 앞면이 닫혀 있으며, 프랑스 왕의 지휘 하에 있던 군대 지휘관인 공작(公爵)들이 쓰던 것이었다. 그리고 거기에는 이런 명구가 적혀 있었다. "하느님이 원하시면 나도 원하노라."

왕의 딸이 두 손 모아 기도하는 동안 성 조르주가 창으로 괴물을 찌르는 장면을 어찌나 반복해 보았는지 앙젤리크는 조금씩 그 성인에 대한 열정에 사로잡혔다. 그렇게 멀리 떨어진 거리에서는 형상을 분간하기가 쉽지 않았기 때문에 그녀는 커져 가는 자신의 몽상 속에서 그 인물들을 보게 되었다. 가녀린 금발의 왕의 딸은 그녀 자신의 모습을 띠었고, 순수하고 멋진 그 성인은 대천사의 아름다움을 지녔다. 그가 구해 준 인물은 바로 그녀 자신이었고, 그의 손에 감사의 키스를 한 사람도 바로 그녀 자신이었다. 그리고 어느 호숫가에서 어떤 만남이 있었고, 햇살보다도 더 아름다운 한 청년이 어떤 커다란 위험에서 그녀를 구해 주었다. 그녀가 막연히 꿈꾸던 그 모험에, 오트쾨르 성에서의 산책에서 그녀가 간직한 추억이, 그러니까 과거에 지체 높은 성주들이 살았던 하늘을 향해 우뚝 솟은 중세의 망루가 불러일으키는 그 모든 상상이 혼합되었다. 가문의 문장이 여름밤의 별처럼 반짝였다. 그녀는 그것을 잘 알고 있었고, 거기에 새겨진 명구를 유창하게 읽었다. 종종 문장을 수놓던 그녀의 마음에 그 단어는 깊은 공명을 일으켰다. 장 5

세는 페스트가 창궐하는 도시에 들어서자 모든 집 문 앞에 멈추었다. 그러고는 "하느님이 원하신다면 나도 원하노라"라고 말하며 죽어 가는 자들의 입술에 입을 맞추었고, 그것이 그들을 낫게 했다. 펠리시앵 3세는 어떤 질병으로 인해 필리프 르 벨이 팔레스타인으로 가지 못하게 되었다는 사실을 알고는 그를 대신해서 촛대를 꼭 쥐고 맨발로 그곳으로 걸어갔다. 이 일로 펠리시앵 3세는 예루살렘 군대의 한 병영을 맡게 되었다. 다른 많은 이야기, 특히 오트쾨르가의 귀부인들, 전설 속에서는 '행복하게 죽은 여인'들이라 불리는 여인들의 이야기가 떠올랐다. 그 가문의 그 여인들은 젊었을 때 아주 행복하게 죽었다. 때로는 둘 혹은 세 세대가 그런 죽음을 간신히 피했지만, 죽음은 다시 찾아왔다. 그것은 부드러운 손길로 쓰다듬고 미소 지으며 오트쾨르 가의 소녀나 부인을 데려갔다. 죽은 자 중 가장 나이 많은 이가 사랑의 환희에 취할 무렵인 스무 살에 불과했다. 라울 1세의 딸 로레트는 사촌 리샤르와의 약혼식 날 저녁에 다비드 탑에 있는 자신의 침실 창문에서 건너편 샤를마뉴 탑의 침실에 있는 약혼자를 보았다. 그녀는 그가 자신을 부른다고 상상했다. 그리고 달빛이 그들 사이에 빛의 다리를 놓았으므로 그녀는 그 다리를 건너 그에게로 갔다. 그러나 중간에 이르렀을 때 지나치게 서두르는 바람에 발을 헛디뎠고, 그녀는 결국 빛 다리에서 떨어져 탑 아래로 추락하여 목이 부러지고 말았다. 그 일이 있은 뒤 매일 밤 달이 청명할 때 그녀는 성 주변의 공중을 걸어 다녔고, 희미한 달빛이 소리 없이 스치는 그녀의 커다란 드레스를 적셨다. 에르베 7세의 딸인 발빈은 전쟁터에 나간 남편의 사망 소식을 듣고도 여섯 달 동안 망루 꼭대기에서 남편을 기다렸다. 그러던 어느 날 아침, 멀리 성으로 이르는 길에서 남편의 모습을 알아보았다. 그녀는 급히 달려 내려왔다. 너무도 강렬한 기쁨으로 흥분했던 탓에 그녀는 마지막 계단을 내딛는 순간 그만 죽고 말았다. 요즘에도 폐허에 황혼이 깃들 무렵이면 그녀는 여전히 계단을 내려오고 있었다. 사람들은 여기저기서 그녀가 허공을 향해 활짝 열린 창문 너머로 그림자처럼 지나가는 것을 보았고, 복도와 방을 미끄러져 지나가고 층층이 달려 내려오는 모습을 보았다. 이자보, 귀될, 이본, 오스트르베르트, 모든 여인들, 모든 행복하게 죽은 여인들이 되돌아왔다. 죽음은 그녀들을 사랑했고, 첫 행복의 황홀경에 빠져 있던 그 젊디젊은 여인들을 한 번의 날갯짓으로 유괴함으로써 그녀들의 생명을 거둬 가 버렸다. 어떤 날 밤에는 그녀들의 창백한 비상이 날아다니는 비둘기들처럼 성을 가득 채웠다. 그리고 그녀들 중에서 맨 마지막 여성은 바로 주교님 아들의 어머니였다. 그녀는 그를 포옹한 기쁨 때문에 격렬하고도 급작스럽게 쓰러져 버렸다. 사람들은 그녀가 병든 몸으로 힘들게 목숨을 부지하다가 자기 아이의 요람 앞에서 생명을 잃고 쓰러져 있는 것을 보았다. 그 이야기는 앙젤리크의 상상 세계를 집요하게 사로잡았다. 그녀는 마치 어제 일어난 확실한 사실인 것처럼 전설에 대해 얘기했다. 그녀는 예배당의 벽들 사이에 끼워 넣은 오랜 묘석들 위에서 로레트와 발빈이라는 이름을 읽었다. 그렇다면 그녀는 그렇게 행복한데 도대체 왜 일찍 죽지 않는 것일까? 문장이 반짝였고, 그림 유리창 속에 있던 성인이 그녀에게로 내려왔다. 그리고 그녀는 그녀에게 키스하는 어떤 가느다란 숨결을 느꼈고, 황홀경이 그녀를 하늘로 데려갔다.

이야기의 진행에서 일반적으로 나타나는 공통된 규칙은 바로 기적이 아니었는가? 이것은 바로 『황금빛 전설』이 그녀에게 가르쳐 준 것이었다. 기적은 강렬한 상태로 존재하고 지속적이며, 극단적으로 용이하게 실행되며, 자연의 법칙을 부정하는 즐거움을 위해 때와 장소를 가리지 않고 때로는 필요 이상으로 증대되고, 퍼지고, 넘쳐난다. 사람들은 하느님과 같은 수준에서 산다. 에데스의 왕 아바가르는 예수와 편지를 주고받고, 이냐스는 성모 마리아에게서 편지를 받는다. 어느 곳이든 성모와 성자는 나타난다. 그들은 변장을 하고 상냥하고 소박한 표정으로 대화를 나눈다. 모든 처녀들은 예수와 결혼하고, 순교자들은 마리아와 결합하기 위해 하늘로 올라간다. 천사들과 성인들에 대해 말하자면 그들은 사람들의 평범한 친구다. 그들은 가고, 오고, 벽을 통과하고, 꿈속에 나타나고, 구름 위에서 말을 하고, 탄생과 죽음을 지켜보고, 극한의 고문 속에서 용기를 북돋우고, 감옥에서 구해 주며, 해답을 가져다주고, 심부름을 해 준다. 그들의 발자취 위에는 고갈되지 않는 기적이 끊임없이 피어난다. 실베스트르는 용의 아가리를 실 하나로 묶는다. 친구들이 일레르를 모욕하고 싶어 했지만, 땅이 들어 올려져서 그에게 의자가 되어 준다. 성 루의 성배에 보석이 떨어진다. 또 나무 한 그루가 성 마르탱의 적들을 쓰러뜨리고, 그가 명령을 내리면 개는 토끼를 풀어 주고, 화재는 곧 소멸되어 버린다. 이집트의 여인 마리아는 바다 위를 걷고, 갓 태어난 앙브루아즈의 입에서 꿀 파리들이 날아오른다. 끊임없이 성인들은 아픈 눈을, 마비되거나 피골이 상접한 팔다리를, 나병을, 그리고 특히 페스트를 치료한다. 십자가를 그리면 낫지 않는 병이 하나도 없다. 군중 속에서 아프고 허약한 자들은 따로 격리하여 벼락 한 방으로 한꺼번에 치료한다. 죽음은 패배하고 소생은 어찌나 자주 일어나는지 일상의 자그마한 사건에도 등장한다. 그리고 성인들 자신이 죽으면 기적은 멈추질 않는다. 경이로운 현상은 배가되어 그들 무덤 위에 핀 꽃처럼 흔하다. 두 개의 기름샘은 최고의 치료약으로서 니콜라의 머리와 발에서 흘러나온다. 세실의 관을 열자 장미꽃 향기가 피어오르고, 도로테의 관은 신비의 양식으로 가득하다. 처녀들과 순교자들의 모든 해골들은 거짓말쟁이들을 경악하게 하고, 도둑들에게 훔친 물건을 되돌려 주도록 명령하며, 불임 여성들의 소원을 들어주고, 죽어 가는 자들에게 건강을 회복시켜 준다. 어떤 것도 더 이상 불가능하지 않다. 보이지 않는 존재가 군림하고 있다. 그리고 유일한 법칙은 다름 아닌 초자연적인 존재의 변덕이다. 사원 안에서는 마법사들이 서로 참견하며, 낫이 저절로 움직이고 청동 뱀을 꿈틀거리게 하며, 동상들이 웃고 늑대들을 노래하게 만든다. 그러자 곧 성인들이 대응하며 그들을 쓰러뜨린다. 성체의 빵은 살아 있는 살로 변하고, 예수의 이미지는 피를 흘린다. 그리고 땅에 박혀 있던 막대들에서 꽃이 피고, 샘물이 솟아나며, 따뜻한 빵이 가난한 자들의 발아래에서 많아지고, 나무 한 그루가 몸을 숙여 예수를 찬양한다. 또 더 있다. 잘린 머리들이 말을 하고, 부서진 성배가 저절로 원래의 모습을 되찾고, 비는 교회를 피해 이웃의 궁전들을 침수시킨다. 그리고 은둔자들의 옷은 절대 해지지 않으며 짐승들의 가죽처럼 계절마다 새로워진다. 아르메니아에서는 학대자들이 다섯 순교자들을 납으로 된 관 속에 넣어 바다에 던지지만, 바르텔르미 사도의 시체를 담은 관이 꼿꼿이 서자 다른 네 개의 관들이 그에게 존경을 바치기 위해 그것을 따라간다. 그리고 그것들은 모두 정돈된 질서 속에서 미풍을 타고 시칠리아의 해안까지 드넓은 바다 위로 천천히 떠간다.

기적에 대한 앙젤리크의 믿음은 확고했다. 무지한 그녀의 삶은 경이로 둘러싸여 있었다. 별이 뜨고 소박한 바이올렛 꽃이 피는 것도 그녀에게는 모두 초자연적인 의미를 지녔다. 세계를 고정된 법칙에 의해 운항되는 어떤 메커니즘처럼 상상하는 것은 그녀에게 말도 안 되는 것만 같았다. 그토록 많은 일이 그녀를 비껴갔고, 그녀는 가늠할 수 없는 능력을 지닌 그 권능 가운데서 자신이 너무도 절망스럽고 나약하게만 느껴졌다. 그러나 때때로 위대한 숨결이 그녀 얼굴 위로 지나가는 듯했다. 만약 그것이 없었다면 그녀가 과연 그러한 힘을 예감조차 할 수 있었겠는가! 그렇듯 『황금빛 전설』의 독서로 자양분을 얻은, 원시 교회의 기독교인으로서 그녀는 지워야 할 원죄의 오점 때문에 무기력하게 하느님의 손안에 자신을 내맡겼다. 그녀는 어떤 자유도 없었다. 오직 하느님만이 그녀에게 은총을 내림으로써 그녀를 구원할 수 있었다. 은총은 성당의 그늘 아래 순종과 순결과 믿음의 삶을 살도록 그녀를 위베르 가의 집으로 데려온 것이었다. 그녀는 물려받은 악의 정령이 그녀 깊숙한 곳에서 으르렁 위협하는 소리를 들었다. 그녀가 고향 땅에서 무엇이 되었을지 누가 알겠는가? 아마 나쁜 계집아이였겠지. 그러나 그녀는 축복받은 그 좁은 구석에서 계절이 바뀔 때마다 새로워지는 건강을 누리며 자랐다. 그녀가 속속들이 외울 수 있는 이야기와 그 속에서 들이마셨던 신앙심과 그녀를 완전히 사로잡은 신비로운 피안의 세계로 이뤄진 그 환경이 바로 은총이 아닌가? 보이지 않는 존재가 사는 그 환경 속에서 그녀는 기적이 그녀의 일상적 삶과 같은 위치에 있는 자연스러운 것으로 느꼈다. 마치 은총이 순교자들을 무장시키듯 그러한 환경은 삶에 대한 투쟁을 위해 그녀를 무장시켰다. 그리고 그녀 스스로 그러한 환경을 마음 내키는 대로 지어냈다. 그것은 우화로 달구어진 상상력으로부터, 더 정확히 사춘기의 무의식적 욕망으로부터 태어났다. 그것은 그녀가 알지 못하는 모든 것에서부터 확장되었고, 그녀 안에 있고 사물들 속에 있는 미지의 것에 의해 연상되었다. 모든 것이 그녀에게서 와서 그녀에게로 돌아갔다. 인간은 인간을 구하기 위해 신을 만들었다. 거기에는 꿈만이 있을 뿐이었다. 때때로 그녀는 깜짝 놀라 자신의 얼굴을 만지며 불안으로 가득 찬 상태에서 자신의 물질성을 의심하기까지 했다. 그녀라는 존재는 환영을 만든 다음 사라지게 될 어떤 허상은 아닐까?

5월의 어느 날 밤, 그녀는 발코니에서 그토록 오랜 시간을 보낸 다음 울음을 터뜨리고야 말았다. 그녀에게는 아무런 슬픔도 없었다. 그러나 아무도 찾아올 턱이 없음에도 그녀는 어떤 기다림으로 마음이 울렁거렸던 것이다. 밤은 몹시 어두웠다. 별이 총총한 하늘 아래 클로-마리는 암흑과도 같은 구멍을 파놓았다. 그리고 그녀는 주교 관저와 부앵쿠르 저택의 늙은 느릅나무의 시커먼 덩어리만을 구분할 수 있었다. 오직 예배당의 유리창만이 밝게 빛났다. 아무도 오지 않을 게 뻔한데도 그녀의 가슴이 그렇게 세게 방망이질하는 것은 도대체 무슨 이유일까? 그것은 오래전 그녀의 젊음 밑바닥에서부터 시작된 기다림, 나이와 함께 자라나 안절부절못하는 사춘기의 열병으로 이어질 어떤 기다림이었다. 그녀에게는 어떤 것도 놀랍지 않았을 것이다. 몇 주 전부터 그녀는 자신의 상상력으로 가득 채워진 그 은밀한 구석에서 목소리들이 와글거리는 것을 들었다. 『황금빛 전설』에서 남자 성인들과 여자 성인들의 초자연적 세계가 쏟아져 나왔고, 이제 기적은 그 조그만 구석에서 개화할 준비가 되었다. 그녀는 모든 것이 살아 움직이며, 조용하던 사물들이 목소리를 내고, 나뭇잎과 셔브로트 개울과 성당의 돌이 그녀에게 말하고 있다는 사실을 알아차렸다. 그러나 보이지 않는 존재의 속삭임을 그렇게 예고하는 것은 도대체 누구일까? 그리고 피안의 세계에서 불어와 공중에 떠도는 그 알 수 없는 힘은 그녀를 어떻게 변화시키려는 것일까? 그녀는 마치 아무도 그녀에게 주지 않은 어떤 만남의 약속에나 나온 듯이 암흑을 향해 시선을 고정시키고 그렇게 머물러 있었다. 그녀는 기다리고 또 기다렸다. 잠이 들어 쓰러질 때까지. 그러는 동안 그녀는 자신의 의지 바깥에서 미지의 존재가 자신의 삶을 결정하는 듯 느껴졌다.

일주일 동안 앙젤리크는 캄캄한 밤 어둠 속에서 그렇게 울었다. 그녀는 매일 밤 그곳으로 돌아와 참고 기다렸다. 마치 지평선이 좁아지며 그녀를 죄어드는 것처럼 매일 저녁 그녀는 주변이 자신을 점점 더 싸고 도는 것처럼 느꼈다. 사물이 그녀의 가슴을 짓누르고, 이제는 명확히 알아들을 수 없는 목소리가 머릿속 깊숙한 곳에서 붕붕거리기까지 했다. 그것은 드넓은 하늘과 대지와 자연 전체가 그녀의 존재 속으로 들어오며 그녀를 서서히 사로잡는 어떤 홀림이었다. 아주 조그만 소리에도 그녀의 손은 뜨거워졌고, 눈은 어둠을 뚫으려고 애썼다. 결국 그것이 그녀가 기다리던 경이란 말인가? 아니다. 아직은 아무것도, 아마 밤새의 날갯짓밖에는 아무것도 없었다. 그녀는 다시 귀를 기울여 느릅나무와 버드나무에서 나뭇잎과는 다른 소리까지 감지했다. 그렇게 개울에서 조약돌이 하나 구르거나 배회하는 어떤 벌레가 담을 기어 내리거나 할 때, 하여간 온갖 소리가 그녀에게 전율을 일으켰다. 그녀는 기력을 잃고 몸을 수그렸다. 아무것도, 아직은 아무것도 오지 않았다.

마침내 달도 없는 하늘에서 어둠이 더욱 따스하게 내리던 어느 날 저녁, 무언가 시작되었다. 그녀가 이미 알고 있던 소리 사이에서 다른 새로운 소리를 들은 것이다. 그것은 너무도 가볍게 스치는 작은 소리여서 거의 감지되지 않았다. 잘못 들은 것은 아닐까, 그녀는 두려웠다. 그 소리는 더 이상 들리지 않았다. 그녀는 숨을 죽였다. 이어 그 소리가 다시 들려왔다. 이번에는 좀 더 크게. 그러나 여전히 혼미하게. 그녀는 그 아득한 소리가 어떤 발자국 소리임을 아주 어렴풋이 짐작했다. 공기의 떨림이 보이지도 들리지도 않는 곳에서부터 뭔가 다가오고 있음을 예고해 주었다. 그녀가 기다리던 것이 보이지 않는 곳에서부터 다가오며 떨고 있는 모든 것으로부터 천천히 모습을 드러냈다. 그녀의 젊음이 품은 막연한 소망이 실현되는 듯 그것은 조각조각 그녀의 꿈에서 빠져나왔다. 성 조르주인가? 채색된 그림처럼 소리 없는 발로 걸어서 그녀가 있는 곳까지 올라오기 위해 그가 키 큰 풀을 밟고 있는 것인가? 마침 그때 창문이 희뿌옇게 변했다. 그녀는 그 성인을 더 이상 선명하게 볼 수가 없었다. 그곳은 작은 자줏빛 연무처럼 흐릿하게 안개가 서린 듯했다. 그날 밤 그녀는 그 소리에 대해 더 이상 아무것도 알아내지 못했다. 그러나 그다음 날 같은 시각 같은 어둠을 뚫고 소리가 커지며 조금 더 가까워졌다. 틀림없이 그것은 발자국 소리였다. 땅을 스치는 환영의 발자국 소리. 그 소리는 멈추었다가 이리저리 다시 이어졌다. 그것이 어디서 나는 소리인지 파악하기는 불가능했다. 어쩌면 부앵쿠르 정원에서 느릅나무 아래로 밤늦게 산책하는 자의 발자국 소리인지도 모를 일이었다. 아니 어쩌면 주교 관저의 울창한 숲에서 그녀의 가슴 깊숙이 적셔 드는 강렬한 라일락 향기 아래에서 그 발자국 소리가 나는 것인지도 모른다. 그녀는 암흑 속을 샅샅이 훑어보았지만 소용없는 일이었다. 오직 그녀의 청각만이 기다리던 경이를 예고해 줄 뿐이었고, 점점 진해지는 꽃향기 속에 마치 그 존재가 혼합되어 있는 듯 그녀의 후각이 또한 그것을 예감하게 해 주었다. 그리고 몇 날 밤이 지나면서 발자국이 그리는 원은 발코니 아래로 점점 좁혀 들었고, 그 소리는 담 아래까지 다가왔다. 거기서 걸음이 멈추었다. 그러고는 긴 침묵이 흘렀다. 그녀를 감싸 오던 홀림이, 미지의 존재가 서서히 죄어 오던 그 압박이 마침내 완결되었고, 그녀는 그 속에서 실신할 것만 같았다.

그다음 날 저녁부터 그녀는 별들 사이에서 새달의 가느다란 초승달이 떠오르는 것을 보았다. 그러나 감는 눈꺼풀이 강렬한 눈빛을 닫아 버리듯 달빛은 날이 저물며 함께 성당 지붕 너머로 꺼져 버렸다. 매일 황혼 무렵이면 그녀는 달빛이 그 보이지 않는 존재를 마침내 비춰 주기를 애타게 기다리면서 그 천체의 행로를 뒤쫓고 그것이 점점 더 커져 가는 것을 지켜보았다. 이제 조금씩 클로-마리 개천이 쓰러져 가는 방앗간과 주변의 나무와 함께 빠른 물살을 어둠에서 드러냈다. 그렇게 달빛 속에서는 창조가 계속되었다. 마침내 꿈에 나타나던 것이 어떤 물체의 그림자를 갖추게 되었다. 왜냐하면 우선은 그녀가 달 아래 희미한 그림자가 움직이는 것만 볼 수 있었기 때문이다. 그것이 도대체 무엇이란 말인가? 바람이 흔드는 어떤 나뭇가지의 그림자인가? 때로는 모든 것이 지워져 버리고 들판은 아무런 움직임도 없이 죽은 듯 잠자고 있었다. 그녀는 자신이 환각 속에서 무언가 보았을 뿐이라고 생각하기도 했다. 그런 다음 더 이상 의심할 수가 없었다. 어떤 어두운 얼룩이 한 버드나무에서 다른 버드나무 아래로 달빛 밝은 공간을 미끄러지듯 지나갔다. 그녀는 그림자를 놓쳤다가 다시 발견했지만 그것의 정체를 알아내지는 못했다. 그러던 어느 날 저녁, 그녀는 두 어깨가 날렵하게 지나가는 것을 보았다고 생각했다. 그리고 그녀의 눈이 그림 유리창으로 곧장 옮겨 갔다. 환한 달빛 아래 예배당은 불이 꺼지고 비어 있는 듯했으며, 유리창은 회색을 띠고 있었다. 그 순간부터 그녀는 살아 있는 그 그림자가 풀 사이로, 검은 구멍에서 검은 구멍으로 이동하면서 길게 늘어지며 자신의 창문 아래로 가까워지다가 언제나 성당으로 가 버린다는 사실을 알아차렸다. 그것이 그녀에게로 가까이 다가오는 것을 느끼자 마음속에 일렁이는 동요가 점점 더 강렬하게 그녀를 사로잡았다. 그것은 전혀 볼 수 없는 어떤 신비로운 시선에 노출되어 있다고 느낄 때 온몸의 신경이 곤두서는 그런 감각이었다. 확실히 어떤 존재가 거기 나뭇잎 아래 있었고, 들어 올린 그의 눈은 그녀에게서 떠나지 않았다. 그녀는 그 시선이 손 위로, 얼굴 위로 와 닿는 것을 느꼈다. 그것은 길고도 아주 부드러웠으며, 두려움에 차 있었다. 그것이 전설의 매혹적인 세계에서 온 순수한 것으로 느껴졌으므로 그녀는 도망치지 않았다. 처음에 느꼈던 그녀의 불안은 행복에 대한 확신 속에서 감미로운 흥분으로 변했다. 어느 날 돌연히 달빛이 어린 하얀 땅 위에 그림자가 확실하고 선명한 선을 그렸다. 버드나무에 가려져 있어 볼 수는 없었지만, 그것은 분명 한 남자의 그림자였다. 남자는 움직이지 않았다. 그녀는 오랫동안 움직이지 않는 그림자를 바라보았다.

그때부터 앙젤리크는 한 가지 비밀을 갖게 되었다. 석회로 온통 하얗게 칠한 장식 없는 그녀의 침실은 이제 그 비밀로 가득 찼다. 그녀는 커다란 침대 속에서 여러 시간을 누워 있었다. 날씬한 몸을 뉜 채 깨어 있는 상태로 두 눈을 감고 환한 땅 위에 가만히 머물러 있던 그 그림자를 늘 다시 떠올리며 상상 속으로 빠져들었다. 새벽

녘에 다시 눈을 떴을 때, 그녀의 시선은 오래된 상자가 있는 커다란 장롱에서 사기 난로, 그리고 작은 화장대까지 옮아갔다. 그리고 기억으로는 너무도 확실하게 그렸을 그 신비로운 모습이 그곳에 존재하지 않는다는 데 짐짓 놀랐다. 꿈속에서 그녀는 그가 그녀의 침실 커튼의 희끄무레한 히드 덤불 사이로 소리 없이 들어오는 것을 분명 보았다. 그녀의 뇌리는 꿈속에서든 깨어 있을 때든 온통 그로 가득했다. 그는 그녀의 그림자 곁에 늘 함께 있는 정다운 그림자였다. 그녀는 비록 혼자였지만 꿈속에서는 두 그림자가 함께 있었다. 그리고 그 비밀만큼은 아무에게도 말하지 않았다. 지금까지 그녀는 위베르틴에게 모든 것을 말해 왔다. 그러나 그것만큼은 위베르틴에게조차 비밀이었다. 위베르틴이 그녀의 즐거움에 놀라 연유를 물었을 때, 그녀는 얼굴을 붉히면서 이른 봄이 즐겁게 만든다고만 대답했다. 아침부터 저녁까지 그녀는 마치 초봄의 햇살에 취한 파리가 붕붕거리는 것처럼 들떠 있었다. 지금까지 그녀가 수놓은 사제복이 그토록 찬란한 황금과 비단빛으로 타오른 적은 없었다. 위베르 부부는 흐뭇해하며 단순히 그녀의 건강이 좋기 때문이라고만 생각했다. 그녀의 즐거운 기분은 날이 저물수록 더욱 고조되었고, 달이 뜰 때면 흥얼거리기까지 했다. 그리고 그 시각이 되면 그녀는 발코니에 나와 팔을 괴었다. 그러면 그림자가 보였다. 반달이 떠 있는 내내 그녀는 매일 어김없이 그 약속 장소에서 그 그림자를 보았다. 곧고 말이 없는 그 그림자의 주인에 대해 그녀는 더 이상 아무것도 알지 못했다. 그러니까 그것은 그저 그림자에 불과했단 말인가? 말하자면 어떤 단순한 허상 말이다. 어쩌면 과거

세실이 사랑했던 천사는 아닐까? 게다가 그 천사는 세실을 사랑하기 위해 그 자신이 지상으로 내려오지 않았는가? 그런 생각은 보이지 않는 존재가 보낸 애무처럼 아주 달콤하게 느껴졌고, 그녀를 거만하게 만들었다. 그러자 애타게 알고 싶은 마음이 그녀를 사로잡았고, 그녀의 기다림은 다시 시작되었다.

보름달이 클로-마리 개울을 환하게 비추었다. 달이 하늘의 정점에 오르자 나무는 수직으로 떨어지는 하얀 달빛 아래 마치 빛으로 흐르는 소리 없는 샘물처럼 더 이상 그림자를 드리우지 않게 되었다. 온 들판이 빛에 흠뻑 젖어 있었고, 수정처럼 맑은 빛의 물결로 넘실거렸다. 그 광채가 얼마나 선명하고 날카로웠는지 버드나무 잎의 가는 모양새까지도 알아볼 수 있을 정도였다. 성당 후진의 거대한 지붕과 이웃 정원의 키 큰 느릅나무 사이에서 지극히 평화롭게 잠들어 있는 그 달빛 호수는 극히 미세한 공기의 떨림에도 파문이 이는 것 같았다.

두 번의 저녁이 또 그렇게 흘렀다. 그리고 세 번째 밤, 발코니에 나와 팔을 괴려는 순간 앙젤리크는 가슴에 어떤 격렬한 충격을 받았다. 저기 강렬한 달빛 속에 그가 그녀를 향해 서 있었던 것이다. 그의 그림자가 나무 그림자처럼 자신의 발아래 접혔다가 사라졌다. 오직 그만이 있었다. 그 정도의 거리에서 그녀는 한낮에처럼 그를 볼 수 있었다. 너무도 선명하게. 그는 스무 살이었고, 금발에다 키가 크고 몸은 호리호리했다. 곱슬머리에 엷은 수염, 약간 높은 듯한 곧은 코, 거만한 듯하면서도 온화한 검은 눈. 그는 성 조르주를 닮았고, 멋진 예수를 닮았다. 그녀는 그를 완벽하게 알아보았다. 그녀는 그를 다른 모습으로 본 적이 한 번도 없었다. 바로 그녀가 기다리던 모습 그대로의 그였다. 마침내 기적이 일어났다. 서서히 진행되던 보이지 않는 존재의 창조가 드디어 생생한 출현으로 완성된 것이다. 미지의 세계에서, 사물들의 전율에서, 중얼거리는 목소리에서, 밤의 움직임의 유희에서, 그녀를 거의 실신시키기까지 하며 주위를 휘감던 그 모든 것에서 그가 솟아난 것이다. 그렇듯 기적이 사방팔방으로 그녀를 둘러싸며 신비로운 달빛 호수 위로 감도는 동안 그는 땅에서 두 발 정도 높이로 떠오른 황홀경의 초자연적인 현상 속에서 도래하여 모습을 드러내었다. 막대에 꽃을 피우던 성인들과 상처에서 젖을 흘리던 성녀들, 그 위대한 전설에 나오는 사람들 전체가 그의 호위대였다. 그리고 새하얗게 눈부신 처녀들의 비상으로 별빛이 창백해졌다.

앙젤리크는 여전히 그를 바라보았다. 그는 두 팔을 크게 벌렸다. 그녀는 아무런 두려움 없이 그에게 미소를 지었다.

5

위베르틴이 세 달에 한 번씩 빨랫감을 쏟아붓는 일은 일대 사건이었다. 그녀는 가베 어멈이라 불리는 한 여인을 고용했고, 나흘간 자수 놓는 일은 모두 잊어버렸다. 앙젤리크도 그 일에 끼어들어 비누칠을 하고 셔브로트 개울의 맑은 물에 헹구는 일을 오락처럼 즐겼다. 양잿물에서 끄집어낸 옷가지는 작은 쪽문을 통해 손수레로 운반했다. 모두 햇빛 속에서 야외의 공기를 마시며 몇 나절을 클로-마리 냇가에서 살다시피 했다.

"어머니, 이번에는 제가 씻을게요. 그 일이 너무너무 재미있어요!"

그러고는 깔깔거리며 소매를 팔꿈치 위로 걷어 올린 채 빨랫방망이를 휘둘렀다. 튕겨 오르는 거품을 맞으며 앙젤리크는 그 힘든 일에서 건강함과 쾌활함을 즐기면서 마음을 다해 두들겼다.

"이 일은 제 팔을 단단하게 해요. 이건 제게 좋은 일이에요, 어머니!"

셔브로트 개울은 들판을 비스듬히 가로질렀다. 처음에는 물살이 잠잠하다가 그다음엔 아주 급해지며 조약돌 비탈 위로 콸콸 쏟아졌다. 그 개울은 주교 관저의 정원에서부터 담벼락 아래쪽에 뚫린 일종의 수문을 통해 흘러나왔다. 그리고 다른 끝은 부앵쿠르 저택 모퉁이에서 궁륭 형태의 아치 아래로 사라져서는 땅속으로 흘러들었다가 2백 미터 떨어진 곳에서 다시 나타나서는 바스 길을 따라 흐르다가 리뵐 강에 합류했다. 빨래를 물에 떨어뜨리지 않도록 조심해야 했다. 왜냐하면 잡으려고 뛰어 봤자 소용없는 일이었기 때문이다. 그러니 하나라도 떨어뜨리면 그것은 잃어버린 것이나 마찬가지였다.

"어머니, 잠시만, 잠시만요!…… 수건들 위로 이 커다란 돌을 얹어야겠어요. 이 도둑질 잘하는 개울물이 옷을 갖고 달아나지 않도록 조심해야 해요!"

그녀는 돌을 고정시키고 다른 돌을 뽑으러 방앗간의 잔해 사이로 돌아갔다. 그녀는 힘을 쓰고 피곤해지는 것이 마냥 황홀했다. 그리고 손가락 하나가 돌에 눌려 상처가 나자 손가락을 흔들며 별 것 아니라고 말했다. 낮에는 폐허 아래에서 웅크리고 있던 가난한 가족이 이 길 저 길 흩어져 동냥을 하러 떠났다. 들녘은 텅 비어 고즈넉했다. 연한 버드나무 잎과 키 큰 포플러와 특히 강렬한 야생풀이 어깨까지 넘실거리는 들판이 감미롭고 신선한 고독을 지켜 주었다. 키 큰 나무가 시야를 가리는 이웃의 두 정원에서 어떤 떨리는 침묵이 흘러왔다. 오후 3시가 되면 성당의 그림자가 길어지기 시작했고, 명상에 잠긴 듯한 온화한 분위기 속으로 가벼운 향냄새가 안개처럼 피어오르는 듯했다.

그리고 그녀는 희고 싱그러운 팔로 있는 힘을 다해 빨래를 더욱 세게 두들겼다.

"어머니, 어머니! 오늘 저녁에는 엄청나게 먹을 것 같아요!……아! 아시죠, 딸기 파이를 만들어 주겠다고 약속하신 거요."

하지만 이번 빨래에서 헹구기를 하는 날 앙젤리크는 혼자였다. 가베 어멈이 좌골 신경통이 갑자기 심해졌다며 오지 않았기 때문이다. 그리고 다른 가사일 때문에 위베르틴은 집에 남아 있었다. 짚이 든 상자 속에 무릎을 꿇고 아가씨는 빨랫감을 하나씩 잡고는 더 이상 흐리지 않고 수정같이 맑은 물이 될 때까지 오랫동안 흔들었다. 그녀는 전혀 서두르지 않았다. 그녀는 아침부터 줄곧 어떤 불안한 호기심을 느끼고 있었다. 회색 셔츠를 입은 한 늙은 노동자가 놀랍게도 오트쾨르 예배당의 창문 앞에 그리 높지 않은 작업대를 세우던 것을 목격했기 때문이다. 그림 유리창을 수선하려던 것일까? 하기야 그것은 벌써부터 수선이 필요했다. 성 조르주의 그림 속에 유리 조각이 비어 있었기 때문이다. 그러나 수 세기가 흐르는 동안 깨진 다른 그림 조각은 단순한 유리로 대체되었고, 그녀는 그것이 화났다. 그녀는 용을 찌르는 성인의 그림과 자신의 허리띠로 그를 데려가는 왕의 딸의 그림에 유리 조각이 비어 있는 것에 너무도 익숙했기 때문에 마치 사람들이 그 빈 구멍들을 없애 버리려는 계획을 갖고 있기나 한 듯 그녀는 벌써부터 그것들이 아쉬워 눈물지었다. 그토록 오래된 것을 바꾸는 것은 불경한 짓이나 다름없었다. 그러나 그녀가 점심을 먹으러 집으로 돌아왔을 때 그녀의 분노는 단번에 사라졌다. 이번에는 또 다른 노동자가 그 발판 위에 있었는데, 같은 회색 셔츠를 입은 그는 젊었다. 그녀는 그를 알아보았다. 그였다.

걱정이 사라지자 앙젤리트는 유쾌한 마음으로 다시 빨래터로 돌아가 상자 속의 짚단 위에 무릎을 꿇었다. 그런 다음 소매를 걷어 올린 맨팔로 맑은 시냇물 바닥에다 빨래를 흔들었다. 그였다. 키가 크고 늘씬하고 젊은 신처럼 금발의 곱슬머리와 가는 수염에 새하얀 피부를 가진, 하얀 달빛 아래 보았던 바로 그였다. 그자가 바로 그였으니 유리창에 대해 두려워할 것은 아무것도 없었다. 그가 그것을 만진다면 그것은 유리창을 더욱 아름답게 하기 위한 것일 테니까. 그리고 그녀는 그런 셔츠를 입은 노동자의 모습을 한 그를 보고 어떤 환멸도 느끼지 않았다. 그녀가 자수공인 것처럼 그 또한 아마도 유리창을 채색하는 노동자였을 텐데도 말이다. 그러나 그것은 반대로 왕가의 행운을 꿈꾸던 자신의 꿈에 대한 절대적인 확신 속에서 그녀를 미소 짓게 만들었다. 그건 겉모습일 뿐이었다. 알아서 무슨 소용이란 말인가? 어차피 어느 날 아침, 그는 그의 진짜 모습을 보이게 될 텐데. 그땐 황금 비가 성당 꼭대기에서 흘러내리고 먼 곳에서 들려오는 오르간의 우렁찬 음악 속에서 위풍당당한 행진이 화려하게 거행될 것이다. 그녀는 그가 어떤 길을 통해 밤낮으로 그곳에 있을 수 있었는지 스스로 묻기조차 하지 않았다. 어느 이웃집에 살지 않는 한 그는 주교 관저의 담을 따라 마글루아르 길까지 가는 게르다슈 골목을 통과하는 수밖에 없었다.

그러므로 그녀가 개울가에서 흘려보낸 한 시간은 매혹적이었다. 그녀는 서늘한 물에 얼굴이 거의 닿도록 몸을 기울이며 빨래를 헹궜다. 그러나 매번 새로운 옷가지를 헹굴 때마다 그녀는 머리를 들어 흥분된 가슴으로 시선을 던졌다. 그녀의 눈에 짓궂은 장난기가 뾰족하니 드러났다. 그가 작업대 위에서 그녀를 바라보고 있는 모습을 그만 그녀에게 들켜 버린 것이었다. 그는 난처해했다. 그는 유리창의 상태를 확인하는 데 매우 몰두해 있는 것 같았지만, 그녀를 곁눈으로 슬그머니 바라보고 있었다. 그토록 하얗던 피부 색깔이 급작스레 붉은색을 띠었다. 그가 저렇게 갑자기 얼굴을 붉히다니 그것은 놀라운 일이었다. 분노든 애정이든 아주 조그만 감정적 동요에도 그의 혈관의 모든 피는 얼굴로 솟아올랐다. 그는 투사의 이글거리는 눈을 가졌지만, 또한 몹시 수줍음을 탔다. 그녀가 자신을 관찰한다고 느꼈을 때, 그는 얼마나 다시 어린아이가 되고 마는가. 그는 손을 어찌해야 할 바를 모르고 자신 옆에 있던 늙은이에게 지시를 내릴 때도 어린아이처럼 우물거렸다. 그녀로 말할 것 같으면, 그녀를 즐겁게 하는 것은 그 출렁거리는 서늘한 개울물에 팔을 담그고 그 또한 그녀 자신처럼 순진무구하다는 사실을 짐작하는 것이었다. 그들은 아무것도 아는 것이 없었고, 그저 삶을 크게 한입 덥석 깨무는 싱싱한 욕망과 열정을 지녔을 따름이다. 우리는 무엇이 있는지 소리 높여 말할 필요가 없을 때가 있다. 보이지 않는 메신저들이 그 사실을 옮겨 주고, 침묵하는 입이 그 사실을 반복해 주기 때문이다. 그녀는 고개를 들었다. 그리고 바로 그 순간 그가 얼굴을 돌리는 모습이 그녀의 눈에 들어왔다. 그렇게 몇 분이 흘렀다. 감미로운 순간이었다.

갑자기 그가 작업대에서 뛰어내렸다. 그리고 마치 더 잘 보기 위해 시야를 확보하려는 듯 풀숲을 가로질러 뒷걸음치며 그곳에서 멀어졌다. 그러나 그는 오로지 그녀 쪽으로 다가오기를 원했다. 그것은 너무도 명백했다. 그녀는 웃음을 터뜨릴 뻔했다. 그는 모든 위험을 무릅쓰는 남성스러운 고집 센 결정으로 풀쩍풀쩍 뛰었다. 그리고 이때 감동적이고도 익살스러운 장면이 벌어졌다. 그렇게 몇 걸음 뗀 다음 그는 자신의 너무도 격렬한 행동으로 인해 견디기 힘든 당혹감 속에서 멈춰 버렸다. 그렇다고 뒤돌아설 용기도 없으면서. 한순간 그녀는 그가 유리창에서 그곳으로 왔던 것처럼 그녀를 향해 뒤돌아서지 않은 채 다시 원래 자리로 돌아가 버릴지도 모른다고 생각했다. 그러나 그는 모든 것을 무릅쓸 각오로 결심했다. 그리고 뒤돌아섰다. 마침 그때 그녀가 짓궂은 웃음을 머금고 고개를 들었고, 둘은 눈이 마주쳤다. 두 사람은 서로의 눈 속에 머물렀다. 그들에겐 매우 혼란스러운 일이었다. 그들은 침착함을 잃었다. 만약 어떤 극적인 사건이 그 순간에 일어나지 않았더라면 그들은 영원히 서로의 눈에서 빠져나오지 않았을 것이다.

"오! 맙소사!" 그녀가 안타까움에 소리 질렀다.

그녀가 흥분 상태에 빠져 있는 동안 헹구던 능직 캐미솔이 넋을 놓은 그녀의 손에서 빠져나가 버린 것이었다. 그것은 개울의 급물살에 휩쓸려 떠내려갔다. 그렇게 1분만 지나면 캐미솔은 부앵쿠르 정원의 담 모퉁이 궁륭 아치 아래로 셔브로트 개울과 함께 사라지고 말 것이다.

아주 잠깐 동안 불안이 감돌았다. 그러나 그가 상황을 알아차리고 달려갔다. 그러나 물살은 조약돌 위로 요동쳤고, 그 몹쓸 캐미솔은 그보다 더 빨리 달려갔다. 그는 몸을 굽히고 옷을 잡았다고 믿었지만 한 줌의 물거품뿐이었다. 두 번이나 그렇게 옷을 놓쳤다. 그러자 격앙된 그는 마침내 생명의 위험에 몸을 내맡기는 의연한 표정으로 물속으로 들어가 캐미솔이 개울물과 함께 지하로 막 빠져들려는 순간 그것을 건져 냈다.

앙젤리크는 그 순간까지 불안하게 그의 구조 작업을 지켜보았다. 그러다 웃음이, 유쾌한 웃음이 옆구리를 타고 올라오는 것을 느꼈다. 아! 어느 호숫가에서의 만남, 그 모험, 햇살보다 더 아름다운 한 청년이 끔찍한 위험에서 자신을 구해 주는 그런 모험을 얼마나 꿈꾸었는가! 성 조르주는 웅변가, 전사가 아니라 바로 그 유리 채색공, 회색 셔츠를 입은 그 젊은 노동자일 뿐이었다. 서툰 몸짓으로 물이 흘러내리는 캐미솔을 들고 흠뻑 젖은 다리로 되돌아오는 그의 모습을 보았을 때, 그녀는 물살을 헤집고 그 옷을 건져 내기 위해 그가 들인 열정이 우스꽝스럽다고 느끼면서 목구멍에서 터져 오르려는 웃음을 참기 위해 입술을 깨물어야만 했다.

그는 그녀를 바라보면서 얼이 빠져 버렸다. 그녀의 참는 웃음에는 그녀의 온 젊음이 진동하고 있었고, 그녀의 천진한 모습은 너무도 사랑스러웠다. 그녀의 팔은 물에 젖어 싸늘했고, 그녀의 옷은 물방울이 튀어 젖어 있었다. 그러나 그녀는 숲의 이끼에서 솟아 나온 생기 넘치는 샘물의 순수함과 맑음을 싱그럽게만 느꼈다. 그것은 찬란한 햇빛을 머금은 건강과 기쁨이었다. 사람들은 작업복 드레스를 입은 모습에서 그녀가 가사일을 잘할 것이라고 짐작할 것이다. 그러나 전설의 배경에 나오는 왕의 딸처럼 갸름한 얼굴과 날씬한 허리는 여왕의 것이었다. 그는 어떻게 그 옷을 그녀에게 돌려줘야 할지 몰랐다. 그녀가 너무도 아름다웠기 때문이다. 그녀는 그가 좋아하는 예술적 아름다움을 지녔다. 게다가 그녀가 웃지 않으려고 애쓰는 노력이 표정에 역력했고, 그녀가 그런 천진난만한 아이의 표정을 짓고 있다는 사실이 그에게 더욱 격렬한 감정을 불러일으켰다. 그는 자신이 멍청해 보인다는 것이 화났다. 그는 결심해야만 했고, 그녀에게 캐미솔을 돌려주었다.

그때 앙젤리크는 오므린 입술을 열기만 하면 웃음보가 터지고야 말 것이라는 사실을 깨달았다. 저런, 딱하기도 해라! 그가 그녀의 마음에 커다란 감동을 준 것은 사실이지만, 그녀는 너무도 행복했고 웃어야만 했다. 그것은 불가항력이었다. 웃음이 그녀에게 넘쳐흘렀고, 그녀는 숨이 가쁠 정도로 웃어야만 했다.

마침내 그녀는 말할 수 있을 것이라 믿었고, 단순히 이렇게 말하려 했다.

"고맙습니다, 아저씨."

그러나 웃음이 다시 솟구쳐 올라왔다. 그 때문에 그녀는 웅얼거렸고 말은 토막이 나서 제대로 이어지지 못했다. 웃음이 큰 소리로 울려 퍼졌고, 낭랑한 음정이 흠뻑 쏟아지며 셔브로트 개울의 수정 반주에 맞춰 노래 부르는 듯했다. 그는 당황하여 무슨 말을 해야 할지 몰랐다. 한마디도. 그토록 하얗던 그의 얼굴은 갑자기 짙게 붉어졌고, 잠시 전만 해도 어린아이같이 수줍음을 타던 그의 눈은 독수리의 눈처럼 불꽃을 뿜었다. 그리고 그는 떠나갔고, 그녀는 다시 맑은 물 위로 몸을 굽히고 옷을 헹구느라 물방울을 튀겼다. 그가 늙은 노동자와 함께 사라진 다음에도 그녀는 그 한나절의 눈부신 행복감 속에서 여전히 웃음을 멈출 수가 없었다.

전날부터 바구니에 담아 두었던 빨래에서 물이 빠져 다음 날에는 아침 6시부터 빨래를 널었다. 마침 제법 센 바람이 불어와 빨래를 말리는 데 도움이 되었다. 옷가지가 날아가지 않도록 돌로 고정해야 할 정도였다. 새하얗게 빨아 놓은 옷가지가 거기 푸른 풀밭에 널려 싱그러운 식물 냄새를 풍겼다. 마치 눈처럼 새하얀 데이지꽃이 갑자기 들판을 가득 뒤덮은 것 같았다.

점심 식사 후 빨래를 돌아보기 위해 다시 들판으로 왔을 때, 그녀는 절망했다. 바람이 너무도 강해져서 거센 바람의 숨결로 정화된 듯 청량하고 투명한 파란 하늘로 빨래가 모두 날아갈 것만 같았다. 벌써 이불 호청 하나가 저기로 날아가 버렸고, 수건은 날아가 버드나무 가지에 걸려 있었다. 그녀는 날아가는 수건을 잡아챘다. 그러나 그녀 위로 손수건이 달아났다. 그런데 아무도 없었고 정신을 못 차릴 지경이었다. 호청을 펴려고 했을 때 그녀는 온 힘을 쏟아야만 했다. 깃발처럼 펄럭이며 그녀를 휘감는 호청 때문에 그녀는 어찌할 바를 모르고 바동거렸다.

그때 그녀는 바람 속에서 어떤 목소리를 들었다.

"아가씨, 도와 드릴까요?"

그였다. 오직 빨래에 대한 근심에만 사로잡혀 있던 그녀는 즉시 외쳤다.

"물론이죠. 빨리 좀 도와주세요!…… 저기 끝을 꼭 잡으세요.

놓치면 안 돼요!"

두 사람은 그들의 단단한 팔로 호청을 잡아당겼고, 천은 돛처럼 펄럭였다. 그런 다음 그들은 그것을 풀 위에 놓고는 가장 큰 돌로 네 귀퉁이를 고정했다. 이제 호청은 잠잠하게 가라앉았다. 그러나 그들 중 누구도 커다란 호청의 양끝에 떨어져 무릎을 꿇은 채 일어나지 않았다. 호청은 눈부시게 깨끗했다.

마침내 그녀는 미소 지었다. 그러나 이번에는 장난기가 없는 감사의 미소였다. 그는 용기를 냈다.

"전 펠리시앵이라고 해요."

"전 앙젤리크예요."

"전 유리 채색공이고, 그 유리창을 수선하는 임무를 받았어요."

"전 부모님이랑 저기서 살아요. 자수 놓는 일을 해요."

따스한 햇살이 들판 가득 내리쬐고, 큰 바람이 그들의 말을 휩쓸고 가며 생기 넘치는 순수함으로 그들을 마구 쳤다. 그들은 대화를 나누는 즐거움을 맛보기 위해 알고 있는 것을 서로 얘기했다.

"유리창을 바꿔 버릴 생각은 아니죠?"

"아뇨, 아닙니다. 수선한 흔적이 보이지 않을 거예요……. 당신이 그 유리창을 좋아하는 만큼이나 저도 그걸 좋아하는걸요."

"맞아요, 전 그 유리창을 좋아해요. 색깔이 얼마나 부드러운지!…… 전 그중 한 부분을 수놓은 적도 있어요. 성 조르주였죠. 하지만 유리창의 그림만큼 멋지지는 않아요."

"오! 그만큼 멋지지 않다니요……. 그게 코르니유 신부님이 일요일에 입으시던 붉은색 벨벳 사제복이라면 제가 그 자수를 본 것 같군요. 그건 정말 놀라웠어요!"

그녀는 기쁜 마음에 얼굴을 붉혔다. 그러고는 그에게 불쑥 소리 쳤다.

"호청 가장자리에 돌을 하나 얹어요. 당신 왼쪽에 말이에요. 바람이 이걸 다시 날려 버릴 것 같아요."

그는 재빠르게 움직이며 다시 날아가기 위해 날개를 파닥거리는 생포된 새처럼 바람에 들썩거리는 옷가지를 맡았다. 그것들이 더 이상 움직이지 않게 되자 그들은 다시 일어났다.

이제 그녀는 풀숲의 좁은 오솔길을 따라 널어 놓은 빨래 사이로 걸어가며 하나하나에 눈길을 주었다. 그러는 동안 그는 앞치마나 행주같이 자질구레한 것을 잃어버리지나 않았는지 살피는 데 몰두한 듯 아주 진지한 표정으로 그녀 뒤를 따라갔다. 그것은 너무도 자연스럽게 느껴졌다. 그래서 그녀는 자신의 일상생활을 얘기하고 취향을 설명하면서 쉬지 않고 재잘거렸다.

"전 말이에요, 사물들이 제자리에 있는 게 좋아요……. 아침이면 아틀리에의 뻐꾸기시계가 저를 깨워요. 언제나 6시에. 아직 날이 밝지 않았을 수도 있어요. 그래도 전 옷을 입어요. 제 양말은 여기에, 비누는 저기에 정확히 놓여 있거든요. 전 정돈광에 가까울 정도예요. 오! 그런데 제가 애초에 그렇게 태어난 것은 아니에요. 전 무질서 자체였답니다! 어머니가 충고를 많이 해 주셨죠, 아주 많이!…… 그리고 작업실에 내려왔을 때, 제 의자가 같은 장소에 창문을 마주보고 놓여 있지 않으면 전 아무것도 제대로 할 수가 없어요. 다행히도 전 오른손잡이도 왼손잡이도 아니에요. 전 양손으로 수를 놓아요. 그건 나름 재능이라 할 수 있죠. 왜냐하면 모든 사람들이 다 그렇게 할 수 있는 건 아니거든요……. 또 제가 애지중지하는 꽃이 있어요. 하지만 머리가 끔찍하게 아파서 그걸 곁에 둘수가 없어요. 오직 바이올렛만 견딜 수 있어요. 그 꽃의 향기를 맡으면 오히려 마음이 차분해지는 것 같아요. 아주 조금만 거북해도 바이올렛 향기를 마셔요. 그러면 곧 진정이 돼요."

그는 그녀의 말에 매료되어 귀를 기울였다. 그녀의 목소리가 그를 달콤한 취기에 빠뜨렸다. 그의 마음을 파고들 듯 길게 이어지는 목소리는 어떤 극도의 매력을 지니고 있었다. 몇몇 음절 위로 가해지는 다정다감한 어조의 변화가 그의 눈을 적시는 것을 보면 그가 그 인간적인 음악에 특별히 민감한 게 틀림없었다.

"아!" 그녀가 하던 말을 중단하고는 이렇게 말했다. "셔츠가 다 말라 가는군요."

그러고는 자신을 알리려는 무의식적이고 순진한 욕구로 자신의 내밀한 이야기를 마저 했다.

"흰색은 언제나 아름다워요, 그렇잖아요? 어떤 날에는 푸른색, 붉은색, 그러니까 모든 색깔이 싫증 나요. 하지만 흰색은 완벽한 기쁨이에요. 절대 싫증이 나지 않아요. 그 속에서는 어떤 것도 상처를 입지 않죠. 오히려 그 속으로 사라지고 싶어져요……. 흰 고양이 한 마리를 키운 적이 있어요. 노란 점박이였죠. 전 그 얼룩을 흰색으로 칠해 줬어요. 참 좋았어요. 오래가지는 않았지만……. 참! 이건 어머니가 모르는 건데, 전 흰 명주실 자투리를 한 서랍 가득 간직하고 있어요. 특별한 이유는 없어요. 그냥 가끔씩 그것을 바라보고 만지는 즐거움을 맛보기 위해서일 뿐이에요. 그리고 또 한 가지 비밀이 있어요. 오! 이건 좀 큰 건데! 매일 아침 잠에서 깨어날 때 제 침대 옆에 누군가 있어요. 맞아요! 어떤 백색의 존재인데 금방 날아가 버려요."

그는 어떤 의심도 하지 않았다. 그는 그녀의 말을 확고하게 믿는 것 같았다. 그것은 단순하고 당연하지 않은가? 궁정의 화려함에 둘러싸인 어린 공주라 할지라도 그토록 빨리 그를 정복하지는 못했을 것이다. 그 푸른 풀밭 위 그 모든 흰 빨래 사이에서 그녀는 유쾌하고 당당한 아주 매력적인 표정을 지녔다. 그리고 그것이 그의 가슴을 사로잡고는 점점 더 강렬하게 죄어들었다. 드디어 일이 벌어지고야 말았다. 그녀밖에는 아무도 없었고, 그는 생명이 다할 때까지 그녀를 따라갈 것이다. 그녀는 때때로 미소 띤 얼굴을 그를 향해 돌리며 계속 걸었다. 잔걸음으로 민첩하게. 그리고 그는 여전히 그녀 뒤를 따라갔다. 그는 언젠가는 그녀를 붙잡을 수 있으리라는 어떤 희망도 없이 그저 그 행복에 가슴이 벅차기만 했다.

그러나 돌풍이 불었고, 칼라나 촘촘한 면직으로 만든 소매 커버, 세모꼴 숄, 흰 리넨 베일 등 조그맣고 얇은 빨래가 돌풍에 휘말린 흰 새 떼처럼 솟아올라 멀리 날아가 떨어졌다.

앙젤리크가 달리기 시작했다.

"아! 맙소사! 이리 좀 와요! 저 좀 도와줘요!"

두 사람은 허둥댔다. 그녀는 셔브로트 개울가에서 칼라를 붙잡았다. 그는 벌써 키 큰 쐐기풀 사이에서 발견한 흰 리넨 베일 두 개를 손에 쥐고 있었다. 소매 커버는 하나씩 쟁취하다시피 해야만 했다. 그들이 그렇게 전속력으로 달리는 도중에 그녀는 치맛자락을 휘날리며 그를 세 번 스쳤다. 그때마다 그는 매번 얼굴이 붉어지면서 가슴이 요동치는 것을 느꼈다. 그 또한 마지막 세모꼴 숄을 잡기 위해 뛰어오르면서 그녀를 스쳤다. 숄은 그의 손을 비껴갔다. 그녀는 숨을 헐떡이며 멈춰 서 있었다. 그녀의 가슴에 어떤 동요가 일며 웃음을 억눌렀다. 그녀는 더 이상 농담도 하지 않았고, 서툴고 순진한 그 청년을 더 이상 조롱하지도 않았다. 그 감미로운 불안 속에서 더 이상 유쾌하지 않고 기가 꺾여 버리다니 도대체 그녀에게 무슨 일이 일어난 것일까? 그가 그녀에게 숄을 내밀었을 때, 어쩌다 두 사람의 손이 마주쳤다. 그들은 화들짝 놀라면서 멍하니 서로 바라보았다. 그녀는 급히 뒤로 물러섰다. 그러고는 자신에게 일어난 그 엄청난 사건 속에서 어찌할 바를 모르고 몇 초 동안 그대로 있었다. 그러더니 몹시 당황하여 갑자기 달리기 시작했다. 작은 옷가지만 한 아름 안고 나머지는 내버려 둔 채 그녀는 그렇게 도망가 버렸다.

그러나 그때 펠리시앵은 말하려고 하던 참이었다.

"오! 제발…… 부탁이에요……."

바람이 더욱 거세져 그의 숨을 막았다. 그는 그녀가 달려가는 것을 절망 속에서 바라만 보았다. 마치 바람이 그녀를 앗아 가는 듯했다. 그녀는 비스듬히 꺾인 태양의 엷은 황금빛 아래 새하얀 호청과 테이블보 사이로 달리고 또 달렸다. 성당의 그림자가 그녀를 맞이하는 것 같았다. 정원의 쪽문을 통해 뒤돌아보지도 않고 집으로 달려들어 가려던 순간, 문턱에서 그녀는 문득 착한 마음이 솟아나 돌아섰다. 그가 자신이 너무 화났다고 상상하는 걸 원치 않았던 것이다. 그러고는 송구스러워하는 미소를 지으며 외쳤다.

"고마워요! 고마워요!"

그녀가 그에게 고마워하는 것은 날아가는 옷가지를 붙잡는 걸 도와주었기 때문일까? 아니면 무슨 다른 일 때문이었을까? 그녀가 사라지고 문이 닫혔다.

맑은 하늘에는 강한 돌풍이 규칙적으로 불어오며 들판에 활기를 불어넣었다. 그는 그곳에 홀로 우두커니 서 있었다. 주교 관저의 느릅나무가 길게 부서지는 파도 소리를 내며 흔들거렸고, 한낭랑한 목소리가 테라스와 성당의 반아치형 걸침벽을 통과하며 쟁쟁 울렸다. 그러나 그의 귓가에는 하얀 꽃이 만발한 라일락 가지에 매달린 조그만 구리종이 땡그랑거리는 소리 외에는 아무 것도 들리지 않았다. 그 종은 그녀의 것이었다.

그날부터 앙젤리크는 침실 창문을 열 때마다 저기 아래 클로-마리에서 일하는 펠리시앵을 볼 수 있었다. 그는 일에는 전혀 진척도 보이지 않으면서 유리창 수선을 구실로 그곳에서 아예 살았다. 여러 시간 동안 그는 덤불 뒤 풀밭에 누워 나뭇잎 사이로 엿보며 멍하니 넋을 놓고 있었다. 아침저녁으로 미소를 주고받는 일은 매우 달콤했다. 그녀는 행복했고, 그 이상을 요구하지 않았다. 빨래는 세 달 후에나 다시 하게 되어 있었고, 정원 문은 그때까지 닫혀 있을 것이다. 그러나 매일 서로 눈으로 만나는 것만으로도 세달, 세 달은 너무도 빨리 지나갈 것이다. 낮은 저녁의 만남을 위한 것이었고 밤은 아침의 만남을 위한 것이었으니, 그렇게 사는 것보다 더 큰 행복이 또 있을까?

첫 만남부터 앙젤리크는 자신의 습관, 취향, 가슴에 묻어 둔 조그만 비밀까지 모든 것을 말했다. 그는 조용한 성격이었고, 이름은 펠리시앵이었다. 그 외에는 아는 것이 없었다. 어쩌면 그럴 수밖에 없는지도 몰랐다. 대개 여자는 자신의 모든 것을 주고, 남자는 미지의 세계 속에 자신을 남겨 둔다. 그녀는 어떤 성급한 호기심도 느끼지 않았다. 그녀는 틀림없이 실현되게 될 일에 대한 생각에 미소 지을 따름이었다. 그리고 그녀가 모르는 것은 중요하지 않았다. 서로 만나는 것만이 중요했다. 그녀는 그에 대해 아는 것이 아무것도 없었지만, 그의 시선 속에서 생각을 읽을 수 있을 만큼은 그를 알고 있었다. 그가 왔고, 그녀는 그를 알아보았다. 그리고 그들은 서로 사랑했다.

그들은 그렇게 떨어져 있으면서 서로에게 사로잡힌 상태를 감미롭게 즐겼다. 그것은 서로를 발견하면서 맛보는 새로운 매혹의 끊임없는 연속이었다. 그녀는 긴 손을 가졌고 바늘에 찔린 상처가 있었다. 그는 그러한 손을 무척 좋아했다. 그녀는 그의 발이 작고 갸름하다는 사실을 알아냈다. 그녀는 그 사실이 매우 자랑스러웠다. 그의 모든 것이 그녀의 마음을 우쭐하게 했다. 그녀는 그가 잘생긴 것이 고마웠고, 그의 금발 수염이 머리카락에 비해 좀 더 회색빛을 띤다는 사실을 알아차린 날 저녁에는 강렬한 기쁨을 느꼈다. 그것이 그의 웃음을 지극히 부드럽게 만들었기 때문이다. 그로 말하자면 어느 날 아침 그녀가 몸을 수그렸을 때 그녀의 섬세한 목에 갈색 표시가 하나 있다는 사실을 발견하고는 그것에 도취되어 얼이 빠져 버렸다. 그들은 가슴을 숨김없이 모두 드러냈고, 그 속에서 서로를 발견했다. 틀림없이 창문을 여는 그녀의 천진난만하고 자신만만한 몸짓은 그녀가 어린 자수공이지만 여왕의 영혼을 가졌다는 것을 말해 주었다. 마찬가지로 그녀는 그가 얼마나 가벼운 걸음으로 풀을 밟는지를 보면서 그가 선량하다는 것을 느낄 수 있었다. 그들이 만나는 이른 아침, 그들 주위로 비치는 첫 햇살에는 다양한 느낌과 매력이 있었고, 그들의 짧은 만남은 매번 나름의 즐거움이 있었다. 만남이 주는 그 지극한 기쁨이 영원히 고갈되지 않을 것만 같았다.

그러나 펠리시앵은 얼마 지나지 않아 조금씩 참을성을 잃게 되었다. 그는 더 이상 여러 시간을 덤불 아래에서 어떤 절대적인 행복 속에 가만히 누워 있을 수가 없었다. 앙젤리크가 발코니에 나타나 팔을 괴는 순간, 그는 초조해졌고 그녀에게로 다가가려고 애썼다. 그리고 그것이 그녀를 조금 화나게 했다. 왜냐하면 그녀는 그가 사람들의 눈에 띌까 겁났기 때문이다. 어떤 날은 꽤 심각한 불화가 있기도 했다. 그가 담까지 바짝 다가오자 그녀는 발코니를 떠날 수밖에 없었다. 그것은 심각한 사태였다. 그는 어찌할 바를 몰라 몹시 당황했고, 순종적이면서 호소하는 듯하던 그의 표정은 충격으로 일그러져 버렸다. 물론 그녀는 그다음 날 평소와 마찬가지로 같은 시간에 팔을 괴러 발코니에 나옴으로써 그를 용서할 수밖에 없었지만 말이다. 그러나 그에게는 더 이상 기다림만으로는 충분하지 않았고, 그러한 사건은 재발했다. 이제 그는 클로-마리의 구석구석을 서성이며 자신의 열병으로 그 공간을 가득 채웠다. 정원의 모든 나무 뒤로 그가 보였으며, 빽빽한 가시 덤불 위로 그의 모습이 나타났다. 키 큰 느릅나무들의 산비둘기들처럼 그도 두 나뭇가지 사이에 자신의 둥지를 갖고 있는 것만 같았다. 어느 날 그녀는 방앗간의 폐허 주변에서 그를 보았다. 그는 부서진 헛간의 골조 위에 서 있었다. 그는 그녀의 어깨까지 날아가지 못하는 아쉬움을 달래며 그렇게 조금이나마 높은 곳에 올라간 것이 행복했다. 어떤 날은 성당의 두 창문 사이의 벽을 타고 내진의 예배당 위로 나 있는 테라스에 올라가 있었고, 그녀는 자신보다 더 높은 곳에 있는 그를 보고는 가는 외마디를 삼키기도 했다. 성당지기가 열쇠를 갖고 있어 문이 닫혀 있는데, 그가 어떻게 그 회랑에 갈 수 있었을까? 다른 때는 반아치형 걸침벽과 버팀벽의 용마루 사이에서 하늘 한가운데 솟아 있는 그를 보지 않았는가? 그 높은 곳에서 그의 시선은 작은 종루의 첨탑 꼭대기에서 내리꽂히는 날렵한 제비들처럼 그녀의 침실 깊숙한 곳까지 뻗어 갔다. 그녀는 숨을 생각은 조금도 없었다. 그러나 그때부터 그녀는 두문불출했다. 두 사람이 언제나 함께 있는 것 같은 어떤 불안이 그녀의 마음속에 일기 시작했고, 그것이 점점 커지더니 마침내 그녀를 완전히 사로잡아 버렸다. 그녀가 안달나지 않았는데 그녀의 가슴이 큰 명절 날 종탑이 울리는 것처럼 그토록 세게 박동 칠 리는 없지 않은가?

앙젤리크는 나날이 커져 가는 펠리시앵의 대담성이 두려워 사흘 동안 나타나지 않았다. 그녀는 그를 싫어하는 마음을 부추기며 다시는 그를 보지 않으리라 맹세했다. 그러나 그녀는 이미 그가 던진 열기를 받았고, 한 자리에 가만히 있을 수가 없었다. 온갖 핑계가 그녀에게 수놓던 사제복을 손에서 내려놓게 했다. 그래서 가베 어멈이 심각한 빈곤 속에서도 아직 병상에서 일어나지 못하고 있다는 소식을 듣자 그녀는 매일 아침 가베 어멈에게 문병을 갔다. 그 어멈의 집은 바로 오르페브르 길, 세 집 건너에 있었다. 그녀는 죽이나 설탕을 들고 갔고, 대로의 약국까지 약을 사러 내려가기도 했다. 그러던 어느 날, 약병과 물건 꾸러미를 들고 다시 오르페브르 길로 올라오다가 그 늙고 병든 여인의 머리맡에 펠리시앵이 와 있는 것을 알고는 가슴이 멎는 듯한 충격을 받았다. 그는 몹시 얼굴을 붉히고는 서툴게 도망가 버렸다. 그다음 날, 그녀가 떠나려고 할 때 그가 다시 나타났다. 그녀는 기분이 상하여 그에게 자리를 내주고는 떠나 버렸다. 그러니까 그는 그녀가 가난한 자들을 방문하는 것도 방해하려는 것인가? 마침 그녀는 아무것도 가진 게 없는 사람들의 욕구를 채우기 위해 자신의 모든 것을 바치려는 거의 광적인 자비심에 몰두해 있었다. 그녀의 존재는 고통에 대한 생각에서 딱할 정도의 어떤 우애심으로 약해지고 있었다. 그녀는 바스 길에 사는, 몸이 불구인 맹인 마스카르 아저씨네 집으로 달려가 직접 가져간 수프 접시에다 먹을 것을 만들어 대접했다. 그리고 부부 모두가 여든이 된 슈토 씨네는 마글루아르 길의 지하 창고에 살고 있었는데, 그곳에다는 위베르 부부의 골방에 있던 고가구를 들여놓았다. 그렇게 그녀는 주변에 남아도는 것으로 이 집 저 집 동네의 모든 가난한 사람들을 몰래 도와주며 그들을 놀라게 하고 그들의 안색이 밝아지는 것을 보는 것이 즐거웠다. 그러나 이제 그녀는 모든 사람들 집에서 펠리시앵을 만나게 될 것이다! 그녀는 어느 때보다 더 자주 그를 보게 되었다. 그를 다시 만나게 되는 것이 두려워 창가에 서는 것을 스스로 금지하던 그녀였지 않은가. 그녀의 혼란은 점점 커져 갔고, 마침내 자신이 잔뜩 화났다고 믿었다.

그 사건 속에서 정말로 최악의 것은 앙젤리크가 곧 그녀의 자비심에 절망하게 되었다는 사실이다. 그 청년은 선량하게 행동하는 그녀의 기쁨을 망쳐 버렸다. 예전에도 그는 아마 다른 가난한 사람들을 알고 있었을 것이다. 그러나 이 사람들은 알지 못했다. 왜냐하면 그가 이들을 방문하지 않았기 때문이다. 그는 그녀를 엿보고는 그들이 누구인지 알아내어 그녀에게서 그들을 차지하기 위해 그녀가 다녀간 다음 그들 집에 차례로 올라가 봤음이 분명하다. 이제는 그녀가 약간의 먹을 것을 바구니에 담아서 슈토 씨네 집에 올 때마다 식탁 위에 흰색 은화 몇 닢을 놓고 간다는 사실도 알게 되었다. 그녀가 한 주 동안 아껴 두었던 10수를 가지고 마카르 아저씨 집으로 달려오던 어느 날, 담뱃값도 없어 쩔쩔매던 그 아저씨의 주머니가 햇살처럼 빛나는 20프랑짜리 금화로 아주 두둑해져 있다는 사실을 알았다. 가베 어멈을 방문하던 어느 날 저녁, 그 어멈 또한 지폐 한 장을 그녀에게 주며 아랫동네에 가서 바꿔 달라고 부탁했다. 자신의 무력함을 확인하는 것은 얼마나 가슴 아픈 노릇인가! 그는 그렇게 쉽게 자신의 지갑을 비울 수 있지만, 그녀는 그럴 만한 돈이 없었다. 물론 그 가난한 자들이 횡재를 했으니 그녀는 기뻤다. 그러나 그녀는 주는 행복을 더 이상 느낄 수가 없었다. 남이 그렇게 많이 줄 때 자신은 조금밖에 줄 수 없는 것이 오히려 슬펐다. 그 서른 청년은 이해할 수가 없었다. 그녀의 마음을 정복하리라 믿고 측은한 마음으로 후한 선물을 하고 싶은 욕구에 따랐는데, 그것이 그녀의 자비로운 마음을 절망시킨 것이었다. 그토록 착하고 부드럽고 예의 바른 젊은이! 그녀가 모든 가난한 자들의 집에서 그에 대한 그런 찬사를 참고 들어야만 하는 것은 접어 두더라도 그들은 오직 그에 대해서만 말했고, 마치 그녀 자신의 적선을 멸시하려는 듯 그의 것을 자랑스럽게 과시했다. 그를 잊어버리겠다는 맹세에도 불구하고 그녀는 그에 대해 그들에게 질문했다. 그가 무엇을 남기고 갔어요? 그가 뭐라 말하던가요? 그는 참 잘생겼어요, 그죠? 온화하고 수줍은 성격이죠! 혹시 그가 저에 대해 말하지는 않았어요? 아! 물론, 그는 항상 저에 대해 말했지요! 그때 그녀는 결정적으로 그를 혐오하게 되었다. 왜냐하면 마침내 그의 존재가 그녀의 가슴을 너무도 무겁게 짓누르게 되었기 때문이다.

결국 일은 그렇게 끝날 수밖에 없었다. 그리고 5월의 어느 상쾌한 저녁 황혼이 질 무렵, 드디어 파국이 오고야 말았다. 허물어진 방앗간 터에 움막을 짓고 살던 거지들의 가족인 랑발뢰즈 어멈의 집에서 일이 터지고야 만 것이었다. 그 집에는 주름이 쭈글쭈글한 늙은 랑발뢰즈 어멈과, 스무 살 된 키 크고 막돼먹은 맏딸 티에네트, 그녀의 두 여동생 로즈와 잔, 이렇게 여자들만 살고 있었다. 아래 두 딸은 터부룩한 적갈색 머리카락 아래로 벌써 도발적인 눈빛을 띠고 있었다. 이 네 여자들은 길이나 도랑을 따라 걸어 다니며 동냥을 했고, 저녁이 되어서야 끈으로 동여맨 누더기 신발을 끌고 피로로 만신창이가 되어 돌아왔다. 그런데 마침 그날 저녁, 티에네트는 조약돌 사이에 자신의 신발을 내버리고야 말았다. 그러고는 발목에 피를 흘리며 상처투성이로 집에 돌아왔다. 클로-마리의 키 큰 풀밭 한가운데 있는 자신의 집 문 앞에 앉아서 그녀는 발에 박힌 가시를 뽑고 있었고, 그러는 동안 어머니와 나머지 여동생은 그녀를 둘러싸고 탄식을 하고 있었다.

그때 앙젤리크가 매주 그들에게 가져오는 빵을 앞치마 속에 감춘 채 도착했다. 그녀는 정원의 쪽문으로 빠져나와 곧장 달려 집으로 되돌아가리라 생각했기 때문에 문을 살짝 밀어 둔 채로 달려왔다. 그러나 거지 여자들 가족이 눈물을 흘리고 있어서 그녀는 그 집을 금방 떠나지 못했다.

"왜 그러세요? 무슨 일이 있어요?"

"아! 착한 아가씨!" 랑발뢰즈 어멈이 울먹이며 탄식했다. "아니 저것이 자신을 어떤 지경에 빠뜨렸는지 한번 보라고! 내일 저녁은 걸을 수 없을 거야. 내일은 그냥 끝장난 거라고……. 신발이 있어야 하는데."

로즈와 잔 또한 덥수룩한 머리카락 아래로 눈빛을 이글거리며 날카로운 목소리로 목 놓아 울면서 어멈 훈수를 들었다.

"신발이 필요해, 신발이 필요해."

티에네트는 검고 야윈 얼굴을 반쯤 들었다. 그러고는 한마디 말도 없이 거칠게 핀을 이용해서 박힌 긴 가시를 악착스럽게 빼느라

발에 피가 나게 했다.

마음이 약해진 앙젤리크가 가져온 것을 내놓으며 말했다.

"여기…… 이번에도 빵이에요."

"오! 빵이구나." 어멈이 대꾸했다. "빵도 필요는 하지. 하지만 저 애는 빵으로는 걸을 수 없어. 암, 물론이지. 이제 블리니에서 장이 열린 텐데, 저 애는 매년 거기서 40수 이상씩은 벌어 온다고. 맙소사, 맙소사! 우린 이제 어떻게 되는 거지?"

동정심과 당혹감으로 앙젤리크는 아무런 말도 할 수 없었다. 그녀는 주머니에 달랑 5수밖에 없었다. 5수로는 중고품 신발도 살 수 없었다. 매번 그녀는 돈이 없다는 현실 때문에 무기력함을 느꼈다. 그 순간 그녀가 시선을 그들에게서 돌리는데, 점점 더 퍼져 가는 어둠 속 저기 몇 걸음 떨어진 곳에 펠리시앵이 서 있었다. 그녀는 이성을 잃었다. 그가 모든 것을 들었음이 틀림없다. 어쩌면 그는 오래전부터 그 자리에 있었는지도 모른다. 그는 언제나 그런 식으로 그녀 앞에 나타났다. 그가 어디로 어떻게 왔는지 그녀는 도무지 알 수가 없었다.

'저이가 신발을 줄 거야' 하고 그녀는 생각했다.

과연 그는 이미 다가오고 있었다. 보랏빛 하늘 속에는 초저녁 별이 떠오르고 있었다. 온화하고 푸근한 평화가 하늘에서 떨어지며 클로-마리를 잠재웠고, 버드나무는 어둠 속으로 잠겨 들었다. 해가 저물 때 성당은 그저 검은 둔덕처럼 보일 뿐이었다.

'틀림없이 저이가 신발을 줄 거야.'

그녀는 진정으로 절망을 느꼈다. 그러니까 그는 모든 것을 줄 것이다. 그녀는 한 번도 그를 이길 수 없을 것이다! 그녀의 가슴은 부서질 듯 망치질했다. 그녀는 자신도 사람들을 행복하게 해 준다는 사실을 그에게 보여 주기 위해 아주 부자였으면 좋았을 것이다.

그러나 랑발뢰즈 가족은 벌써 그 마음씨 좋은 신사 분을 보았다. 어멈이 황급히 달려갔고, 두 작은딸들은 손을 내밀며 징징거렸으며, 그러는 사이 큰딸은 피나는 발목을 내려놓고 비스듬히 그를 쳐다보았다.

"이보세요, 부인." 펠리시앵이 말했다. "대로 모퉁이에 있는 바스 길에 가세요……"

앙젤리크는 벌써 알아들었다. 신발 가게가 거기 있었던 것이다. 그녀가 그의 말을 잽싸게 막았다. 그녀는 너무도 흥분된 나머지 말을 되는대로 해 버렸다.

"쓸데없이 그렇게 달려갈 필요는 없어요!…… 그럴 필요가 없어요!…… 훨씬 더 간단한 해결책이 있는걸요……"

하지만 그녀는 더 간단한 방법을 발견하지 못했다. 어떻게 하지? 동냥으로 그를 앞지르기 위해 무얼 지어내야 하나? 그녀가 그때처럼 그를 강렬하게 미워한다고 믿었던 적은 없었다.

"가서, 내가 보내서 왔다고 말해요." 펠리시앵이 말을 이었다. "그리고 주문하세요……"

다시 그녀는 그의 말을 가로막았다. 그리고 초조하게 말했다.

"이게 더 간단해요…… 이게 더 간단해요……"

그녀가 갑자기 잠잠해지더니 가까운 돌에 앉아서 신고 있던 신발의 끈을 풀었다. 그러고는 신발을 양말과 함께 한 손으로 힘껏

벗었다.

"자, 이것 받으세요! 이렇게 간단한걸요! 뭣 때문에 수고스럽게 움직여요?"

"아! 마음씨 착한 아가씨, 하느님이 갚아 주실 거예요!" 랑발뢰 즈 어멈이 거의 새것이나 다름없는 신발을 여기저기 뜯어보며 외쳤다. "윗부분을 갈아야겠어. 발에 맞아야 하니까. 티에네트, 감사해라, 이 바보 같은 것아."

티에네트는 로즈와 잔의 손에서 양말을 빼앗았다. 동생들이 양말을 탐냈기 때문이다. 그러나 앙젤리크는 꼭 다문 입을 열지 않았다.

그 순간 앙젤리크는 자신이 맨발이며 펠리시앵이 자신의 발을 내려다보고 있다는 사실을 깨달았다. 그녀는 당황하여 어찌할 바를 몰랐다. 그녀는 어떤 동작도 감히 할 수가 없었다. 일어서면 발이 더 잘 보일 것이라는 사실이 너무도 확실했기 때문이다. 너무도 불안하여 머리가 돌 지경이었다. 그녀는 달아나기 시작했다. 풀을 밟으며 그녀의 조그맣고 새하얀 발이 달려갔다. 밤은 점점 더 깊어 갔고, 클로-마리는 주변의 키 큰 나무와 성당의 시커먼 덩치 사이에서 응달의 호수로 변해 갔다. 그리고 칠흑같이 어두운 땅바닥에는 오직 하얗고 작은 두 발이, 비둘기처럼 부드럽고 윤기 나는 하얀 두 발이 달려가고 있을 뿐이었다.

앙젤리크는 두려웠다. 물이 무서웠다. 그녀는 다리 구실을 하고 있던 판자 위로 냇물을 건너기 위해 서브로트 개울을 따라 달려갔다. 그러나 펠리시앵은 덤불을 가로질러 지름길로 달려갔다. 조금

전까지만 해도 그는 너무도 수줍어서 그녀의 하얀 발을 보면서 그녀보다 더 얼굴을 붉혔다. 그런데 어떤 불꽃이 그를 부추겼다. 그는 첫날부터 그를 완전히 사로잡았던 열정을 넘쳐흐르는 젊음으로 소리 높여 외치고 싶었을 것이다. 그러나 그녀가 그를 스쳤을 때 그는 그 고백을 어린애처럼 겨우 웅얼거렸을 뿐이다. "당신을 사랑해요." 그의 입술이 그 고백으로 바싹 타 들어갔다.

그녀는 너무도 흥분되어 멈추어 섰다. 한순간 똑바로 선 채 그녀는 그를 바라보았다. 그에 대해 분노와 증오를 갖고 있다고 믿었지만, 그러한 감정이 감미로운 불안감으로 녹아서 모두 가셔 버리려 했다. 그가 무슨 말을 했기에 그녀가 그토록 정신을 잃고 혼란에 빠져 버렸을까?

그는 그녀를 사랑하고 있었다. 그녀는 그 사실을 알고 있었다. 그리고 그녀의 귀에 속삭인 그의 말이 그녀를 놀라움과 두려움의 혼동 속으로 빠뜨렸다. 공모(共謀)와 다름없던 자선 행위를 통해 그녀의 가슴에 가까이 다가선 그는 가슴을 열고 용기를 내어 반복했다.

"당신을 사랑해요."

그녀는 애인에 대한 두려움 속에서 도망치기 시작했다. 셔브로트 개울은 더 이상 그녀의 발을 묶을 수 없었다. 그녀는 쫓기는 암사슴처럼 개울 속으로 달려들었다. 차가운 물속에서 떨며 그녀의 작고 하얀 발이 조약돌 사이로 달렸다. 정원의 문이 다시 닫혔다. 그녀의 두 발이 사라졌다.

6

이틀 동안 앙젤리크는 회한에 짓눌려 우울하게 지냈다. 그녀는
혼자만 되면 곧 마치 무슨 잘못이나 저지른 것처럼 눈물을 흘렸
다. 그리고 불안하고도 모호한 질문이 매번 되살아났다. 그녀는
과연 그 젊은이와 죄를 저질렀던 것일까? 그녀는 이제 구원 불가
능하게 되어 버린 것은 아닐까? 그러니까 『황금빛 전설』에 나오
는 상스러운 여자들처럼 악마의 꾐에 빠져 버렸던 것은 아닐까?
그렇게 조용히 속삭이던 그 말, "당신을 사랑해요"는 그녀의 귓가
에 어찌나 엄청난 굉음으로 울렸는지 그 단어 하나하나가 보이지
않는 존재에 깊숙이 숨겨진 어떤 어마어마한 위력이 메아리치듯
또박또박 들려왔다. 그러나 그녀는 몰랐다. 아무런 사회적인 접촉
없이 홀로 자라난 무지 속에서 그녀는 알 수가 없었다.

그녀는 그 젊은이와 죄를 지은 것일까? 그녀는 일어난 일을 잘
기억해 내려고 애썼다. 그리고 자신의 순진무구함을 지키는 데 세
심했는지를 물었다. 그러니까 그것은 분명 죄악이었는가? 서로 바

라보고 대화하고 부모에게 거짓말하는 것으로도 죄가 되는 것일까? 그게 모두 악일 리는 없었다. 그렇다면 그녀는 왜 그렇게 숨이 막히는 것일까? 죄를 짓지 않았다면 왜 다른 영혼 때문에 동요되어 다른 사람이 되어 버린 느낌이 들까? 어쩌면 죄는 바로 거기, 마음을 허약하게 만드는 그 소리 없는 불안감 속에서 자라나는 것은 아닐까? 그녀의 가슴은 막연하고 모호한 것으로 가득했다. 그녀는 채 이해하기도 전에 다가오는 온갖 말과 행동이 혼란스러웠고, 그것에 질겁했다. 피가 얼굴로 치솟아 뺨이 불그레해졌다. 공포스러운 그 말이 그녀의 귓가에 굉음처럼 울렸다. "당신을 사랑해요." 그리고 그녀는 더 이상 이치를 따지지 않고 다시 흐느끼기 시작했다. 그녀는 이름도 형태도 없는 것 속에서 사실을 의심했고, 자신이 저질렀을 잘못이 상상할 수 없을 정도로 두려웠다.

그녀를 심각하게 괴롭힌 것은 위베르틴에게 솔직하게 고백하지 않았다는 것이었다. 만약 위베르틴에게 물을 수만 있었다면 그녀는 아마 단숨에 신비를 알아낼 수 있었을 것이다. 아니 그녀는 그저 누군가에게 자신의 잘못에 대해 말하는 것만으로도 치유될 수 있을 것만 같았다. 그러나 비밀은 너무 커졌고, 그녀는 아마 수치심에 죽을 수도 있을 것이다. 그녀는 자신의 존재 깊숙이 폭풍우가 일 때도 짐짓 고요한 표정을 교묘하게 가장했다. 심심풀이로 무얼 하는지 물으면 그녀는 휘둥그레 놀란 눈을 뜨며 아무것도 생각하지 않는다고 대답했다. 기계적인 손놀림으로 바늘을 당기며 아주 얌전하게 수틀 앞에 앉아 있었지만, 그녀는 아침부터 저녁까지 오직 한 가지 생각으로 초췌해졌다. 사랑받는 것,

사랑받는 것! 그러면 그녀도 사랑하고 있는가? 아직은 모호한 질문이었다. 그것은 그녀의 무지 속에 아직은 대답 없이 남겨진 질문이었다. 그녀는 넋을 잃을 정도로 그 질문을 반복했다. 말이 일상적인 의미를 상실했고, 모든 것이 그녀를 현기증 나게 할 정도로 그녀의 생각에서 빠져나갔다. 그녀는 간신히 다시 정신을 차렸다. 바늘을 쥔 손이 몽롱한 상태에서 어쨌든 익숙한 동작으로 수를 놓았다. 어쩌면 그녀는 어떤 중대한 병에 걸린 것인지도 몰랐다. 어느 날 저녁 잠자리에 누우며 그녀는 온몸을 떨었다. 다시는 일어나지 못할 것만 같았다. 심장은 터질 듯 망치질했고, 귀는 붕붕거리는 울림으로 가득 찼다. 그녀가 사랑하고 있는 것일까, 아니면 죽게 된 것일까? 그녀는 위베르틴에게 평화롭게 미소 지었다. 실에 밀랍을 입히고 있던 위베르틴이 걱정스러운 눈으로 그녀를 살펴보았다.

게다가 앙젤리크는 펠리시앵을 절대 다시 만나지 않겠다고 맹세까지 했다. 그녀는 클로-마리의 야생 풀밭으로 가는 위태로운 짓은 더 이상 하지 않았다. 가난한 이웃을 방문하는 일도 중단해버렸다. 그녀는 그들이 정면으로 서로 마주치게 되는 날에는 뭔가 끔찍한 일이 벌어질 것 같아 두려웠다. 그뿐만 아니라 자신이 저질렀을지도 모르는 죄를 스스로 벌하기 위해 그러한 결심에다 고행을 하리라는 생각까지 곁들였다. 그 결과 셔브로트 개울가를 배회하고 있는 그 껄끄러운 인물을 보게 될까 두려워 아침에는 절대로 창밖을 쳐다보지 않는 엄격함을 자신에게 벌로 부과했다. 그리고 마음이 약해져서 결국 그곳을 바라봤는데 그가 보이지 않으면 그녀는 또 그것 때문에 그다음 날까지 심하게 우울했다.

그러던 어느 날 위베르가 소매 짧은 제의를 수놓도록 지시하던 중이었다. 그때 초인종이 울렸고 그가 아래로 내려갔다. 아마도 어떤 고객이 주문을 하러 온 것이라고 여겼다. 왜냐하면 열려 있던 계단 문을 통해 목소리가 위층으로 울려 왔기 때문이다. 그러고는 앙젤리크는 깜짝 놀라 고개를 들었다. 아틀리에로 올라오는 발소리가 들렸기 때문이다. 평소와는 달리 위베르가 고객을 안내해서 올라오고 있었던 것이다. 그녀는 펠리시앵을 알아보고는 옴짝달싹할 수가 없었다. 그는 단순히 채색공 작업복을 입고 있었지만, 하얀 손을 갖고 있었다. 그녀가 그에게로 더 이상 다가가지 않았으므로 그가 그녀에게로 온 것이다. 그것은 그녀가 자신을 사랑하지 않는 것이라고 몇 번이고 되뇌면서 불확실함 속에서 초조하게 몇 날을 헛되이 기다린 끝에 그가 내린 결심이었다.

"아니, 얘야!" 위베르가 설명했다. "여기 너와 관련된 손님이 오셨구나. 이분은 우리에게 아주 예외적인 작업을 주문하러 오셨단다. 그런데 그 일에 대해 조용하게 의논하려면 이곳에 모시는 게 나을 것 같았다. 손님, 제 딸에게 그림을 보여 주시지요."

위베르와 위베르틴은 어떤 의심도 하지 않았다. 그들은 단지 호기심으로 그림을 보기 위해 가까이 다가갔을 뿐이었다. 그러나 펠리시앵은 감동으로 숨이 막힐 것 같았다. 앙젤리크도 마찬가지였다. 그림을 펼치는 그의 손이 떨렸다. 그는 자신의 목소리가 흔들리는 것을 감추기 위해 말을 천천히 해야만 했다.

"이것은 주교님을 위한 모자입니다. 보몽 신시가지에 사는 부인들이 그분께 이것을 선물하기를 원하는데, 모자에 넣을 그림을 그리고 그것을 수놓는 과정을 감독하는 임무를 제게 맡겼습니다. 저는 유리 채색공입니다. 하지만 옛 예술에도 관심이 많습니다……. 보세요, 이것은 한 고딕식 승모를 재구성한 것이에요……."

앙젤리크는 그가 그녀 앞에 내려놓은 커다란 종이에 몸을 기울이며 가벼운 감탄사를 터뜨렸다.

"오! 성 아그네스로군요!"

과연 그것은 열세 살에 작은 손과 작은 발만을 내놓고 자신의 머리카락으로 벌거벗은 온몸을 가린 채 순교한 그 어린 처녀의 그림이었다. 그것은 성당 문짝 기둥에 있는 모습 그대로였으며, 특히 성당 안에 있는, 아주 오래전에 나무로 깎고 색칠한, 이제는 세월이 황금빛으로 물들여 엷은 황갈색을 띤 그 입상의 모습을 그대로 재현하고 있었다. 성 아그네스는 승모의 정면을 차지하며 두 천사의 도움으로 꼿꼿이 서서 하늘로 올라가고 있었다. 그리고 그녀 아래로는 아주 아득한 풍경이 매우 섬세하게 펼쳐져 있었으며, 가장자리의 깃과 늘어진 끈에는 홍예머리 같은 뾰족한 장식이 아름답게 그려져 있었다.

"그 부인들은 기적의 행렬을 위해 이것을 선물하려고 해요. 전 당연히 성 아그네스를 선택해야 한다고 생각했고요……."

"착상이 아주 훌륭하시군요." 위베르가 끼어들었다.

위베르틴도 말을 거들었다.

"주교님이 아주 감동하시겠어요."

기적의 행렬은 매년 7월 28일에 있었다. 그것은 오트쾨르 가의 장 5세 때 처음 거행되었는데, 페스트가 창궐하던 보몽을 구하기 위해 하느님이 장 5세와 그의 가문에게 보내 주신 기적적인 치유 권능에 감사하기 위한 것이었다. 전설에 의하면 오트쾨르 가가 그 권능을 지니게 된 것은 성 아그네스의 도움 덕택이었고, 그 때문에 그들은 그 성녀를 아주 숭배했다. 해마다 한 번씩 그 오래된 성녀의 입상을 드러내어 그녀가 모든 질병을 계속 물리쳐 준다는 경건한 믿음을 상기하며 도시의 거리를 장엄하게 순회하는 오랜 관습이 생겨난 것도 바로 그 일에서 유래했다.

"기적의 행렬을 위한 것이라고요." 마침내 앙젤리크가 그림에서 눈을 떼지 않은 채 중얼거렸다. "하지만 스무 날 정도밖에 남지 않았어요. 우린 이 일을 그전에는 도저히 마치지 못할 거예요."

위베르 부부도 머리를 끄덕였다. 실제로 그런 작품은 수없이 많은 세심한 작업을 요구했다. 그럼에도 위베르틴은 딸에게로 고개를 돌리며 말했다.

"내가 널 도울 수 있을 거야. 장식은 내가 맡을게. 그러면 넌 얼굴만 하면 되잖아."

앙젤리크는 흥분이 가시지 않은 채 여전히 그 성녀를 살펴보았다.

아니, 안 돼요! 그녀가 거절했다. 그녀는 수락하면서 느낄 달콤한 기쁨에 저항했다. 공모자가 되는 것은 아주 나쁜 짓일 게다. 왜냐하면 펠리시앵은 틀림없이 거짓말을 하고 있었고, 그녀는 그가 가난하지 않으며 그 노동자 복장 아래 자신을 감추고 있다는 사실을 잘 알고 있었다. 그리고 그 소박함의 연기, 그녀에게까지 침투해 들어오기 위한 그 모든 이야기가 그녀에게 경계심을 불러일으켰다. 하지만 그녀는 자신의 꿈이 완전히 실현되고 있다는 절대적인 확신 속에서 그의 모습을 변모시키고 그의 원래 신분임이 틀림없을 왕족 귀공자의 모습을 상상하면서 내심 즐겁고 행복했다.

"아뇨." 그녀가 나지막한 목소리로 다시 말했다. "우린 시간이 충분치 않을 거예요."

그러고는 눈 아래 펼쳐진 그림을 계속 바라보며 마치 자신에게 말하는 것처럼 말을 이었다.

"이 성녀에게는 뒤덮기 방식이나 걸치기 방식을 사용할 수가 없어요. 그런 기교는 이 성녀에게 격이 맞지 않아요……. 색조에 변화를 주는 방식으로 한 땀 한 땀 금실로 자수를 놓아야 해요."

"바로 그거예요." 펠리시앵이 말했다. "저도 그 자수법을 생각하고 있었어요. 전 아가씨가 그 비결을 터득했다는 사실도 알고 있었어요……. 그 방식으로 수를 놓은 조각이 제의실에 아직 꽤 훌륭한 상태로 남아 있으니까요."

위베르가 열광했다.

"그래, 맞아. 그건 15세기 때 것이야. 아마 내 윗대 할머니가 그 수를 놓으셨을 거야. 색조에 변화를 주는 금실 자수라, 아! 손님, 그보다 더 아름다운 자수는 없답니다. 하지만 그건 너무 많은 시간을 요구해요. 그리고 비용도 아주 많이 들고요. 게다가 진정한 예술가가 필요하지요. 그 작업을 더 이상 하지 않은 지가 벌써 2백 년도 넘었답니다……. 만약 제 딸이 거절한다면 손님께서는 그 일을 포기하셔도 좋습니다. 왜냐하면 지금은 오직 이 애만이 그 일을 할 수 있거든요. 전 그 작업을 하는 데 필요한 섬세한 눈과 손을 가진 공예인은 이 아이 말고는 아무도 없는 걸로 알고 있어요."

위베르틴은 그가 색조 변화를 주는 금실 자수에 대해 말하기 시작한 뒤로는 딸의 말을 존중했다. 그리고 딸의 말에 설득되어 덧붙였다.

"맞아요, 스무 날 안에 그 임무를 완수하는 건 불가능해요…….
그 일에는 요정의 인내심이 필요하답니다."

하지만 성녀를 뚫어지게 쳐다보던 앙젤리크는 한 가지 사실을 발견했고, 그것으로 그녀 가슴은 기쁨으로 넘쳤다. 그것은 그림 속의 아그네스가 그녀와 닮았다는 사실이었다. 펠리시앵은 옛날에 만들어진 조각상을 보고 그리면서 틀림없이 그녀를 생각했던 것이다. 그녀는 자신이 언제나 그렇게 그와 함께 있었고, 그가 모든 곳에서 그녀를 보고 있었다는 생각에 그로부터 멀어지겠다는 결심을 누그러뜨리고야 말았다. 그녀는 마침내 고개를 들었다. 그는 떨고 있었다. 그의 젖은 눈은 그녀에게 마음을 바꾸라고 간절하게 애원하고 있었다. 그러나 여자아이들이 아무것도 모르면서도 본성적으로 갖는 수완인 짓궂은 장난기가 발동하여 그녀는 공감하는 듯한 모습을 보여 주길 원치 않았다.

"불가능해요, 그 일이라면 전 아무에게도 해 주지 않을 거예요." 그림을 되돌려주면서 다시 말했다.

펠리시앵은 진정 절망에 빠진 듯한 몸짓을 했다. 그는 그녀가 자신을 거절한 것이라고 믿었다. 그러나 그곳을 떠나며 위베르에게 말했다.

"돈은 얼마든지 드리겠습니다……. 그 부인들은 2천 프랑까지는 지불할 의향이 있을 것입니다……."

물론 그들 부부는 돈에 관심이 없었다. 하지만 그 액수는 놀라웠다. 남편은 아내를 바라보았다. 그토록 이익이 많이 남는 주문을 물리치는 것은 좀 유감스럽지 않을까!

"2천 프랑, 2천 프랑." 앙젤리크가 감미로운 목소리로 반복했다. "손님……."

그리고 돈에 대해서는 전혀 관심이 없던 그녀가 미소를 머금었다. 입 가장자리를 겨우 집을 만큼 가벼운 짓궂은 미소였다. 그녀는 그를 바라보는 기쁨을 전혀 내색하지 않음으로써 그녀에 대해 어떤 잘못된 생각을 그에게 심어 주는 것이 재미있었다.

"오! 2천 프랑이라고요. 손님, 수락하겠어요……. 전 누구에게도 그 일을 해 주지 않았을 거예요. 하지만 지금 그 돈을 지불하기로 결정하셨으니…… 필요하다면 밤을 새우겠어요."

이제는 위베르와 위베르틴이 거절하기를 원했다. 앙젤리크가 너무 피곤해질까 봐 걱정되었기 때문이다.

"아뇨, 아뇨, 일단 받은 돈은 되돌려줄 수가 없어요……. 절 믿으세요. 손님이 주문하신 승모는 행렬 전날까지는 준비되어 있을 것입니다."

펠리시앵은 좀 더 머물기 위해서는 다른 설명을 덧붙여야 했지만 그럴 용기를 더 이상 내지 못했다. 그는 하는 수 없이 그림을 놓고 애석한 마음으로 떠나갔다. 그녀가 그를 사랑하지 않는 것이 틀림없었다. 그녀는 그를 전혀 알아보지 못하는 척했고, 그를 평범한 고객으로 취급하고, 그의 돈을 받는 것에만 관심이 있었잖은가? 어쩔 수 없는 노릇이다! 이젠 다 끝나 버렸다. 그는 더 이상 그녀를 생각하지 않을 것이다. 그러나 그런 다음에도 여전히 그녀를 생각하지 않을 수 없었으므로 그는 결국 그녀를 용서하고야 말았다. 그녀는 그 일로 먹고 살지 않는가? 그녀는 생활비를 벌어야 하지 않는가? 이틀 후 그녀를 전혀 볼 수 없는 것이 너무 괴롭고 불행해서 그는 다시 배회하기 시작했다. 그녀는 더 이상 외출하지 않았다. 그리고 더 이상 창가에도 나타나지 않았다. 이제 그는 그녀가 자신을 사랑하지 않는다 해도, 그녀가 오직 돈벌이만을 좋아한다 해도 그녀를 더욱 사랑하리라고 생각하기에 이르렀다. 스무 살에는 사랑을 사랑하듯. 이유 없이. 마음 내키는 대로. 사랑하는 즐거움과 고통을 위해. 어느 날 저녁 그는 그녀를 보았다. 그리고 그렇게 일이 벌어졌다. 이제 그가 사랑하는 사람은 다른 여자가 아닌 바로 그녀였다. 그녀가 고약하든 선량하든, 못생겼든 예쁘든, 가난하든 부자든 상관없었다. 그는 그녀를 얻지 못하면 곧 죽을 것만 같았다. 사흘째 되던 날, 마음의 고통이 너무도 극심해진 나머지 그는 그녀를 잊으리라는 맹세에도 불구하고 위베르의 아틀리에로 찾아가고야 말았다.

초인종이 울렸을 때, 그를 맞이한 사람은 위베르였다. 그의 설명을 이해할 수 없었던 위베르는 그를 위층으로 안내하기로 결심했다.

"얘야, 손님의 설명을 나로서는 알아듣기가 힘들구나."

그러자 펠리시앵이 더듬더듬 말을 시작했다.

"아가씨를 너무 거북하게 하지 않는다면 일이 어떻게 진행되는지 좀 알고 싶은데요……. 저, 그 부인들이 제게 아가씨의 작업을 직접 지켜보라고 권유하셨어요…… 방해가 되지 않는다면……."

그의 모습을 보자 앙젤리크는 심장이 너무도 격렬하게 뛰어서 목구멍까지 숨이 차오르는 것 같았다. 그녀는 숨이 막힐 지경이었다. 그러나 그녀는 애써 진정했고, 전혀 얼굴도 달아오르지 않았다. 그녀는 아주 침착하게 무심한 표정으로 대답했다.

"오! 어떤 것도 저를 불편하게 하지 않습니다, 손님. 전 사람들 앞에서도 작업을 잘 하거든요……. 그림은 손님이 그리신 것이니 직접 작업 과정을 지켜보시는 것이 당연하지요."

펠리시앵은 당황했다. 위베르틴이 평소 선량한 고객을 맞을 때 보내는 그 심지 깊은 미소로 그를 맞아들이지 않았더라면 그는 감히 앉을 수조차 없었을 것이다. 앙젤리크는 승모의 깃에다 고딕식 모티브 장식을 걸치기 방식으로 레이스 형태의 수를 놓고 있었고, 하던 일을 계속하기 위해 다시 작업대로 몸을 기울였다. 위베르는 수놓기를 마친 다음 풀을 먹여 이틀간 벽에다 팽팽하게 걸어 말리던 깃발을 거두어 정리했다. 아무도 더 이상 말을 하지 않았다. 세 사람은 마치 아무도 옆에 없는 듯 일을 계속했다.

그리고 그 깊은 평온함 속에서 젊은이도 다소 마음이 진정되었다. 3시를 알리는 종이 울렸다. 성당의 그림자가 벌써 길게 늘어졌고, 열린 넓은 창문으로 어슴푸레해진 빛이 가늘게 들어오고 있었다. 거대한 성당의 발치에 달라붙어 있는 그 작은 집은 초록이 짙어지면서 서늘해졌다. 그곳에서는 해가 이미 정오부터 지기 시작했고, 이제는 황혼이 질 무렵이었다. 거리의 포석 위로 가벼운 발자국 소리가 들려왔다. 어느 기숙학교 여학생들이 고해하기 위해 성당으로 가는 길인 모양이었다. 아틀리에 안에는 세월에 닳은 도구, 오래된 벽, 그곳에 변함없이 남아 있는 모든 것이 수세기 전부터 깊이 잠들어 있는 듯했다. 그리고 그것들 또한 선선하고 고요한 분위기를 만들어 주었다. 정사각형의 균일하고 순수한 흰색 빛이 작업대 위로 떨어졌다. 수를 놓는 두 여인은 황금 햇살의 황갈색 반사를 받으며 섬세한 옆모습을 수틀 위로 기울였다.

펠리시앵이 말했다. 자신이 그곳에 오게 된 동기를 대야 할 필요를 느꼈던 것이다. "아가씨, 저, 머리카락 부분에는 명주실보다 금실을 썼으면 좋겠는데요."

앙젤리크가 고개를 들었다. 그녀의 눈가에 잡힌 웃음이 오직 그일 때문이라면 굳이 그곳에 올 필요는 없었을 것이라고 말하는 것 같았다. "아마 그렇겠죠, 손님." 은근히 조롱하는 듯한 목소리로 대답하면서 그녀는 다시 고개를 숙였다.

그는 그녀가 마침 머리카락을 수놓고 있다는 사실을 그때야 깨달았다. 그녀 앞에는 그가 그린 그림이 놓여 있었다. 그것은 담채화 기법으로 그린 것이라 색조가 엷었지만 황금으로 강조되었고, 오랜 세월을 버텨 온 책 속의 세밀화가 띨 법한 빛바랜 색조의 부드러움을 지니고 있었다. 그녀는 돋보기를 사용하여 그림을 그리는 예술가의 인내심과 능숙함으로 그 그림을 베꼈다. 튼튼한 포목으로 겹을 대고 아주 팽팽하게 당긴 흰 새틴 천 위에 약간 굵은 선

꿈 **145**

으로 그림을 그린 다음, 여러 개의 금실을 왼쪽에서 오른쪽으로 넘기고 양쪽 경계선 위로 단순히 고정시킴으로써 실이 자유롭게 서로 닿도록 놓아두는 방법으로 일단 새틴 천을 덮었다. 그런 다음 그 실을 씨실처럼 사용하면서 그림의 바탕 면이 다시 드러나도록 바늘 끝으로 그 실 사이를 하나씩 벌렸다. 그러고는 밑그림을 따라 명주실로 금실을 가로지르며 한 땀씩 기우면서 모델의 미세한 색조 변화에 맞춰 나갔다. 그늘진 부분에는 명주실이 금실 전체를 완전히 덮었다. 중간 정도의 색조에는 명주실의 땀 간격이 점점 더 넓어졌다. 그리고 빛이 밝은 부분에는 오직 금실만을 사용하여 황금색을 그대로 노출시켰다. 그것이 바로 황금색 바탕에 명주실로 색조의 변화를 주는 금실 자수였다. 그것은 바탕이 영광으로 뜨겁게 달궈진 듯 용해된 느낌의 엷은 색깔이 어떤 신비로운 광택을 발산하는 한 폭의 그림이었다.

"아!" 천을 직각으로 고정시키기 위해 사용했던 노끈을 손가락으로 풀면서 벽에 걸려 있던 깃발을 거두기 시작하던 위베르가 불쑥 말을 꺼냈다. "옛날 여자 자수공이 꿈꾸던 일생일대의 걸작은 바로 그 자수 기법으로 수를 놓은 것이었지⋯⋯. 자수공은 규정에 쓰여 있는 것처럼 '색조 변화를 주는 금실 자수 기법으로 6분의 1로 축약된 단일 인물상'을 수놓아야 했단다. 앙젤리크, 너라면 받아들여졌을 게야."

그러고는 다시 침묵이 흘렀다. 머리카락을 수놓는 방법으로 앙젤리크 또한 펠리시앵의 생각처럼 명주실을 전혀 사용하지 않고 금실로 금실을 덮는 방식을 사용하리라 생각했다. 그것은 규칙을 어기는 방식이었다. 그리고 그녀는 죽어 가는 화염 덩어리의 검붉은색에서 가을 숲의 연노란색에 이르기까지 다양한 색조의 금실을 꿴 바늘 열 개를 민첩하게 움직였다. 아그네스는 목에서 발목까지 흘러내리는 금빛 머리카락으로 온몸을 덮고 있었다. 물결치는 머릿결은 목덜미에서 시작되어 양어깨를 넘어 두 갈래로 쏟아져서는 턱 아래에서 다시 만난 다음 두꺼운 망토처럼 허리를 덮으며 발까지 흘러내렸다. 기적의 머리카락은 이루 말할 수 없는 양의 숱을 갖고 있었고, 어마어마한 굽이로 물결치며 따뜻하고 생기 넘치는, 그리고 순결한 나신의 향기가 풍겨나는 드레스가 되었다.

그날 펠리시앵은 수를 놓는 앙젤리크의 모습만 볼 수 있었다. 머리채가 굽이치며 양 갈래로 갈라졌다. 그는 그녀의 바늘 끝에서 머리카락이 자라나며 찬란하게 빛을 발산하는 과정을 바라보는 것이 마냥 행복하기만 했다. 그 머리채의 부피감, 머릿결이 하나의 흐름으로 단번에 떨어지는 듯한 그 커다란 전율이 그의 마음을 뒤흔들었다. 위베르틴은 납작한 황금 조각을 깁다가 이따금씩 잘못된 조각을 추려 내면서 고개를 돌리고는 말없이 그에게 포근한 시선을 보냈다. 위베르는 격자 틀을 걷어 내고 깃발을 실린더에서 빼낸 다음 정성 들여 접었다. 그리고 펠리시앵은 내심 하기로 마음먹었던 것처럼 의견을 제시할 만한 거리를 하나도 찾지 못하자 침묵이 점점 당황스러워졌고, 결국은 그곳을 떠나는 것이 더 현명하다고 판단했다.

그가 일어나며 웅얼거렸다.

"다시 오겠습니다……. 그 아름다운 얼굴 부분을 제가 너무도 서툴게 베꼈으니 아마 제 설명이 필요할 겁니다."

앙젤리크는 커다랗고 맑은 눈으로 그의 눈을 바라보며 태연하게 대답했다.

"아뇨, 괜찮아요……. 하지만 다시 오세요, 손님. 일이 진행되는 게 걱정스러우시다면 다시 오세요."

그는 떠나갔다. 그는 허락을 받은 것은 매우 행복했지만 그녀의 냉랭함이 서운했다. 그녀는 나를 사랑하지 않는다. 그녀는 나를 절대 사랑하지 않을 것이다. 확실하다. 그렇다면 그게 다 무슨 소용이란 말인가? 그런 절망적인 생각 속에서도 그는 그다음 날과 그다음다음 날에도 계속 오르페브르 길의 그 서늘한 집으로 왔다. 그 집에서 보내지 않는 시간은 너무도 고통스러운 불확실성의 연속이었고, 그의 내적 투쟁으로 황폐해져서 가증스럽게까지 느껴졌다. 그는 더 이상 앙젤리크의 마음에 들려고 애쓰지 않기로 단념했다. 그럼에도 그는 오직 그녀 옆에서만 마음이 고요해졌으며, 그녀만 곁에 있다면 모든 것에서 위안을 얻을 수 있었다. 매일 아침 그는 마치 그의 존재가 그곳에 반드시 필요하기나 한 듯 그 집에 당도하여 일에 관해 얘기했고 작업대 앞에 앉았다. 그는 반들거리는 금발에 감싸인 그녀의 섬세한 옆모습을 바라보는 것이 황홀했다. 그리고 고정된 자세로 앉아서 바늘에 꿴 긴 실이 얽히지 않게 작고 유연한 손을 민첩하게 움직이는 그녀의 손놀림을 지켜보는 것이 황홀했다. 그녀는 너무도 단순했다. 이제 그녀는 그를 동무처럼 대했다. 그러나 그는 말로 표명하지는 않지만 그의 가슴을 불안하게 옥죄는 것이 그들 사이에 여전히 남아 있음을 느꼈다. 때때로 그녀는 조롱하는 듯한 표정으로 고개를 들었다. 그녀의 초조한 시선이 뭔가 묻는 듯도 했다. 그다음 당황하는 그의 모습을 보면서 그녀는 다시 냉랭해졌다.

그러나 펠리시앵은 그녀에게 열정을 불러일으키는 방법을 발견했고, 그것을 아낌없이 이용했다. 그것은 그녀의 예술에 대해, 그리고 그가 보았던 자수 공예의 걸작에 대해 그녀에게 말하는 것이었다. 그것은 여러 성당의 보물로 분류되어 보관되어 있거나 책에 새겨진 판화였다. 멋들어진 소매 없는 긴 망토, 특히 날개를 펼친 커다란 독수리를 붉은 명주실로 수놓은 샤를마뉴 대제의 망토나, 온갖 성인들의 형상을 자수로 장식한 시옹 수도원의 망토. 그리고 가장 아름다운 작품으로 인정받는 소매 짧은 제의. 이 옷에는 땅과 하늘에서 행해진 예수 그리스도의 영광을 축하하는 자수가 놓여 있었다. 현성용(顯聖容). 수많은 인물들에 명주실과 금실 은실로 색조 변화를 준 최후의 심판. 이새(Jesse) 가계의 계통수는 15세기의 그림 유리창을 그대로 떼어 온 듯한 금은 장식이 새틴에 수놓여 있는데, 아래에서부터 아브라함, 다윗, 솔로몬, 성모 마리아, 그리고 꼭대기에 예수가 있다. 그리고 감탄스러운 주교 제의. 그중에서도 최고로 고귀한 순박함을 지닌 제의에는 십자가에 못박혀 피 흘리는 예수의 그림이 있는 것으로, 황금 직물 위에 붉은색 명주실땀이 흩뿌려져 있으며, 그의 발치에 성 요한이 성모 마리아를 부축하고 있다. 그리고 냉트레의 주교 제의에는 성모 마리아가 신발을 신고 왕좌에 앉아서 벌거벗은 아기 예수를 무릎에 안고 있다. 그 외에도 수많은 경이로운 자수 공예품이 줄을 이었다.

그것은 유구한 역사성으로 존경심을 불러일으켰으며, 그것의 화려함 속에는 오늘날엔 상실되어 버린 신앙심과 순진함이 깃들어 있고, 제단의 향냄새와 색 바랜 황금의 신비로운 빛을 머금고 있었다.

"아!" 앙젤리크가 한숨을 내쉬었다. "이 아름다운 것이 이제 끝났어요. 역시 단순한 방법으로는 색조를 재현할 수가 없군요."

펠리시앵이 시몬 드 골, 콜랭 졸리 등 오랜 세월을 통과해 온 과거의 훌륭한 남녀 자수 공예인들의 이야기를 그녀에게 하려던 그때 그녀는 눈을 반짝이며 하던 일을 멈추었다. 그리고 다시 바늘을 뽑아 드는 그녀의 얼굴은 예술가의 열정의 찬란한 빛을 발산하며 아름답게 변모한 그 모습을 그대로 간직하고 있었다. 그에게 그녀의 모습이 그보다 더 아름답게 보인 적은 없었던 것 같다. 그녀는 세밀한 바느질이 요구되는 정밀한 작업에 자신의 모든 영혼을 쏟아부으며 깊이 열중했다. 열정적인 그녀의 모습은 너무도 순결했으며, 금실과 명주실의 광채 사이에서 순결한 불꽃으로 타오르는 듯했다. 그는 말을 멈추었다. 그리고 그녀를 지긋이 바라보았다. 그녀는 그의 급작스러운 침묵에 문득 정신이 들어 자신에게 쏟아지는 그의 열기를 느꼈다. 그 앞에서 그녀는 마치 패배한 사람처럼 당혹감을 느꼈다. 그러나 곧 평정심을 되찾고는 무관심한 듯 볼멘 목소리로 말했다.

"아이 참! 명주실이 또 얽혔어!…… 어머니, 좀 움직이지 마세요!"

위베르틴은 전혀 움직이지 않고 조용히 미소만 지었다. 그녀는 그 청년의 끈질긴 태도를 처음에는 불안하게 느껴 잠자리에 들면서 위베르와 함께 그에 대해 얘기를 나누기도 했다. 그러나 그 젊은이가 그들의 마음에 들지 않는 것은 아니었다. 그가 아주 예의바르게 행동했기 때문이다. 앙젤리크에게 행복을 가져다줄 수도 있을 그런 만남에 그들이 반대할 이유가 무엇이겠는가? 따라서 위베르틴은 일이 진행되는 상황을 그녀 특유의 신중한 표정으로 지켜만 보았다. 게다가 몇 주 전부터 그녀 자신이 남편의 헛된 애정을 몹시 서글프게 느끼고 있던 중이었다. 그때가 그들이 첫아기를 잃어버렸던 그 달이었던 것이다. 해마다 그날이 되면 그들은 회한과 같은 욕망에 사로잡혔다. 위베르는 마침내 자신이 용서받았다고 믿으려는 열망으로 위베르틴의 발치에서 몸을 떨었고, 위베르틴은 깊은 애정과 슬픔 속에서 자신의 모든 것을 주면서 운명을 누그러뜨리지 못하는 것에 절망했다. 그들은 그 일에 대해 아무런 말도 하지 않았고, 사람들 앞에서는 입맞춤도 나누지 않았다. 그러나 그들의 사랑은 침실의 침묵 속에서 더욱 커져만 갔다. 서로의 아주 사소한 몸짓에도 시선이 마주쳤고, 서로의 눈 속에서 한순간 자신을 잊어버렸다. 그렇게 그들의 사랑은 그들의 인격에서 분출되고 있었다.

또 한 주가 흘렀고, 승모 작업도 진척을 보았다. 매일 벌어지는 그들의 만남은 이제 아주 부드럽고 친숙한 양상을 띠게 되었다.

"이마는 아주 높게 해요, 그죠? 눈썹 흔적은 없이."

"맞아요. 아주 높게. 그리고 한 점 그늘도 없이. 마치 그 시대의 세밀화처럼."

"흰 명주실 좀 건네주세요."

"잠시만 기다려요. 내가 실 끝을 뾰족하게 다듬어 줄 테니까."

그가 그녀를 도왔고, 그 두 사람의 협동은 어떤 안정을 가져왔다. 그것이 그들을 일상의 현실 속에 넣어 주었던 것이다. 사랑이란 말 한마디 하지 않고, 의도적인 스침이 그들의 손가락을 접근시키지 않고서도 매듭이 매 순간 더욱더 단단하게 묶였다.

"아버진 지금 뭘 하세요? 아버지의 소리가 도무지 들리질 않네요."

그녀는 뒤로 돌아서 위베르를 보았다. 그의 손이 방추에 실을 감는 데 열중하고 있는 동안 그의 애정 어린 눈은 아내를 응시하고 있었다.

"네 어머니에게 금실을 주려던 참이야."

남편이 가져다준 방추에서, 아내의 무언의 감사에서, 아내 주위를 끊임없이 맴도는 남편의 열기에서 애무하는 듯한 따뜻한 숨결이 흘러나와 작업대 위로 함께 몸을 기울인 앙젤리크와 펠리시엥을 감쌌다. 아틀리에가, 해묵은 도구로 가득한 그 오래된 방이, 어른들의 세대가 만들어 낸 그 방 안의 평화가 젊은 그들에게 동조해 주었다. 아틀리에는 세상 사람들에게서 아득히 먼 곳에 떨어져 있는 듯했다. 그 공간은 깊숙한 꿈의 바닥까지 거슬러 간 듯했으며, 모든 기쁨이 편안하게 실현되는 그곳, 그러니까 그러한 경이로 충만한 선량한 영혼의 왕국에 속하는 듯했다.

닷새 뒤면 승모를 완성하여 건네주게 될 것이다. 앙젤리크는 그때까지 완성할 것이고, 24시간의 여유가 있을 것이라고 확신했기 때문에 숨을 내쉬었다. 그러고는 펠리시앵이 그토록 그녀 가까이에서 사각 작업대에 팔꿈치를 괴고 있다는 사실에 깜짝 놀랐다. 그러니까 그들은 동무였단 말인가? 그녀는 그에게서 느끼는 정복자의 면모에 더 이상 저항하지 않았으며, 그가 감추고 그녀가 짐작하던 것에 더 이상 짓궂은 미소도 짓지 않았다. 무엇이 그녀의 불안한 기다림 속에서 그녀를 잠재웠단 말인가? 영원한 질문이, 매일 저녁 그녀가 잠자리에 들 때마다 묻던 그 질문이 다시 떠올랐다. 그녀는 그를 사랑하는 걸까? 몇 시간을 커다란 침대 속에 파묻혀 자신의 이해를 벗어나는 의미를 찾으며 말을 이리저리 뒤집어 보았다. 돌연 그날 밤 그녀는 가슴이 쪼개지는 듯했다. 그리고 아무도 듣지 못하도록 베개에다 얼굴을 파묻고 펑펑 울었다. 그녀는 그를 사랑하고 있었던 것이다. 그렇다, 그녀는 그를 죽도록 사랑하고 있었다. 왜? 어떻게? 그녀는 그 대답을 몰랐고, 앞으로도 결코 아무것도 모를 것이다. 그러나 그녀는 그를 사랑하고 있었다. 그녀의 존재 전체가 그렇게 외쳤다. 모든 것이 명료해졌다. 사랑이 태양의 빛처럼 환히 빛나고 있었다. 위베르틴에게 고백하지 않은 것에 대한 뒤늦은 후회와 설명할 수 없는 행복과 당혹감에 사로잡혀 그녀는 오랫동안 울었다. 그 비밀이 그녀의 가슴을 짓눌렀다. 그녀는 펠리시앵에 대한 냉랭한 자세로 다시 돌아오겠다고, 그에게 자신의 애정을 보여 주기보다는 차라리 모든 것을 견디겠다고 깊이 맹세했다. 그를 사랑하기, 그것을 표현하지 않고 그를 사랑하기, 그것은 잘못의 대가로 지불해야 할 징벌이자 시련이었다. 그녀는 그 징벌의 고통을 감미롭게 받아들였다. 그녀는

『황금빛 전설』에 나오는 여성 순교자들에 대해 생각했다. 그녀는 그렇게 자신을 채찍질하는 것에서 스스로 여성 순교자들의 자매가 된 것 같다고 느꼈다. 그리고 그녀의 수호 성녀인 아그네스가 슬프고 온화한 눈으로 자신을 바라보고 있을 것이라고 상상했다.

그다음 날 앙젤리크는 승모를 완성했다. 그녀는 성모 마리아를 수놓던 실보다 더 가벼운, 세로로 갈래를 낸 명주실로 수를 놓았다. 오직 작은 손과 작은 발만이 고귀한 황금빛 머리채 밖으로 뽀얀 피부를 드러냈다. 얼굴에는 백합꽃 같은 섬세함을 수놓았다. 거기에는 혈관 속으로 흐르는 피처럼 금실이 명주실 피부 아래로 나타났다. 그리고 그 얼굴은 푸른 평원의 지평선 위로 태양처럼 두 천사에 이끌려 떠올랐다.

펠리시앵이 들어서며 감탄을 터뜨렸다.

"오! 성 아그네스는 당신을 닮았어요!"

그는 자신이 의도적으로 그림을 그렇게 그렸다는 사실을 무심코 고백해 버렸다. 그 사실을 깨달으며 그는 몹시 얼굴을 붉혔다.

"맞아, 소녀 아가씨, 성 아그네스가 너의 아름다운 눈을 가졌어." 위베르가 다가서며 말했다.

오래전부터 그 사실을 간파했던 위베르틴은 그저 미소만 지을 따름이었다. 그러나 앙젤리크가 불행했던 과거 시절의 그 목소리로 대답해 버렸을 때, 그녀는 놀라고 슬퍼 보이기까지 했다.

"저의 아름다운 눈이라니요, 모두 저를 놀리시는군요! 전 못생겼어요. 전 저 자신을 잘 알아요."

그러고는 일어나 몸을 흔들면서 스스로 부여한 타산적이고 냉정한 여자 아이 역할을 과장했다.

"아! 끝났어요!…… 어깨에서 짐을 하나 내려놓았어요!…… 정말이지 마지막엔 지겹더라고요……. 이보세요, 손님, 같은 가격으론 이 일을 두 번 다시 하지 않을 거예요."

충격을 받은 펠리시앵은 그녀의 말을 듣고 있었다. 아니! 뭐라고? 또 돈 얘기야! 그는 그녀를 그토록 부드럽고 자신의 예술에 열정적이라고 한순간 느꼈는데! 그녀가 오직 이익에만 민감하고, 그를 더 이상 볼 수 없을 텐데도 작품을 끝낸 것이 즐겁기만 하다니 그가 진정 오해했단 말인가? 며칠 전부터 그는 절망했다. 그리고 어떤 핑계로 다시 돌아올 수 있을 것인지를 헛되이 고민했다. 그러나 그녀는 그를 사랑하지 않았고, 절대 그를 사랑하지 않을 것이다! 크나큰 고통이 절망하는 그의 가슴을 옥죈 나머지 시력이 다 희미해질 지경이었다.

"아가씨, 아가씨가 직접 승모를 공개해 줄 거죠?"

"아뇨, 어머니가 그 일을 더 잘하실 거예요……. 전 더 이상 그걸 만질 일이 없었으면 좋겠어요."

"아가씨는 자신의 작품을 좋아하지 않는 건가요?"

"전 말이죠…… 전 아무것도 좋아하지 않아요."

위베르틴이 엄한 태도로 앙젤리크의 말문을 닫아야만 했다. 그리고 그녀는 펠리시앵에게 신경이 날카로워진 그 아이를 용서해 주기를 간청하며 그다음 날 일찍 승모가 준비되어 있을 것이라고 말했다. 그가 떠나야 할 순간이었다. 그러나 그는 떠나지 않고 마치 그들이 그를 천국에서 쫓아낸 듯 그늘과 평화가 깃든 그 오래된 아틀리에를 물끄러미 바라보았다. 그곳에서 그는 환상에 불과했지만 너무도 달콤한 시간을 보냈다. 그는 가슴이 송두리째 뽑혀 여전히 그곳에 남아 있는 것이 너무도 고통스러웠다! 그를 고통스럽게 하는 것은 그 자신을 설명할 수 없다는 것, 그 끔찍한 불확실성을 안고 떠나야 한다는 것이었다. 결국 그는 떠나야 했다.

그가 나가고 문이 닫히자 곧장 위베르가 물었다.

"도대체 웬일이냐, 애야? 너 어디 아프니?"

"오! 아니요, 그 청년이 귀찮아서요. 그 사람을 다시는 보고 싶지 않아요."

그때 위베르틴이 결론을 내렸다.

"좋아, 넌 그 사람을 다시는 보지 않게 될 거야. 그렇다고 예의에 어긋나게 행동할 건 없잖니."

앙젤리크는 대충 핑계를 대고는 자신의 방으로 급히 올라갔다. 그곳에서 마침내 그녀는 울음을 터뜨렸다. 아! 얼마나 행복했던가, 그리고 얼마나 마음 아팠던가? 소중하고 가여운 그녀의 사랑은 얼마나 슬프게 떠나가야만 했던가! 그러나 그녀는 성녀들에게 맹세했다. 죽도록 그를 사랑하리라, 그리고 결코 그는 그 사실을 모르리라.

7

같은 날 저녁 앙젤리크는 식탁에서 일어나자마자 몸이 몹시 불편하다고 투덜거리며 침실로 올라갔다. 아침의 감정적 동요, 그녀 자신과의 투쟁이 그녀를 쇠진시킨 것이었다. 그녀는 즉시 잠자리에 들었다. 그러고는 이불 속으로 얼굴을 파묻고 다시 울음을 터뜨렸다. 절망에 빠진 그녀는 사라져 버리고 싶었다. 더 이상 존재하고 싶지가 않았다.

몇 시간이 흘러 밤이 되었다. 활짝 열린 창문으로 뜨거운 7월 밤의 무거운 평화가 잦아들었다. 캄캄한 하늘에서는 별들이 총총 빛나고 있었다. 11시 가까이 되었을 것 같았다. 벌써 가늘어지기 시작한 하현달은 자정경에나 뜰 모양이었다.

어두운 방 안에서 앙젤리크는 마르지 않는 눈물을 하염없이 쏟으며 아직도 울고 있었다. 그때 그녀의 방문이 삐걱거리는 소리가 났다. 그녀는 고개를 들었다.

잠시 침묵이 흘렀다. 그러고는 어떤 애정 어린 목소리가 그녀를 불렀다.

"앙젤리크…… 앙젤리크…… 내 귀염둥이야……."

그녀는 그것이 위베르틴의 목소리임을 알아차렸다. 아마도 위베르틴이 남편과 잠자리에 들면서 멀리서 흐느끼는 소리를 들은 것 같다. 그래서 걱정이 되어 잠옷 차림으로 올라와 본 것이었다.

"앙젤리크, 어디 아프니?"

소녀는 숨을 죽이고 대답하지 않았다. 그녀는 혼자 있고 싶은 열망만으로 가득할 뿐이었다. 그것만이 그녀의 고통을 덜어 줄 수 있기 때문이었다. 어머니의 위로나 애무조차 그녀의 마음을 멍들게 할 것이다. 그녀는 어머니가 문 뒤에 있을 것이라 상상했고, 바닥의 타일을 스치는 부드러운 소리로 보아 어머니가 맨발이라는 걸 알 수 있었다. 그렇게 2분 정도가 흘렀다. 소녀는 어머니가 몸을 기울이고 문에 귀를 댄 채 흐트러진 옷을 아름다운 두 팔로 끌어안으며 여전히 거기에 있다는 걸 느꼈다.

위베르틴은 더 이상 아무것도 감지할 수 없었고, 숨소리 하나 들리지 않자 차마 딸을 다시 부를 수가 없었다. 그녀는 신음 소리를 분명히 들었다고 확신했다. 하지만 만약 아이가 잠들어 버렸다면 구태여 깨워서 뭐 하겠는가? 그녀는 딸이 깊은 사랑의 감정으로 가득 차 있을 거라고 어렴풋이 짐작하며 자신에게 감추고 있는 딸의 슬픔에 마음이 혼란스러웠다. 그녀는 다시 1분가량 기다렸다. 그리고 올라올 때처럼 맨발의 가벼운 스침 외에는 어떤 소리도 내지 않고 아주 조그만 모퉁이를 익숙한 손으로 짚으며 캄캄한 집을 다시 내려왔다.

그러자 이번에는 앙젤리크가 침대 한가운데 일어나 앉아 귀를 기울였다. 침묵은 너무도 절대적이어서 계단 가장자리에 발뒤꿈치가 가볍게 닿는 소리조차 분간해 낼 수 있었다. 아래층의 침실 문이 열렸다가 다시 닫혔다. 그다음에 겨우 들릴 듯한 중얼거림, 애정이 담겨 있는 근심 어린 속삭임이 들렸다. 아마 그녀의 부모가 그녀에 대한 걱정과 소망을 얘기하는 것일 게다. 그리고 분명 그들이 불을 끄고 잠자리에 들었음에도 불구하고 소리는 그것으로 끝나지 않았다. 그 해묵은 가옥이 밤에 내는 소리가 그렇게 그녀에게까지 올라온 적은 한 번도 없었다. 평소에 그녀는 젊음이 불러오는 깊은 잠으로 숙면을 취했고, 삐걱거리는 가구 소리조차 듣지 못했다. 반면 억눌린 열정의 불면으로 밤을 지새우는 그녀에게는 집 전체가 사랑하고 슬퍼하는 것 같았다. 위베르 부부 또한 불임의 슬픔에 젖은 그들의 열정적인 사랑을 눈물로 억누르지 않았는가? 그녀는 아무것도 알 수 없었다. 그녀는 그 더운 밤, 아래층에 그 부부가 깨어 있다는 사실에 대해 오직 하나의 느낌만을 갖고 있었다. 그것은 어떤 깊은 사랑, 깊은 슬픔, 아직도 젊은 신혼의 밤 같은 길고도 순결한 포옹이었다.

앙젤리크는 웅크리고 앉아 그 집이 전율하고 한숨 쉬는 소리에 귀 기울이며, 솟구쳐 오르는 눈물을 억누를 수가 없었다. 그러나 지금 소리 없이 흐르는 눈물은 혈관 속을 흐르는 피처럼 따뜻하고 생기가 감돌았다. 아침부터 오직 하나의 질문만이 내면에서 회귀해 올라오며 그녀의 존재 전체에 상처를 입혔다. 그녀가 그를 사랑하지 않는다는 생각을 그의 가슴에 비수처럼 꽂음으로써 그렇게 펠리시앵을 절망시키며 돌려보낸 것은 과연 잘한 짓이었을까? 그녀는 그를 사랑하고 있었다. 그런데도 그녀는 그에게 그런 고통을 안겨 주었고, 그녀 자신도 그것으로 끔찍하게 고통 받고 있었다. 무엇 때문에 그토록 격심한 고통을 받아야 하는가? 성녀들은 눈물을 요구하는 걸까? 그녀가 행복하다는 사실을 알면 아그네스는 화를 낼까? 이제는 어떤 의혹이 그녀의 가슴을 찢었다. 예전에 그가 오기를 상상하고 기다릴 때는 생각을 더 잘 정리할 수 있었다. 그가 들어오면 그녀는 그를 알아볼 것이고, 그렇게 두 사람은 함께 영원히 아주 멀리 떠나갈 것이라 생각했다. 그리고 그가 실제로 왔지만, 이처럼 서로 흐느끼기만 할 뿐이다. 다 무슨 소용인가? 도대체 무슨 일이 벌어진 것인가? 누가 그녀에게 그를 사랑한다는 사실을 알리지 않으리라는 그 잔인한 맹세를 하게 만들었는가?

그러나 무엇보다 죄를 지었다는 두려움, 고약하게 행동했다는 두려움이 앙젤리크의 가슴을 아프게 했다. 어쩌면 그녀 안에 있던 고약한 소녀가 다시 자라난 것은 아닐까. 그녀는 놀람 속에서 무심한 듯 가장했던 자신의 행동, 펠리시앵을 맞이할 때의 조롱 섞인 태도, 그녀에 대한 잘못된 생각을 그에게 심어 주면서 느꼈던 짓궂은 쾌락을 모두 기억했다. 그녀는 더욱 많은 눈물을 흘렸고, 의도하지는 않았지만 그렇게 초래해 버린 고통 때문에 그녀의 가슴은 어마어마한, 하염없는 동정심으로 녹아내렸다. 떠나가는 그의 뒷모습이 자꾸 눈에 밟혔다. 그리고 그의 얼굴에 드리워진 슬픔과 흐려진 두 눈, 떨고 있는 입술이 눈에 선했다. 그녀는 거리에서, 그의 집에서, 그가 있을 곳곳에서 자신으로 인해 치명적으로 상처 입고 뚝뚝 피를 흘리고 있을 파리한 그의 모습을 상상했다. 그 시각에 그는 어디 있을까? 열에 떨고 있지는 않을까? 자신의 잘못을 어떻게 수습해야 할지 알지 못한다는 불안 속에서 그녀는 두 손을 꼭 쥐었다. 아! 타인에게 고통을 주고 있다는 생각이 그녀를 화나게 했다. 그녀는 상냥해지고 싶었을 것이다. 당장이라도 그녀 주변 사람들을 행복하게 해 주고 싶었을 것이다.

자정이 울릴 무렵이었다. 주교 관저의 키 큰 느릅나무가 지평선에 떠 있는 달을 가리고 있어 앙젤리크의 방은 캄캄했다. 그녀는 베개 위로 풀썩 다시 쓰러진 다음 더 이상 아무런 생각도 하지 않고 잠들고만 싶었다. 그러나 그녀는 그럴 수가 없었다. 감은 눈에서 눈물이 계속 흘러내렸다. 그리고 다시 생각을 하게 되었다. 2주 전부터 잠자리에 들기 위해 올라올 때마다 방 앞 발코니에서 바이올렛꽃을 발견했던 것이 생각났다. 매일 저녁 바이올렛 꽃다발이 거기에 있었던 것이다. 펠리시앵이 클로-마리에서 던진 것이 틀림없었다. 왜냐하면 다른 꽃향기는 끔찍한 편두통으로 그녀를 괴롭히는 반면, 바이올렛만은 어떤 독특한 효력으로 마음을 고요하게 해 준다고 그에게 말했던 기억이 났기 때문이다. 그가 그렇게 그녀에게 부드러운 밤을, 행복한 꿈으로 생기 가득하고 향기 그윽한 수면을 통째로 보냈던 것이다. 다행히도 그날 저녁 꽃다발을 머리맡 탁자에 놓아두었던 만큼 그녀는 그것을 곁에 두어야겠다고 생각했다. 그녀는 그 꽃다발을 뺨 가까이 대고 함께 누웠다. 그리고 향기를 맡으며 마음을 진정시켰다. 바이올렛은 마침내 그녀의 눈물을 마르게 했다. 그녀는 여전히 깨어 있었지만 눈을 감은 채 그가 보낸 향기에 젖어 들었다. 그녀는 자신의 존재 전체를 내맡기는 어떤 신뢰 속에서 휴식을 취하고 기다리는 것이 행복했다.

문득 어떤 커다란 전율이 그녀 위로 지나갔다. 자정이 울렸고 그녀는 눈을 떴다. 그리고 자신의 방이 강렬한 빛으로 가득해지는 것에 놀랐다. 느릅나무 위로 달이 천천히 떠오르며 희뿌옇게 변한 하늘에 별빛을 모두 꺼 버렸다. 창문을 통해 그녀는 새하얀 성당 후진을 보았다. 그녀의 방을 환히 밝히는 것은 우윳빛의 신선한 새벽빛과 같은 그 흰색의 반사인 것만 같았다. 흰색 벽, 흰색 들보, 그 장식 없는 흰색 공간 전체가 그 빛으로 인해 마치 꿈속에서처럼 더욱 크고 넓어져 벽과 천장이 아득해진 듯했다. 어쨌든 그녀는 해묵은 어두운 떡갈나무 가구와 옷장, 궤짝, 의자, 그리고 반들반들하게 윤이 나는 조각 모서리까지 모두 알아보았다. 그러나 오직 그녀의 침대만은, 장엄한 규모의 그 커다란 사각형 침대만은 그녀를 감동시켰다. 우뚝 선 침대 기둥과 장밋빛 사라사 천으로 만든 침대 천장을, 그러니까 자신이 늘 써 오던 침대를 그녀는 마치 생전 처음 보는 듯했다. 빛 너울에 깊이 파묻힌 침대 속에서 그녀는 마치 어떤 보이지 않는 날갯짓이 그녀를 소리 없이 들어 올려 하늘 한가운데 구름 위에 둥실 떠 있는 것만 같았다. 널따란 그네 위에 있는 듯한 느낌도 잠시 들었다. 그러고는 그녀의 눈이 익숙해졌고, 침대는 늘 있던 곳에 정확히 있었다. 그녀는 달빛 호수 한가운데 누워 머리를 움직이지 않은 채 입술에다 바이올렛 꽃다발을 갖다 대고 시선을 이리저리 굴렸다.

그녀는 무엇을 기다리고 있던 것일까? 왜 그녀는 잠을 잘 수 없었을까? 그녀는 이제 확신했다. 누구를 기다리고 있다는 사실을. 그녀가 울음을 멈추었다면 그것은 그가 올 것이기 때문이었다. 위안을 가져다준 그 빛이 나쁜 꿈의 어둠을 물리치며 그가 올 것을 예고했던 것이다. 그가 올 것이다. 메시지를 전해 주는 달은 오직 여명의 흰 빛깔로 그들을 비춰 주기 위해 그보다 먼저 들어왔을 뿐이다. 방에는 흰색 벨벳이 깔려 있고, 그들은 만날 수 있을 것이다. 그 생각에 그녀는 일어나 옷을 입었다. 흰색 원피스였다. 오트쿠르 폐허에 산책 갔던 날 입었던 그 모슬린 원피스였다. 어깨를 덮고 있던 머리카락은 묶지 않았고, 실내화를 신은 발은 맨발이었다. 그리고 그녀는 기다렸다.

지금 앙젤리크는 그가 어디로 오게 될지 알 수 없었다. 올라오지는 못하겠지. 그러니 그들은 서로 바라보기만 할 것이다. 그녀는 발코니에 팔꿈치를 괴고, 그는 아래 클로-마리에 선 채로. 그러나 그녀는 마치 창가에 가는 것은 아무런 소용이 없다는 것을 알아차린 듯 그냥 앉아 있을 뿐이었다. 그가 『황금빛 전설』에 나오는 성인들처럼 벽을 통과하지 못하라는 법이 어디 있겠는가? 그녀는 기다렸다. 그러나 기다림 속에서 그녀는 결코 혼자가 아니었다. 그녀는 『황금빛 전설』 속의 처녀들이 새하얗게 날갯짓하면서 자신을 둘러싸고 있음을 느낄 수 있었다. 그녀들은 달빛을 타고 들어왔고, 성당의 한적한 구석에서 왔으며, 성당의 돌 숲을 어지러이 헤치며 주교 관저의 키 큰 신비로운 푸른 나무 꼭대기에서 왔다. 그녀가 좋아하던 친숙한 지평선에서, 셔브로트 개울에서, 버드나무에서, 풀밭에서 그녀에게로 되돌아오는 꿈과 희망과 욕망의 소리가 들려왔다. 그것은 그녀가 날마다 사물들을 보면서 그것들 속에 쏟았던 그녀 자신의 일부이자 그 사물들이 그녀에게 보내 주던 반향이었다. 보이지 않는 곳에서 들려오는 목소리가 그토록 높이 말한 적이 예전에는 없었다. 그녀는 저 너머의 세계에 귀를 기울였다. 그녀의 수호 성녀인 아그네스가 곁에 있다는 예감이 들 때 그 성녀의 드레스가 스치며 그녀에게 일으키는 듯하던 그 가벼운 전율을 바람 한 점 없는 뜨겁고 깊은 이 밤에 다시 느꼈다. 아그네스가 다른 성녀들과 함께 거기에 있다는 사실이 그녀의 마음을 즐겁게 했다. 그녀는 기다렸다.

시간이 또 흘렀다. 그러나 앙젤리크는 그것을 의식하지 않았다. 펠리시앵이 발코니의 난간을 풀쩍 뛰어넘으며 당도했을 때, 그것이 그녀에게는 당연하게 보였다. 하얀 하늘 위로 그의 커다란 키가 선명하게 드러났다. 그는 들어오지 않고 빛이 비치는 창문틀에 머물러 있었다.

"겁내지 말아요…… 저예요, 제가 왔어요."

그녀는 겁나지 않았다. 그녀는 단순히 그가 정확한 시각에 도착했다고만 생각했다.

"벽을 타고 올라왔어요?"

"맞아요, 벽을 타고 왔어요."

그토록 쉬운 방법이 그녀를 웃게 만들었다. 그는 우선 현관문 처마 위에 올라섰다. 그리고 1층의 평평한 쇠시리에 발을 디디고 올라선 다음 까치발을 따라 기어올라 발코니에 어렵지 않게 도달했다.

"당신을 기다리고 있었어요. 제 곁으로 와요."

펠리시앵은 열광적인 결심에 떼밀려 격정적으로 그곳까지 왔지만, 그 급작스러운 행복에 넋이 빠져 움직일 수가 없었다. 그리고 앙젤리크는 이제 성녀들이 그녀가 사랑하는 것을 금지하지 않는다는 사실을 확신했다. 밤의 숨결처럼 가볍고 정다운, 그를 환영하는 성녀들의 웃음소리를 들었기 때문이다. 아그네스가 화를 낼 것이라고 믿는 어리석음은 도대체 어디서 온 것일까? 아그네스 또한 기쁨으로 활짝 피어났다. 앙젤리크는 마치 그 기쁨이 두 개의 커다란 날개가 되어 내려와 자신의 어깨를 애무하며 감싸 안아주는 것처럼 느꼈다. 성녀들은 모두 사랑 때문에 죽었으므로 처녀들의 고통을 동정했고, 오직 눈물 젖은 그 애정을 보살피기 위해 더운 밤을 가로질러 보이지 않는 모습으로 돌아왔다.

"제 곁에 와요, 당신을 기다리고 있었어요."

펠리시앵이 비틀거리며 들어왔다. 그는 그녀를 원했다. 그녀가 아무리 소리쳐도 숨이 막히도록 그녀를 품에 꼭 껴안을 것이라고 생각했다. 그런데 바로 저기 그녀가 너무도 온화한 모습으로 앉아 있었다. 너무도 새하얗고 너무도 순수한 그 방 안으로 들어가면서 그는 어린아이보다 더 순진하고 더 약해졌다.

세 걸음을 옮겼다. 그러나 그는 떨고 있었고, 그녀에게 다가가기도 전에 털썩 주저앉아 버렸다.

"얼마나 끔찍한 고문이었는지 알지 못할 거예요! 그렇게 고통을 받아 본 적은 한 번도 없었어요. 사랑받지 못한다고 믿는 것이 유일한 고통이었죠……. 전 기꺼이 모든 것을 다 잃고 가난한 자가 되어 배고픔으로 죽어 가고 병으로 가혹하게 고통 받을 수 있어요. 하지만 가슴을 송두리째 태워 버리는 그런 고통 속에서는, 당신이 저를 사랑하지 않는다고 스스로 되뇌는 그 고통 속에서는 한나절도 보내고 싶지 않아요……. 부탁이에요. 제 고통을 덜어 줘요……."

그녀는 아무 말 없이 그의 말을 들었다. 그녀는 동정심으로 마음이 요동쳤지만 몹시 행복했다.

"오늘 아침 당신은 얼마나 냉정하게 저를 떠나게 내버려 두었는지요! 전 당신의 마음이 풀어졌고 제 마음을 이해했다고 생각했어요. 그런데 당신은 다시 첫날과 똑같은 상태가 되어 있더군요. 저를 마치 지나가는 단순한 고객처럼 대하면서 무심하고 매정하게 삶의 저급한 문제에 저를 데려갔어요……. 계단에서 저는 비틀거렸어요. 그리고 밖으로 나오자마자 마구 달렸어요. 울음이 터질까 봐 겁이 났던 거죠. 집에 도착한 순간, 전 집 안에 틀어박히면 질식해 버릴 것 같았어요. 그래서 다시 평원으로 도망갔어요. 발길 닿는 대로 마냥 걸었죠. 이 길 저 길. 밤이 되었고 전 계속 걸었어요. 하지만 고통은 여전히 빠른 속도로 달리며 저를 집어삼켰죠. 우리가 사랑할 때, 그 사랑의 고통을 피할 수는 없는가 봐요……. 자! 당신이 비수를 꽂은 곳이 바로 여기였죠. 그 칼끝이 점점 더 깊이 파고들고 있어요."

그는 자신이 받았던 형벌을 추억하며 길게 신음했다.

"전 고통에 짓눌려 뿌리 뽑힌 나무처럼 몇 시간을 풀밭에 머물러 있었어요……. 더 이상 아무것도 존재하지 않았어요. 오직 당신만이 있었죠. 제 팔다리는 굳어 갔고 광기가 제 머리를 사로잡았어요……. 그것이 제가 이곳에 다시 온 이유예요. 전 어디를 통과해 왔는지, 어떻게 이 방까지 올 수 있었는지 몰라요. 미안한 얘기지만 제 주먹으로 문들을 모조리 쪼개 버렸을지도 몰라요. 그리고 대낮에 당신 창문으로 올라왔을지도 몰라요……."

그녀는 그늘 속에 있었고, 달 아래 무릎을 꿇은 그는 그녀를 볼 수 없었다. 그녀는 말을 할 수 없을 정도로 감동되었고, 사랑과 뉘우침 속에서 얼굴은 핏기를 잃었다. 그는 그녀의 마음이 전혀 움직이지 않았다고 믿고는 두 손을 모았다.

"이미 오래전에 시작되었어요……. 어느 날 저녁 여기 이 창가에서 당신을 보았어요. 당신은 그저 흐릿한 그림자에 불과했죠. 당신의 얼굴을 겨우 알아볼 수 있을 정도였으니까요. 하지만 전 당신을 보았어요. 당신을 지금 모습 그대로 상상했죠. 하지만 두려웠어요. 대낮에 당신을 만날 용기가 나질 않아서 밤새도록 배회했죠……. 신비 속에 머물러 있는 당신이 제 마음을 사로잡았어요. 그러고는 마치 영원히 알지 못할 미지의 여인처럼 당신을 몽상하는 것이 제 행복이 되었어요……. 우린 알고 싶고 꿈을 소유하고 싶은 욕구에 저항할 수 없는 것 같아요. 좀 더 시간이 흐른 뒤에 당신이 누군지 알게 되었어요. 바로 그때 저의 열병이 시작된 거죠. 매번 만날 때마다 그 열기는 점점 더 커져 갔어요. 기억하시죠, 제가 그림 유리창을 관찰하던 날 아침, 들판에서 우린 처음 만났어요. 제가 그토록 서툴다는 것을 그전에는 느껴 본 적이 없어요. 당신이 저를 조롱하는 게 당연해요……. 그다음엔 제가 당신을 겁나게 했죠. 전 계속 서툴기만 했어요. 당신이 가난한 자들 집을 방문할 때 당신을 쫓아다녔어요. 그땐 이미 제가 제 의지의 주인이 아니었던 거죠. 그런 일을 한다는 것이 놀랍고 두려웠지만 어쩔 수가 없었어요……. 제가 그 승모를 주문하기 위해 나타난 건 제 의지가 아니라 어떤 힘이 저를 떼민 거예요. 왜냐하면 전 전혀 용기가 나지 않았기 때문이죠. 당신을 불쾌하게 만들 것이라 확신했으니까요……. 제가 얼마나 보잘것없는지 당신은 모를 거예요! 절 사랑하지 말아요. 제가 당신을 사랑하게 그저 내버려 둬요. 냉정하고 매몰차게 날 대해 줘요. 당신을 있는 그대로 사랑할게요. 어떤 희망도 없이 오직 당신의 무릎 앞에 이렇게 있는 기쁨만을 위해 당신을 바라볼 수 있게 해 달라고 간청할 따름이에요."

그는 말을 멈추었다. 그는 거의 실신할 지경에 이르러, 그녀를 만질 수 있는 아무런 힘도 남아 있지 않다고 믿을 정도로 자포자기 상태에 빠져 그녀가 미소를 짓고 있다는 사실을 느끼지 못했다. 그녀의 입술 위로 점점 더 번져 가는 미소는 저항할 수 없는 것이었다. 아! 사랑스러운 청년, 그는 너무도 순진하여 어떤 의심도 품을 줄 몰랐다. 그는 마치 그의 젊음의 꿈 자체와 마주하고 있는 것처럼 그녀 앞에서, 그녀를 숭배하는 마음으로, 그의 가슴에서 우러나오는 전적으로 새롭고 열정적인 기도를 읊고 있었다. 하지만 그녀가 먼저 그를 다시 만나지 않기 위해 자신과 싸웠고 그

몰래 그를 사랑하리라고 맹세했지 않았는가! 깊은 침묵이 흘렀다. 성녀들은 그렇게 사랑할 때는 사랑하는 것을 전혀 금하지 않았다. 그녀의 등 위로 어떤 기쁨이 거침없이 흘렀다. 방바닥의 타일 위로 파문처럼 어른거리는 달빛의 미미한 전율이랄까. 그녀가 자신에게 했던 비밀의 맹세를 풀어 주기 위해 어떤 보이지 않는 손가락이 그녀의 입술 위에 놓였다. 아마도 아그네스의 손가락일 게다. 이제 그녀는 말할 수 있었다. 그녀 주변으로 흐르던 강력하고도 부드러운 모든 것이 그녀에게 말을 불어넣어 주었다.

"아! 맞아요, 기억해요, 기억해요……."

그리고 펠리시앵은 즉시 그 목소리의 음악에 취했다. 그 목소리의 매력은 너무도 강렬했고, 그의 사랑이 그것을 더욱 강화했다. 그는 그녀의 말을 듣는 것 외에는 아무것도 할 수 없었다.

"맞아요, 기억해요. 당신이 밤에 왔을 때…… 처음엔 당신이 너무도 멀리 있었어요. 당신의 희미한 발자국 소리 때문에 전 확신할 수가 없었어요. 그런 다음 당신이 있다는 사실을 알았죠. 그리고 좀 더 후엔 당신의 그림자를 보았어요. 그리고 어느 날 저녁 마침내 당신은 모습을 드러냈어요. 하얀 보름달 아래에서. 오늘 밤처럼 아름다운 밤이었어요. 전 제가 억지로 참던 커다란 웃음도 기억해요. 당신이 셔브로트 개울이 신고 가 버린 그 옷을 건져 주었을 때 저도 어쩔 수 없이 웃음을 터뜨리고야 말았죠. 제가 화났던 것도 기억해요. 당신이 저에게서 가난한 자들을 모두 훔쳐 갔으니까요. 그렇게 많은 돈을 그들에게 주면서 말이죠. 그래서 전 인색한 사람처럼 되어 버렸고요. 제가 두려워했던 것도 기억해요.

그날 당신은 저를 아주 빨리 달리게 했어요. 전 맨발로 풀밭을 달렸어요……. 그래요, 기억해요, 기억해요……."

그 마지막 추억의 전율 속에서 수정 같은 그녀의 목소리가 약간 떨렸다. 마치 '당신을 사랑해요'라는 말이 그녀의 얼굴 위로 다시 스치는 듯했다. 그리고 그는 황홀하게 그녀의 목소리에 귀를 기울였다.

"전 고약했어요. 사실이에요. 우린 알지 못할 때 어리석어지죠. 우린 필요하다고 믿는 일을 해요. 왜냐하면 자신의 가슴의 명령에 따르는 순간부터 잘못을 저지를까 봐 두렵거든요. 하지만 전 그다음에 몹시 후회했어요. 당신의 고통 때문에 저도 괴로웠어요! 그걸 설명하려 해도 아마 전 할 수 없을 거예요. 당신이 성 아그네스의 그림을 들고 왔을 때 전 당신을 위해 일하는 것이 얼마나 기뻤는지 몰라요. 당신이 매일 올 거라고 짐작했던 거죠. 잘 좀 보세요. 전 무관심을 가장했어요. 마치 제가 당신을 이 집에서 내쫓으려는 듯이. 그러면 우리는 서로 불행하게 만들어야만 할까요? 당신을 두 손 들고 환영하고 싶었을 때 제 존재의 밑바닥에서는 반항하는 또 다른 여자가 있었어요. 해결해야 할 어떤 내적 갈등이 있었고, 그녀는 그 갈등을 일으킨 아주 오래된 원인을 잊어버렸기 때문에 그것을 모호하게 의식했을 뿐이죠. 그래서 그녀는 당신을 두려워하고 불신하고 당신을 불확실성으로 고문하는 데 쾌감을 느꼈던 거예요. 전 항상 착하지만은 않아요. 제 내면에는 저도 모르는 것이 새롭게 자라나고 있어요……. 그리고 가장 최악의 것은 당신에게 돈 얘기를 한 것이에요. 아! 돈, 전 그것에 대해 한 번도 생각해 본 적이 없었어요. 오로지 제가 원하는 곳에 돈을 쏟아지게 하는 기쁨을 누리기 위해서라면 기꺼이 몇 수레 가득 돈을 받을 거예요. 저를 그런 식으로 모략하면서 제가 얼마나 심술궂은 재미를 느낄 수 있었을까요? 절 용서해 줄 수 있어요?"

펠리시앵이 그녀의 발아래 와 있었다. 그는 그녀가 있는 곳까지 무릎으로 걸었다. 그것은 기대 이상의 한없는 행복이었다.

그가 중얼거렸다.

"아! 사랑스러운 영혼이로군요. 너무도 고귀하고 아름답고 어진 영혼이로군요! 그 경이로운 선량함은 단 한 번의 숨결로 제 고통을 치유해 주었어요! 제가 과연 고통을 받았는지 기억조차 나지 않아요……. 용서를 받아야 할 사람은 바로 저예요. 당신에게 고백할 게 있어요. 제가 누군지 당신에게 말해야겠어요."

그녀가 그토록 솔직하게 자신의 마음을 터놓는 동안 더 이상은 자신을 숨길 수 없다는 생각에 그의 마음에는 다시 커다란 동요가 일었다. 계속 숨기는 것은 비겁한 짓이 될 것이다. 그러나 내가 누군지 마침내 알고 나서 그녀가 장래에 대해 불안해하면 어쩌지? 그는 그녀를 잃을지도 모른다는 두려움 속에서 망설였다. 그녀는 자신도 모르게 다시 짓궂어지면서 그가 말하기를 기다렸다.

아주 낮은 목소리로 그가 말을 이었다.

"전 당신의 부모님께 거짓말을 했어요."

"예, 알고 있어요." 그녀가 미소 지으며 말했다.

"아뇨, 당신은 몰라요. 당신이 알 리가 없어요. 이 일은 너무도 오래전에 시작되었어요……. 전 오직 제 즐거움을 위해서만 유리창에 그림을 그려요. 당신은 알아야 해요……"

그때 그녀는 신속한 몸짓으로 그의 입술에 손을 얹었다. 그녀는 그의 고백을 멈추게 했다.

"알고 싶지 않아요…… 전 당신을 기다리고 있었어요. 그리고 당신이 왔어요. 그것만으로 충분해요."

그는 더 이상 말하지 않았다. 그의 입술 위에 얹힌 그 작은 손이 그를 숨막히도록 행복하게 했다.

"훗날 때가 되면 알게 될 거예요…… 아니 알고 있다고 확신해요. 당신은 가장 아름답고 가장 부유하고 가장 고귀할 수밖에 없어요. 왜냐하면 그것이 바로 저의 꿈이기 때문이죠. 전 평온한 마음으로 기다려요. 전 확신해요. 그 꿈이 이루어지리라는 걸……. 당신은 제가 소망하던 바로 그 사람이고, 전 당신의 것이에요……"

그녀는 자신이 하는 말에 전율하며 다시 말을 멈추었다. 그녀 혼자서 말을 찾아낸 것이 아니었다. 아름다운 밤 하얀 달빛이 비추는 거대한 하늘에서, 늙은 나무에서, 그리고 오래된 돌에서 말이 그녀에게로 왔다. 그것들은 바깥에 잠들어 있으면서 그녀의 소망을 아주 높은 소리로 꿈꾸었다. 그리고 목소리, 『황금빛 전설』에 나오는 그녀 친구들의 그 목소리 또한 그녀 뒤에서 대기를 가득 채우며 속삭였다. 그러나 아직 해야 할 한마디 말이 남아 있었다. 모든 것이 그 속에 용해될 그 말, 오랜 기다림 속에서 마침내 애인이 탄생하게 될 그 말. 그것은 첫 만남 이후 점점 더 강렬해진 열기를 품고 있었다. 이른 아침 햇살 속으로 솟아오르는 한 마리 새의 순진무구한 비상처럼 그 말은 얼룩 한 점 없는 새하얀 방 안으로 은밀하게 흘러나왔다.

"당신을 사랑해요."

앙젤리크는 두 손을 벌리고 무릎을 꿇으며 자신을 내맡겼다.
그러자 펠리시앵은 그녀가 맨발로 풀밭을 달리던 그날 저녁을 기
억했다. 그날 그녀는 너무나 사랑스러웠고, 그녀의 귓가에 '당신
을 사랑해요'라고 서툴게 웅얼거리기 위해 그녀를 뒤쫓아 달려갔
다. 그리고 그에 대한 그녀의 대답을, 활짝 열린 가슴에서 마침내
터져 나온 영원히 지워지지 않을 그 외침을 이제야 분명히 들은
것이다.

"당신을 사랑해요……. 절 받으세요. 절 데려가 줘요. 전 이제
당신 것이에요."

그녀는 자신의 존재 전부를 바쳤다. 그녀의 내면에서 불꽃이 다
시 불붙었고, 그것은 유전적으로 물려받은 것이었다. 더듬는 그녀
의 손이 허공을 움켜쥐었고, 너무도 무거운 그녀의 머리가 섬세한
목덜미 위로 숙여졌다. 그가 팔을 뻗치기라도 하면 그녀는 모든
것을 잊어버리고 오직 그 안에 용해되려는 욕구 속에서 혈관에서
밀쳐 올라오는 충동에 순응하며 그 자리에 쓰러지고 말았을 것이
다. 그리고 그토록 열정적인 순진무구함 앞에서 그녀를 안기 위해
왔던 그는 몸을 떨었다. 그는 그녀의 팔목을 부드럽게 잡고는 그
순결한 두 손을 그녀의 가슴에 다시 모아 주었다. 잠시 그녀의 머
리카락에 입을 맞추고 싶은 유혹에조차 굴하지 않고 그녀를 바라
보았다.

"당신은 저를 사랑하고, 전 당신을 사랑해요……. 아! 제가 사

랑받고 있다는 게 확실하군요!"

그러나 그들의 내면에 일고 있던 동요가 그 황홀함에서 그들을 끌어냈다. 그 동요는 무엇일까? 그들은 거대한 흰 빛 속에서 서로 보았다. 달빛이 점점 확대되어 햇빛만큼 찬란한 것 같았다. 그때 는 새벽이었고, 주교 관저의 느릅나무 위로 새벽안개가 붉게 물들 고 있었다. 아니, 이럴 수가! 벌써 날이 밝았단 말인가? 몇 시간 동안이나 이야기를 나누었단 말인가? 그들은 어리둥절했다. 그녀 는 그에게 아직 아무런 말도 하지 않았고, 그는 아직도 할 이야기 가 그토록 많이 남았는데!

"1분만, 1분만 더!"

새벽이 화창하게 밝아 와 벌써 뜨거운 여름날의 하루를 알리고 있었다. 별들은 하나씩 꺼졌고, 그와 함께 어른거리던 환영도 떠 나갔으며, 보이지 않는 성녀 친구들도 달빛 속으로 다시 올라갔 다. 이제 환한 햇살 속에서 그녀의 방은 온통 벽과 들보의 흰빛으 로 가득해 침침한 떡갈나무 고가구가 동그마니 있을 뿐 텅 빈 듯 했다. 흐트러진 침대가 보였다. 흘러내린 사라사 천 커튼 한 폭이 침대의 반을 가리고 있었다.

"1분만, 1분만 더!"

앙젤리크는 펠리시앵의 청을 거부하고 그에게 떠나기를 재촉하 며 일어섰다. 날이 점점 더 밝아 오자 그녀는 당혹감에 사로잡혔 다. 그에게 침대를 보이는 것이 매우 당황스러웠다. 그녀의 오른 쪽에서 희미한 소리가 들린 듯했다. 동시에 바람 한 점 들어오지 않는데도 그녀의 머리카락이 흩날리는 듯했다. 혹시 아그네스가 태양에 쫓겨 마지막으로 떠나간 게 아닐까?

"안 돼요. 떠나가 줘요, 제발……. 이젠 날이 너무 밝았어요. 전 두려워요."

그러자 펠리시앵은 고분고분 물러갔다. 사랑받는다는 것, 그것이 그의 욕망을 초월했던 것이다. 그러나 창가에서 그는 돌아섰다. 그리고 마치 그녀에게서 무엇을 가져가려는 듯 그녀를 다시 한 번 오랫동안 바라보았다. 새벽 햇살에 젖은 시선으로 애무를 연장하며 두 사람은 서로 미소를 보냈다.

그가 마지막으로 한 번 더 그녀에게 말했다.

"당신을 사랑해요."

그리고 그녀가 따라했다.

"당신을 사랑해요."

그것이 다였다. 그는 벌써 유연한 민첩성으로 벽을 타고 내려갔다. 앙젤리크는 발코니에 팔꿈치를 괴고 그를 눈으로 따라갔다. 그녀는 바이올렛 다발을 들고 있었고, 자신의 열기를 식히기 위해 향기를 맡았다. 그가 클로-마리를 통과한 다음 고개를 들었을 때 그녀는 그 꽃에 키스를 하고 있었다.

펠리시앵이 버드나무 뒤로 사라지자마자 아래층에서 현관문을 여는 소리가 앙젤리크의 귓가에 들려왔다. 그녀는 불안했다. 새벽 4시가 울렸다. 일상적으로는 아침 6시나 되어야 모두 일어났다. 그녀는 위베르틴을 보고는 더욱 놀랐다. 왜냐하면 보통 위베르가 가장 먼저 내려갔기 때문이다. 마치 불면의 밤을 보낸 뒤 그토록 이른 아침에 갑갑한 마음으로 침실을 빠져나오지 않을 수 없었던 듯 위베르틴은 팔에 긴장을 풀고 핏기 없는 얼굴로 아침 공기를 마시며 좁다란 정원의 오솔길을 따라 천천히 산책했다. 그녀는 여전히 매우 아름다웠다. 소박한 실내복을 입고 있었고 머리카락을 서둘러 묶은 듯했다. 그녀는 매우 지친 듯했고, 행복해 보였지만 또한 희망을 포기한 듯했다.

8

그다음 날 여덟 시간의 깊은 잠에서 깨어난 앙젤리크는 곧장 창문으로 달려갔다. 그것은 커다란 행복에 휴식을 주는 달콤하고 깊은 숙면이었다. 그녀를 불안하게 하던 전날의 폭풍우는 지나갔고 하늘은 아주 맑게 개었다. 더운 날씨는 계속되었다. 그녀는 바로 아래에서 덧창을 열고 있던 위베르에게 명랑하게 소리쳤다.

"아버지, 아버지, 해가 났어요! 아! 정말 다행이에요, 행렬은 무지 아름다울 거예요!"

그녀는 아래층으로 내려가기 위해 얼른 옷을 입었다. 바로 그날은 기적의 행렬이 보몽의 거리를 통과하도록 예정된 7월 28일이었다. 그리고 해마다 그날이면 이 자수 공예인들의 집에서는 축제가 열렸다. 그날은 아무도 바늘을 잡지 않았고, 4백 년 전부터 어머니에게서 딸에게로 전수되던 전통적인 준비 방식에 따라 하루 종일 집을 장식했다.

앙젤리크는 커피 우유를 서둘러 마시면서 벌써 벽걸이 장식품 생각에 몰두했다.

"어머니, 벽걸이 장식품이 잘 있는지 봐야겠어요."

"아직 시간이 남았어. 오전 중으로는 걸지 않을 거야." 위베르
틴이 온화한 목소리로 대답했다.

그것은 훌륭한 옛 자수 공예품 세 점을 표구한 것인데, 위베르
부부는 그것을 커다란 애착을 갖고 가보처럼 간직하며 1년에 한
번씩 행렬이 지나가는 날 꺼내 걸었다. 그 전날부터 관습에 따라
의례를 주관하는 사제인 코르니유 신부가 집집마다 들러서 성 아
그네스 조각상이 성체를 든 주교의 수행을 받으며 지나가게 될 여
정을 주민들에게 친절하게 알려 주었다. 여정은 4백 년도 넘게 변
함이 없었다. 행렬은 성 아그네스 문에서 출발하여 오르페브르
길, 대로, 바스 길을 지나 신도시를 통과한 다음, 마글루아르 길과
클루아트르 광장으로 되돌아와서 성당의 정면을 통해 다시 들어
갔다. 주민들은 행렬이 지나가는 길 위로 창문에 깃발을 꽂고 가
장 화려한 직물을 벽에 걸고, 장미꽃잎을 하나씩 떼어서 포도 위
로 흩뿌리며 다투어 열성을 보였다.

앙젤리크는 1년 내내 서랍에서 잠자고 있던 그 자수 공예품을
꺼내도록 허락받을 때까지 마음을 진정시킬 수가 없었다.

"자수품이 아무런 흠집 없이 아주 잘 보관되어 있어요." 앙젤리
크는 기뻐하며 중얼거렸다.

그녀가 그것을 보호하고 있던 얇은 종이를 조심스럽게 걷어 냈
을 때 성모 마리아에게 바친 세 점의 자수품이 드러났다. 그것은
천사의 방문을 맞아들이는 성모, 십자가 아래에서 울고 있는 성

모, 승천하는 성모를 그린 것으로, 15세기에 금실 바탕에 명주실로 색조 변화를 주는 방법으로 수놓아져 지금까지 아주 훌륭하게 보존되어 있었다. 위베르 부부는 엄청난 액수를 거절하고 그것을 간직한 것에 매우 자부심을 느꼈다.

"어머니, 제가 걸게요!"

그것은 일대 사건이었다. 위베르는 해묵은 집 정면을 청소하는 데 아침나절을 꼬박 바쳤다. 그는 막대 끝에 빗자루를 연결하여 벽돌과 나무가 조합된 벽면에서 꼭대기의 골조에 이르기까지 먼지를 샅샅이 떨어냈다. 그런 다음 돌로 쌓은 토대뿐만 아니라 계단 탑의 모든 부분을 손이 닿는 데까지 스펀지로 씻었다. 자수 공예품 세 점은 그때야 비로소 제자리를 차지할 수 있었다. 앙젤리크는 수백 년 묵은 못에다 고리를 걸쳐서 그것을 내다 걸었다. 왼쪽 창문 아래로는 성모 영보(聖母領報), 오른쪽 창문 아래로는 몽소승천(蒙召昇天)을 걸었으며, 예수 수난상은 일층의 큰 창문 위에 걸었다. 이것을 걸기 위해서는 사다리를 바깥으로 꺼내야만 했다. 그녀는 이미 창문을 꽃으로 치장해 놓았다. 금실 명주실 자수 공예품이 축제날의 들뜬 햇빛 아래 찬란한 모습을 드러내자 그 낡은 가옥은 그것을 지은 시대로 되돌아간 듯했다.

점심시간 이후 오르페브르 길 전체가 부산해졌다. 행렬은 지나치게 뜨거운 더위를 피하기 위해 5시나 되어야 성당 밖으로 나올 예정이었다. 하지만 정오부터 도시는 치장을 하기 시작했다. 위베르의 집 건너편의 금속 세공인은 은실 술 장식이 달린 하늘색 휘장을 가게에다 걸었다. 그 옆집의 양초 상인은 규방의 커튼을 이용했다. 그것은 붉은색 면직이었는데, 햇빛 속에서는 생생한 핏빛을 띠었다. 그처럼 침대 덮개에 이르기까지 집에 있는 직물이란 직물은 모두 내걸었고, 수많은 천이 더운 날의 맥 빠진 바람 속에서 집집마다 펄럭였다. 길은 휘장으로 옷을 입었고, 생기 넘치고 전율하는 기쁨으로 충만했으며, 지붕 없는 큰 축제 회랑으로 변모했다. 모든 주민들이 그곳으로 몰려나와 마치 제집에 있는 듯 큰 소리로 말했다. 대로 모퉁이에 세워 둔 임시 제단 위에 꽃병과 여러 개의 양초를 꽂은 촛대를 올려놓기 위해 열성적인 이웃 아낙네들이 거리로 나온 것은 물론이고, 어떤 이들은 두 팔 가득 물건을 갖고 나왔으며, 어떤 이들은 기어오르고 못에 매달리고 소리쳤다.

앙젤리크는 제1제정풍의 촛대 두 개를 들고 거리로 나왔다. 그것은 응접실의 벽난로를 장식하던 것이었다. 그녀는 아침부터 부산하게 움직였다. 하지만 마음속에 숨겨 둔 커다란 기쁨으로 힘을 얻고 흥분되어 피곤하지 않았다. 바람에 머리카락을 흩날리며 집으로 돌아와서 장미꽃잎을 뜯어 바구니에 담고 있을 때 위베르가 농담을 했다.

"넌 네 결혼식 날에도 이만큼 정성을 들이지는 않을 거야……. 오늘 혹시 네가 결혼하는 게 아니니?"

"맞아요, 오늘은 제가 결혼하는 날이에요!" 그녀가 즐겁게 대답했다.

이번에는 위베르틴이 미소 지었다.

"집을 멋지게 치장했으니 기다리는 동안 옷을 갈아입으러 방으로 올라가는 게 좋겠어."

"이제 다 됐어요, 어머니. 바구니가 가득 찼어요."

그녀는 주교님 앞으로 던지려고 모아 두었던 장미꽃 이파리를 모두 뜯었다. 꽃잎이 가느다란 손가락 사이로 흠뻑 쏟아졌고, 바구니가 향기를 뿜으며 가벼이 넘쳐흘렀다. 그녀는 좁은 계단 탑으로 사라지며 낭랑한 웃음을 섞어 말했다.

"얼른요! 전 별처럼 아름답게 치장할 거예요!"

오후가 흘렀다. 이제 보몽-교회 지역의 들뜬 열기는 진정되었다. 거리에서는 사람들이 준비를 마치고 은밀한 목소리로 속삭이고 있었고, 기다림 속에서 흥분된 마음이 전율했다. 엄청난 더위는 해가 기울면서 한풀 꺾였고, 희뿌연 하늘에는 빼곡히 들어선 집들 사이로 미지근하고 엷은 그림자 하나가 부드럽고 평온하게 떨어지고 있었다. 구도시 전체가 마치 성당을 연장하고 있는 듯 묵상 속으로 깊이 침잠해 들어갔다. 오직 마차들 소리만이 신도시인 보몽-도시의 리뽈 강가에서 올라왔다. 그곳의 많은 공장은 휴일조차 없었고, 종교적 장엄함을 기념하는 그 유서 깊은 축제를 조롱했다.

4시가 되자 북쪽 종탑의 커다란 종이 위베르의 집을 뒤흔들며 울리기 시작했다. 앙젤리크와 위베르틴이 옷을 갈아입고 나타난 것도 바로 그 순간이었다. 위베르틴은 실로 짠 레이스로 소박하게 장식된 천연색 리넨 드레스를 입었는데, 몸매가 너무도 젊어서 꽤 포동포동하게 살이 올랐음에도 양딸의 언니처럼 보였다. 앙젤리크는 얇은 흰색 비단 드레스를 입었다. 그러곤 아무것도, 어떤 보석도 없었다. 귀고리도 팔찌도 반지도 목걸이도 걸지 않았으며, 가벼운 천 밖으로는 오직 그녀의 비단결 피부가 활짝 핀 꽃잎처럼 드러났다. 그녀는 천진난만했고 자부심이 강했다. 그리고 솔직담 백한 소박함을 지녔으며 별처럼 아름다웠다.

"아! 종이 울리고 있어요. 주교님이 관저를 떠났어요." 그녀가 말했다.

종소리는 구름 한 점 없이 청명한 하늘로 계속 웅장하게 드높이 울려 퍼졌다. 위베르 가족은 활짝 열어젖힌 1층 창가에 자리를 잡 았다. 두 여자는 창틀에 팔꿈치를 괴고, 남자는 그녀들 뒤에 섰다. 해마다 그들은 그렇게 자리 잡았다. 그곳은 행렬이 가장 잘 보이 는 장소였다. 그곳에서는 행렬이 교회에서 나오는 것을 맨 먼저 볼 수 있었고, 행진해 나가는 촛불을 하나도 놓치지 않고 다 볼 수 있었다.

"제 바구니는 어디 있어요?" 앙젤리크가 물었다.

위베르가 장미꽃잎을 담아 둔 바구니를 그녀에게 건네주어야 했다. 그녀는 그것을 양팔로 잡고 가슴에 꼭 껴안았다.

"오! 이 종소리! 꼭 흔들리는 요람 속에 있는 것만 같아요!"

흔들리는 종의 움직임에 반향하며 그 조그만 집 전체가 진동했 다. 거리의 휘장은 저녁 바람에 더욱 나른하게 펄럭였고, 행렬을 기다리던 동네 사람들은 종소리의 떨림에 매료된 듯했다. 장미꽃 향기가 매우 감미로웠다.

반 시간 정도가 흘렀다. 성 아그네스 문의 두 문짝이 한꺼번에 밀어젖혀지더니 반짝이는 촛불이 작은 점을 찍은 듯한 어둑한 교회 내부가 드러났다. 우선 조제복(助祭服)을 입은 차부제(次副祭)가 십자가를 들고 나왔고, 그 양옆으로는 두 명의 시종이 각자 불붙인 촛대를 들고 함께 나왔다. 그들 뒤로 의례를 주관하는 코르니유 신부가 서두르고 있었다. 그는 거리가 잘 꾸며졌는지 확인한 다음 성당 입구의 포치 아래에 멈추어 서서 순서에 맞게 정렬되었는지 점검하기 위해 잠시 행렬을 지켜보았다. 평신도회 회원들이 행진을 시작했고 독실한 신도들의 연합 회원들, 학교 학생들이 연배 순으로 뒤따랐다. 아주 어린 아이들도 있었다. 어린 소녀 아이들은 결혼하는 신부들처럼 흰 원피스를 입었고, 곱슬머리 어린 사내아이들은 모자는 쓰지 않았지만 왕자님들처럼 정장을 차려입었다. 그들은 몹시 들뜬 상태에서 벌써부터 그들의 어머니를 눈으로 찾고 있었다. 벌거벗은 마른 어깨 위로 양피를 두른 성 세례 요한 차림의 아홉 살짜리 쾌활한 소년이 그 가운데 유독 눈에 띄었다. 분홍색 리본을 단 네 명의 소녀가 모슬린 방패를 들고 있었는데, 거기에는 무르익은 밀 다발이 꽂혀 있었다. 그다음엔 다 자란 아가씨들이 성모의 깃발 주위로 무리 지어 있었고, 검은 옷을 입은 부인들은 그녀들대로 다양한 깃발을 들고 있었는데, 성 요셉의 모습을 수놓은 진홍색 비단 깃발과 벨벳 깃발이나 새틴 깃발 등 각양각색의 깃발이 황금색 막대 끝에서 흔들거렸다. 남성 평신도들의 수도 그보다 적지는 않았다. 그 중에는 온갖 색깔의 고행자 복장을 입은 자들, 특히 회색 고행자 복장을 입은 자들, 짙은 갈색 광목옷을 입거나 두건을 쓴 자들이 있었다. 그들이 재현하는 상징적 형상은 매우 인상적이었는데,

바퀴가 달린 거대한 십자가에는 예수 그리스도의 수난에 동원된 도구가 걸려 있었다.

아이들이 나타나자 앙젤리크가 다정하게 감탄을 내질렀다.

"오! 사랑스러워라! 저기 좀 보세요!"

장화보다 키가 더 크지 않을 것 같은, 겨우 세 살이 되었을까 싶은 한 어린아이가 잰걸음으로 비틀거리며 자랑스럽게 지나가고 있었다. 너무도 귀여워서 그녀는 바구니에 손을 담그더니 꽃잎을 한 움큼 집어 꼬마 위로 흩뿌렸다. 아이의 어깨 위로, 머리카락 사이로 장미꽃잎이 떨어졌다. 꼬마의 앙증맞은 웃음이 점점 더 가까이 다가왔고, 창문마다 더욱 많은 꽃잎을 흩뿌렸다. 거리에는 침묵만이 붕붕거렸고, 들리는 것은 오직 행렬의 묵묵한 발자국 소리뿐이었다. 포도 위로 꽃잎이 소리 없이 날아 떨어져 얼마 지나지 않아 꽃길이 만들어졌다.

그러나 평신도들이 잘 정렬되었다는 것에 안심하던 코르니유 신부는 2분 전부터 행진이 멈춰 버리자 다시 불안하고 초조해졌다. 그는 황급히 맨 앞줄까지 달려갔다. 그러면서도 그는 위베르 가족 앞을 지나치며 미소로 인사하는 것을 잊지 않았다.

"행진이 멈추다니 무슨 일일까요?" 앙젤리크가 말했다. 그녀는 마치 저기 행렬 맨 끝에서 자신의 행복을 기다리고 있었던 듯 열에 들떠 있었다.

위베르틴이 온화한 표정으로 대답했다.

"저들이 달릴 필요는 없잖아."

"뭔가 혼잡한 게 있나 보지. 사람들이 임시 제단을 마무리하고 있는 것 아닐까." 위베르가 설명했다.

성모의 딸들은 성가를 부르기 시작했다. 그녀들의 가늘고 높은 목소리가 수정 같은 투명함으로 하늘 높이 떠올랐다. 행렬은 점점 더 가까워지며 움직이기 시작하더니 다시 출발했다.

이제 평신도들 다음으로 사제단이 교회 안에서 포치로 나오기 시작했다. 의젓한 수도승들이 맨 앞줄을 차지했다. 그들은 모두 법의 위에 겉옷을 걸치고 삼각 모자를 쓰고 있었다. 그리고 오른쪽 줄의 수도승들은 왼손에, 왼쪽 줄의 수도승들은 오른손에 각자 불붙인 양초를 하나씩 줄 바깥으로 들고 있었다. 그것은 움직이는 작은 불꽃의 이중 행렬이었고, 밝은 곳에서는 촛불이 거의 꺼진 것처럼 보였다. 먼저 신학교, 소교구, 참사회교회, 성직자들과 성당으로부터 봉급을 받는 자들이 뒤따랐고, 그다음에는 흰색 가운을 어깨에 두른 수도 참사 회원들이 뒤따랐다. 그들 가운데 붉은색 비단의 소매 없는 제의를 입은 성가대원들도 있었다. 그들은 목청을 높여 교송성가(交誦聖歌)를 먼저 시작했고, 모든 사제단이 좀 더 가벼운 성가로 화답했다. 찬송가 「찬송하라 나의 혀여」가 맑은 목소리로 떠오르자 거리는 하늘거리는 모슬린의 긴 떨림으로 충만했고, 날아오를 듯한 수도승들의 겉옷 사이로 촛불의 불꽃이 희미한 황금 별처럼 점점이 반짝였다.

"오! 성 아그네스!" 앙젤리크가 중얼거렸다.

네 명의 사제들이 레이스로 장식한 파란색 벨벳 들것으로 성 아그네스를 운반했다. 앙젤리크는 성녀에게 미소를 보냈다. 수백 년 전부터 응달에 남아 있던 그 성녀가 황금빛 긴 머리채를 드레스로 삼고 태양 아래 전혀 다른 모습으로 나타나는 것을 볼 때마다 그녀는 매번 놀랐다. 작은 손, 가느다랗고 조그만 발, 세월에 의해 검게 변한 어린 소녀의 갸름한 얼굴, 그녀는 그토록 나이가 많으면서도 그토록 어렸다.

그리고 주교가 그녀를 뒤따르게 되어 있었다. 벌써 흔들거리는 향로가 교회에서 나오는 소리가 들렸다.

소곤거리는 소리가 들렸다. 앙젤리크가 중얼거렸다.

"주교님…… 주교님……."

그 순간 그녀는 지나가는 성녀를 바라보며 옛이야기를 떠올렸다. 아그네스의 도움으로 보몽을 페스트에서 구해 낸 지체 높으신 오트쾨르 후작들의 이야기, 장 5세와 그의 가문의 모든 사람들이 그 성녀의 이미지 앞에 숭배하는 마음으로 무릎을 꿇으러 온다는 이야기 말이다. 그녀는 그들을 모두 보는 듯했다. 기적의 영주들이 왕자들의 계보처럼 한 사람씩 차례로 지나가는 것이 눈에 선했다.

한참 동안 행렬이 뜸했다. 그다음 주교의 지팡이를 돌보는 임무를 담당한 성당 전속 신부가 구부러진 부분을 자신을 향해 똑바로 들고 지나갔다. 그 뒤로 향로를 받드는 시종 두 명이 나타났는데, 그들은 각자 옆으로 향 항아리를 든 시종을 대동하고 뒷걸음치며 향로를 조금씩 흔들었다. 그다음 황금 장식 술이 달린 자주색 벨벳으로 천장을 덮은 커다란 가마가 성당 문의 열린 공간을 통해 나오는 데는 약간의 어려움이 있었다. 그러나 질서는 신속하게 다시 잡혔고, 권위자들이 지시 순서대로 각각 단장을 잡았다. 그 아래로 명예 부사제들 사이에서 주교가 맨 머리로 걸어갔다. 어깨에 두른 흰 현장의 양끝이 성체를 몸에 닿지 않게 높이 들고 운반하는 그의 손을 감쌌다.

곧이어 향로를 받드는 자들이 뒤따랐다. 힘차게 들어 올린 향로가 다시 아래로 떨어지자 은사슬이 규칙적인 리듬으로 쟁그랑거렸다.

앙젤리크는 주교님을 닮은 누군가를 도대체 어디서 알았던 것일까? 모든 사람들이 묵상하며 고개를 숙였다. 그러나 그녀는 머리를 반쯤 든 채 그를 바라보았다. 그는 키가 크고 늘씬하고 고상했으며, 예순의 나이에 비해 굉장한 젊음을 지녔다. 그의 독수리 같은 눈이 빛나고 있었고, 약간 높은 듯한 코는 그의 얼굴이 풍기는 최고의 권위를 강조했으며, 하얗게 샌 숱 많은 곱슬머리가 인상을 부드럽게 해 주었다. 그의 창백한 피부색이 그녀의 시선을 사로잡았다. 그때 그녀는 그의 얼굴에서 핏기가 위로 오르는 것을 본 듯했다. 아마도 그가 두 손에 들고 있던 그 위대한 황금 태양의 반사에 불과했을 것이다. 그리고 그것이 그를 신비로운 빛으로 둘러쌌을 것이다.

확실히 그와 비슷한 한 얼굴이 그녀의 마음 깊은 곳에서 떠올랐다. 주교는 첫걸음을 내딛는 순간부터 시편의 구절을 읊기 시작했다. 그는 부사제들과 번갈아 가며 낮은 목소리로 읊었다. 그런 다음 그녀의 창문을 향해 그가 시선을 돌렸을 때 그녀는 몸을 떨었다. 그만큼 그는 그녀에게 엄격해 보였고, 모든 열정의 허영심을 단죄하고 경멸하는 냉정함을 지닌 듯했다. 그의 시선은 걸려 있던 세 점의 자수 공예품으로 이동해 갔다. 천사의 방문을 받은 마리아, 십자가 아래에 있는 마리아, 하늘로 올라가는 마리아. 그의 시선은 기쁨에 차 있었고, 다시 아래로 떨구며 그녀를 응시했다. 그녀는 그의 시선의 빛을 흐리게 하는 것이 냉엄함인지 다정함인지 알 수가 없었다. 벌써 그의 시선은 성체에게로 돌아가 움직이지 않았으며, 그 위대한 황금 태양의 반사를 받아 빛나고 있었다. 힘차게 들어 올린 향로가 다시 아래로 떨어지자 은사슬이 규칙적인 리듬으로 쟁그랑거렸다. 동시에 향 연기가 작은 구름을 만들며 공중으로 올라갔다.

앙젤리크의 가슴은 부서질 듯 방망이질했다. 그녀는 두 천사의 이끌림을 받아 황홀경으로 올라가는 성 아그네스를 수놓은 승모가 가마를 뒤따르는 것을 보았다. 그녀가 사랑으로 한 땀 한 땀 수놓은 작품이었다. 한 성당 전속 신부가 베일에 싸인 손으로 성스러운 물건처럼 경건하게 그것을 들고 있었다. 그리고 거기 공무원들, 장교들, 법관들 등 뒤따르는 평신도들 맨 앞줄에서 펠리시앵을 알아보았다. 호리호리하고 곱슬머리 금발에다 약간은 높은 듯한 곧게 뻗은 코, 거만하면서도 부드러운 검은 눈. 그는 예복을 입고 있었다. 그녀는 그를 기다리고 있었다. 그녀는 마침내 왕자님처럼 변신한 그의 모습을 보게 되었지만, 그것이 놀랍지가 않았다. 그가 그녀에게 거짓말한 것을 용서해 달라는 간청이 담긴 그의 초조한 시선에 그녀는 해맑은 미소로 대답했다.

"저런! 바로 그 젊은이잖아!" 깜짝 놀란 위베르틴이 중얼거렸다.

위베르틴 역시 그를 알아보았다. 그리고 고개를 돌렸다. 딸의 얼굴이 환하게 변모해 있었다. 위베르틴은 그것이 불안했다.

"그러니까 그가 우리에게 거짓말한 거였어? ……왜 그랬지? 넌 알고 있었니?…… 넌 그 젊은이가 누군지 알고 있었어?"

그랬다. 아마 그녀는 알고 있었던 것이다. 그녀의 내면에서 어떤 목소리가 이 질문에 대답했다. 그러나 그녀는 감히 스스로에게 질문을 던질 수도 없었고, 더 이상 던지고 싶지도 않았다. 때가 되면 모든 것이 확실해질 테니까. 그녀는 그 순간이 가까워졌다고 느꼈고, 자만과 열정으로 부풀어 있었다.

"도대체 무슨 일이오?" 위베르가 아내 뒤에서 앞으로 몸을 기울이며 물었다.

그는 전혀 서두르지 않았다. 그리고 위베르틴이 젊은이를 가리켰을 때 그는 의심했다.

"무슨 소리! 그 사람이 아니오."

위베르틴은 자신이 오해했다고 시인하는 척했다. 그게 가장 현명했다. 나중에 수소문해 볼 것이다. 그러나 주교가 길모퉁이 임시 제단의 식물 사이에서 성체에 분향을 하는 동안 다시 멈추었던 행렬이 재출발하려던 때였다. 바구니에 남은 마지막 꽃잎을 쥐고 있다는 사실을 잠시 잊어버렸던 앙젤리크는 너무도 기쁘고 들뜬 나머지 지나치게 다급한 몸짓으로 꽃을 뿌려 버렸다. 마침 그때 펠리시앵이 다시 걷기 시작했다. 꽃잎이 흠뻑 쏟아졌고, 두 개의 꽃잎이 그의 머리 위에 나풀나풀 날아가 천천히 내려앉았다.

그것이 끝이었다. 가마는 대로 모퉁이에서 사라졌고, 행렬의 꼬리는 포도를 황량하게 남겨 놓은 채 흘러갔다. 거리는 꿈꾸는 신앙심으로 차분해진 듯 짓밟힌 장미꽃잎의 약간 시고 떫은 냄새 속으로 가라앉았다. 향로가 들어 올려졌다가 다시 떨어질 때 쟁그랑거리는 사슬 소리가 아직도 멀리서 점점 더 희미하게 들려왔다.

"오! 어머니, 우리, 행렬이 교회로 다시 들어가는 광경을 보러 가지 않으실래요?"

위베르틴의 첫 반응은 거절이었다. 그런 다음 그녀는 자신이 수긍할 수 있을 어떤 확신을 너무도 강렬하게 얻고 싶어졌다.

"그러자꾸나. 잠시 후에. 네가 그러고 싶어 하니까."

그러나 인내심을 갖고 기다려야만 했다. 앙젤리크는 방으로 올라가 모자를 쓰고는 서성거렸다. 그녀는 매 순간마다 창가로 왔다가 길 끝을 바라보고 마치 하늘에게 질문을 던지듯 눈을 들었다. 그러고는 크게 말했다. 행렬을 한 걸음 한 걸음 따라가고 있었던 것이다.

"그들이 바스 길을 내려오고 있어요…… 아! 이제 시청 앞 광장에 들어서고 있는 게 분명해요…… 보몽 시의 큰 거리에 구경꾼들이 끝없이 이어지고 있어요. 성 아그네스를 보는 기쁨을 맛보기 위해 직물 상인들까지 거리로 나왔어요!"

엷은 장밋빛 구름 한 점이 황금 격자로 섬세하게 재단되어 하늘에 떠 있었다. 바람 한 점 없는 공중에는 모든 세속적인 삶이 중단된 듯했다. 하느님은 당신의 집을 잠시 비운 것 같았고, 사람들은 하느님이 당신의 일상적인 활동을 다시 수행하기 위해 당신의 집으로 되돌아가기를 기다리고 있었다. 건너편 금속 세공의 푸른색 휘장과 양초 상인의 붉은 커튼이 여전히 그들의 가게에 둘러쳐져 있었다. 거리는 잠든 것 같았다. 사제단의 느린 이동만이 있을 뿐이었고, 그들의 보행은 도시의 모든 지점에서 상상되었다.

"어머니, 어머니, 그들이 마글루아르 길 입구에 당도한 것이 틀림없어요. 곧 언덕을 올라올 거예요."

그녀는 거짓말을 하고 있었다. 이제 겨우 6시 30분이었고, 행렬이 7시 15분 전에 돌아온 적은 한 번도 없었다. 그녀는 가마가 그 순간 리풀 강 하류의 포구를 따라가고 있을 것이라는 사실을 잘 알고 있었다. 그러나 마음이 너무도 급했다.

"어머니, 서둘러요. 그러지 않으면 자리가 없을 거예요."

"가자, 얼른!" 위베르틴은 결국 복잡한 속마음에도 불구하고 미소 띤 얼굴로 말했다.

"난 집에 남을 거야. 휘장도 걷어야겠고, 식탁도 준비해 놓을 게." 위베르가 말했다.

교회는 텅 비어 있었고, 하느님은 그곳에 없었다. 모든 문이 마치 주인이 돌아오기를 기다리는 파산한 집처럼 활짝 열린 채였다. 사람들은 거의 없었다. 촛불이 점점이 밝히는 중앙 예배홀 안쪽에서 로마네스크 양식의 꾸밈없는 석관(石棺)으로 된 주 제단만이 빛나고 있었다. 나머지 넓은 실내 공간, 측랑들, 부속 예배당들은 황혼이 지면서 캄캄해졌다.

앙젤리크와 위베르틴은 천천히 성당 안을 한 바퀴 돌았다. 성당 건물이 아래로 움츠러들고, 둔중한 기둥이 양쪽 측랑의 반원형 홍예틀을 떠받치고 있었다. 모녀는 지하 분묘처럼 땅에 묻힌 듯 캄캄한 부속 예배당을 따라 걸었다. 이어 대정문 앞 오르간 파이프 아래를 지나가는 순간, 로마네스크 양식의 육중한 토대 위로 솟아

오르는 중앙 예배 홀의 높은 고딕식 창문을 바라보며 어떤 해방감을 느꼈다. 그러나 그녀들은 중세의 측랑을 통해 계속 걸었다. 숨막히는 분위기가 다시 시작되었다. 가로 회랑이 중앙의 주 회랑과 십자 형태로 교차하는 지점에서 네 개의 거대한 기둥이 네 모퉁이에서 단번에 솟구치며 궁륭을 지탱하고 있었는데, 거기에는 아직도 연보랏빛이 지배적이었다. 성당 측면의 커다란 장미 문양 유리창을 통해 햇빛이 작별 인사를 하고 있었던 것이다. 모녀는 성당 내진에 이르는 세 계단을 올라갔다. 그리고 가장 오래된 건축물이자 지하 묘지가 있는 후진의 가장자리를 통해 방향을 틀었다. 잠시 내진을 사방으로 차단하는 아주 세밀하게 제작된 옛 철문에 기대어 멈추어 서서 주 제단이 반짝거리는 것을 바라보았다. 제단의 자그만 불꽃이 성직자 좌석의 반들반들한 오래된 떡갈나무 위로 반사되었다. 그것은 꽃무늬 조각 장식으로 정말 아름다웠다. 모녀는 다시 출발 지점으로 돌아오며 고개를 들었다. 중앙 예배 홀에서 고양되는 경건한 숨결을 느끼는 듯했다. 그동안 어둠은 점점 더 짙어져 아주 오래된 벽을 뒤로 물리며 공간을 넓혀 갔고, 그에 따라 황금과 색깔의 잔영이 소멸되어 갔다.

"너무 이르다는 걸 난 알고 있었지." 위베르틴이 말했다.

앙젤리크는 대답 대신 중얼거렸다.

"어쩌면 이렇게 클까!"

그녀는 교회를 마치 처음 보는 듯 그것에 대해 아무것도 알지 못하는 것만 같았다. 그녀의 눈은 움직임 없이 정렬되어 있는 의자들 사이로 배회하다 부속 예배당 안쪽으로 파고들었다. 그곳에는 어둠이 배로 더 짙어서 묘석들만 겨우 짐작될 뿐이었다. 그러나 그녀는 오트쾨르 예배당을 보았고, 복원된 성 조르주 그림 유리창을 알아보았다. 그의 모습은 저무는 햇살 속에서 환영처럼 흐릿했다. 그녀는 몹시 기뻤다.

그 순간 큰 종이 울리며 성당 분위기가 어수선해지기 시작했다.

"아! 행렬이 오고 있어요. 마글루아르 길로 올라오고 있어요."

이번에는 정말로 그랬다. 군중이 측랑을 뒤덮었고, 사람들은 행렬이 매 순간 점점 더 가까워져 옴을 느꼈다. 활짝 열린 대문을 통해 바깥에서 들어오는 어떤 커다란 숨결과 함께, 요동치는 종소리와 함께 그 느낌은 점점 더 커져 갔다. 하느님이 돌아오고 있었다.

앙젤리크는 위베르틴의 어깨에 기대며 두 발끝으로 키를 올려 커다랗게 열린 구멍을 바라보았다. 어슴푸레 희뿌연 클루아트르 광장에서 그 구멍의 각지지 않은 윤곽이 드러났다. 맨 먼저 십자가를 든 차부제가 촛대를 든 두 시종을 양옆으로 대동하고 나타났다. 그들 뒤로 의례를 주관하는 코르니유 신부가 숨을 헐떡이며 상기되고 지친 모습으로 나타났다. 뒤이어 도착하는 대열은 성당 입구에서 선명하고 강렬한 실루엣으로 잠시 부각된 다음 내부의 어둠 속으로 잠겨 들었다. 이제 평신도, 학교, 연합회, 평신도 연합회, 그리고 돛을 연상시키는 각 단체의 깃발이 흔들거리다가 단번에 어둠 속으로 삼켜졌다. 사람들은 성모 딸들의 생기 없는 그룹을 다시 보았다. 그녀들은 높고 가는 목소리로 여섯 날개를 단 천사들처럼 노래를 부르며 들어왔다. 성당은 여전히 사람들을 집어삼켰고, 이에 따라 중앙 예배 홀은 천천히 채워졌다. 남자들은 오른쪽에, 여자들은 왼쪽에. 그러나 해가 저물어 캄캄해졌고, 멀리 광장은 들어찬 수백 개의 움직이는 불꽃으로 점점이 빛났다. 이제 사제단이 불 밝힌 촛불을 열 바깥으로 내민 채 들어올 차례였다. 성당 문을 통과할 때 그들은 마치 이중의 노란색 불꽃 밧줄처럼 보였다. 그러나 그게 다가 아니었다. 신학교, 소교구, 성당으로부터 봉급을 받는 자들, 흰색 가운을 어깨에 두른 수도 참사 회원, 교송성가를 부르는 성가대원. 촛불이 이어지며 점점 더 수가 늘어났다. 그러자 교회 내부가 조금씩 불꽃으로 들어차며 환해졌다. 교회에는 여름밤 하늘처럼 수백 개의 별이 조그만 빛 구멍을 촘촘히 뚫어 놓은 듯했다.

의자 두 개가 비어 있었다. 앙젤리크는 그중 하나 위로 올라갔다.

"내려와, 그건 금지된 짓이야." 위베르틴이 반복했다.

하지만 앙젤리크는 말없이 고집을 피웠다.

"왜요? 전 보고 싶어요……. 오! 너무나 아름다워요!"

그녀는 마침내 어머니도 의자 위로 올라서도록 마음먹게 했다.

이제 성당 전체가 열기를 뿜으며 불꽃을 튀겼다. 성당을 통과하는 촛불이 넘실거리며 어둠에 짓눌린 양쪽 측랑의 궁륭 아래 성궤의 보호 유리판과 감실의 황금이 반짝이는 부속 예배당의 구석진 곳까지 불꽃을 반사했다. 성당 후진의 가두리에도, 심지어 지하 납골당에까지 빛이 깨어났다. 불이 붙은 듯한 제단과 윤기 흐르는 성직자석, 장미 문양이 어둠 속에서 선명하게 드러나는 오래된 창살문 사이에서 성당 중심부가 활활 타오르는 듯했다.

중앙 예배 홀의 고양된 분위기는 더욱 고조되었다. 아래로는 반원형 홍예 틀을 떠받치는 작달막하고 육중한 기둥과 위로는 밀집한 작은 기둥이 가늘어지며 첨두홍예의 부서진 아치 사이로 신앙심과 사랑의 갈망을 꽃피웠고, 그것은 마치 빛의 발현 자체처럼 느껴졌다.

사람들이 발을 구르고 의자를 들썩이는 와중에 다시 향로에 매달린 은사슬이 쟁그랑거리며 아래로 떨어지는 소리가 들려왔다. 즉시 오르간이 찬송가 한 구절을 웅장하게 연주하며 천둥 같은 우렁찬 소리로 궁륭을 가득 메웠다. 주교가 광장에 도착한 것이었다. 그 무렵 사제들은 여전히 성 아그네스를 떠받치며 성당 후진에 이르렀다. 은은한 촛불의 빛을 받는 그녀의 고요한 얼굴은 4백 년 이상 지속되어 온 꿈의 세계로 되돌아가는 것이 행복한 듯했다. 마침내 지팡이를 앞세우고 주교가 긴 천으로 손을 가린 채 같은 자세로 성체를 들고 성당 안으로 들어왔다. 그리고 승모가 그를 뒤따랐다. 성 아그네스를 실은 가마가 중앙 예배 홀 가운데로 행진하더니 내진의 창살문 앞에 멈춰 섰다. 그곳에서는 약간의 혼란이 있었다. 주교는 잠시 그를 뒤따르는 사람들에게로 다가갔다.

펠리시앵이 승모 뒤로 다시 나타난 순간부터 앙젤리크의 눈은 잠시도 그를 떠나지 않았다. 그런데 그가 가마 오른쪽에 위치하는 상황이 벌어졌고, 그 순간 그녀는 주교의 백발 얼굴과 그 청년의 금발 얼굴을 동시에 볼 수 있었다. 그녀의 눈앞에 불꽃이 번뜩였고, 그녀는 손을 모으며 크게 말했다.

"오, 주교님, 주교님의 아들이야!"

그녀는 자신도 모르게 그의 비밀을 발설하고 말았다. 그것은 의도하지 않은 외침이었고, 그들이 닮았다는 사실이 문득 명백해지면서 마침내 모든 것이 확실해졌다. 아마도 그녀의 깊은 속마음은 그 사실을 이미 알고 있었을 것이다. 그러나 그녀는 그 사실을 감히 생각할 수 없었다. 이제 그 비밀은 깨졌고 그녀를 매혹시켰다. 그녀 자신과 사물로부터 사방에서 추억이 다시 떠오르며 그녀는 외침을 반복했다.

충격을 받은 위베르틴이 중얼거렸다.

"그 청년이 주교님의 아들이라고?"

모녀 주위로 사람들이 몰려왔다. 사람들은 그녀들을 알아보고 칭송했다. 검소한 면직으로 옷을 입었지만 여전히 아름다운 어머니, 흰색의 얇은 비단 원피스를 입고 대천사의 우아함을 풍기는 딸. 그녀들은 너무도 아름다웠고, 그렇게 의자 위에 올라서 있던 터라 너무도 눈에 띈 나머지 사람들은 넋을 잃고 그녀들을 쳐다보았다.

"그럼요, 부인, 그럼요. 저 청년은 주교님의 아들이에요! 그걸 모르셨수?…… 참 잘생겼어. 게다가 부자이기까지 하고. 아! 원한다면 도시를 통째로 살 수 있을 만큼 부자지. 백만장자야, 백만장자!" 랑발뢰즈 부인이 말했다.

위베르틴은 새파랗게 질린 얼굴로 말을 듣고 있었다. 늙은 거지 여자가 계속 말했다.

"사람들이 이야기하는 걸 듣지 못했나요? 그 어머니가 해산하자

마자 죽어 버렸죠. 그러자 주교님은 사제가 되어 버리셨고. 오늘 주교님이 그 아들을 당신 곁으로 부르기로 결심하셨대요…… 진짜 왕자님처럼 이름이 오트쾨르 가의 펠리시앵 7세래요."

그 순간 위베르틴은 엄청난 슬픔을 느꼈다. 그러나 앙젤리크는 실현되고 있는 자신의 꿈 앞에서 기쁨의 빛이 만면했다. 그녀는 전혀 놀랍지가 않았다. 그녀는 그가 틀림없이 가장 부자이고 가장 아름다우며 가장 고귀한 자일 것이라는 사실을 잘 알고 있었다. 그녀의 기쁨은 어마어마하고 완벽했으며, 닥칠 난관은 전혀 예상하지도 않고 걱정도 하지 않았다. 마침내 그가 자신을 알리며 모습을 드러냈다. 타오르는 촛불의 작은 불꽃이 황금 물결을 이루었고, 오르간은 그들 약혼식의 화려함을 노래했다. 오트쾨르 가계가 전설의 배경에서부터 위풍당당하게 행진해 나왔다. 노르베르 1세, 장 5세, 펠리시앵 3세, 장 12세. 그다음 마지막으로 펠리시앵 7세가 그녀를 향해 그의 금발 머리 얼굴을 돌렸다. 그는 성모 사촌들의 후손이었다. 최고의 주인인 멋진 예수가 영광 속에서 그의 아버지 옆에 모습을 드러낸 듯했다.

때마침 펠리시앵이 그녀에게 미소를 지었다. 그녀는 자만심과 열정으로 발갛게 상기된 얼굴로 의자 위에 서서 군중 위로 솟아오른 자신을 보고 화가 난 주교님의 시선을 알아차리지도 못했다.

"아! 가엾은 내 딸……." 위베르틴은 절망하며 한숨지었다.

그러나 성당의 전속 신부들과 시종들은 왼쪽 오른쪽으로 열 지어 섰고, 제1부사제가 주교님이 들고 있던 성체를 건네받아 제단 위에 놓았다. 그것이 마지막 축성이었다. 성가대 선창자들이 힘차게 "그토록 존엄한 성체를……"을 부르고, 향 항아리의 향이 향로 속에서 연기를 피워 올리고 있었다. 돌연 기도의 침묵이 성당 전체를 지배했다. 높이 솟은 궁륭 아래로 신도들과 사제단으로 넘쳐나는 열기 가득한 교회 한가운데 주교가 제단 위로 올라가 그 위대한 황금 태양을 두 손으로 들어 올리고는 공중에서 세 번 십자가를 그었다.

9

저녁이 되어 교회에서 돌아오는 내내 앙젤리크는 생각에 잠겨 있었다.

"이따가 그를 보게 될 거야. 그는 클로-마리에 있을 것이고, 난 그를 만나러 내려갈 거야." 그들의 눈이 그 만남을 약속했던 것이다.

그들은 8시가 되어서야 겨우 저녁을 먹었다. 평소대로 부엌에서. 한나절 축제의 흥분이 아직 채 가시지 않은 상태로 위베르가 혼자 말했고, 위베르틴은 딸을 계속 지켜보며 대답을 하는 둥 마는 둥 했다. 앙젤리크는 왕성한 식욕으로 밥을 먹었다. 그러나 그녀는 넋이 빠져 있었고, 자신의 꿈에 완전히 몰입돼 포크를 입으로 가져가는지도 모르는 듯했다. 위베르틴은 딸의 생각을 아주 명확하게 읽었고, 마치 수정같이 맑은 물속처럼 그 순진한 이마 아래로 생각이 하나씩 형성되고 이어져 가는 것이 위베르틴의 눈에는 훤히 보였다.

저녁 9시가 되었다. 난데없는 초인종 소리에 그들은 깜짝 놀랐다. 코르니유 신부였다. 몹시 피곤했음에도 불구하고 주교님이 그들이 걸었던 세 점의 자수 공예품이 매우 아름답다고 감탄하셨다는 말을 전하기 위해 온 것이었다.

"예, 그분께서 제 앞에서 그것에 대해 말씀하셨다니까요. 그 사실을 알면 모두 기뻐할 거라 생각했죠."

주교라는 이름에 귀가 반짝 열리던 앙젤리크는 그들이 행렬에 대해 얘기를 나누기 시작하자 다시 자신의 몽상 속으로 빠져 들었다. 그러고는 몇 분이 지나 몸을 일으켰다.

"어딜 가려는 거니?" 위베르틴이 물었다.

마치 앙젤리크 자신도 왜 일어났는지 몰랐던 듯 이 질문은 그녀를 놀라게 했다.

"어머니, 저 올라가겠어요. 몹시 피곤해요."

위베르틴은 그 변명 뒤로 진정한 이유를 짐작했다. 그것은 앙젤리크가 자신의 행복을 홀로 맛보고 싶어 하기 때문이었다.

"와서 내게 뽀뽀해 주렴."

위베르틴은 딸의 포옹을 받으며 딸이 떨고 있다는 사실을 감지할 수 있었다. 그것은 여느 저녁에 하는 포옹과는 달랐다. 그러자 위베르틴은 매우 심각한 표정으로 딸을 정면으로 바라보았다. 그리고 딸의 눈에서 약속을 수락했다는 사실, 약속 장소에 가겠다는 열기를 읽었다.

"얌전해라, 잘 자."

그러나 앙젤리크는 이미 위베르와 코르니유 신부에게 황급히 저녁 인사를 한 다음 헐레벌떡 방으로 올라갔다. 자신의 비밀이 입가에서 맴돌고 있음을 느꼈던 탓이다. 만약 어머니가 1초라도 더 그녀를 품에 안고 있었더라면 그녀는 말하고야 말았을 것이다. 방문 열쇠를 두 바퀴 돌려 꼭 잠갔을 때 달빛이 그녀를 축복해 주었다. 그녀는 촛불을 껐다. 달은 점점 더 늦게 떠올랐고 밤은 점점 더 어두워져 갔다. 그녀는 옷을 입은 채로 어둠을 향해 열린 창가에 앉아서 여러 시간을 기다렸다. 매 순간이 충만한 상태로 흘렀다. 자정이 울리면 그를 맞으러 내려갈 것이라는 생각, 오직 그 한 가지 생각이 그녀를 몰두시키기에 충분했다. 그들은 아주 자연스럽게 만날 것이다. 그녀는 흔히 몽상 속에서 갖는 용이함으로 한 걸음 한 걸음 걸어가는 자신의 모습과 행동하는 몸짓 하나하나를 상상했다. 시간은 거의 흐르지 않았을 것이다. 코르니유 신부가 떠나는 소리가 들렸고, 위베르 부부도 그들 방으로 들어갔다. 두 번 그들의 방문이 다시 열리는 소리가 나는 것 같았다. 사뿐거리는 발자국 소리가 계단까지 다가왔다. 마치 누가 그곳에 잠시 귀를 기울이기 위해 왔던 것처럼. 그런 다음 집은 깊은 수면 속으로 사라져 버린 것 같았다.

자정이 울리자 앙젤리크는 일어섰다.

"가자, 그가 나를 기다리고 있어."

그녀는 문을 열고 나갔다. 그러고는 그 문을 다시 닫지 않았다. 계단에서 위베르 부부의 방 앞을 지날 때는 귀를 쫑긋 세웠다. 그러나 오직 침묵의 떨림만 있을 뿐 아무런 소리도 들리지 않았다. 게다가 잘못을 저지르고 있다는 생각이 전혀 없었으므로 그녀는 불안함도 다급함도 없이 아주 마음이 편했다. 어떤 힘이 그녀를 이끌고 있었다. 그것이 그녀에게는 너무도 단순하게 여겨졌기 때문에 어떤 위험이 도사리고 있을지도 모른다는 생각은 오히려 그녀를 웃게 만들었을 것이다. 그녀는 아래층에 도달하자 부엌을 통해 정원으로 나갔다. 그러나 나가면서 덧문 닫는 것을 또다시 잊었다. 그런 다음 빠른 걸음으로 클로-마리를 향하는 작은 문에 이르렀고, 그 문 또한 활짝 열어 놓은 채 빠져나갔다. 울타리 쳐진 그 유휴 경작지에 이르자 캄캄한 어둠 속에서도 그녀는 아무런 주저 없이 들판으로 곧장 걸어가서 셔브로트 개울을 건너 마치 친숙한 장소를 지나가듯 방향을 잡아 더듬더듬 나아갔다. 그녀는 그곳의 모든 나무를 잘 알고 있었다. 그리고 오른쪽으로 돌면 어느 버드나무 아래에 그가 있을 것이고, 그녀는 그저 손을 내밀어 그의 손을 기다리기만 하면 되었다.

잠시 말없이 앙젤리크는 펠리시앵의 손을 꼭 잡았다. 그들은 서로 볼 수가 없었다. 하늘은 더위가 뿜어 올린 밤안개로 덮여 있었고, 이제 곧 떠오를 가늘어진 달은 아직 빛을 비추지 않고 있었다. 그녀의 가슴은 온통 넘쳐나는 벅찬 기쁨으로 홀가분해졌다. 그녀가 어둠 속에서 말했다.

"아! 저의 소중한 주인님, 제가 당신을 얼마나 사랑하는지요! 그리고 당신에게 얼마나 감사하는지요!"

그녀는 그가 누군지 마침내 알게 된 것에 소리 내어 웃었다. 그녀는 바라던 것보다 훨씬 더 젊고 아름답고 부자인 그가 고마웠다. 그 웃음은 낭랑하게 울려 퍼지는 기쁨이었고, 그녀의 꿈이 그녀에게 주는 사랑이란 선물 앞에서 터뜨린 감탄과 감사의 외침이었다.

"당신은 임금님이고, 저의 주인이에요. 저는 이제 당신의 것이에요. 제가 너무도 보잘것없는 것이 그저 안타까울 따름이에요……. 하지만 제가 당신의 것이라는 사실이 가슴 뿌듯해요. 이제 제가 왕비가 되기 위해서는 당신이 저를 사랑하는 것만으로 충분해요……. 전 알고 있었고 기다리고 있었어요. 하지만 이 모든 것이 소용없었어요. 당신이 그토록 훌륭한 분이라는 사실이 밝혀진 이후 제 가슴은 더욱 부풀어 올랐어요……. 아! 저의 소중한 주인님, 당신에게 너무도 감사해요. 그리고 당신을 한없이 사랑해요!"

그때 펠리시앵이 그녀의 허리를 팔로 부드럽게 감았다. 그리고 그녀를 이끌었다.

"제 집으로 와요."

그는 야생 풀밭을 가로질러 클로-마리의 깊숙한 곳으로 그녀를 데려갔다. 그녀는 그가 과거에는 폐쇄되었던 주교 관저의 오래된 창살문을 어떻게 매일 저녁 지나다닐 수 있었는지 이제 이해했다. 그는 그 문을 열어 놓았고, 그녀의 팔을 끌어 커다란 주교 정원 안으로 안내했다. 하늘에는 달이 조금씩 떠오르며 더운 증기의 베일 뒤에 숨어서 우윳빛 투명함으로 뿌옇게 그들을 비추었다. 별 하나 없는 하늘 아래 밤안개 속으로 퍼진 달빛은 고요하고 평온한 밤을 소리 없는 빛 먼지로 흠뻑 적시며 궁릉 전체를 가득 채웠다. 천천히 그들은 그 정원을 가로지르는 셔브로트 개울을 거슬러 올라갔다. 그러나 그것은 더 이상 조약돌로 덮인 경사 위로 빠르게 내달리는 급물살이 아니라 빼곡한 나무숲을 이리저리 흐르는 고요하고 몽롱한 물이었다. 빛을 머금은 밤안개 속에 잠긴 채 나부끼는 나무 사이에서 셔브로트는 꿈속을 흐르는 엘리제의 강물 같았다.

앙젤리크는 즐겁게 말했다.

"이렇게 당신 팔에 안겨 있는 것이 너무도 자랑스럽고 행복해요."

펠리시앵은 그녀의 그러한 단순함과 매력에 매혹되어 그녀가 아무런 거리낌 없이 어떤 것도 숨기지 않고 순진한 마음으로, 큰 소리로 자신의 생각을 열고 말하는 것을 귀담아들었다.

"아! 사랑하는 당신, 당신이 이렇게 친절하게 조금이나마 저를 사랑해 주는 것이 전 그저 고마울 따름이오……. 제가 당신을 어떻게 사랑해야 할지 말해 줘요. 제가 누군지 당신이 결국 알게 되었을 때 마음속에서 어떤 일이 일어났는지 말해 줘요."

그러자 성급함이 묻어나는 귀여운 몸짓으로 그녀가 그의 말을 가로막았다.

"아뇨, 아뇨, 당신에 대해 말해 줘요. 오직 당신에 대해서만. 제가 중요한가요, 제가? 제가 누군지, 무슨 생각을 하는지 그게 중요한가요? 이젠 오직 당신만이 존재할 뿐이에요."

그녀는 그를 꼭 껴안으며 걸음을 늦추었다. 황홀한 시냇물을 따라 천천히 걸으며 그녀는 한없이 그에게 질문했다. 그녀는 모든 것을 알고 싶었다. 그의 어린 시절, 청년 시절, 그녀는 그가 아버지에게서 멀리 떨어져 살았던 20년 세월의 모든 것이 알고 싶었다.

"당신이 태어날 때 어머니가 돌아가셨고, 당신은 한 친척 할아버지 댁에서 자랐으며, 그분이 늙은 신부님이라는 사실을 전 알고 있어요. 또 주교님이 당신을 다시는 보고 싶어 하지 않으셨다는 사실도 알고 있어요……."

그는 과거에서 올라오는 듯한 아득한 목소리로 나지막이 말했다.

"그래요, 아버지는 어머니를 무척 사랑하셨어요. 전 이 세상에 태어나면서 어머니를 죽인 죄인이죠……. 가족의 무시 속에서 저를 키워 주신 분은 바로 외가 친척 분이셨어요. 그분은 당신의 보살핌에 맡겨진 가난한 아이처럼 저를 엄하게 키우셨죠. 저는 한참 후에야 진실을 알게 되었어요. 겨우 2년 전의 일이었죠……. 하지만 그 사실에 놀라지 않았어요. 제 배경에 이런 커다란 재산이 있다는 것을 이미 느끼고 있었거든요. 모든 규칙적인 노동은 저를 귀찮게 했고, 제게는 그저 들판을 뛰어다니는 것이 잘 어울렸죠. 그러고는 우리의 소중한 성당 그림 유리창에 대한 열정이 내면에서 일어났어요……."

그녀가 웃었다. 그러자 그도 즐거웠다.

"전 당신처럼 노동자예요. 이 모든 돈이 제게 쏟아진 것은 유리창을 채색하면서 생활비를 벌리라고 이미 결심하고 난 때였죠……. 그 신부님이 저는 악마이고 절대 성직위계 속으로는 들어가지 않을 것이라고 편지를 쓰셨고, 그러자 아버지는 엄청난 슬픔과 번뇌를 드러내셨죠! 성직자가 된 제 모습을 보는 것이 당신의 확고한 의지였거든요. 아마 제가 그렇게 됨으로써 어머니를 살해한 죄를 갚게 될 것이라고 생각하셨던 게지요. 하지만 아버지는 포기하셨고, 저를 당신 곁으로 다시 부르셨어요……. 아!

사는 것, 사는 것이 얼마나 행복한지요! 사랑하고 사랑받기 위해
사는 것!"

그 외침 속에서 건강하고 순결한 그의 젊음이 강렬한 감동으로
전율했고, 그 동요로 인해 고요한 밤이 미세하게 떨렸다. 거기에
는 열정이 있었다. 그의 어머니의 사망 원인도, 신비에서 피어난
그 첫사랑에 그를 빠뜨린 것도 바로 열정이었다. 그의 아름다움,
충실함, 무지, 그리고 삶에 대한 왕성한 욕망, 그의 모든 격정이
그것에 귀착되었다.

"저도 당신과 같았어요. 기다렸죠. 그리고 밤에 당신이 창문에
나타났을 때 저 또한 당신을 알아보았어요······. 당신이 어떤 꿈
을 꾸었는지 말해 줘요. 우리가 만나기 이전 당신의 삶에 대해 얘
기해 줘요······."

그러나 그녀는 다시 그의 입을 막았다.

"아뇨, 그보단 당신에 대해 얘기하고 싶어요. 오직 당신에 대해
서만. 당신에 대해 모든 걸 알고 싶어요······. 전 당신에게 어마어
마한 애착심을 갖고 있어요. 전 당신의 전부를 사랑해요!"

그를 알게 되었다는 기쁨에 도취된 그녀는 예수의 발아래 몸을
굽힌 성녀처럼 열렬히 숭배하는 마음으로 그의 말을 하염없이 듣
고 싶어 했다. 어떻게 서로 사랑하게 되었는지, 얼마나 서로 사랑
하는지, 그들은 같은 얘기를 한없이 반복하면서도 지칠 줄 몰랐
다. 비슷한 낱말이 되돌아왔지만 그것은 헤아릴 수 없이 깊은 예
기치 않은 의미를 떠올리며 언제나 그들에게 새롭게 들렸다. 그는
그녀가 오직 목소리만으로 그를 매혹시켜 버렸고, 그것이 너무도

감동적이어서 그녀의 목소리를 듣는 것만으로도 그녀의 노예가 되어 버렸다고 고백했다. 그녀는 그토록 새하얀 그의 피부가 아주 조그만 분노만으로 진홍색으로 물들어 버리면 그녀 자신은 또 얼마나 감미로운 두려움에 빠지게 되는지 고백했다. 그리고 이제 그들은 서로 허리를 껴안은 채 안개 낀 셔브로트 개울가를 떠나 키 큰 느릅나무의 캄캄한 숲 속으로 들어갔다.

"오! 이 정원이야." 울창한 나뭇잎에서 떨어지는 서늘함을 맛보며 앙젤리크가 중얼거렸다. "몇 년 전부터 이곳에 들어오고 싶었어요……. 그런데 당신과 함께 제가 여기 이렇게 있어요. 제가 여기 이렇게 있어요!"

그녀는 어디로 가고 있는지 그에게 묻지 않았다. 수백 년 넘은 나무의 캄캄한 숲 속에서 그녀는 그의 품에 자신을 완전히 내맡겼다. 발아래 땅은 부드러웠고, 아주 높은 나뭇잎의 궁륭은 교회에서처럼 까마득히 솟아 있었다. 소리 하나, 숨소리 하나 들리지 않고 오직 그들의 심장이 뛰는 소리만 들릴 뿐이었다.

마침내 그가 한 작은 집의 문을 밀며 말했다.

"들어와요. 이곳이 제가 사는 집이에요."

그의 아버지는 그를 정원 깊숙이 외진 그곳에 묵게 하는 것이 좋겠다고 생각했다. 아래층에는 커다란 응접실이 있었고, 주거 공간은 전부 위층에 배치되어 있었다. 램프가 1층의 넓은 공간을 비추고 있었다. 그가 미소를 머금은 채 말을 계속했다.

"보다시피 당신은 한 장인의 집에 와 있어요. 이곳이 바로 제 아틀리에예요."

과연 아틀리에라 할 만했다. 직업상 유리 채색에 관심이 있는 한 부유한 젊은이의 변덕스러운 취향이 그곳에 펼쳐져 있었다. 그는 13세기의 옛 채색 방식을 재발견했고, 그 시대의 궁색한 방식으로 걸작을 만들던 그 최초의 유리 채색공들에 자신도 속한다고 믿을 수 있게 되었다. 녹인 백묵을 바른 옛 탁자만 있으면 그에게는 충분했다. 그는 그 위에서 붉은색으로 그림을 그리고 다이아몬드를 무색케 할 뜨거운 쇠로 유리를 재단했다. 때마침 어떤 그림을 본떠 복원한 조그만 불가마가 발갛게 달아 있었다. 무언가 그 속에서 굽히고 있었다. 성당의 다른 유리창 하나가 복원 중에 있었던 것이다. 상자들 속에도 온갖 색깔의 유리 조각이 있었다. 파란색, 노란색, 녹색, 빨간색, 희미한 색, 벽옥 무늬가 든 색, 흐릿한 색, 어두운 색, 진주모 빛을 살린 색, 강렬한 색, 이 모든 것을 그가 직접 제작해야 했다. 그러나 거실은 아주 훌륭한 천으로 치장되어 있었고, 장식의 화려함 속에는 아틀리에의 면모가 보이지 않았다. 구석에는 그가 서랍장으로 사용하는 조그만 가구 위로 황금으로 도색된 커다란 성모 마리아 상이 붉은 입술로 미소 짓고 있었다.

"그리고 당신은 일을 해요, 당신은 일을 해요!" 앙젤리크가 천진난만하게 재잘거렸다.

그녀는 불가마가 무척 흥미로웠다. 그녀는 그의 작업을 다 설명해 달라고 졸랐다. 어떻게 과거 거장들의 예를 따라 오직 검은색으로만 음영을 준 물감으로 채색된 유리를 사용하는 것으로 만족하는지, 왜 그는 인물들은 작게 윤곽만을 구분 짓는 것에 만족하면서 오히려 그들의 몸짓과 휘장을 강조하는지, 유리에 직접 색깔을 칠하고 유약을 칠하기 시작한 때부터는 사람들이 그림을 더 잘 그림으로써 유리 채색공의 기법은 쇠퇴해 버렸는데, 그는 유리 채색공의 기법에 대해 어떤 생각을 갖고 있는지, 마지막으로 그림 유리창에는 섬세하고 화려한 색깔 다발이 가장 강렬한 색조로 가장 조화로운 질서 속에 배치되어 있는데, 그런 투명한 모자이크 방식만이 유일한 그림 유리창 제작 방식이 되어야 하는지 그의 의견을 물었다. 하지만 그 순간 그녀는 내심 유리 채색공의 예술에 얼마나 무관심했는가! 이 일에는 오직 한 가지 관심만이 있을 뿐이었다. 그에게로 다가가기, 그에게 더욱 몰두하기, 그의 인격체에 의존하는 부속물처럼 존재하기.

"아! 우리는 행복할 거예요. 당신은 유리를 채색하고, 저는 자수를 놓을 거예요."

그는 그녀의 손을 잡았다. 넓은 방 한가운데 그 공간의 대단한 화려함은 그녀의 마음을 편안하게 했고, 그녀의 매력이 한껏 피어나게 될 자연스러운 환경처럼 느껴졌다. 두 사람은 잠시 침묵했다. 그런 다음 그녀가 다시 말했다.

"이제 하게 되는 건가요?"

"무엇 말인가요?" 그가 미소 띤 얼굴로 물었다.

"우리의 결혼식."

그는 잠시 머뭇거렸다. 새하얗던 그의 얼굴이 돌연 붉은색으로 변했다. 그녀는 그것이 불안했다.

"제가 당신을 화나게 했어요?"

그러나 벌써 그는 그녀의 손을 꼭 감싸 쥐고 있었다.

"이루었어요. 수많은 난관에도 불구하고 한 가지 일을 이루기 위해서는 당신이 그것을 강렬하게 원하기만 하면 돼요. 제게는 오직 하나의 존재 이유만이 있을 뿐이에요. 그것은 당신에게 복종하는 거지요."

그러자 그녀의 얼굴이 환하게 밝아졌다.

"우린 결혼할 거예요. 우린 언제까지나 서로 사랑할 거예요. 우린 절대 헤어지지 않을 거예요."

그녀는 추호의 의심도 하지 않았다. 『황금빛 전설』에서 기적이 용이하게 일어났던 것처럼 그렇게 내일 당장 그 일이 이루어질 것이라 믿었다. 아주 하찮은 방해나 아주 짧은 지연조차 결코 생각할 수 없었다. 그들이 서로 사랑하는데 무엇 때문에 사람들이 그들을 떼 놓으려 하겠는가? 사람들은 서로 사랑하면 결혼한다. 그건 너무도 단순했다. 그녀는 어떤 평온한 기쁨을 마음속 깊이 느꼈다.

"약속했어요. 제 손을 쳐요." 그녀가 장난스럽게 말했다.

그는 그녀의 손에 입을 맞추었다.

"약속했어요."

그녀는 새벽이 밝아 올까 걱정되었다. 한시라도 빨리 자신의 비밀을 털어놓고 싶었다. 그녀가 떠나려 하자 그는 바래다주겠다고 제안했다.

"아뇨, 아뇨, 날이 밝기 전에 도착하지 못할 거예요. 집으로 돌아가는 길을 찾을 수 있을 거예요……. 내일 봐요."

"내일 봐요."

펠리시앵은 순종적이 되어 앙젤리크가 떠나는 모습을 바라보는

데 만족했다. 그녀는 어두운 느릅나무 숲 아래로 달렸고, 빛이 흐르는 셔브로트 개울을 따라 달렸다. 벌써 그녀는 정원의 창살문을 넘었고, 클로-마리의 키 큰 풀 사이로 달려갔다. 달리는 동안 그녀는 해가 뜰 때까지 기다릴 수 없을 것만 같았다. 그녀는 곧장 위베르 부부의 방문을 두드리고 그들을 깨워서 모든 사실을 말하는 것이 최선이라고 생각했다. 그것은 행복의 발로였고 솔직함의 반항이었다. 단 5분 동안 자신의 비밀을 침묵하는 것도 불가능할 것 같았다. 그 비밀은 너무도 오랫동안 침묵 속에 있었다. 그녀는 정원으로 들어서면서 문을 닫았다.

그리고 앙젤리크는 저기 성당에 기대어 있는 위베르틴을 발견했다. 위베르틴은 밤새도록 라일락 나무가 듬성듬성 둘러싼 돌 벤치에 앉아 앙젤리크를 기다리고 있었다. 어떤 불안감에 잠이 깬 위베르틴은 위층으로 올라갔고, 문이 열려 있는 것을 발견하고는 짐작했다. 그녀는 일이 심각한 방향으로 전개될까 봐 두려워하며 딸이 어디로 갔는지 알 수 없어 초조하게 기다리고만 있었다.

앙젤리크는 어떤 당혹감도 없이 즉시 위베르틴의 품에 달려갔다. 앙젤리크의 가슴은 희열에 들떠 있었고, 더 이상 아무것도 감출 것이 없다는 기쁨에 웃음 지었다.

"아! 어머니, 이루어졌어요!⋯⋯ 우린 결혼할 거예요. 전 너무도 기뻐요!"

위베르틴은 대답하기에 앞서 우선 앙젤리크를 뚫어지게 바라보았다. 그 투명한 눈과 순수한 입술, 활짝 핀 그 순결함 앞에서 위베르틴의 두려움은 수그러들었다. 이젠 깊은 슬픔만이 위베르틴에게 남아 있을 뿐이었다. 그녀의 뺨 위로 눈물이 흘렀다.

"가엾은 내 딸!" 전날 교회에서처럼 위베르틴이 중얼거렸다.

한 번도 운 적 없는 어머니였다. 앙젤리크는 그렇게 함께 기뻐하지 않는 어머니의 모습에 놀라 외쳤다.

"무슨 일이에요? 어머니, 근심이 있는 게로군요. 맞아요, 제가 나빴어요. 두 분께 감추어 왔어요. 하지만 그게 얼마나 제 마음을 무겁게 했는지 모르실 거예요! 처음에는 말하지 않았어요. 그다음엔 용기가 나질 않았어요……. 절 용서해 주셔야 해요."

앙젤리크는 위베르틴 옆에 앉아서 다정하게 위베르틴의 허리를 안았다. 그 오래된 벤치가 성당의 이끼 긴 구석으로 깊이 가라앉는 듯했다. 그들의 머리 위로 라일락이 그늘을 드리웠다. 그곳에는 앙젤리크가 장미꽃을 피울지도 모른다는 희망으로 심어 가꾸던 찔레꽃이 있었다. 그러나 얼마 전부터 그녀는 그 나무를 돌보지 않았고, 나무는 다시 무성해지며 야생의 상태로 돌아가고 있었다.

"어머니, 모든 걸 말씀드릴게요. 자! 좀 들어 보세요."

그러고는 고갈되지 않는 수많은 말로 아주 사소한 사실을 되살리고 그것에 생기를 불어넣으며 낮은 목소리로 그들의 사랑에 대해 얘기했다. 앙젤리크는 마치 고해를 하듯 기억을 샅샅이 뒤지며 아무것도 잊지 않고 모두 말했다. 그녀는 그렇게 하는 것이 거북하지 않았다. 열정으로 달아오른 피가 그녀의 뺨을 뜨겁게 달구었고, 어떤 자만심의 불꽃이 눈에서 타올랐다. 하지만 그녀는 큰 소리로 말하지는 않았고, 그녀의 목소리는 격정적이었지만 속삭였다.

위베르틴이 마침내 그녀의 말을 가로막았다. 위베르틴 역시 아주 낮은 목소리로 말했다.

"저런, 저런, 넌 벌써 가 버린 거야! 넌 자신의 행동을 고치려고 노력해도 소용없어. 매번 마치 격렬한 바람에 휩쓸리듯 휩쓸려 가 버려……. 아! 자만심만 가득한 것. 아! 격정에나 사로잡혀 버리는 어리석은 것. 넌 여전히 부엌 청소를 거부하고 자신의 손에 입을 맞추는 계집아이일 뿐이야."

앙젤리크는 웃지 않을 수가 없었다.

"아니, 웃지 마. 곧 너는 울려 해도 눈물이 모자랄걸. 이 결혼은 절대 성사되지 않을 거야. 가엾은 내 아가."

그러나 앙젤리크는 기쁨에 들뜬 웃음을 터뜨렸다. 낭랑하고 길게.

"어머니, 어머니, 지금 무슨 말씀을 하시는 거예요? 절 놀리면서 벌하시려는 거죠? 그건 너무도 단순해요! 오늘 저녁, 그가 자기 아버지에게 다 말할 거예요. 내일이면 그는 아버지 어머니와 모든 걸 해결하러 우리 집으로 올 거라고요."

앙젤리크는 정말 그렇게 상상했을까? 위베르틴은 가혹하게 행동해야만 했다. 돈도 없고 가문도 없는 한 어린 자수 공예인이 오트쾨르 가의 펠리시앵과 결혼을 하다니! 5백만 프랑을 가진 젊은 청년이! 그것도 프랑스에서 가장 유서 깊은 가문에 속하는 집안의 마지막 후손이!

그러나 매번 새로운 난관이 떠오를 때마다 앙젤리크는 고요하게 대답했다.

"왜 안 되죠?"

행복의 평범한 조건과는 상관없는 결혼이야말로 진정한 추문일 것이다. 모든 것이 그런 결혼을 막기 위해 일어설 것이다. 그렇다면 앙젤리크는 모든 것에 대항하여 싸울 생각이란 말인가?

"왜 안 되죠?"

주교님은 자신의 이름에 자부심을 갖고 있고, 애정 행각에 대해서는 매우 냉혹하다고 한다. 앙젤리크가 주교님의 마음을 꺾을 수 있을 것이라고 기대하는가?

"왜 안 돼죠?"

앙젤리크는 자신의 신념 속에서 요지부동이었다.

"이상해요, 어머니. 그런 고약한 사람들의 말을 믿다니요! 제가 어머니에게 일이 잘 진행될 것이라고 말하잖아요!…… 두 달 전에는 어머니가 저를 나무라셨어요. 어머니는 제게 농담하셨어요. 기억하시죠. 하지만 제가 옳았어요. 제가 말한 것이 모두 실현되었어요."

"불쌍한 것, 하지만 아직 끝나지 않았어!"

위베르틴은 앙젤리크를 그 정도까지 무지하게 내버려 두었던 것이 후회되어 괴롭고 슬펐다. 비록 말로 다 표현할 수 없을 만큼 곤란한 지경에 빠지는 한이 있더라도 현실의 냉엄한 교훈을 기꺼이 말해 주고 잔인한 일과 가증스러운 세상사를 딸에게 선명하게 설명해 주려는 마음이 그녀인들 어찌 없었겠는가. 훗날 이 아이가 그처럼 고립된 채 꿈의 지속적인 거짓말 속에서 자랐기 때문에 불행해졌다는 사실로 인해 위베르틴이 비난받게 된다면 얼마나 슬픈 일이겠는가!

"이봐라, 애야, 어쨌든 너는 우리 모두의 소망에도 불구하고 그의 아버지의 뜻을 거스르면서 그 청년과 결혼하지는 못할 거야."

앙젤리크는 심각해졌다. 그리고 정면으로 위베르틴을 바라보며 엄숙한 어조로 말했다.

"왜 못하죠? 전 그를 사랑하고 그는 저를 사랑해요."

그녀의 어머니는 두 팔로 그녀를 안고 품으로 끌어당겼다. 그녀 역시 아무 말 없이 몸을 떨며 어머니를 쳐다보았다. 안개에 가려 졌던 달이 성당 뒤로 내려갔고, 해가 뜰 시간이 가까워지면서 증 발하는 안개가 하늘을 연분홍색으로 물들였다. 아침의 순수함 속 에서 두 사람은 신선한 침묵 속으로 젖어 들었다. 오직 잠에서 깨 어나는 새들만이 조그만 소리로 아침 공기를 흔들었다.

"오! 아가, 행복을 만드는 것은 오직 의무와 복종뿐이란다. 우 리는 한순간의 열정과 오만함 때문에 일생을 괴로워한단다. 행복 하게 살고 싶다면 마음을 굽혀라. 포기하고 사라져……."

그러나 위베르틴은 자신의 품속에 있는 딸의 반항을 느꼈다. 그 리고 그녀가 지금까지 한 번도 말하지 않았던 것, 딸에게 말하기 를 주저해 오던 것이 입술에서 새어 나오고야 말았다.

"잘 들어라. 넌 아버지와 내가 행복하다고 믿고 있지? 그래, 어떤 고통이 우리의 삶을 망치지만 않았더라면 우린 행복할 거야……."

그녀는 목소리를 더욱 낮추고는 떨리는 숨결로 그들의 이야기 를 전부 딸에게 들려주었다. 어머니의 반대를 무릅쓴 결혼, 아기 의 사망, 그 잘못에 대한 징벌 속에서도 지속된 새로이 아기를 가 지려는 헛된 욕망. 어쨌든 그들은 서로 극진히 사랑했고, 노동으로 부족한 것 없이 살았다. 그러나 그들은 불행했고, 그들의 노력이 없었더라면, 그의 선량함과 그녀의 분별력이 없었더라면 그들은 틀림없이 그 일로 말다툼을 하면서 지옥 같은 삶을 살았거나 어쩌면 격렬하게 이별했을지도 모른다.

"잘 생각해 봐. 훗날 네게 고통을 줄 수 있는 것은 어떤 것도 너의 삶에 넣어서는 안 돼…… 겸손하고 복종해야 해. 그리고 네 가슴의 피를 침묵시켜야 해."

만신창이가 된 듯한 느낌 속에서 앙젤리크는 창백한 얼굴로 눈물을 억제하며 어머니의 말을 들었다.

"어머니, 어머니는 지금 저에게 고통을 주시는군요……. 전 그를 사랑하고 그는 저를 사랑해요."

앙젤리크는 눈물을 흘렸다. 그녀는 그 고백에 몹시 동요되었다. 어머니가 가여웠다. 그리고 그녀의 눈에는 얼핏 느꼈던 그 숨겨진 진실에 상처 받은 듯 당혹감과 두려움이 서려 있었다. 그러나 그녀는 굴복하지 않았다. 그녀는 자신의 사랑으로 기꺼이 죽을 수도 있을 것이다!

위베르틴은 결심했다.

"나는 그토록 큰 고통을 네게 단번에 일으키고 싶지는 않아. 하지만 넌 알아야만 해……. 어제 저녁, 네가 네 방으로 올라갔을 때 코르니유 신부님께 물어보았다. 난 왜 주교님이 그토록 오랫동안 저항하시다가 아들을 보몽에 불렀는지 알게 되었어……. 그분의 가장 커다란 근심 중 하나가 모든 규칙을 벗어난 삶에 대해 드러내는 그 청년의 성급함, 그 격정이었대. 아들을 사제로 만드는 일을 고통스럽게 포기한 다음 주교님은 자신의 신분과 재산에 어울리는 어떤 일로 아들을 끌어들이는 것조차 이젠 더 이상 기대하지 않으셨대. 아들은 오직 열정적이고 광적인 예술가에 지나지 않을 거야……. 아들이 열정에 사로잡혀 어리석은 행동을 할까 봐 걱정되셔서 아들을 이곳에 오게 하셨대. 곧 결혼도 시킬 겸……."

"그런데요?" 아직 이해하지 못한 앙젤리크가 물었다.

"아들이 이곳에 도착하기 전에 이미 결혼 계획이 서 있었던 거지. 모든 게 결정된 것 같아. 코르니유 신부님이 오는 가을에 그가 부앙쿠르 가문의 클레르 아가씨와 결혼하기로 되어 있다고 확언을 해 주시더구나……. 부앙쿠르 저택 알지? 저기, 주교 관저 옆에. 그 집안은 주교님과 아주 가까운 사이란다. 쌍방 모두 가문으로나 재산으로나 그보다 더 좋은 걸 기대할 수는 없다고 생각한 것 같아. 이 결혼에 대해 신부님의 칭송이 이만저만이 아니더라."

앙젤리크는 그 조화의 이유에 더 이상 귀를 기울이지 않았다. 문득 한 이미지가 그녀의 눈앞에 떠올랐다. 클레르의 모습이었다. 겨울날 때때로 그녀 집 정원의 나무 사이로 보이던 그 모습대로, 축제 날 성당 안에서 보았던 그 모습대로 그 처녀가 눈에 선하게 떠올랐다. 갈색 머리의 키가 큰 아가씨였고, 그녀보다 더 화려한 아름다움을 지녔고, 걸음걸이에서도 지체 높은 당당함이 느껴졌다. 그 처녀의 차가운 표정에도 불구하고 그녀가 착하다고들 했다.

"그 키 큰 아가씨와, 그토록 예쁘고 부자인 그 아가씨와 그가 결혼한다……."

앙젤리크는 마치 꿈을 꾸는 듯 그렇게 중얼거렸다. 그런 다음 찢어지는 가슴으로 외쳤다.

"그러니까 그가 거짓말하고 있는 거야! 그는 내게 그 사실을 말하지 않았어."

앙젤리크가 그들의 결혼에 대해 말했을 때 펠리시앵의 뺨이 붉어지며 잠시 주저하던 것이 기억났다. 그 충격이 너무도 컸는지 창백해진 그녀의 머리가 어머니의 어깨 위로 미끄러졌다.

"내 예쁜 귀염둥이, 내 소중한 귀염둥이……. 이건 너무도 잔인해. 잘 알아. 하지만 네가 기대를 건다면 그건 더욱더 잔인해질 거야. 그러니 즉시 칼로 그 상처를 도려내 버려야 한다……. 너의 고통이 깨어날 때마다 너 자신에게 반복해야 한다. 주교님이신 그 무서운 장 12세는 우리처럼 가난한 사람들이 거두어 키운 하찮은 자수 공예인에게 가문의 마지막 자손인 아들을 절대 주지 않을 것이다 하고 말이다."

허탈함 속에서도 앙젤리크는 그 말의 의미를 알아들었고 더 이상 반항하지 않았다. 그녀가 얼굴 위로 스쳐 가는 듯 느꼈던 것은 무엇이었을까? 그것은 멀리 지붕 너머에서 온 어떤 차가운 숨결이었다. 그녀는 피가 얼어붙는 듯했다. 그것은 무분별한 행동을 하는 아이들에게 늑대에 대해 말하듯 그녀에게 말해 주던 그 서글픈 현실, 바로 그 세상의 황폐함이었던가? 그것이 스쳤다는 사실만으로도 그녀는 그것에 대해 어떤 고통을 간직했다. 그러나 그녀는 펠리시앵을 벌써 용서하고 있었다. 그는 거짓말하지 않았다. 그는 그저 말하지 않았을 뿐이다. 그의 아버지가 그 아가씨와 결혼시키려 해도 아마 그는 거부할 것이다. 그는 아직 감히 투쟁을 시작하지 않았을 뿐이다. 그가 아직 아무런 말도 하지 않았으니 어쩌면 투쟁할 결심을 이제 막 했는지도 모른다. 그 첫 번째 좌절 앞에서 삶의 거친 손 자락을 느끼며 핏기 잃은 앙젤리크는 그럼에도 여전히 자신의 꿈에 대한 믿음을 저버리지 않았다. 모든 것은 실현될 것이다. 단지 그녀의 자만심이 쓰러졌을 뿐이다. 그녀는 다시 은총을 기다리는 겸손한 마음가짐으로 되돌아갔다.

"어머니 말씀이 맞아요. 전 죄를 저질렀어요. 다시는 죄를 저지르지 않겠어요……. 반항하지 않겠다고 어머니께 약속드려요. 그리고 하늘이 원하는 사람이 되겠다고 약속해요."

그 순간 그 말은 은총이 하는 것이었다. 승리는 그녀가 자란 환경의 몫으로, 그녀가 그곳에서 받았던 교육의 몫으로 남아 있었던 것이다. 그때까지 그녀를 둘러싼 모든 것이 그녀에게 그토록 친절하고 상냥했는데, 그녀가 그다음 날의 일에 대해 의심할 이유가 어디 있었겠는가? 그녀는 카트린의 지혜와 엘리자베트의 겸손함과 아그네스의 순결함을 간직하고 싶었고, 그 성녀들만이 그녀가 이기도록 도와줄 것이라고 확신하며 성녀들의 지지로 용기를 얻었다. 그녀의 오랜 친구인 성당, 클로-마리, 셔브로트 개울, 위베르 가족과 그들의 서늘한 작은 집, 그녀를 사랑하는 모든 것이 그녀가 행동할 필요도 없이 순종하며 순결하게 있으면 그녀를 보호해 주지 않을까?

"그렇다면 우리의 의지에 반하는 것, 그리고 특히 주교님의 의지에 반하는 것은 어떤 것도 하지 않겠다고 약속해 줄 거니?"

"예, 어머니, 약속해요."

"그 청년을 다시는 만나지 않을 것이며 그와 결혼하겠다는 어리석은 생각을 꿈꾸지 않겠다고 내게 약속하는 거니?"

그 순간 앙젤리크는 마음이 약해졌다. 뒤에 남은 어떤 반항심이 그녀의 사랑을 외치며 그녀를 흥분시킬 뻔했다. 그러나 그녀는 결국 자신을 억제시키고는 고개를 숙였다.

"그를 다시 만나려고 한다거나 그와 결혼하기 위한 어떤 일도 하지 않겠다고 약속하겠어요."

위베르틴은 깊이 감동받았다. 그리고 딸의 순종에 감사하며 절망적으로 딸을 품에 껴안았다. 아! 이 얼마나 참담한 불행인가! 사랑하는 사람들의 행복을 원하면서도 그들에게 고통 받게 하다니! 그녀는 기진맥진한 상태로 돌연 밝아 오는 햇살을 받으며 일어섰다. 아직 하늘에 날아오른 새는 없었지만, 새들의 지저귐은 점점 커져 갔다. 구름이 얇은 박사(薄紗)처럼 걷히면서 하늘은 점점 맑고 투명한 푸른색을 띠어 갔다.

앙젤리크는 자신이 심은 찔레꽃을 무의식적으로 바라보고 있었다는 사실을 깨달았다. 나무는 작고 보잘것없는 꽃을 피우고 있었다. 그녀는 서글프게 웃었다.

"어머니 말씀이 맞아요. 찔레꽃은 장미꽃을 피울 수가 없어요."

10

아침 7시에 앙젤리크는 평소처럼 일을 시작했다. 그리고 다시 여러 날이 흘렀다. 매일 아침 그녀는 그 전날 남겨 두었던 사제복 작업으로 아주 차분하게 돌아왔다. 아무것도 변한 것이 없는 듯했다. 그녀는 자신의 약속을 철저하게 지키며 외출을 삼가고 펠리시앵을 다시 만나려는 노력도 하지 않았다. 그것조차 그녀를 슬프게 하는 것처럼 보이지 않을 정도로 그녀의 얼굴은 젊음이 발산하는 명랑한 모습을 유지했다. 그녀를 응시하고 있는 위베르틴의 놀란 모습과 마주쳤을 때도 그녀는 그저 미소를 지을 따름이었다. 그러나 그 침묵하려는 의지 속에서 그녀는 하루 온종일 오직 그만을 생각했다. 그녀의 희망은 어떤 것으로도 꺾을 수 없는 상태로 남아 있었다. 그녀는 결국 꿈은 실현될 것이라고 확신했다. 그토록 곧고 자만심 강한 의연한 모습을 그녀에게 준 것도 바로 그러한 확신이었다.

위베르는 때때로 그녀를 야단쳤다.

"넌 일을 너무 많이 해. 네 안색이 좀 창백해 보이는구나. 잠은 제대로 자는 게냐?"

"오! 아버지, 나무 기둥처럼 꼼짝 않고 자요! 이렇게 잘 지낸 적이 없었던 것 같아요."

그러나 이번에는 위베르틴이 걱정하며 기분 전환거리를 찾자는 말을 꺼냈다.

"네가 좋다면 우리 모두 문을 다 걸어 잠그고 사흘간 파리로 여행을 가는 것이 어떨까?"

"아! 저런! 그럼, 주문은요, 어머니? 이렇게 일을 많이 하는 게 다 제가 건강하기 때문이라고 했잖아요!"

따지고 보면 앙젤리크는 단순히 기적을 기다리고 있었다. 보이지 않는 존재가 어떤 힘을 발휘하여 그녀를 펠리시엥에게로 보내는 것 말이다. 아무것도 시도하지 않겠다고 약속했거니와, 저 너머의 세계가 언제나 그녀를 위해 작용하고 있는데 구태여 뭔가 행동할 필요가 어디 있겠는가? 따라서 그녀는 의도적으로 소극적인 태도를 취하며 무관심을 가장하면서도 주변에서 느껴지는 가느다란 떨림에, 그녀가 살고 있고 그녀를 구출해 줄 그 환경의 친숙한 작은 소리에 끊임없이 귀를 기울였다. 틀림없이 무엇이 만들어지고 있었다. 그럴 수밖에 없었다. 작업대에 몸을 기울인 채 활짝 열린 창문을 통해 그녀는 나무의 떨림도 셔브로트의 중얼거림도 어느 것 하나 놓치지 않았다. 성당에서 새어 나오는 아주 가는 숨소리가 그녀의 세밀해진 주의력으로 열 배나 더 커져서 전달되었고, 촛불을 끄는 교회지기의 실내화 소리까지 귓전에 들려왔다. 다시

금 그녀는 양옆으로 신비로운 날개의 스침을 느꼈다. 그녀는 미지의 존재의 도움을 받고 있다는 사실을 알고 있었다. 어떤 그림자가 그녀의 귀에 대고 승리의 방법을 더듬더듬 알려 주는 것 같아 문득 고개를 돌릴 때도 있었다. 그러나 시간은 흘렀고 아직 아무것도 오지 않았다.

앙젤리크는 밤이면 스스로 한 맹세를 저버리지 않기 위해 우선 발코니로 나가는 일을 금했다. 펠리시앵이 아래에 와 있다는 사실을 알게 되면 다시 그를 만나러 내려갈지도 모른다는 두려움 때문이었다. 그녀는 자신의 방 한구석에서 기다렸다. 그런 다음 나뭇잎이 깊은 잠에 빠져 전혀 움직이지 않자 그녀는 위험을 무릅쓰고 다시 어둠 속을 찾기 시작했다. 기적은 어디서 만들어지는 것일까? 아마도 주교 관저의 정원에서 어떤 뜨거운 손이 그녀에게 오라는 신호를 보낼 것이다. 어쩌면 그 신호는 성당에서부터 올지도 모른다. 그러니까 오르간이 웅장하게 울리면서 제단으로 그녀를 부를 수도 있지 않을까. 어떤 일이 벌어져도 그녀는 놀라지 않을 것이다. 『황금빛 전설』의 비둘기들이 축복의 말씀을 가져와도, 성녀들이 벽을 통과해 들어와 주교님이 그녀를 알고 싶어 하신다는 소식을 그녀에게 알려 준다 해도 그녀는 놀라지 않을 것이다. 그녀에게는 오직 한 가지 사실만이 놀라울 뿐이었다. 그것은 기적이 너무도 더디게 일어난다는 것이었고, 그녀의 놀람은 날이 갈수록 커져 갔다. 그렇게 날이 지나가듯 아무것도, 아무것도 아직 드러나지 않는 가운데 밤도 그렇게 밤을 이어 갔다.

앙젤리크를 더욱더 놀라게 한 것은 두 번째 주가 지난 다음에도 펠리시앵을 다시 보지 못했다는 사실이었다. 그녀는 그에게 다가가기 위해 어떤 것도 시도하지 않겠다는 약속을 했다. 그러나 말로 표현하지는 않았지만 그녀는 그라면 그녀에게 다가오기 위해 무엇이든 다할 것이라고 내심 기대했다. 하지만 클로-마리는 텅비어 있었다. 그는 더 이상 야생 풀밭을 지나가지도 않았다. 보름 동안 밤이 새도록 그녀는 한 번도 그의 그림자를 보지 못했다. 그러나 그것이 그녀의 믿음을 흔들지는 못했다. 그가 오지 못한다면 그것은 그가 그들의 행복을 위해 일을 꾸미는 데 몰두해 있기 때문일 것이다. 그녀의 놀람은 새로이 떠오르는 불안까지 가세하며 점점 커져 갔다.

마침내 어느 날 저녁, 그들 자수 공예인 가족의 저녁 식사는 우울했다. 급하게 장을 봐야 한다는 핑계로 위베르가 외출했으므로 위베르틴은 앙젤리크와 홀로 부엌에 남게 되었다. 오랫동안 위베르틴은 젖은 눈으로 딸을 바라보았다. 그녀는 딸의 용기가 가상하게 여겨졌다. 보름 동안 그들은 그 감당하기 어려운 일에 대해 한마디도 하지 않았지만, 그녀는 맹세를 지키기 위한 그 충실한 마음가짐과 정신적인 힘에 감동받았다. 어떤 정겨운 마음이 급작스레 솟아오르며 그녀는 두 팔을 벌렸다. 그리고 딸은 그녀의 가슴으로 달려갔다. 모녀는 말없이 서로 깊이 포옹했다.

그런 다음에야 위베르틴은 말문을 열 수 있었다.

"아! 내 가엾은 딸, 너와 단둘이 있을 수 있는 기회를 기다렸어. 넌 알아야 해…… . 모든 것은 끝났어. 끝이 났어."

격정에 사로잡힌 앙젤리크는 벌떡 일어나며 소리쳤다.

"펠리시앵이 죽었어요!"

"아니야, 아니야."

"그가 오지 않는다면 그건 그가 죽었기 때문이에요!"

그러나 위베르틴은 모든 것을 설명해야만 했다. 행렬 다음 날 그녀는 주교님의 허락을 받아 내지 못하는 한 다시는 나타나지 않겠다는 맹세를 요구하기 위해 그를 만났다. 그녀가 두 사람의 결혼이 불가능하다는 사실을 알고 있었기 때문에 그것은 최후통첩이나 다름없었다. 쉽게 믿고 순진하기만 한 가엾은 여자 아이를 결혼할 수도 없으면서 위험에 빠뜨리는 나쁜 행동을 그가 저질렀음을 그녀가 지적하자 그는 몹시 당황했다. 그러고는 그 역시 차라리 비열해지는 한이 있어도 그녀를 다시 만나지 못한다면 슬퍼서 죽게 될 것이라고 외쳤다. 바로 그날 저녁 그는 아버지에게 자신의 심정을 고백했다.

"자 봐라, 너는 용기 있는 아이니까 네게 아무런 유보 없이 말할 수 있는 것이다……. 아! 사랑스러운 내 딸아, 넌 알고 있니? 네 가슴이 터질 듯한데도 네가 용기를 잃지 않고 그토록 의연하게 버티고 있다고 느끼면서 내가 얼마나 너를 가엾게 생각하는지, 또 내가 너에 대해 얼마나 감탄하는지! 하지만 넌 아직도 더 많은 용기가 필요해, 많이, 많이……. 오늘 오후에 코르뉘유 신부님을 만났어. 모든 게 끝장이야. 주교님이 원하질 않으신대."

위베르틴은 눈물을 펑펑 쏟는 광경을 상상했다. 그러나 그녀는 너무도 창백한 얼굴로 조용히 다시 앉는 딸의 모습에 놀랐다. 해묵은 떡갈나무 식탁은 식사가 끝난 다음에 치워졌고, 램프 하나가 그 고색창연한 부엌을 비추고 있었고, 주전자의 미세한 떨림만이 그곳의 평화를 흩트릴 뿐이었다.

"어머니, 아무것도 끝나지 않았어요……. 제게 얘기해 줘요. 그건 제 일이니까 저도 알 권리가 있어요, 그죠?"

위베르틴은 신부로부터 들은 얘기 가운데 몇몇 세부적인 사실은 건너뛰고 그 무지한 아이에게 삶을 계속 감추면서 들려줘도 될 것이라 여겨지는 것만을 추려서 말해 주었고, 앙젤리크는 어머니의 말을 주의 깊게 들었다.

주교는 아들을 자신 곁에 부른 뒤로 혼란 속에서 살고 있었다. 아내가 죽은 그다음 날 아들을 자신에게서 멀리 떼 버린 뒤 아들을 알려고 하지 않으면서 20년을 보낸 다음, 그는 젊음의 힘과 싱싱함을 발산하는 아들을 보게 되었다. 아들은 아내와 같은 나이에 아내의 아름다운 금발까지, 바로 그가 그토록 애타게 그리워하던 여인의 살아 있는 초상화였다. 어머니의 목숨을 대가로 치른 아이에 대한 그 원망, 그 기나긴 유배는 또한 어떤 신중함의 발로이기도 했다. 그 사실을 그는 이제 와서야 어렴풋이 깨달았고, 자신의 의지를 재고한 것을 후회했다. 연륜도, 기도로 보낸 20년이란 세월도, 그의 내면에 강림하신 하느님도, 아무것도 과거의 그 남자를 죽이지는 못했던 것이다. 그리고 그토록 극진하게 사랑했던 아내의 몸이, 그녀의 몸에서 태어난 그 아들이 파란 눈에 웃음을 머금고 일어서는 것만으로도 그의 가슴은 터지도록 뛰었다. 마치 죽은 여인이 다시 살아난 듯했기 때문이다. 그는 주먹으로 가슴을 쳤다. 아무런 효력도 발휘하지 못하는 고행 속에서 흐느끼면서 여인의 몸을 맛보았고, 그녀의 혈연을 간직한 자들에게 성직자의 지위를 금해야 할 것이라고 외쳤다.

친절한 코르니유 신부는 손을 떨며 위베르틴에게 그 사실에 대해 아주 낮은 목소리로 얘기했다. 신비에 싸인 소문이 돌아다녔다. 사람들은 주교가 황혼 무렵부터 칩거한다고 수군거렸다. 그것은 눈물과 탄식이 쏟아지는 투쟁의 밤이었고, 그 격렬함은 비록 벽을 둘러친 휘장 속에 파묻혔지만 주교의 관저에 있는 사람들을 무섭게 했다. 그는 열정을 망각 속에서 길들였다고 믿었다. 하지만 그것은 전설적인 장수들의 후손인 그 모험적인 남자 속에, 과거의 그 끔찍한 남자 속에 폭풍우 같은 격정과 함께 되살아났다. 매일 저녁 그는 무릎을 꿇고 고행자의 거친 옷에 살갗이 벗겨진 채 그 그리운 여인의 유령을 쫓아내려 무진 애를 쓰며 이제는 한 줌의 먼지가 되었을 그녀를 관에서 불러냈다. 그리고 그녀가 살아서 일어났다. 꽃과 같은 감미로운 싱싱함을 지니고, 그가 이미 원숙한 남자로서 미치도록 사랑했던 그 젊디젊은 여성의 모습 그대로. 고통은 그녀가 죽은 바로 다음 날처럼 다시 생생해졌다. 그는 그녀를 그에게서 앗아 가 버린 하느님에 대해 가졌던 바로 그 반항심을 품고 그녀에 대한 그리움에 울었고 그녀를 욕망했다. 그의 격정은 새벽이 되어서야 가라앉았다. 그때 그는 그 자신에 대한 경멸과 세상에 대한 혐오 속에서 지쳐 있었다. 아! 신의 사랑이 주는 평화는 소멸되어 버렸다. 그것으로 되돌아가기 위해 그는 열정을, 그 사악한 짐승을 으깨어 죽이고 싶었을 것이다!

주교가 자신의 방에서 나오는 때는 냉엄한 태도를 되찾은 다음이었다. 그의 얼굴은 창백했던 흔적으로 거의 눈에 띄지 않을 정도로 파리했지만 고요하고 거만했다. 펠리시앵이 심경을 고백한 날 아침, 그는 침묵 속에서 아들의 말을 들었고, 자신을 제어하는 엄청난 노력 덕택으로 그의 몸에는 어떤 떨림도 일어나지 않았다. 그는 아들을 바라보았다. 너무도 젊고 너무도 아름답고 너무도 열렬한 아들을 바라보며 그 사랑의 광기 속에서 과거의 자신을 다시 보는 듯하여 그의 가슴은 엄청난 충격에 사로잡혔다. 그 자신에게 그토록 격심한 고통을 안겨 준 것은 더 이상 원한이 아니었다. 그것은 그런 아픔을 아들만은 겪지 않도록 해야 한다는 냉엄한 의무에 대한 확고부동한 의지였다. 그는 자신에게서 그러기를 원했던 것처럼 아들에게서 열정을 죽일 것이다. 아들의 허무맹랑한 이야기는 그를 불안하게 만들고야 말았다. 이럴 수가! 자수 공예인에 불과한 보잘것없는 계집아이가, 이름도 없는 한 가난한 계집아이가 달빛 아래에서 『황금빛 전설』 속의 가녀린 처녀로 변모하여 꿈속에서 지극한 사랑을 받다니! 그의 대답은 단 한마디였다. 절대 안 돼! 펠리시앵은 그의 무릎에 쓰러져서 애원하며 앙젤리크를 사랑하는 이유의 정당함을 토로했다. 그때까지 펠리시앵은 오직 경외감 속에서만 아버지에게 다가갈 수 있었다. 그 성스러운 인격에 감히 눈을 들지도 못한 채 아버지에게 자신의 행복에 반대하지 말아 달라고 그저 간청할 따름이었다. 유순한 목소리로 그는 사라지겠다는 제안까지 했다. 아내를 데리고 아무도 그들을 찾지 못할 머나먼 곳으로 떠나겠다고, 그리고 그의 모든 재산을 교회에 헌납하겠다고 했다. 그는 익명으로 살면서 오직 사랑받고 사랑하기만을 원할 뿐이었다. 전율이 주교를 뒤흔들었다. 그러나 그는 이미 부앵쿠르 가와 약속했고, 절대로 그 약속을 철회하지 않을 작정이었다. 소진한 펠리시앵은 격분이 치솟아 오르는 것을 느꼈다. 그는 자신의 들끓는 피가 주교에게 대놓고 반항하게 하여 신성 모독으로 내몰릴 것이 두려워 황급히 그 자리를 떠났다.

"얘야, 왜 그 청년을 더 이상 생각하지 말아야 하는지 잘 알았지? 넌 주교님의 의지에 반하여 행동할 생각은 하지 않으리라 믿는다…… 난 이 모든 것을 예상했단다. 하지만 난 이 점에 대해 실제 사건이 말해 주기를 원했다. 난관이 나에게서 비롯되기를 바라진 않았기 때문이지."

앙젤리크는 모아 쥔 두 손을 무릎 위에 떨군 채 담담한 표정으로 위베르틴의 말을 들었다. 그녀의 눈꺼풀은 거의 움직이지 않았다. 고정된 그녀의 시선은 펠리시앵이 주교의 발아래 무릎을 꿇고 넘치는 사랑으로 그녀에 대해 말하는 장면을 보고 있었다. 그녀는 즉시 대답하지 않았다. 그녀는 부엌의 생기 없는 평화 속에서 곰곰이 생각했다. 주전자의 물 끓는 소리는 더 이상 귀에 들어오지도 않았다. 그녀는 시선을 아래로 내리깔며 자신의 손을 바라보았다. 램프의 불빛이 그녀의 손을 아름다운 상앗빛으로 물들이고 있었다. 불굴의 신념을 머금은 미소가 그녀의 입술 위로 떠올랐다. 그녀는 간단하게 말했다.

"주교님이 절 거부하신다면 그건 그분께서 저를 알 때까지 기다리신다는 뜻이죠."

그날 밤 앙젤리크는 거의 잠을 자지 못했다. 주교가 그녀를 본다면 그의 마음이 달라질 것이라는 생각이 뇌리에서 떠나지 않았다. 거기에는 여성으로서의 어떤 개인적인 허영심도 없었다. 그녀는 사랑이 전지전능한 것만 같았다. 그녀는 펠리시앵을 그토록 강렬하게 사랑하고 있으니 그들의 사랑은 틀림없이 명백하게 드러날 것이고, 그의 아버지는 그들을 불행하게 하려고 고집 부리지는 못할 것이라 생각했다. 커다란 침대 속에서 그녀는 스무 번도 넘게 몸을 뒤척이며 그런 생각을 반복했다. 주교님이 그녀의 감은 눈앞으로 지나갔다. 어쩌면 그녀가 기다리는 기적이 주교님 안에서, 그리고 주교님을 통해 일어나지는 않을까. 더운 밤은 바깥에서 잠자고 있었고, 그녀는 목소리를 듣기 위해, 나무와 셔브로트와 성당과 친근한 유령이 사는 그녀의 방을 포함한 그 모든 것이 그녀에게 해 주는 충고를 포착하기 위해 귀를 쫑긋 세웠다. 그러나 그것들은 모호하게 웅얼거릴 뿐 그녀는 어떤 것도 명확하게 알아들을 수 없었다. 그녀가 확신하는 일이 너무도 더디게 진행되는 것에 그녀는 이제 성마름을 느꼈다. 그녀는 잠 속으로 빠져 들며 자신도 모르게 이렇게 말하고 있었다.

"내일, 주교님께 말할 테야."

아침에 잠에서 깨어났을 때 그녀에게는 자신의 행보가 아주 솔직담백하고 필연적으로 보였다. 그것은 천진난만하고 정직한 열정이며, 그 용감함 속에서 뿌듯함을 느끼는 자신감 넘치는 순수함이었다.

그녀는 매주 토요일 오후 5시경에 주교가 오트쾨르 예배당에 예배드리러 간다는 사실을 알고 있었다. 그곳에서, 그의 가문과 그 자신의 과거가 깃든 그곳에서 그는 그의 사제단 전체가 존중해 주는 고독을 찾으며 홀로 기도하기를 좋아했다. 때마침 토요일이었다. 그녀는 급히 결정을 내렸다. 아마도 주교 관저에서는 그녀를 받아 주지 않을 것이다. 게다가 그곳에는 언제나 사람들이 있으니 그녀가 차분함을 잃을지도 모른다. 반면 예배당에서 기다리다가 주교가 나타났을 때 곧장 자신의 이름을 알리는 일은 너무도 쉽고 간단했다. 그날 그녀는 평소와 다름없는 정성과 평정심으로 수를 놓았다. 그녀는 자신의 의지로 확고한 결심을 했고 잘 행동하리라는 확신을 갖고 있었으므로 전혀 흥분하지 않았다. 그리고 4시가 되자 동네로 장을 보러 나가는 것처럼 옷을 입고 간단히 정원에서 쓰는 모자를 쓴 다음 대충 끈을 묶었다. 그녀는 왼쪽으로 돌았다. 성 아그네스 문의 두꺼운 문짝을 밀쳤다. 문은 그녀 뒤로 소리 없이 원래 자리로 되돌아갔다.

교회는 텅 비어 있었다. 성 요셉 예배당의 한 고해실 밖으로 검은 치맛자락이 밖으로 흘러나와 있는 것으로 보아 그곳에만은 어떤 여성 고해 신도가 있다는 사실을 알 수 있었다. 그때까지만 해도 앙젤리크는 침착함을 잘 유지했지만, 성스럽고 차가운 그 고독한 공간 속으로 들어서자 떨기 시작했다. 자신의 미세한 발소리가 끔찍하게 울려 퍼지는 듯했다. 가슴이 왜 이리 죄어드는 것일까? 그녀는 자신이 아주 강하다고 믿었다. 자신에게도 행복해지고 싶어 할 권리가 당연히 있다는 생각을 하면서 그녀는 하루 온종일을 아무런 동요 없이 잘 보냈지 않았는가! 그런데 그녀는 갈피를 잡을 수 없었고, 그저 죄를 지은 여자처럼 창백해졌다! 그녀는 오트쾨르 예배당까지 은밀하게 들어갔고, 그곳에서 창살문에 기대어 몸을 지탱해야만 했다.

그 예배당은 아득한 옛날에 지은 로마네스크 양식의 성당 후진에 위치한 가장 구석지고 가장 어두운 곳에 속했다. 좁고 아무런 장식이 없는 그 공간은 소박한 모서리로 각을 이루는 낮은 궁륭으로 인해 바위 속을 깎아 지은 지하 묘소를 연상시켰다. 그곳에는 오직 성 조르주의 전설이 그려진 그림 유리창을 통해서만 빛이 들었다. 붉은색 유리와 푸른색 유리가 색조를 지배하며, 라일락꽃 색깔의 어슴푸레한 연보랏빛을 만들어 놓았다. 희고 검은 대리석 제단에는 아무런 장식 없이 그리스도 상과 한 쌍의 촛대만 있어서 마치 무덤처럼 보였다. 그리고 나머지 벽은 위에서 아래로 박아 넣은 묘석으로 뒤덮여 있었다. 돌은 세월이 갉아먹었으나, 그 속에 깊이 새긴 글씨는 아직 읽을 수 있었다.

앙젤리크는 억눌린 가슴을 안고 가만히 기다렸다. 교회지기가 지나가는 소리가 들렸다. 그러나 창살문 안에 기대선 그녀의 모습에는 관심조차 없는 듯했다. 고해실 밖으로 빠져나와 있던 고해 신도의 치맛자락이 여전히 보였다. 그녀의 눈이 어둑한 빛에 익숙해졌다. 그녀는 묘석에 새겨진 글씨를 무의식적으로 응시하다 결국은 문자를 해독하기에 이르렀다. 이름들이 그녀를 사로잡으며 오트쾨르 성의 전설을 일깨워 주었다. 위대한 성주 장 5세, 라울 3세, 에르베 7세. 그녀는 다른 두 이름도 발견했는데, 로레트와 발빈이었다. 이 이름들이 그녀의 혼란스러운 마음을 눈물 나게 감동시켰다. 행복하게 죽은 여인들의 이름이었다. 로레트는 약혼자를 만나러 가다가 달빛 다리에서 떨어졌고, 발빈은 전장에서 죽었다고 믿었던 남편이 귀환하자 너무도 강렬한 기쁨의 충격에 쓰러져 죽었다. 이 두 여인은 모두 밤에 되돌아와 그녀들의 거대한 드레스를 하얗게 휘날리며 성을 감쌌다. 그 성의 폐허에 소풍 갔던 날, 앙젤리크는 희미한 잿빛 황혼 속에서 그녀들이 성탑 위로 떠다니는 것을 보지 않았는가? 아! 그녀들처럼 자신 또한 실현된 꿈의 행복 속에서 기꺼이 죽으리라!

어떤 거대한 소리가 궁륭 아래 울려 퍼지며 그녀를 소스라치게 했다. 성 요셉 예배당의 고해실에서 사제가 나오며 문을 다시 닫고 있었다. 그녀는 그 여성 고해 신도가 벌써 사라져 보이지 않는 것에 놀랐다. 그리고 그 사제마저 제의실을 통해 사라졌을 때 그녀는 드넓은 교회의 고즈넉한 공간 속에 그야말로 혼자가 된 듯했다. 낡은 고해실의 녹슨 쇠붙이가 덜컹거리며 내던 천둥 같은 그소리에 그녀는 주교가 다가오고 있다고 믿었다. 그녀가 그를 기다린 지도 벌써 반 시간이 다 되었다. 그러나 그녀의 마음속에 일렁이는 동요가 시간 개념을 앗아 가 버렸으므로 그녀는 그것을 전혀 의식하지 않았다.

그러나 또 다른 이름이 그녀의 시선을 멈추게 했다. 필리프 르벨의 소망을 이루기 위해 촛불을 꼭 쥐고 팔레스타인으로 떠났던 펠리시앵 3세였다. 그녀의 가슴이 뛰었다. 고개를 드는 펠리시앵 7세의 젊은 얼굴이 그녀의 눈에 어른거렸다. 그 모든 이들의 후손이자 그녀가 지극히 사랑하고 그녀를 지극히 사랑하는 그 금발 성주의 환영 앞에서 그녀는 자만심과 두려움으로 거의 광란의 지경에 이르렀다. 그녀는 기적의 실현을 위해 그곳에 와 있었다. 하지만 그게 가능한 일일까? 그녀 앞에는 지난 세기에 만들어진 좀 더 최근의 대리석 판이 있었다. 그녀는 거기에 검은 글씨로 새겨진 내용을 어렵지 않게 읽을 수 있었다. 노르베르, 루이, 오지에, 오트쾨르 후작, 미랑드와 루브르의 왕자, 페리에르와 몽테귀와 성 마르크, 그리고 빌마뢰이 백작, 콩브빌 남작, 모랭빌리에의 성주, 왕의 제4순위 기사, 왕립 군대의 중위, 수렵부의 총지휘관 직과 멧돼지 사냥 장비를 갖춘 노르망디의 총독. 펠리시앵의 할아버지의 작위들이었다. 그녀는 노동자 신분의 옷을 입고 있었고, 손가락은 바늘 상처로 얼룩져 있었다. 그녀는 그런 모습으로 그 망자의 손자와 결혼하기 위해 그곳으로 왔다. 너무도 단순하게.

타일 바닥을 스칠 듯 말 듯한 가벼운 소리가 들렸다. 그녀는 뒤돌아섰다. 그리고 주교를 보았다. 상상과는 달리 아무런 충격 없이 이루어진 그 소리 없는 만남에 그녀는 망연했다. 그는 예배당 안에 이미 들어와 있었다. 그는 아주 키가 크고 아주 고상했으며, 약간 높은 콧날에 얼굴은 창백했고, 찬란한 두 눈은 과거의 젊음을 간직하고 있었다. 그녀가 검은 창살문에 기대서 있었던 탓에 그는 처음에는 그녀를 보지 못했다. 그다음 그가 제단으로 몸을 기울이려 할 때 그녀가 그 앞에 다가와 무릎을 꿇자 그는 비로소 그녀를 알아보았다.

앙제리크는 무릎이 휘청거렸다. 그리고 존경과 공포로 기운이 빠져 버린 상태로 무릎을 꿇었다. 그는 그녀에게 하느님 아버지처럼, 그녀 운명의 절대적인 주인처럼 느껴졌다. 그러나 그녀는 용기를 내어 지체 없이 말했다.

"오, 주교님, 제가 왔습니다⋯⋯."

그는 굽히던 몸을 일으켰다. 그는 그녀를 기억했다. 행렬이 있던 날 어느 창가에 앉아 있었고, 교회 안에서 의자 위에 서 있던 그 소녀, 당신의 아들을 미치게 한 그 어린 수놓는 소녀였다. 그는 어떤 말도, 어떤 몸짓도 하지 않았다. 그저 꼿꼿이 서서 거만하게 기다릴 뿐이었다.

"오 주교님, 주교님께서 저를 보실 수 있도록 제가 왔습니다. 주교님은 저를 거부하셨지만 그것은 단지 저를 모르시기 때문이라 생각했습니다. 제가 여기 왔습니다. 저를 내치시더라도 먼저 저를 봐 주십시오. 저는 사랑하고 사랑받는 여자입니다. 이 사랑 밖에서는 아무것도 아닙니다. 그저 이 교회 문 앞에서 주워 기른 한 가난한 아이에 불과합니다⋯⋯. 주교님은 발아래 저를 보고 계십니다. 제가 얼마나 작고 연약하고 보잘것없는지 보십시오. 그러니 제가 주교님의 마음을 불편하게 한다면 저를 물리치시는 것은 쉬울 것입니다. 저를 파괴시키기 위해서는 손가락 하나를 들어 올리시기만 하면 됩니다⋯⋯. 하지만 얼마나 많은 눈물을 흘리게 될까요! 사람들은 고통 받는다는 사실을 알아야 합니다. 그러면 사람들은 자비심을 갖게 됩니다⋯⋯. 주교님, 저는 저 자신의 명분을 옹호하고 싶었습니다. 저는 무지한 계집아이입니다. 저는 오직 제가 사랑하고 또 사랑받고 있다는 사실만을 알고 있을 따름입니다⋯⋯. 사랑하는 것, 사랑하고 그것을 말하는 것! 그것으로는 충분하지 않습니까?"

그녀는 계속 말했고 그녀의 문장은 한숨으로 끊겼다. 그녀는 커져 가는 열정을 순진하게 터뜨리며 자신의 모든 것을 고백했다. 바로 사랑이 고백하고 있던 것이다. 그녀는 순결했기 때문에 그렇게 용기를 낼 수 있었다. 그녀는 숙였던 고개를 조금씩 들었다.

"우린 서로 사랑합니다, 주교님. 어떻게 그런 일이 일어났는지 아마 그가 주교님께 설명했을 것입니다. 전 아직 스스로 대답을 찾지 못한 질문을 저 자신에게 던집니다⋯⋯. 우리는 서로 사랑합니다. 그리고 그것이 죄라면 용서해 주십시오. 왜냐하면 그것은 멀리서, 우리를 둘러싸고 있는 나무와 돌에서 왔기 때문입니다. 제가 그를 사랑한다는 사실을 알았을 때 그를 더 이상 사랑하지 않기에는 너무 늦었다는 사실을 깨달았습니다⋯⋯. 이제 와서 그 사랑을 멈추게 하기를 원하는 게 가능할까요? 주교님은 그를 주교님 댁에 가두어 두실 수 있습니다. 그를 다른 곳에 결혼시키실 수도 있습니다. 하지만 주교님은 그가 저를 사랑하지 않게 하실 수는 없을 것입니다. 그가 없으면 제가 죽게 되듯이 그는 제가 없으면 죽을 것입니다. 그가 제 곁에 없을 때도 그가 여전히 제 곁에 있으며, 서로 가슴을 가져갈 것이므로 우리는 더 이상 헤어지지 않을 것이라는 걸 저는 너무도 명백하게 느낍니다. 그를 다시 보기 위해서라면 저는 눈을 감기만 하면 됩니다. 그가 제 안에 살아 있기 때문이지요⋯⋯. 주교님께서는 그렇게 결합된 저희를 무참히 갈라놓으려 하십니까? 주교님, 저희의 결합은 신성합니다. 저희가 서로 사랑하는 것을 막지 말아 주십시오."

주교는 그녀를 바라보았다. 하찮은 노동자 옷을 입은 그녀의 모습이 꽃다발에서 피어나는 향기처럼 너무나 신선하고 너무나 소박했다. 그는 그녀가 가슴을 파고드는 매력적인 목소리로, 점점 더 확고한 어조로 자신의 사랑의 찬송가를 읊는 것에 귀를 기울였다. 그러나 전원풍의 모자가 그녀의 어깨 위로 흘러내렸고, 빛나는 머리카락이 섬세한 황금색으로 그녀의 얼굴에 후광을 드리웠다. 그녀는 옛 미사경본에 나오는, 연약하고도 원초적인 무엇을 가진, 열정 속으로 존재를 내던진, 열정적이면서 순결한 전설적인 처녀들 중 하나인 것처럼 보였다.

"제게 아량을 베풀어 주십시오, 주교님……. 주교님이 주인이십니다. 우리가 행복하도록 해 주십시오."

그녀는 간청했다. 그리고 너무도 냉정하게 가만히 침묵만 지키고 있는 그의 모습을 보며 그녀는 다시 고개를 숙였다. 아! 그의 발아래에서 격정으로 몸부림치는 이 아이, 그 앞에 숙인 목덜미에서 발산되는 그 젊음의 향기! 그는 과거에 그토록 열렬하게 키스했던 그 사랑스러운 금발 머리카락을 다시 보았다. 그가 20년을 고행에 바친 다음에도 추억으로 그를 괴롭히는 그 여인도 바로 그 향기로운 젊음을 갖고 있었다. 자만심과 백합의 우아함을 지닌 그 목. 그녀가 다시 태어나고 있었다. 그에게 열정에 대해 온화해지기를 간청하며 흐느끼는 것은 바로 그 여인이었다.

눈물이 솟구쳤다. 그러나 앙젤리크는 모든 것을 말하고 싶었다.

"그리고 주교님, 저는 단지 그만을 사랑하지는 않습니다. 저는 그의 이름의 고귀함도, 그의 엄청난 재산의 화려함도 사랑합니다……. 예, 아무것도 아니고 아무것도 가진 게 없는 제가 그의 돈 때문에 그를 원하는 것처럼 보일 수 있다는 걸 알고 있습니다. 그러나 그것은 사실입니다. 제가 그를 원하는 것은 그의 돈 때문이기도 합니다……. 제가 이렇게 말하는 것은 주교님이 저를 아셔야 하기 때문입니다. 아! 저는 그로 인해 부자가 되고 싶어요. 그와 함께 사치의 달콤함과 화려함 속에서 살고, 그로 인해 모든 기쁨을 맛보고, 우리의 사랑에서 자유롭고, 우리 주변에 어떤 눈물도 가난함도 사라지게 하고 싶어요!…… 그가 저를 사랑하게 된 이래 저는 과거의 여왕처럼 금실 은실로 수놓은 화려한 비단옷을 입고 있는 제 모습을 상상합니다. 제 목과 팔목에는 보석과 진주가 흘러내려요. 저는 말과 마차를 갖고 있으며, 시동들을 수행하고 저의 영지에 속하는 숲을 걸어서 산책합니다……. 이 꿈을 꾸지 않으면서 그를 생각해 본 적은 한 번도 없습니다. 저는 저 자신에게 말합니다. 틀림없이 그렇게 될 것이라고. 여왕이 되고 싶은 저의 욕망을 그가 충족시켜 주었습니다. 주교님, 그가 저의 어린 시절의 모든 소망을 충족시켜 줄 것이기 때문에, 그가 동화에 나오는 기적의 황금비를 내려 줄 것이기에 더욱 그를 사랑한다면 저속한 짓일까요?"

그녀는 솔직담백함 속에서 매력적이고 위엄 있는 공주의 표정으로 당당하게 상체를 일으켰다. 꽃다운 섬세함, 미소처럼 맑은 감동의 눈물. 그녀는 전혀 다른 사람이 되어 있었다. 어떤 열광적인 취기가 그녀에게서 발산되고 있었다. 주교는 그 취기의 온화한 전율이 자신의 얼굴 위로 번져 오는 것을 느꼈다. 그것은 밤이면 그를 기도대에서 흐느끼게 만들던 추억 속에서 그가 느끼던 전율이며, 주교 관저의 경건한 침묵을 탄식으로 흐리게 하던 그 선율이었다. 그 전날에도 그는 새벽 3시까지 번뇌와 싸워야만 했다. 그 사랑의 모험은, 그렇게 휘저어진 열정은 그의 아물지 않는 상처를 더욱 아프게 했다. 그러나 그의 평정한 모습 위로는 아무것도 나타나지 않았고, 그의 요동치는 가슴을 제어하기 위한 싸움의 노력을 배반하는 것은 어떤 것도 떠오르지 않았다. 그에게서 핏방울이 뚝뚝 떨어진다 해도 아무도 그가 피 흘리는 모습을 보지는 못할 것이었다. 그는 그것으로 인해 단지 더욱 창백하고 더욱 말이 없어질 뿐이었다.

굳게 닫힌 그의 고집스러운 침묵은 앙젤리크를 절망시켰고, 그녀는 더욱더 애원했다.

"주교님의 손에 저를 맡깁니다. 저를 불쌍히 여겨 주세요. 저의 운명을 결정해 주세요."

그는 여전히 말이 없었다. 마치 그의 위엄이 그녀 앞에서 더욱더 커진 듯 그녀는 그에게서 공포를 느끼기까지 했다. 측랑은 이미 어두웠고, 꼭대기의 궁륭에 남아 있던 빛마저 소멸되어 갔다. 어둠과 함께 기다림의 불안도 텅 빈 성당 안으로 점점 더 확산되었다. 예배당 안에는 이제 묘석조차 분간하기 힘들었고, 오직 그만이 남아 있었다. 그는 검은 옷을 입고 있었고, 오직 그의 하얗고 긴 얼굴만이 빛을 간직하고 있는 듯했다. 그녀는 주교를 바라보았다. 그의 빛나는 눈이 점점 더 강렬한 광채로 그녀를 응시하고 있었다. 그렇다면 그의 눈을 그렇게 타오르게 한 것은 분노인가?

"주교님, 만약 제가 오지 않았다면 저는 우리의 용기가 부족하여 두 사람을 불행하게 했다는 회한을 영원히 안고 살았을 것입니다……. 말씀해 주세요. 제발 부탁이에요. 제가 옳았다고, 동의한다고 말씀해 주세요."

이 아이와 토론한다는 것이 무슨 소용 있겠는가? 그는 자신이 왜 거부하는지 그 이유를 이미 아들에게 말해 주었고, 그것으로 충분했다. 그가 말하지 않는다면 그것은 아무런 할 말이 없다고 생각했기 때문이다. 그녀가 그것을 이해했을 것이다. 그녀는 그의 손에 입을 맞추기 위해 몸을 더욱 높이 세우려 했다. 그러나 그는 손을 격렬하게 뒤로 물렸다. 창백하던 그의 얼굴이 급작스레 핏기를 띠며 붉어졌다. 그녀는 경악했다.

"주교님…… 주교님……."

마침내 그가 입을 열었고, 오직 한마디만이 터져 나왔다. 그의 아들에게 던진 말이었다.

"절대 안 돼!"

곧이어 그는 그날만큼은 예배도 드리지 않고 떠나갔다. 그의 근엄한 발자국 소리가 후진의 기둥 뒤로 사라졌다.

교회 전체에 감도는 황량한 평화 속에서 앙젤리크는 바닥에 쓰러져 오랫동안 목 놓아 울었다.

11

그날 저녁 식사가 끝나는 대로 부엌에서 앙젤리크는 주교에게 다가가서 했던 말과 그의 거부에 대해 위베르 부부에게 고백했다. 그녀는 아주 창백했지만 아주 침착했다.

위베르는 몹시 흥분했다. 뭐라고! 자신의 소중한 딸이 그 어린 나이에 벌써 고통을 받고 있다니! 딸도 마찬가지로 가슴에 커다란 충격을 받고야 말았다. 그의 눈에 눈물이 가득 고였다. 딸의 열정에 대한 동병상련이었다. 그들은 아주 가벼운 열정의 숨결에도 그토록 쉽게 저 너머의 세계로 휩쓸려 가 버린 것이었다.

"아! 내 소중한 딸, 내 가엾은 딸, 왜 나와 의논하지 않았니? 내가 함께 갔을 텐데, 나라면 주교님의 마음을 꺾을 수 있었을 텐데."

위베르틴이 눈짓으로 그의 말문을 닫았다. 정말이지 그는 무분별했다. 그 불가능한 결혼을 묻어 버리기 위해 그 기회를 잡는 것이 더 낫지 않겠는가? 그녀는 딸을 품에 안고 이마에 따뜻하게 입술을 댔다.

"그러니, 이젠 끝난 거지, 내 딸? 다 끝난 거지?"

처음에 앙젤리크는 알아듣는 것 같지 않았다. 그다음 아득히 먼 곳에서 낱말이 그녀에게 다시 떠오르는 듯했다. 마치 허공에 질문을 던지는 것처럼 그녀는 정면을 바라보았다. 그리고 대답했다.

"아마 그런 거겠죠, 어머니."

실제로 그다음 날 그녀는 작업대에 앉아 평소와 같은 표정으로 수를 놓았다. 그전의 삶이 회복되었고, 그녀는 전혀 고통스러워하는 것 같지 않았다. 게다가 어떤 암시도 없었고, 창문 쪽은 쳐다보지도 않았으며, 얼굴에는 창백한 기운이 겨우 남아 있을 정도였다. 희생이 마무리된 듯했다.

위베르도 그렇게 믿었고, 위베르틴의 현명함에 순응하며 펠리시앵을 멀리하기 위해 노력했다. 아직은 감히 그의 아버지에게 반항하지 못하던 펠리시앵이 격정에 휘말려, 앙젤리크를 다시 만나려는 어떤 시도도 하지 않고 기다리겠던 약속을 더 이상 지킬 수 없는 지경에 이르렀기 때문이다. 펠리시앵은 앙젤리크에게 편지를 썼고, 그들 부부는 그 편지를 가로챘다. 어느 날 아침 펠리시앵이 모습을 나타냈다. 그러나 그를 맞이한 사람은 위베르였다. 그들 사이에 오간 설명은 그들을 모두 절망시켰다. 위베르는 딸이 차분하게 회복되고 있으니 더 이상 지난날의 그 끔찍한 혼란 속으로 그 아이를 다시 내던지지 않도록 중심을 갖고 사라져 주기를 간곡히 부탁했다. 펠리시앵은 다시 고행을 약속했다. 그러나 자신의 말을 철회할 수 없다고 격렬하게 거부했다. 펠리시앵은 여전히 자신의 아버지를 설득할 수 있을 것이라고 기대했다. 그는 기다릴 것이다. 그는 부앵쿠르 가와의 혼사 문제를 그 상태로 내버려 두고, 오직 공개적인 반항을 피할 목적으로 일주일에 두 번 그 집안 사람들과 저녁 식사를 한다고 했다. 펠리시앵은 떠나면서 그가 그녀를 만나지 않는 고통을 감내하는 이유가 무엇인지, 그는 오직 그녀만을 생각할 뿐 그의 다른 모든 행동은 오직 그녀를 쟁취하는 것 외에는 어떤 다른 목적도 없다는 사실을 앙젤리크에게 설명해 달라고 위베르에게 간곡하게 부탁했다.

위베르틴은 남편이 그들의 대화 내용을 얘기해 주었을 때 심각해졌다. 그리고 잠시 침묵한 뒤 말했다.

"그가 전해 달라고 부탁한 내용을 아이에게 다 전할 생각이에요?"

"그래야겠지요."

그녀는 그를 뚫어지게 쳐다보고는 단호하게 말했다.

"양심대로 처신하세요……. 단지 그는 지금 착각하고 있을 뿐이에요. 결국 그는 자기 아버지의 의지에 굴복하고 말걸요. 그리고 우리의 가엾은 딸은 그 일로 죽어나게 되겠죠."

그러자 반박에 부딪힌 위베르는 가득해진 불안으로 망설였다. 그러고는 결국 딸에게 아무 말도 전하지 않기로 결심했다. 게다가 날마다 아내가 앙젤리크의 차분하게 안정된 모습을 확인시켜 주어 그는 조금씩 안심하게 되었다.

"보세요, 상처가 아물고 있잖아요……. 저 앤 잊어 가고 있어요."

그녀는 잊어 가고 있는 것이 아니었다. 그녀는 기다리고 있었다. 그녀 역시 단순하게. 인간의 모든 희망은 죽었다. 희망은 어떤 경이에 대한 기대로부터 되돌아왔다. 하느님이 그녀가 행복하기를 원하신다면 틀림없이 기적이 일어날 것이다. 그녀는 하느님의 손에 자신을 내맡기기만 하면 되었다. 그녀는 새로운 시련을 통해, 주교님을 성가시게 하면서 그의 의지를 억지로 움직이려고 했던 것에 대한 징벌을 받고 있다고 믿었다. 은총이 없다면 신의 피조물인 인간은 허약하고 승리를 거둘 수 없다. 은총을 입으려는 그녀의 욕구는 그녀를 순종하게 했다. 그리고 더 이상 행동하지 않고 그녀 주위로 퍼져 있는 신비로운 힘을 작용하게 놓아두며, 보이지 않는 존재에 의한 구원에 유일한 희망을 걸게 했다. 그녀는 매일 저녁 램프 아래에서 『황금빛 전설』의 옛 판본을 다시 읽기 시작했다. 그리고 순진했던 어린 시절에 그랬던 것처럼 그 책을 덮을 때는 완전히 매료되어 있었다. 그녀는 순결한 영혼의 승리를 위한 미지의 존재의 권능은 무한하다는 사실을 확신하며 어떤 기적에 대해서도 의혹을 품지 않았다.

때마침 성당의 실내 장식공이 주교의 의자를 위해 아주 화려한 자수 공예품을 주문하러 왔다. 1미터 50센티 너비에 3미터 높이의 액자에다 바닥에 나무판자를 대야 했다. 그리고 천에는 왕관을 쓴 실물 크기의 두 천사와 그 아래로는 오트쿠르의 문장을 수놓아야 했다. 그 작품은 얕은 돋을새김 방식을 필요로 했고, 많은 기술과 엄청난 육체적 힘을 요구했다. 위베르 부부는 먼저 거절했다. 그 일이 앙젤리크를 지치게 할 뿐만 아니라, 무엇보다 그 가문의 문장을 수놓는 긴 시간 동안 실을 꿸 때마다 추억이 되살아나 그녀를 슬프게 할까 봐 두려웠기 때문이다. 그러나 앙젤리크는 화를 내며 그 주문을 받아들이려 했다. 매일 아침 아주 놀라운 에너지로 일을 시작하므로 그 일을 맡지 않을 이유가 없다고 했다. 그녀는 몸을 지치게 하는 것이 오히려 행복한 듯했고, 마음의 평정을 찾기 위해 육체를 소진시킬 필요가 있는 것처럼 보였다.

삶은 그 오래된 아틀리에에서 여전히 같은 모습과 같은 리듬으로 계속되었다. 마치 가슴이 한순간도 그곳에서 더 빨리 뛰었던 적이 없었다는 듯. 위베르는 작업대에서 부산하게 움직이며 그림을 그리고, 천을 잡아당겼다 늦추기를 했다. 위베르틴과 앙젤리크는 모두 멍든 손가락으로 함께 도우며 일을 했다. 저녁이 되었다. 천사와 장식을 배치하기 위해 각각의 주제를 여러 부분으로 나누어 따로 작업해야 했다. 앙젤리크는 얇은 돋을새김으로 표현할 넓은 부분에다 자연색의 굵은 실을 방추로 조정하며 나란히 펼친 다음, 그것을 다시 브르타뉴 산 실로 반대 방향으로 뒤덮었다. 그리고 초벌 작업용 도구와 굵은 실용 방추를 사용하여 차례차례 그 실에 윤곽을 주고 천사들의 휘장을 뚜렷이 새기고 장식의 세부를 선명하게 부각시켰다. 그것은 정말로 조각 작업이나 다를 바 없었다. 그다음 형태가 드러났을 때 위베르틴과 앙젤리크는 금실을 길게 펼치고 버드나무를 엮는 방식으로 바느질을 했다. 그렇게 해서 금실로 얇은 돋을새김 방식이 실현되었고, 그것은 비길 데 없는 광채와 온화함을 발산하며 저녁 안개가 자욱한 방 한복판에서 태양처럼 빛났다. 절단기, 끌, 조각용 나무망치, 망치 등 해묵은 도구가 시대 순서별로 가지런히 놓여 있었다. 그리고 자수틀 위에는 작은 받침대, 칸막이 친 작은 도구 상자, 골무, 바늘이 뒹굴고 있었고, 구석에는 금실 잣는 얼레, 손 물레, 회전반 달린 얼레가 녹슨 상태로 열린 창문을 통해 들어오는 선선한 평화 속에 고요히 잠자는 듯했다.

여러 날이 흘렀고 앙젤리크는 아침저녁으로 여러 개의 바늘을 부러뜨렸다. 그만큼 밀랍 입힌 직물 두께를 관통하며 금실을 수놓는 것은 힘든 일이었다. 그녀는 그 거친 작업에 몸과 마음을 모두 깊이 몰입하여 더 이상 아무런 생각도 하지 않는 듯했다. 9시가 되자마자 그녀는 피로로 쓰러질 지경이 되어 잠자리에 들었다. 그리고 납덩이 같은 잠을 잤다. 노동이 잠시라도 그녀의 머리를 자유롭게 할 때면 그녀는 펠리시앵이 보이지 않는 것이 놀랍기만 했다. 그녀는 그를 만나기 위해 어떤 노력도 하지 않았지만, 펠리시앵은 모든 것을 뛰어넘어 그녀 곁에 왔어야만 한다고 생각했다. 그러나 그녀는 그가 그토록 현명한 태도를 보이는 것이 옳다고도 생각했다. 그녀는 그가 일을 서두르려 했다면 그를 나무랐을 것이다. 아마도 그 역시 기적을 기다리고 있을 게다. 매일 저녁 그녀는 기적은 그다음 날에 올 것이라 기대하며 오직 하나뿐인 그 기다림으로 살고 있었다. 그때까지 그녀는 한 번도 반항해 본 적이 없었다. 그러나 가끔씩 그녀는 고개를 들었다. 아니 아직 아무 일도 일어나지 않는 것인가? 그리고 그녀는 쥐고 있던 바늘을 세게 찔렀고, 그녀의 조그만 손에서는 피가 흘렀다. 종종 집게로 바늘을 뽑아야 할 때도 있었다. 바늘이 깨지는 유리처럼 단호한 소리를 내며 단번에 부러질 때도 그녀는 성마른 몸짓조차 하지 않았다.

위베르틴은 그녀가 그토록 일에 열중하는 것이 불안했다. 마침 빨래를 해야 할 시기가 왔으므로 나흘 동안 야외에서 활동적인 삶을 살도록 그녀에게 억지로 수틀을 떠나게 했다. 가베 어멈의 관절염이 진정되어 비누칠과 헹구는 일을 도와줄 수 있었다. 빨래는 클로-마리에서 벌어지는 일종의 축제였다. 뜨거운 하늘과 짙은 나무 그늘의 대비로 팔월 말의 찬란함은 감탄을 자아냈다. 반면 셔브로트 개울에서는 감미로운 신선함이 발산되었고, 버드나무 그늘이 그 생기 넘치는 물을 차갑게 했다. 앙젤리크는 첫째 날을 아주 즐겁게 보냈다. 빨래를 두드리고 물에 빠뜨리며 개울물과 느릅나무와 폐허의 방앗간과 풀, 그녀는 추억이 가득 서린 모든 친근한 사물을 즐겼다. 그녀가 바로 거기서 펠리시앵을 알게 되었지 않았는가? 처음에는 달 아래 신비롭게만 남아 있던 그가 떠내려가는 캐미솔을 건져 준 그날 아침에는 또 얼마나 사랑스럽게 서툴렀던가? 매번 빨래를 하나씩 헹구고 날 때마다 그녀는 주교 관저의 창살문을 향해 눈길을 던지지 않을 수 없었다. 어느 날 저녁 그녀는 그의 팔에 이끌려 저 문을 넘어갔다. 어쩌면 그가 아버지 앞에 그녀를 데려가기 위해 돌연 저 문을 열고 달려오지는 않을까. 그러한 희망은 거품을 튀기는 그 힘든 일 속에서도 그녀를 즐겁게 했다.

그러나 그다음 날 가베 어멈은 가져온 마지막 빨래를 앙젤리크와 함께 널면서 그칠 줄 모르던 수다를 멈추고는 눈치 없이 말했다.

"참, 주교님이 아드님을 결혼시키신다는 거 알아요?"

앙젤리크는 이불 호청을 널다가 충격으로 심장이 멎어 버린 듯

풀 위에 털썩 주저앉았다.

"그래요, 사람들이 그 일에 대해 말을 많이 한다오……. 주교님의 아드님은 가을에 부앵쿠르 댁의 아가씨와 결혼할 거래요……. 그저께 모든 것이 결정 났다나 봐요."

앙젤리크는 무릎을 꿇은 채 계속 앉아 있었다. 혼란스러운 생각이 물밀듯이 올라와 머릿속에서 붕붕거렸다. 그 소식은 그녀를 전혀 놀라게 하지 않았다. 그녀는 그것이 진실처럼 느껴졌다. 그녀의 어머니가 그렇게 예고했고, 그녀도 그렇게 되리라고 예상해야 했다. 그러나 그 소식을 듣는 순간, 그녀의 다리를 휘청거리게 한 것은 어느 날 저녁 지치고 낙담한 펠리시앵이 그의 아버지 앞에서 떨며 다른 여자와 사랑 없이도 결혼할 수 있다는 생각이었다. 그러면 그가 그녀를 사랑함에도 불구하고 그녀는 그를 잃고 말 것이다. 단 한 번도 그녀는 그러한 무능함이 가능할 것이라고 상상해본 적이 없었다. 복종의 이름으로 그들 두 사람에게 불행을 만들며 의무 앞에 몸을 굽힌 그의 모습이 그녀의 눈에 선했다. 그리고 여전히 꼼짝하지 않은 채 그녀는 창살문으로 눈길을 돌렸다. 어떤 반항심이 마침내 그녀를 흥분시켰다. 그것은 창살을 흔들러 가지 않으면 안 된다는 필요성, 손톱으로 그 문을 열어야만 한다는 필요성, 그가 항복하지 않도록 그의 곁으로 달려가서 그녀의 용기로 그를 지지해야만 한다는 필요성이 그녀를 뒤흔들었다.

그녀는 자신의 혼란을 감추기 위해 순전히 기계적인 본능으로 가베 어멈에게 대꾸하는 자신의 목소리를 들으며 놀랐다.

"아! 그분의 결혼 상대자가 클레르 아가씨로군요……. 그 아가씨는 참 예뻐요. 모두 그 아가씨가 참 착하다고 하대요……."

틀림없이 그 노파가 떠나는 즉시 그녀는 그를 만나러 갈 것이다. 그녀는 충분히 기다렸고 그를 다시 보지 않겠다던 맹세를 성가신 방해물처럼 깨 버릴 것이다. 사람들은 무슨 권리로 그들을 그렇게 떼 놓으려는 것일까? 그녀에게는 모든 것이 그들의 사랑을 외쳤다. 성당, 청량한 시냇물, 늙은 느릅나무, 그것들 사이에서 그들은 서로 사랑했다. 그들의 애정이 그곳에서 자라났으니 그곳에서 그녀는 그를 되찾고 싶었다. 그의 품에 안겨 아주 멀리 도망가기 위해 아주 멀리, 아무도 그들을 영원히 다시 보지 못할 아주 먼 곳으로 도망가기 위해.

"다 됐어. 두 시간 후면 다 마를 거야……. 내가 할 일은 더 이상 없는 것 같으니 이제 갈게요. 그럼 안녕, 아가씨."

이제 푸른 풀밭 위에 활짝 핀 꽃처럼 널려 있는 빨래 사이에 서서 앙젤리크는 지난날에 대한 몽상에 빠졌다. 바람이 세차게 부는 날이었다. 이불 호청과 식탁보가 펄럭이고, 그 사이에서 그들은 너무도 순수한 마음을 서로 주었다. 왜 그는 더 이상 그녀를 보러 오지 않는 것일까? 왜 그는 빨래터의 이 건강한 즐거움 속으로, 이 약속 장소에 오지 않은 걸까? 하지만 잠시 후 그녀가 그를 품에 껴안을 때 그녀는 그가 오직 그녀에게만 속한다는 사실을 알게 될 것이다. 그녀는 그에게 그의 나약함을 질책할 필요가 없을 것이다. 그가 그들 자신의 행복을 지키려는 의지를 되찾기 위해서는 그녀가 나타나는 것만으로도 충분할 테니까. 그는 모든 것을 감행할 것이고, 그녀는 잠시 후에 그를 다시 만나기만 하면 될 것이다.

한 시간이 흘렀다. 앙젤리크는 빨래 사이를 천천히 걸었다. 빨래만큼이나 그녀 자신이 태양의 눈부신 반사로 새하얗게 변해 있었다. 어떤 흐릿한 목소리가 그녀의 존재 안에서 올라와 점점 커지면서 저기 창살문을 향해 달려가지 못하게 막았다. 그녀는 시작되는 그 갈등 앞에서 두려움을 느꼈다. 도대체 무슨 일인가? 그녀 안에는 오직 그녀 자신의 의지만 있는 게 아니었는가? 그녀 안에는 아마 사람들이 그 안에 심어 놓은 다른 어떤 것이 있었고, 그것이 그녀의 의지에 대항하며 열정의 단순함에 커다란 혼란을 일으켰다. 사랑하는 사람에게 달려가는 것은 너무도 간단했다. 그러나 그녀는 더 이상 그렇게 할 수가 없었다. 의심이 고통스럽게 그녀를 붙잡고 있었다. 그녀는 맹세했다. 그리고 그것은 아마도 아주 나쁜 짓일 게다. 저녁 무렵 빨래가 다 마르고 위베르틴이 빨래 걷는 일을 도우러 왔을 때도 그녀는 아직 결심이 서지 않았다. 밤에 곰곰이 생각해 볼 작정이었다. 빨래는 상쾌한 냄새를 풍겼다. 그녀는 눈같이 흰 빨래를 한 아름 넘치도록 안고 불안한 시선을 클로-마리 쪽으로 던졌다. 그곳은 벌써 땅거미가 졌다. 그곳의 친근하던 자연 풍광은 그녀에게 공모자가 되기를 거부하는 듯했다.

그다음 날 앙젤리크는 어수선한 마음으로 잠에서 깨어났다. 다른 밤도 그처럼 아무런 해결책 없이 지나갔다. 그녀는 오직 자신이 사랑받고 있다는 확신 속에서만 마음의 평온을 되찾을 수 있었다. 그것만은 여전히 확고부동했다. 그녀는 그 확신을 완벽하게 신뢰했다. 사랑받는 이상 그녀는 기다릴 수 있었고 모든 것을 견딜 것이다. 광적인 자비심이 다시 그녀에게 발동했다. 그녀는 아주 사소한 고통에도 연민을 느끼고 금방이라도 흘러내릴 듯 고인 눈물로 눈이 부풀어 올랐다. 그녀에게서 마스카르 아범은 담배를 얻어 냈고, 슈토 씨네 가족은 과일 잼을 얻어 냈다. 그러나 특히 랑발뢰즈 가족은 예상 밖의 행운을 잡았다. 사람들이 티에네트가 축제에서 이 선량한 아가씨의 옷을 입고 춤추는 것을 보았던 것이다. 그러던 어느 날 앙젤리크는 랑발뢰즈 어멈에게 그 전날 약속했던 셔츠를 가져오는 길에 멀리서 부앵쿠르 부인과 딸 클레르가 펠리시앵과 함께 그 거지 가족의 집에 있는 것을 보았다. 아마 그가 그녀들을 그곳에 데려온 것일 게다. 앙젤리크는 모습을 보이지 않고 얼어붙은 가슴으로 곧장 집으로 돌아왔다. 이틀 후에는 그들 세 사람이 슈토 씨네 집으로 들어가는 것을 보았고, 어느 날 아침에는 마스카르 아범이 그녀에게 잘생긴 어느 청년과 두 부인의 방문에 대해 얘기했다. 그러자 그녀는 자신이 돌보던 가난한 이웃을 포기해 버렸다. 펠리시앵이 그녀에게서 그들을 빼앗은 다음 두 여인에게 주었으므로 그들은 더 이상 그녀의 몫이 아니었다. 매번 그녀의 고통은 더욱 깊어 갔다. 그녀는 그들을 또 만나게 되어 가슴에 상처를 받을까 두려워 외출도 그만두었다. 그녀는 그녀 안에 무언가 죽어 가고 있음을 느꼈다. 그녀의 생명이 한 방울씩 떠나가고 있었다.

어느 날 저녁이었다. 그러한 종류의 만남이 또 한 번 있은 다음이었다. 앙젤리크는 홀로 방 안에 남아 숨 막히는 불안 속에서 자신도 모르게 소리를 지르고야 말았다.

"그는 날 더 이상 사랑하지 않아!"

그녀는 클레르 드 부앵쿠르를 다시 보았다. 품위 있게 왕관 모양으로 검은 머리카락을 올린 그녀는 키가 크고 아름다웠다. 그리고 그녀 옆에는 펠리시앵도 있었다. 날씬하고 당당한 모습이었다. 그들은 가문으로 봐서도 서로 정말 잘 어울리지 않는가? 그들이 벌써 결혼한 사이라 해도 사람들은 믿었을 것이다.

"그는 더 이상 나를 사랑하지 않아, 그는 이제 나를 사랑하지 않아!"

그 외침은 폐허에 울려 퍼지는 굉음처럼 그녀 안에서 폭발했다. 믿음이 흔들리자 모든 것이 한꺼번에 무너졌다. 그녀는 사실을 살펴보고 냉정하게 따질 만한 침착함을 되찾을 수가 없었다. 그 전날까지도 믿고 있던 것을 지금 이 순간에는 더 이상 믿을 수가 없었다. 어떤 숨결 하나만으로도 충분했다. 그것이 어디서 불어오는지 알 필요도 없었다. 돌연 그녀는 극단적인 참담함으로 추락했고, 그것은 자신이 사랑받지 않는다고 믿는 것이었다. 그전에는 그가 그녀에게 분명하게 말해 주었다. 그때까지 그녀는 체념할 수 있었다. 그리고 기적을 기다렸다. 그러나 그녀의 힘은 믿음과 함께 떠나 버렸고, 그녀는 어린 시절의 그 비참한 절망의 상태로 팽개쳐진 듯했다. 그것은 그녀에게 유일한 고통이었고 끔찍한 고문이었다. 이제 고통스러운 투쟁이 시작되었다.

우선 그녀는 자신의 자존심에 호소했다. 그가 그녀를 더 이상 사랑하지 않는다면 그건 차라리 잘된 일이 아닌가! 그녀의 강한 자존심이 그를 여전히 사랑하도록 그녀 자신에게 허락할 수는 없는 노릇이었다. 그녀는 자신에게 거짓말을 했다. 그녀는 해방된 것처럼 가장했고, 주문을 받은 오트쾨르 가의 문장을 수놓는 동안 태평하게 흥얼거리는 척도 했다. 그러나 그녀의 가슴은 그녀를 질식시킬 정도로 무겁게 부어올랐고, 그녀는 비겁하게도 그를 여전히 사랑할 뿐 아니라 더욱더 그를 사랑한다는 사실을 마음속으로 인정할 때면 부끄럽기까지 했다. 일주일 동안 한 땀씩 수놓는 그녀의 손끝에서 문장이 완성되어 갔고, 동시에 그녀는 끔찍한 슬픔 속으로 잠겨 들었다. 1과 4, 2와 3, 그렇게 예루살렘의 상징과 오트쾨르의 상징이 4등분되어 교차했다. 예루살렘의 것은 금실과 은실이 교차된 T자형 긴 십자가를 중심으로 같은 모양의 작은 십자가들로 네 귀퉁이를 장식했고, 오트쾨르의 것은 쪽색 바탕에 금실로 요철 모양을 성곽처럼 가두리에 둘렀으며, 한가운데에는 은방패꼴 속에 흑색 방패꼴을 액자 형태로 새겨 넣었고, 세 개의 황금 백합꽃 무리를 상단에 두 개, 하단 꼭짓점에 한 개 배치하는 방식으로 바탕 전체를 장식했다. 광택은 굵은 명주실로, 금속은 금실과 은실로 효과를 냈다. 수놓는 손에 떨림을 느끼며 눈물을 가리기 위해 고개를 숙이는 것은 얼마나 비참한 일인가! 그 문장의 찬란함 앞에서 그녀의 시야는 얼마나 눈물로 가려졌던가! 그녀는 그만을 생각했고, 전설적인 고귀함의 빛에 둘러싸인 그를 열렬히 사랑했다. 그리고 "하느님이 원하시면 나도 원하노라"라는 명구를 은실 삼각형 깃발에 검은 명주실로 수놓을 때, 그녀는 그의 노예가 되었고 다시는 자신을 회복할 수 없을 것이라는 사실을 확연히 깨달았다. 눈물이 앞을 가려 더 이상 볼 수가 없었다. 그녀는 기계적으로 계속 바늘을 찔렀다.

가엾은 앙젤리크, 그녀는 절망한 여인이 되어 사랑했고, 도저히 죽일 수 없는 그 희망 없는 사랑 속에서 외로이 싸웠다. 여전히 그녀는 펠리시앵에게 달려가 그의 목에 매달리며 그를 되찾고 싶었다. 그리고 여전히 전투는 반복되었다. 이따금씩 그녀는 승리를 거두었다고 믿었고, 내면에는 어떤 커다란 침묵이 깔리기도 했다. 순종적인 여자 아이가 되어 체념의 겸손함 속에서 차분하고 냉정하게 무릎 꿇은 낯선 자신의 모습을 보는 듯도 했다. 그렇게 변해 가는 현명한 그녀의 모습은 더 이상 예전의 것이 아니라 환경과 교육이 만든 것이었다. 그러나 그다음엔 피가 물밀듯 치솟으며 그녀의 정신을 어지럽혔다. 그녀의 건강, 그녀의 열정적인 젊음이 고삐 풀린 암말처럼 날뛰었다. 그리고 원래의 자만심과 열정으로 채워진 그녀는 알지 못하는 그녀의 근본의 격렬한 본성으로 되돌아가 있었다. 도대체 왜 그녀가 복종해야 한단 말인가? 그 질문 속에서 그녀에게는 의무는 없었고, 오직 자유로운 욕망만이 있을 뿐이었다. 이미 그녀는 도주를 준비하고 있었고, 주교 관저 정원의 창살문을 부수기에 가장 유리한 시간을 계산했다. 그러나 벌써 불안이 되돌아왔고, 어떤 모호한 거북함이, 의혹의 고통이 되돌아왔다. 만약 죄악에 굴복해 버린다면 그녀는 영원한 회한 속에서 헤어나지 못할 것이다. 어떤 결정을 내려야 할지 알 수 없는 불확실성 속에서, 사랑의 반항에서 죄악에 대한 공포로 끊임없이 그녀를 내던지는 격렬한 폭풍우 속에서, 시간이, 끔찍하게 고통스러운 시간이 흘렀다. 그리고 그녀는 매번 가슴에 승리를 거두며 기진맥진한 상태로 빠져나왔다.

어느 날 저녁 펠리시앵을 다시 만나기 위해 집을 떠나려던 순간, 더 이상 자신의 열정에 저항할 힘을 찾지 못하는 절망 속에서 문득 그녀는 어린 시절의 구호 대상 아동 기록부를 생각했다. 그녀는 궤짝 바닥에서 그것을 꺼내 들고는 자신의 취약함과 부족함을 확인하려는 어떤 열렬한 욕구의 굶주림 속에서 페이지를 넘기며 매번 자신의 출생의 비천함으로 자신을 모욕했다. 아버지와 어머니는 정체불명인 데다, 성도 없이 오직 생년월일과 일련번호만이 있을 뿐 자신의 처지는 마치 길가에 자라는 방치된 야생 식물과 다를 바가 없었다! 추억이 물밀듯이 올라왔다. 니에브르 강 유역의 기름진 들판, 그곳에서 그녀가 지키던 가축, 맨발로 거닐던 술랑주의 평평한 길, 그녀가 사과를 훔쳤을 때 뺨을 때리던 니니 엄마. 특히 세 달마다 부감독관과 의사들의 방문을 확인하는 페이지는 그녀의 기억을 잠 깨웠다. 거기에는 매번 사인이 있고, 때로는 관찰과 정보도 적혀 있었다. 한번은 그녀가 어떤 질병으로 거의 죽을 뻔했던 적도 있었고, 불에 탄 신발 건으로 그녀의 유모가 도움을 요청하기도 했으며, 길들일 수 없는 그녀의 성격에 대한 부정적인 지적도 있었다. 한마디로 그것은 그녀의 비참함의 일기였다. 급기야 한 가지 서류가 그녀를 울게 만들고야 말았다. 그녀가 여섯 살까지 지니고 있던 목걸이가 끊어진 사실을 확인하는 조서였다. 그녀는 그것을 본능적으로 혐오했던 기억이 났다. 올리브 모양 뼈 구슬을 굵은 명주 리본에다 꿴 목걸이였는데, 그녀가 고아원에 들어간 날짜와 그녀의 일련번호가 적힌 은메달이 매달려 있었다. 그녀는 그것이 노예 목걸이임을 예감했고, 할 수만 있다면, 어떤 결과가 초래될지에 대한 공포만 없었더라면 그것을 그 조그만 손으로 끊어 버렸을 것이다. 그녀는 나이를 먹으면서 그 목걸이가 목을 조른다고 불평했다. 그래도 사람들은 그녀를 그 상태로 1년 더 내버려 두었다. 그녀가 살던 곳의 시장이 지켜보는 가운데 부감독관이 그 리본을 잘랐을 때의 기쁨을 어떻게 표현할 수 있겠는가! 왜냐하면 그것은 개인성의 특징을 이제는 형태적인 묘사로써 대체하는 것을 의미했으며, 거기에는 벌써 바이올렛 색깔의 눈과 황금색의 가는 머리카락이 포함되어 있었다. 그러나 그녀는 가축을 알아보기 위한 표시로 목에 걸어 두는 것과 다를 바 없는 그 목걸이가 여전히 목에 걸려 있는 듯 느껴졌다. 그것은 그녀의 살 속에 파고들었으며, 그녀는 질식할 것만 같았다. 그날 그 페이지에서 자신의 비참한 신세에 대한 모멸감이 끔찍하게 되살아나서 그녀는 사랑받을 자격이 없다는 생각으로 오열하며 다시 자신의 방으로 올라가지 않을 수 없었다. 그다음 그 책은 그녀를 두 번 더 구원했다. 그다음엔 그것마저 그녀의 반항에 더 이상 대항할 힘이 없어졌다.

지금은 밤. 이젠 이 무렵이 되면 유혹의 위기가 그녀를 괴롭혔다. 그녀는 잠자리에 들기 전에 자신의 수면을 정화하기 위해 『황금빛 전설』을 다시 읽는 의무를 자신에게 부가했다. 그러나 이마를 두 손으로 괴고 책에 집중하려고 아무리 애써도 그녀는 더 이상 아무것도 이해할 수가 없었다. 기적이 그녀를 아연하게 했고, 오직 무미건조한 유령의 탈주만을 볼 뿐이었다. 그러고는 커다란 침대 속에서 납덩이 같은 탈진 상태가 지난 다음, 급작스러운 불안이 그녀를 소스라치며 깨어나게 했다. 이불을 젖히며 벌떡 일어난 그녀는 관자놀이가 땀으로 흥건히 젖은 상태로 오들오들 떨기만 했다. 그녀는 손을 모아 웅얼거리며 기도했다. "나의 하느님, 왜 나를 버리셨나요?" 그 순간 그녀를 고독과 비참함의 고통 속으로 몰아넣는 것은 어둠 속에 홀로 있다는 느낌이었다. 펠리시앵을 꿈꾸었던 것이다. 그녀는 옷을 입고 그를 만나러 가는 것이 무서웠다. 하지만 그녀를 말릴 사람은 거기에 아무도 없었다. 은총이 그녀에게서 빠져나가고 있었다. 하느님은 더 이상 그녀의 주변에 없었고, 그녀는 주변의 버림을 받았다. 그녀는 절망적으로 신비의 존재를 부르고 보이지 않는 존재의 목소리에 귀를 기울였다. 그러나 텅 빈 공기 속에는 더 이상 소곤거리는 목소리도 신비로운 스침도 없었다. 클로-마리, 셔브로트, 버드나무, 풀밭, 주교 관저의 느릅나무, 그리고 성당까지, 모든 것이 죽은 듯했다. 그녀가 그곳에 심었던 꿈은 하나도 남아 있지 않았으며, 처녀들의 새하얀 비상은 소멸되어 사물들의 무덤만을 남겨 놓았다. 그녀는 초자연적인 존재의 도움이 멈추는 즉시 유전적으로 물려받은 죄악으로 쓰러져 버리는 원시 교회의 기독교인이었던 만큼 무방비 상태로 무기력하게 죽어 갔다. 그녀를 보호하는 그 좁은 공간의 음울한 침묵 속에서 그녀는 악의 유산이 소생하여 후천적으로 받은 교육을 누르고 승리하며 울부짖는 소리에 귀를 기울였다. 그녀가 알려지지 않은 힘의 어떤 도움도 없는 상태에서 조금만 더 지내면, 사물들이 어서 잠에서 깨어나 그녀를 지원해 주지 않는다면 그녀는 틀림없이 더 이상 저항하지 못하고 죽어 버릴 것이다. "하느님, 나의 하느님, 왜 나를 버리셨나요?" 그녀는 커다란 침대 한복판에 무릎을 꿇은 채 아주 왜

소하고 허약해진 상태로 자신이 죽어 가고 있음을 느꼈다.

그러고는 매번 그녀의 비참한 고독이 극한에 다다르는 순간, 어떤 신선함이 그녀의 고통을 진정시켜 주었다. 그녀를 동정하는 은총이 그녀 자신의 망상을 회복시켜 주기 위해 그녀 안으로 들어온 것이다. 그녀는 맨발로 방바닥의 타일 위로 뛰어내려 단숨에 창가로 달려갔다. 그곳에서는 새로운 목소리가 들려왔고, 보이지 않는 날개가 그녀의 머리카락을 스쳤으며, 『황금빛 전설』에 나오는 수많은 사람들이 나무과 돌에서 솟아나와 그녀를 둘러쌌다. 그녀의 순수함, 그녀의 선량함, 사물 속에 투사된 그녀의 모든 것이 그녀에게로 되돌아와서 그녀를 구했다. 곧 그녀는 더 이상 무섭지 않았다. 자신이 보호받고 있다는 사실을 알았기 때문이다. 공기 중에 떠도는 상냥한 처녀들을 데리고 아그네스가 되돌아온 것이다. 그것은 아득한 곳에서 그녀에게 다가오는 격려였으며, 밤바람에 실려 오는 승리의 긴 중얼거림이었다. 한 시간 동안 그녀는 자신을 진정시켜 주는 그 온화한 공기를 마셨다. 그때 그녀는 너무도 슬펐다. 그러나 맹세를 저버리느니 차라리 그 맹세로 인해 죽어 버리겠다는 의지를 굳혔다. 그러고는 모든 의욕을 상실한 채 그다음 날의 위기에 대한 걱정 속에서 매번 그렇게 허약해지면 결국은 자신이 죽고야 말 것이라는 생각에 여전히 고통 받으며 다시 잠자리에 들었다.

펠리시앵에게서 더 이상 사랑받지 못한다고 믿게 된 이후 앙젤리크는 무기력 상태 속에서 실제로 쇠진되어 가고 있었다. 그녀는 옆구리에 상처를 안고 매 순간 그것으로 조금씩, 은밀하게, 신음

하지 않고 죽어 갔다. 우선 그것은 권태감으로 해석되었다. 숨이 찼고, 그때마다 그녀는 실을 놓아야만 했다. 그러고는 생기 잃은 눈으로 멍하니 허공을 바라보았다. 그다음엔 겨우 몇 모금 정도의 우유 외에는 더 이상 먹을 수가 없게 되었다. 그녀는 부모에게 걱정을 끼치지 않기 위해 자신의 빵을 숨겼다가 이웃집 닭들에게 던져 주었다. 의사를 불렀을 때도 그는 아무것도 발견하지 못했고, 너무 갇힌 생활을 탓하며 운동을 권장하는 것으로 그쳤다. 그것은 그녀의 존재 전체의 소멸이었으며, 느리게 진행되는 죽음이었다. 그녀의 몸은 두 개의 커다란 날개의 균형으로 공중에 떠 있는 듯했고, 야윈 얼굴에는 영혼이 불타는 듯 빛이 뿜어져 나오는 것 같았다. 그녀는 이제 비틀거리며 계단 벽을 두 손으로 짚지 않고서는 방에서 내려올 수 없게 되었다. 그러나 자신을 바라보는 시선을 느낄 때는 애써 대담한 표정을 지으며 주교의 의자에 놓을 그 힘겨운 자수 공예 판을 완성하겠다며 고집을 피웠다. 그녀의 가냘픈 긴 손은 더 이상 힘을 쓸 수가 없었다. 바늘을 부러뜨렸을 때 집게로 뽑을 힘조차 없었다.

어느 날 아침 위베르와 위베르틴은 그녀를 홀로 아틀리에에 두고 외출해야만 했다. 위베르가 먼저 돌아왔을 때 앙젤리크는 의자에서 미끄러져 바닥에 실신한 채 작업대 앞에 쓰러져 있었다. 그녀는 힘든 작업에 시달려 쓰러져 버렸고, 금실로 수놓을 대천사들 중 하나가 미완성인 채로 남아 있었다. 위베르는 허둥대며 그녀를 안아 일으켜 세우려 했다. 그러나 그녀는 다시 쓰러졌고, 실신 상태에서 깨어나지 않았다.

"내 딸아, 내 귀염둥이…… 대답 좀 해 봐, 제발……."

마침내 그녀가 눈을 뜨며 너무도 깊은 고통 속에서 그를 바라보았다. 도대체 왜 그는 그녀가 살아 있기를 원했는가? 그녀는 죽어서 그토록 행복했는데!

"무슨 일이냐? 그러니까 네가 우리를 속인 것이로구나. 넌 여전히 그를 사랑하고 있는 거야, 그렇지?"

그녀는 아무런 대답 없이 엄청난 슬픔에 잠긴 표정으로 그를 바라보았다. 그는 절망적인 포옹으로 그녀를 안아 들고는 그녀의 방으로 데려갔다. 그리고 너무도 창백하고 허약한 그녀를 침대에 내려놓으며 그녀가 사랑하는 자를 그녀에게서 잔인하게 떼 놓아야만 했던 그 원치 않던 임무 때문에 오열했다.

"내가, 내가 그자를 네게 주었을 텐데! 왜 내게 아무 말도 하지 않았니?"

그녀는 말없이 눈을 감았다. 그녀는 다시 잠이 든 것처럼 보였다. 위베르는 백합꽃 같은 그녀의 가냘픈 얼굴을 바라보며 한동안 그 자리에 서 있었다. 그의 가슴은 연민으로 찢어지는 듯했다. 그녀가 조용히 숨을 쉬고 있었으므로 그는 아래층으로 내려갔다. 아내가 돌아오는 소리가 들렸다.

아틀리에에서 설명이 오갔다. 위베르틴이 모자를 벗자마자 즉시 그는 아이가 쓰러져 있었고, 지금은 침대에서 죽은 듯이 잠자고 있다고 말해 주었다.

"우리가 속은 거요. 아이는 그 청년을 늘 생각하고 있었고, 그 때문에 지금 죽어 가고 있소……. 아! 내가 얼마나 충격을 받았는지 당신은 모를 거요. 아이를 위층에 올려놓고 모든 걸 알게 된 순간부터 후회로 가슴이 찢어지는구려. 애가 너무 불쌍해! 이건 우리 잘못이오. 우리가 거짓말로 두 사람을 갈라놓았으니……. 뭐요? 아이를 저렇게 고통 속에 놓아두겠다고? 애를 구하기 위한 어떤 말도 하지 않겠다고?"

위베르틴 또한 앙젤리크처럼 아무 말도 하지 않았다. 그리고 이성적인 그녀의 대범한 표정으로, 그러나 슬픔으로 핏기를 잃은 얼굴로 그를 바라보았다. 정열적인 그는 진정하지 못했다. 그 고통 받는 열정 때문에 그는 평소의 순종적인 태도를 벗어나 열에 들뜬 손을 마구 휘저었다.

"그렇다면 내가, 내가 말하리다! 펠리시앵이 자기를 사랑하고 있다고 아이에게 말하리다. 그리고 우리가 그를 속여서 집에 다시 오지 못하도록 막았다는 사실도 말할 거요……. 지금부터 우리 아이의 눈물은 내 가슴을 태워 버릴 것이오. 난 내가 살인을 공모한 것처럼 느끼게 될 것 같아……. 난 우리 딸이 행복하기를 원하오. 물론! 모든 수단을 써서라도 그 애만은 행복하기를 바란단 말이오……."

그는 아내 곁으로 다가갔다. 그리고 그녀의 슬픈 침묵에 더욱 화가 나서 그의 애정이 반발하며 소리쳤다. "서로 사랑하는 그들이 바로 주인이야……. 사랑하고 사랑받을 때 그 위에는 아무것도 없어……. 그럼! 어떤 수단을 동원하든 행복은 정당한 것이야."

마침내 위베르틴이 가만히 일어서서 침착한 목소리로 말했다.

"당신은 그에게 충고하겠죠. 우리에게서 그 애를 데려가라고,

우리의 반대에도 불구하고, 그의 아버지의 반대에도 불구하고 그 애와 결혼하라고. 그렇죠? 당신은 그러고서도 두 사람이 행복할 거라고, 사랑만으로 충분할 거라고 믿어요?"

그러고는 변함없이 애통한 목소리로 계속했다.

"돌아오는 길에 묘지에 들렀어요. 아직도 한 가닥 희망이 남아 있어서 그곳으로 간 거죠…… . 우리가 무릎이 닳도록 빌었던 그 장소에서 다시 한 번 무릎을 꿇었어요. 그곳에서 오랫동안 기도했어요."

물론 그는 그 고집 센 어머니의 무덤을 알고 있었다. 그들은 자신들의 불복종을 뉘우치며 죽은 여인이 땅속에서 그들을 용서하도록 그곳에 가서 무릎을 꿇고 운 적이 한두 번이 아니었다. 혹시라도 그 여인이 그들에게 은총을 베풀기라도 하면 그들 안에서 그것이 피어나는 것을 느끼리라 확신하며 여러 시간을 그곳에 머물렀다. 그들이 간청하던 것, 그들이 기다리던 것은 다시 아이를 갖는 것, 바로 용서의 아이를 갖는 것이었으며, 그들에게는 그것이 야말로 마침내 용서받았다는 사실을 알리는 유일한 신호였다. 그러나 아무것도 오지 않았고, 냉정하게 귀를 막은 어머니는 그들의 첫째 아기를 앗아 간 다음 돌려주기를 거부함으로써 그 가혹한 징벌의 고통 속에 그들을 내버려 두었다.

"오랫동안 기도했어요." 위베르틴이 반복했다. "그리고 혹시 무언가 떨며 소스라쳐 올라오지나 않을까 귀를 기울였어요……."

초조해진 위베르가 그녀에게 눈빛으로 물었다.

"하지만 땅에서는 아무것도 올라오지 않았어요. 내 안에서는 어떤 떨림도 느껴지지 않았다고요. 아! 끝났어요. 이젠 너무 늦었어요. 우린 우리의 불행을 원했어요."

그때 그가 몸을 떨며 물었다.

"지금 나를 탓하는 거요?"

"맞아요, 당신이 죄인이에요. 나 또한 당신을 따르면서 죄를 지었고요……. 우리는 복종하지 않았고, 우리의 인생 전부가 그로 인해 망가져 버렸어요."

"그래서 당신은 행복하지 않다는 거요?"

"그래요. 난 행복하지 않아요…… 아이가 없는 여자는 행복하지 않아요……. 사랑하는 것만으로는 아무런 의미가 없어요. 사랑은 축복받아야만 해요."

그는 만신창이가 되어 눈물이 가득 고인 눈으로 의자에 털썩 주저앉았다. 그녀가 그들 삶의 가장 쓰라린 상처에 대해 그렇게 그를 비난한 적은 한 번도 없었다. 뜻하지 않게 그 일에 대한 어떤 비유로 그에게 상처를 줬을 때는 있었지만, 그녀는 얼른 냉정을 되찾고는 그를 위로했다. 그러나 이번에는 시종일관 꼿꼿이 선 자세로 한 발짝도 그에게 다가가지 않고 그가 고통스러워하는 모습을 가만히 지켜보고만 있었다. 그는 울었다. 그리고 울면서 외쳤다.

"아! 당신은 지금 저기 위층에 있는 우리 아이에게 형벌을 내리고 있는 거요……. 당신은 내가 당신과 결혼한 것처럼 펠리시엥이 우리 아이와 결혼하는 것을 원치 않아. 당신은 그 아이가 당신처럼 겪기를 원치 않고 있어."

그녀는 가슴에서 우러나오는 모든 힘을 다하여 허심탄회하게 고개를 끄덕이는 것으로 대답할 뿐이었다.

"하지만 당신 스스로 말했듯이 가엾은 우리 딸은 이 일로 죽게 될 거요……. 그러니까 당신은 이 아이의 죽음을 원한단 말이오?"

"그래요, 난 그 애가 혹독한 삶을 사느니 차라리 죽기를 원해요."

그는 떨며 다시 몸을 일으켰다. 그리고 그녀의 품에 쓰러졌다. 그들은 함께 흐느끼며 오랫동안 서로 힘껏 껴안았다. 그가 순응하자 이제는 그녀가 용기를 되찾기 위해 그의 어깨에 기댈 차례였다. 그들은 가슴 저미는 깊은 침묵 속에 갇힌 채 절망했고, 그다음엔 단호해졌다. 그 침묵은 신이 원한다면 딸의 죽음을 받아들일 수밖에 없다는 수긍으로 끝났다.

그날부터 앙젤리크는 그녀의 방에만 머물러 있어야 했다. 너무도 허약해진 탓에 아틀리에로 내려올 기력조차 없었기 때문이다. 고개는 가누기가 힘들었고 다리는 휘청거렸다. 처음에는 가구를 짚으며 아득하기만 한 발코니까지 간신히 걸어갔다. 그러나 그다음에는 침대에서 소파까지 가는 것으로 만족해야 했고, 거의 탈진 상태에 빠진 그녀에게는 그 거리조차 너무도 멀게 느껴져 그 산책을 겨우 아침과 저녁에 한 번씩 감행할 정도였다. 그럼에도 불구하고 그녀는 여전히 일했다. 얇은 돋을새김으로 수를 놓는 작업은 너무 거친 일이라 포기하고 명주실로 섬세한 색조 변화를 주는 꽃새김만 담당했다. 그녀는 수국과 접시꽃 다발을 정물화 방식으로 실물을 눈앞에 두고 수를 놓았는데, 향기 없는 그 꽃은 그녀를 고요한 상태로 안정시켜 주었다. 화병에 꽂힌 꽃다발은 만발했고, 그녀는 종종 그것을 바라보며 길게 휴식을 취했다. 그토록 가벼운 명주실도 그녀에게는 손가락을 무겁게 짓누르는 듯했기 때문이다. 그녀는 이틀 만에 겨우 접시꽃 한 송이를 완성했다. 그것은 새틴 천 바탕 위로 싱싱하고 찬란하게 피어 있었다. 그러나 그것은 그녀의 생명이었고, 그녀는 마지막 숨을 거두는 순간까지 바늘을 들고 있을 것이다. 고통으로 허물어지고 야윌 대로 야윈 그녀는 이제 아주 아름다운 순수한 불꽃으로만 존재했다.

펠리시앵이 그녀를 사랑하지 않는데 더 이상 싸우는 것이 무슨 의미가 있겠는가? 그는 그녀를 사랑하지 않으며, 어쩌면 그녀를 한 번도 사랑한 적이 없었는지 모른다. 이제 그녀는 그러한 확신으로 죽어 가고 있었다. 그녀에게 힘이 남아 있는 동안에는 그녀는 자신의 가슴에, 자신의 건강에, 자신의 젊음에 대항하여 싸웠었다. 그것이 그를 만나러 달려가라고 그녀를 늘 부추겼기 때문이다. 그러나 그녀는 그렇게 꼼짝할 수 없게 되자 체념해야만 했다. 그 싸움은 이제 끝난 일이었다.

어느 날 아침 위베르가 무기력해진 그녀의 작은 두 발을 쿠션 위에 올려놓으면서 그녀를 소파에 앉히려 하자 그녀는 미소를 머금고 말했다.

"아! 이제 전 정말 얌전해졌어요. 전 확신해요, 이젠 절대 도망치지 않을 거예요."

위베르는 울음을 터뜨릴까 두려워 숨을 틀어막으며 서둘러 내려왔다.

12

그날 밤 앙젤리크는 잠을 이룰 수가 없었다. 깨어 있는 그녀의 눈은 극도의 허약함 속에서도 활활 타올랐다. 위베르 부부는 잠자리에 들었고, 곧 자정이 울릴 무렵이었다. 그 엄청난 노력에도 불구하고 침대에 계속 머물러 있으면 죽게 될 것만 같아 두려워 그녀는 일어나 앉으려 했다.

그녀는 못 견디게 가슴이 답답해 가운을 걸친 다음 창가로 몸을 끌고 가서 창문을 활짝 열었다. 그해 겨울은 습기를 머금은 온화한 기류 탓에 비가 많았다. 그녀는 앞에 놓인 작은 탁자 위에 밤새 켜 두던 램프의 심지를 돋우고 소파에 몸을 내맡겼다. 그곳에는 『황금빛 전설』이 있었고, 그 옆에는 그녀가 모델로 삼던 수국과 접시꽃 다발이 있었다. 그녀는 생기를 되찾기 위해 문득 일을 하고 싶은 마음이 들어 수틀을 끌어당겨 제어되지 않는 손으로 몇 바늘 수를 놓았다. 붉은색 비단 접시꽃 한 송이는 그녀의 새하얀 손가락 사이에서 핏빛으로 물들어 있었다. 마치 그녀의 핏줄에 남은 마지막 피가 한 방울씩 흘러내리는 것만 같았다.

두 시간 동안이나 헛되이 이불 속에서 몸을 뒤척였으나 소파에 앉자마자 거의 곧바로 잠 속으로 빠져들고 말았다. 등받이에 기댄 그녀의 머리가 뒤로 젖혀진 채 오른쪽 어깨 위로 약간 기울어져 있었다. 움직이지 않는 그녀의 두 손에는 비단 천이 놓여 있어 마치 그녀가 여전히 일을 하고 있는 듯 보였다. 무덤 속처럼 평화로운 흰 방 안에서 그녀는 극도로 창백하고 적막한 모습으로 램프 아래 잠들어 있었다. 퇴색한 분홍색 사라사 천으로 휘장이 처진 크고 장엄한 침대를 불빛이 희뿌옇게 비추었다. 오직 궤짝과 서랍장, 오랜 떡갈나무 의자만이 죽음의 흰색 벽을 배경으로 선명하게 부각되었다. 다시 몇 분이 흘렀으나 그녀는 여전히 너무도 적막하고 창백한 모습으로 잠자고 있었다.

마침내 소리가 났다. 그리고 발코니 위로 펠리시앵이 그녀만큼이나 야윈 모습으로 몸을 떨며 나타났다. 그는 흥분되어 일그러진 표정으로 방 안으로 달려들며 그렇게 소파에 깊숙이 쓰러진 너무도 아름답고 가여운 그녀의 모습을 보았다. 그의 가슴은 한없이 고통스럽게 죄어들었다. 그는 무릎을 꿇고 넋을 놓은 채 애통하게 그녀를 바라보았다. 이제 그녀는 더 이상 존재하지 않는단 말인가? 결국 고통이 그녀를 파괴해 버렸단 말인가? 마치 바람이 불면 날아가 버릴 깃털처럼 그녀는 더 이상 무게도 없이 거기 힘없이 널브러져 있는 듯했다. 그녀의 깊고 투명한 수면 속에서 그녀의 고통과 체념이 보였다. 처진 어깨 위로 곧게 뻗은 길고 섬세한 목, 찬란하고 영광스럽게 하늘로 날아오르는 성녀 같은 갸름한 얼굴, 그는 오직 그 백합의 우아함에서 그녀를 알아볼 수 있을 뿐이었다. 머리카락은 단지 빛으로만 남아 있었고, 백설 같은 영혼은 비단결 피부의 투명함 아래 빛났다. 육체에서 해방된 성녀들의 아름다움을 떠올리는 그녀의 모습 앞에서 그는 두 손을 모은 채 옴짝할 수 없는 충격 속에서 눈이 부셨고, 또 절망했다. 그녀는 깨어나지 않았다. 그는 그녀를 계속 바라보고 있었다.

펠리시앵의 입술에서 새어 나오는 엷은 숨결이 앙젤리크의 얼굴 위로 스쳐 간 것이 틀림없었다. 갑자기 그녀가 눈을 휘둥그레 떴다. 그녀는 움직이지 않은 채 마치 꿈속인 양 미소를 지으며 그를 바라보았다. 그였다. 그의 모습이 변했음에도 불구하고 그녀는 그를 알아보았다. 그러나 그녀는 여전히 잠을 자고 있다고 믿었다. 꿈결에서 그렇게 그를 볼 때가 있었지만, 잠에서 깨어나면 그녀의 고통은 더욱 심화될 뿐이었던 탓이다.

그는 두 손을 내밀며 말했다.

"내 소중한 사람, 당신을 사랑해요……. 당신이 고통을 받고 있다는 소식을 들었어요. 그래서 이렇게 달려왔어요……. 내가 여기 있어요. 당신을 사랑해요."

그녀는 전율했다. 그리고 기계적인 동작으로 눈을 비볐다.

"의심하지 말아요……. 내가 정말로 당신 앞에 있어요. 당신을 사랑해요. 언제나 당신을 사랑해요."

그러자 그녀는 소리쳤다.

"아! 당신이로군요……. 당신을 그만 기다리기로 했어요. 그런데 당신이 왔군요……."

그녀는 더듬거리는 손으로 그의 손을 잡고는 그가 수면의 세계를 떠도는 환영이 아니라는 사실을 확인했다.

"당신은 여전히 나를 사랑하고 있어요. 그리고 난 당신을 사랑해요, 아! 내가 사랑할 수 있을 것이라 믿었던 것보다 더 강렬하게!"

그것은 행복의 도취이자 절대적 환희의 첫 순간이었다. 그 속에서 그들은 모든 것을 잊어버리고 아직도 서로 사랑하고 그 사실을 서로 말하고 있다는 확신에 머물러 있을 뿐이었다. 전날의 고통, 다음 날의 난관은 사라져 버렸다. 그들은 자신들이 어떻게 그곳에 있는지 알지 못했다. 그러나 그들은 거기 있었고, 감동의 눈물을 섞으며 순결한 포옹으로 서로 껴안았다. 격렬한 연민에 휩싸인 그의 품 안에서 슬픔으로 앙상하게 야위어 버린 그녀는 오직 숨결만이 남아 있는 듯했다. 그녀는 뜻밖의 출현이 가져다준 황홀함 속에서 지극한 행복에 젖어 마치 마비된 사람처럼 소파에 파묻힌 채 비틀거리며 사지를 가누지 못하고 몸을 반쯤 일으켰다가는 기쁨의 취기로 다시 넘어졌다.

"아! 소중한 주인님, 저의 유일한 욕망이 실현되었어요. 죽기전에 당신을 다시 봤으니까요."

그는 고개를 들고 불안한 반응을 보였다.

"죽다니요! 그럴 수는 없어요! 내가 여기 있잖아요. 난 당신을 사랑해요."

그녀는 성스럽게 미소 지었다.

"오! 당신이 저를 사랑하니까 전 이제 죽을 수 있어요. 전 더 이상 두렵지 않아요. 당신의 어깨에 몸을 기대고 이렇게 잠들 거예요……. 저를 사랑한다고 다시 말해 줘요."

"당신을 사랑해요. 어제 당신을 사랑했듯이 또 내일 당신을 사랑하듯이……. 절대 의심하지 말아요. 내 사랑은 영원해요."

"알겠어요. 우리는 서로 사랑해요, 영원히."

앙젤리크는 황홀경에 빠져 정면에 펼쳐진 백색 벽을 바라보았다. 그러나 조금씩 정신을 되찾은 그녀는 신중해졌다. 그녀는 그녀의 넋을 사로잡은 환희 속에서 마침내 생각을 하게 되었다. 그러자 그동안의 일이 놀랍기만 했다.

"저를 사랑한다면서 왜 제게 오지 않았죠?"

"당신이 이젠 나를 사랑하지 않는다고 당신 부모님이 말했어요. 나 역시 그 사실로 죽을 지경에까지 이르렀죠……. 그리고 당신이 아프다는 사실을 알게 되었을 때 난 이 집에서 쫓겨나고 내 면전에서 문이 굳게 닫혀 버리는 한이 있더라도 달려가리라 결심하게 되었어요."

"어머니는 제게도 당신이 이제 저를 사랑하지 않는다고 말했어요. 그리고 전 어머니의 말을 믿었어요……. 그 아가씨와 함께 있는 당신을 본 적이 있어요. 그래서 당신이 주교님의 말씀에 따르기로 했다고 생각했어요."

"아니요, 기다리고 있었어요. 하지만 난 비겁했어요. 아버지의 면전에 서는 것이 두려웠어요."

침묵이 흘렀다. 마침내 앙젤리크가 일어섰다. 그녀의 얼굴은 굳어졌고 이마는 분노로 주름이 잡혔다.

"그렇다면 그들이 우리를 따로따로 속인 것이로군요. 우리를 헤어지게 만들기 위해 거짓말을 했어요……. 우린 서로 사랑하고 있는데, 그들은 우리에게 고통을 주었어요. 우리 두 사람을 죽일 뻔했어요……. 이럴 수가! 가증스러워요. 이 일로 우리는 우리가 다짐했던 맹세로부터 해방되었어요. 우리는 자유로워요."

어떤 격렬한 멸시가 그녀를 일으켜 세웠다. 그녀의 열정과 자만심이 다시 깨어나면서 그녀는 더 이상 고통을 느끼지 않았고 기력을 되찾았다. 자신의 꿈이 죽어 버렸다고 믿었는데, 그 꿈이 찬란하게 살아 있었다니! 그들은 그들의 사랑을 누릴 자격을 상실하지 않았으며, 죄를 저지른 자들은 다른 사람들이었다! 그녀는 자신이 고귀해졌으며 결국 확실한 승리를 거두었다는 사실에 황홀해했다. 그녀는 최후의 반항에 자신을 내던졌다.

"자, 떠나요!" 그녀가 단호한 어조로 말했다.

그리고 자신의 모든 에너지와 의지를 쏟아 씩씩하게 방을 가로질러 걸어갔다. 벌써 그녀는 어깨를 감쌀 외투를 고르고 있었다. 머리에는 레이스 하나만으로 충분할 것이었다.

펠리시앵은 행복한 외마디를 질렀다. 그는 그녀에게 대담하게 제안할 용기를 내지 못하고 그러한 도주를 꿈꾸기만 했는데 그녀가 그의 욕망을 앞질렀던 것이다. 오! 함께 떠나 버리자, 사라져 버리자, 모든 근심과 모든 난관을 단번에 잘라 내 버리자! 고민으로 인한 갈등 같은 것은 내동댕이치고 순식간에!

"그래요. 즉시 떠나요, 앙젤리크. 사실은 당신을 데리러 온 길이었어요. 난 어디서 마차를 구할 수 있는지 알아요. 날이 새기 전에 우린 멀리, 아주 멀리 가 있을 거요. 그리고 아무도 우리를 다시는

찾을 수 없을 거요."

그녀는 서랍을 열었다가 격렬하게 다시 닫았다. 커져 가는 흥분 속에서 그녀는 아무것도 찾지 못했다. 어쩌면 이럴 수가 있는가! 몇 주 전만 해도 그녀는 자신을 괴롭히고 그를 기억에서 쫓아 버리기 위해 일했다. 하지만 그것은 전혀 성공하지 못했고, 그녀는 잊어버려야 하는 그 끔직한 노력을 반복해야만 했다! 그리고 결국 그를 잊어버리는 데 성공했다고 믿었다! 이제 그녀는 그럴 만한 힘을 더 이상은 절대 갖지 못할 것이다. 그들은 서로 사랑하지 않는가. 그것은 너무도 단순한 일이었다. 그들은 결혼할 것이고, 어떤 위력도 그들을 떼 놓지는 못할 것이다.

"이봐요, 뭘 갖고 가야 할까요? 아! 전 어린애 같은 소심함 때문에 어리석기만 했어요. 그들이 합심해서 거짓말까지 했다는 걸 생각하면! 그래요, 전 결국 죽었을 거예요. 그래도 그들은 당신을 부르지 않았겠죠……. 옷가지를 가져가야겠죠? 말해 봐요. 좀 더 따뜻한 원피스가 여기 있군요……. 그리고 그들은 수많은 생각과 두려움을 제 머릿속에 집어넣었어요. 선과 악이 있고, 사람들이 할 수 있는 것과 해서는 안 되는 것이 있다고 했죠. 우리를 아무런 행동도 할 수 없는 바보로 만드는 그런 복잡한 일 말이에요. 하지만 그건 사실이 아니에요. 그들은 거짓말만 해요. 삶을 살고 나를 사랑하는 사람을 사랑하는 행복만이 제게 있을 뿐이에요. 저의 왕자님, 당신은 행운이고 아름다움이고 젊음이에요. 당신에게 저의 모든 것을 영원히 바치겠어요. 저의 유일한 기쁨은 당신 안에 있어요. 제가 당신의 기쁨이 되게 해 줘요."

소멸했을 것이라 믿었던 모든 유전적인 불꽃의 폭발 속에서 그녀는 환희를 느꼈다. 음악 소리가 그녀를 도취시켰고, 그녀는 그들의 찬란하고도 장엄한 출발을 상상했다. 그녀는 그의 목에 매달려 그의 가슴에 몸을 의지한 채 그를 따라갈 것이다. 왕자들의 후손인 그가 그녀를 머나먼 왕국으로 데려가서 여왕으로 만들어 줄 것이다. 다른 어떤 것도 무시해 버릴 수 있는 열정이 그녀를 더없이 강렬한 전율로 사로잡았고, 그녀의 온몸은 그 격정의 기쁨으로 소진되어 갔다. 이제 오직 두 사람만이 존재하는 것이다! 그들은 달리는 말 등에 몸을 내맡기고 그들만의 포옹 속으로 도주하여 사라질 것이다!

"전 아무것도 가져가지 않을래요. 그게 무슨 소용 있겠어요?"

벌써 문 앞에 서 있는 그는 그 자신의 열기로 타오르고 있었다.

"아니, 아무것도 필요 없어요. 얼른 떠나요."

"맞아요, 떠나요. 바로 그거예요."

그리고 그녀는 그와 합류했다. 그러나 그녀는 뒤돌아서서 마지막으로 자신의 방을 바라보고 싶었다. 램프가 여느 때와 마찬가지로 희미한 불빛을 온화하게 태우고 있었다. 수국과 접시꽃 다발이 활짝 펴 있었다. 수틀 한가운데는 접시꽃 한 송이가 아직 완성되지는 않았지만 생기 있는 모습으로 그녀를 기다리고 있는 듯했다. 무엇보다 흰색 벽, 흰색 침대, 그리고 마치 하얀 숨결로 가득 찬 듯한 희뿌연 공간, 그 방이 그녀에게 그토록 희게 보였던 적은 없었다.

그녀 안에서 무언가 흔들려 그녀는 의자 등받이에 기대야만 했다.

"왜 그래요?" 펠리시앵이 불안하여 물었다.

그녀는 대답하지 않았다. 숨 쉬기가 어려웠다. 전율에 다시 사로잡힌 그녀는 벌써 무릎이 꺾여 버려 앉지 않을 수 없었다.

"걱정 마세요. 아무 일도 아니에요……. 잠시만 쉬었다가 떠나기로 해요."

그들은 침묵했다. 그녀는 마치 소중한 무엇을 잊어버렸다는 듯 방 안을 바라보았다. 그녀는 그것이 무엇인지 말할 수 없었을지도 모른다. 그것은 어떤 미련이었다. 처음에는 그저 경미했다. 그러나 점점 커지며 그녀의 가슴을 조금씩 압박해 왔다. 그녀를 그렇게 붙잡는 것이 그 모든 흰색이란 말인가? 그녀는 잊어버리고 있었다. 그녀는 언제나 흰색을 좋아했고, 흰색 명주실 자투리를 훔치며 그것을 비밀리에 간직하는 즐거움을 느끼기까지 했다.

"잠시만, 잠시만 더 있다가 떠나기로 해요."

그러나 그녀는 일어날 노력을 더 이상 하지 않았다. 초조해진 그가 그녀 앞에 무릎을 꿇었다.

"몸이 아파서 그래요? 당신의 고통을 덜기 위해 내가 할 수 있는 일이 뭐죠? 당신이 춥다면 내 손으로 당신의 조그만 두 발을 감싸 줄게요. 그러면 당신 발은 따뜻해져서 달릴 수 있을 만큼 힘을 되찾을 거예요."

그녀는 고개를 저었다.

"아뇨, 아뇨. 전 춥지 않아요. 걸을 수 있을 거예요. 잠시만 기다려 줘요. 1분만 더."

그는 보이지 않는 사슬이 그녀의 사지에 연결되어 그녀를 그곳에 묶어 두고 있다는 사실을 알아차렸다. 그 끈이 너무도 견고하여 어쩌면 잠시 후 그가 그녀를 뽑아내는 것이 불가능할지도 몰랐다. 그리고 그녀를 즉시 데려가지 않으면 그는 다음날 불가피하게 아버지와 투쟁을 벌이고, 수주 전부터 미뤄 왔던 그 불화의 고통에 직면해야만 할 것이다. 그래서 그는 초조하게 열화와 같이 재촉했다.

"자, 갑시다. 이 시간에는 길이 어두워요. 마차가 우리를 어둠 속으로 데려갈 거예요. 우리는 계속 달려갈 거예요. 계속. 흔들리는 마차에 몸을 싣고 서로의 품에 안겨 잠든 채로. 밤공기의 차가움은 아랑곳하지 않고 마치 솜털 이불에 파묻힌 것처럼. 날이 밝으면 우리는 또 태양 아래 계속 달려갈 거예요. 더욱더 멀리. 행복하게 살수 있는 나라에 이를 때까지……. 아무도 우리를 모를 것이고, 우리는 어떤 커다란 정원 깊숙한 곳에 숨어 살 거예요. 그곳에서는 날마다 새로운 태양이 뜰 것이고, 우리는 서로 더욱 사랑할 것만을 걱정하면 돼요. 그곳에는 나무처럼 커다란 꽃이 만발하고 꿀보다더 달콤한 과일이 가득할 거예요. 우리는 영원한 봄 속에서 아무것도 필요 없이, 오직 우리의 입맞춤으로 살 거예요."

그의 뜨거운 사랑의 입김이 그녀의 얼굴을 달구었고, 그녀는 몸을 떨었다. 그녀는 약속된 기쁨이 스쳐 오는 것을 온몸으로 느끼며 소진되어 갔다.

"오! 잠시 후, 조금만 더 있다가 떠나요!"

"그런 다음 여행으로 피곤해지면 우린 이 고장으로 다시 돌아올 거예요. 그리고 오트쾨르 성의 벽을 다시 쌓아 올리고 그곳에서 우리의 삶을 마칠 거예요. 그게 내 꿈이에요……. 필요하다면 우리의 모든 재산을 그곳에 쏟아붓겠어요. 성벽이며 건물, 예배당 할 것 없이 거대한 성채 전체가 과거의 전성기 때처럼 야성적인 화려함을 되찾도록……. 종탑은 다시 두 계곡을 호령할 것이고. 우리는 다비드 탑과 샤를마뉴 탑 사이에 있는 그 영광스러운 집에서 살 거예요. 그곳에서 당신은 공주가 되고 나는 왕자가 되어 시동들과 군대 행렬 사이에서 옛 시대의 삶을 함께 영위하고 싶어요. 열다섯 자가 넘는 두께의 성벽이 우리를 외부 세계로부터 분리시킬 것이고, 우리는 전설 속에 존재하게 되겠죠……. 태양이 언덕의 비탈 뒤로 떨어질 무렵이면 우리는 무릎을 꿇은 마을 사람들의 경의를 받으며 큰 백마를 타고 사냥에서 돌아와요. 그러면 나팔 소리가 울리고 도개교가 내려오며 성문이 열려요. 저녁이면 왕들이 우리의 식탁에 초대받아 와 있을 거예요. 밤이면 우리는 왕좌처럼 넓고 높은 단상에 놓인 커다란 침대에서 휘장에 둘러싸여 잠을 자게 되지요. 아득한 곳에서 더없이 감미로운 음악이 흐르는 가운데 우리는 서로의 품에 안겨 자줏빛과 금빛 사이에서 잠들 거예요."

이때 그녀는 몸을 떨며 어떤 거만한 기쁨에 미소 지었다. 그러나 고통이 되살아나 엄습하며 그녀의 입가에서 미소를 지워 버렸다. 그녀가 무의식적인 몸짓으로 그 유혹적인 상상의 이미지를 물리치려 팔을 휘젓자 그는 열기를 한층 더하여 격정적인 두 팔로 그녀를 꼭 껴안았다.

"오! 나와 함께 떠나요. 내 사람이 되어 줘요⋯⋯. 함께 도망가요. 우리 둘만의 행복 속에서 모든 것을 잊어버려요."

그녀는 본능적으로 반항하며 급작스럽게 몸을 뺐다. 그리고 벌떡 일어서며 이렇게 말을 내뱉었다.

"아뇨, 아뇨, 전 그럴 수 없어요. 그럴 수 없어요!"

그러나 그녀는 갈등으로 더욱 초췌해진 모습으로 머뭇거리며 신음했다.

"부탁이에요. 재촉하지 말아요. 기다려 줘요⋯⋯. 당신을 사랑한다는 증거로 당신의 말을 따르고 싶어요. 당신의 품에 안겨 머나면 아름다운 나라로 떠나가서 당신의 꿈이 서린 성에서 함께 찬란한 삶을 누리고 싶어요. 예전에는 그것이 너무도 쉬워 보였어요. 전 수시로 우리가 함께 도망가는 계획을 꾸몄죠⋯⋯. 하지만 뭐랄까요? 지금은 그 일이 제게는 불가능하게 느껴져요. 마치 문이 갑자기 벽처럼 폐쇄되어 도저히 빠져나갈 수 없게 되어 버린 것만 같아요."

그는 다시 그녀를 도취시키고 싶었다. 하지만 그녀는 몸짓으로 그를 침묵시켰다.

"아무 말도 하지 마세요⋯⋯. 참 이상해요! 당신이 제게 그토록 달콤하고 다정한 얘기를 하면 할수록 저는 설득되기보다는 두려워지기만 해요. 어떤 차가움이 저를 얼어붙게 만들어요⋯⋯. 이럴 수가! 도대체 제가 왜 이러는 걸까요? 당신의 말이 저를 당신에게서 멀어지게 해요. 당신이 계속하면 전 당신의 말을 더 이상 알아들을 수 없게 될 거예요. 그러면 제가 당신을 떠나야만 하겠죠……. 기다려 줘요. 조금만 기다려 줘요."

그녀는 방 안을 천천히 걸으며 자신을 되찾으려 했다. 그리고 그는 그 자리에서 꼼짝하지 않은 채 절망에 빠져 들었다.

"전 당신을 더 이상 사랑하지 않는다고 믿었어요. 그런데 아까 제 앞에 와 있는 당신을 보았을 때 가슴이 마구 뛰었어요. 저의 첫 번째 충동은 당신을 따라가는 것이었죠. 사랑의 노예가 되어……. 그러니까 그건 분명 어떤 원망 섞인 분노였어요. 제가 당신을 사랑하는데 무엇 때문에 당신이 저를 무섭게 하겠어요? 그렇다면 제가 이 방을 떠나지 못하도록 막는 자는 누구일까요? 마치 보이지 않는 손이 제 온몸을 부여잡고 머리카락을 한 올 한 올 움켜쥐고 저를 놓아주지 않는 것만 같아요."

그녀는 침대 곁에 멈춰 선 다음 장롱 쪽으로 되돌아와서 다른 가구 앞으로 걸어갔다. 분명 비밀스러운 끈이 그 물건을 그녀와 결합시키고 있었다. 특히 흰 벽, 그리고 물매식 지붕의 그 넓은 흰 색이 순진함으로 그녀를 치마처럼 둘러싸고 있었다. 그녀는 눈물 없이는 도저히 그것을 벗어던지지 못할 것이다. 이제 그 모든 것은 그녀 존재의 일부가 되어 있었고, 그 환경이 그녀 내면에 들어와 있었다. 그리고 탁자 옆 램프 아래 놓인 자수틀 앞에 이르렀을 때 그녀는 그 사실을 더욱더 이해할 수 있었다. 수를 놓다 만 접시 꽃을 바라보며 그녀는 가슴이 녹아내리는 것 같았다. 지금 죄인처럼 이렇게 달아나 버리면 저 꽃은 영원히 끝내지 못할 것이다. 수를 놓으며 보낸 세월이 기억에 떠올랐다. 너무도 얌전하고 너무도 행복했던 세월, 평화와 정직함으로 다져진 습관의 추억 속에서 과오를 저지르고 있다는 생각이 불쑥 솟아올랐다. 자수 공예인들이 살았던 그 상쾌하고 아늑한 집과, 그녀가 세상과 격리된 채 그곳에서 영위했던 활발하고 순결한 삶이 날마다 조금씩 피가 되어 그녀의 혈관 속에 흐르고 있었던 것이다.

그러나 그는 그렇게 사물들에 사로잡힌 그녀를 보며 출발을 더 서둘러야 할 필요를 느꼈다.

"자, 떠나요. 시간이 흐르고 있어요. 조금만 더 지체하면 때를 놓치고 말 거예요."

그때 모든 것이 명쾌해졌다. 그녀는 외쳤다.

"이미 너무 늦었어요……. 제가 당신을 따를 수 없다는 사실을 당신도 잘 알잖아요. 제 안에는 당신의 목에 두 팔 벌려 달려가 매달리며 자신을 데려가 주기를 원했을 열정적이고 오만한 계집아이가 있었어요. 그러나 사람들이 저를 변화시켰어요. 전 더 이상 그 모습을 찾을 수가 없게 되었어요……. 이 방에 있는 모든 것이 제게 남으라고 외치고 있어요. 그 소리가 당신에게는 들리지 않는가요? 그리고 저의 기쁨은 복종하는 것이 되었어요."

그는 그녀와 논쟁을 벌이는 대신 말없이 고집 센 아이처럼 그녀를 데려가려고만 했다. 그녀는 그를 피해 창 쪽으로 도망갔다.

"안 돼요, 제발! 조금 전이었다면 당신을 따랐을 거예요. 하지만 그것은 마지막 반항이었어요. 조금씩, 저도 모르게, 사람들이 제게 불어넣은 공손함과 포기하는 마음이 제 안에 쌓였던 것 같아요. 그래서 저의 원죄가 매번 되돌아올 때마다 투쟁은 덜 힘들었고, 저는 더욱 커진 용이함으로 저 자신을 이겨 왔어요. 이제 끝났어요. 저는 저 자신에게 승리했어요⋯⋯. 아! 사랑하는 제 주인님, 제가 당신을 얼마나 사랑하는지요! 우리의 행복을 거스르는 일은 아무것도 하지 말기로 해요. 행복하기 위해서는 순종해야 해요."

그리고 그가 다시 한 걸음 나아가려 하자 그녀는 활짝 열린 창문을 건너 발코니로 갔다.

"제가 기필코 저 아래로 몸을 던지기를 원하는 것은 아니겠죠⋯⋯. 그러니 제 말을 들어줘요. 저를 둘러싸고 있는 것이 바로 제 안에 존재한다는 사실을 이해해 줘요. 오래전부터 사물들이 제게 얘기를 들려줬고, 전 그 목소리를 들었어요. 그리고 그 어느 때보다 지금 그것이 제게 더 높이 말하고 있어요⋯⋯. 잘 들어 봐요. 클로-마리 전체가 당신 아버지의 뜻을 거역하며 제 존재를 당신에게 바침으로써 제 삶과 당신 삶을 모두 망치는 일은 하지 말라고 제게 용기를 북돋우고 있잖아요. 노래 부르듯 말하는 이 목소리는 셔브로트 개울이에요. 너무도 투명하고 신선한 목소리죠. 그것이 크리스털의 순수함을 제 안에 넣어 준 것 같아요. 웅성거리는 이 목소리는 다정하고 깊이가 있어요. 땅과 풀과 나무이고요. 성스러운 이 구석의 평온한 삶 전체가 저 자신의 삶의 평화를 위해 힘을 보태 주어요. 그리고 더 먼 곳에서도 목소리가 들려와요. 주교 관저의 느릅나무, 저기 하늘 꼭대기까지 시선을 당기는 나뭇가지에서 오는 목소리죠. 그것들 하나하나가 저의 승리에 관심을 보이고 있어요⋯⋯. 이 소리도 들어 봐요! 최고로 높고 웅장한 이 목소리는 저의 오랜 친구인 성당의 것이에요. 이것은 밤에도 영원토록 깨어 있으면서 제게 가르쳐 줘요. 그 건물의 돌 하나하나와 그 창문의 작은 기둥, 버팀벽의 작은 종루, 성당 후진의 걸침벽이 제게 속삭이고 있어요. 전 그 소리를 다 구분할 수 있어요. 그리고 그들의 언어도 이해해요. 그것들이 말하는 것에 귀 기울여 봐요. 죽음 속에서조차 희망은 남아 있다고 말하고 있어요. 우리가 자신을 낮출 때 사랑은 남아 승리해요……. 그리고 마지막으로 이 소리! 공기 자체가 영혼들의 속삭임으로 가득해요. 여기 보이지 않게 와 있는 처녀들이 제 친구들이에요. 들어 봐요, 들어 봐요!"

그녀는 미소를 띠며 주의를 깊이 모으려는 몸짓으로 손을 들었다. 그녀의 존재 전체가 흩어진 숨결 사이로 황홀경에 빠져 들었다. 어린 시절에 그랬던 것처럼 그녀의 상상력이 불러온 『황금빛 전설』의 성스러운 처녀들이 거기 있었다. 소박한 그림이 들어 있는 그 옛날 책에서 신비로운 존재가 날아올랐다. 먼저 자신의 머리카락으로 옷 입은 아그네스, 그녀는 폴랭 사제의 약혼반지를 끼고 있다. 그다음 다른 모든 성녀들, 성탑에 갇힌 바르브, 어린 양을 이끄는 준비에브, 고문당하는 세실, 젖가슴이 잘려 나간 아가트, 길에서 구걸하는 엘리자베트, 박사들에게 승리하는 카트린. 기적이 일어나 뤼스는 너무도 육중해져서 천 명의 남자들과 다섯 쌍의 소도 그녀를 사악한 장소로 끌고 가진 못한다. 아나스타지를 품으려는 총독은 봉사가 된다. 그 모든 성녀들이 밝은 밤하늘을 새하얗게 날아다닌다. 창 고문으로 목이 베였지만 피 대신 젖을 풍요롭게 흘리면서. 공기는 그러한 성녀들로 순진무구하고, 어둠은 은하수가 흐른 듯 환하다. 아! 그녀들처럼 사랑으로 죽으리라. 남편의 첫 입맞춤에 새하얀 빛으로 찬란하게 빛나며 처녀로 죽으리라!

펠리시앵이 다가왔다.

"난 실제로 존재하는 사람이오, 앙젤리크. 그런데 당신은 꿈을 좇아서 나를 거부하는군요……."

"꿈이라고요……." 그녀가 중얼거렸다.

"왜냐하면 그 성녀들이 당신을 둘러싸고 있다면 그 환영은 당신 자신이 만들어 낸 것이니까요. 자, 이젠 당신의 어떤 것도 사물에 쏟아 넣지 말아요. 그러면 그것들은 침묵할 거요."

그녀는 흥분했다.

"오! 안 돼요. 사물들이 말해요, 그것들이 더 높이 말한다니까요! 그것들은 제 힘이고, 당신을 뿌리칠 수 있는 용기를 제게 주고 있어요……. 그것은 은총이에요. 이렇게 강렬한 힘이 제게 내린 것은 이번이 처음이에요. 그것이 꿈에 지나지 않는다 하더라도 전 상관하지 않아요! 그것은 제가 제 주위에 쏟았고 지금 제게 되돌 아오는 꿈이에요. 그 꿈이 저를 구원하고 오점 없이 환영 사이로 데려간다고요……. 오! 포기하세요. 저처럼 복종해요. 전 당신을 따라가고 싶지 않아요."

그녀는 허약해진 몸을 바로 세우며 단호하고 꺾이지 않는 의지 를 보였다.

"하지만 어른들이 우리를 속였어요. 그들은 우리를 갈라놓기 위 해 비루하게 거짓말까지 했어요!"

"타인이 과오를 저질렀다고 해서 우리의 과오가 용서되지는 않을 거예요."

"아! 당신의 가슴이 나를 떠났군요. 당신은 이제 나를 사랑하지 않아요."

"당신을 사랑해요. 저는 오직 우리의 사랑과 우리의 행복을 위해 당신과 싸우고 있어요……. 당신 아버지의 동의를 얻으세요. 그러면 당신을 따르겠어요."

"내 아버지라고요. 당신은 그를 몰라요. 오직 신만이 그의 뜻을 굽힐 수 있을 거예요……. 그러면 이제 끝난 건가요? 말해 봐요. 내 아버지가 부앵쿠르 가의 클레르 아가씨와 결혼하라고 내게 명령했어요. 내가 그에게 복종해야 하는 건가요?"

이 마지막 충격에 앙젤리크는 비틀거렸다. 그녀는 신음을 억누르지 못하며 이렇게 말했다.

"그건 너무도……. 떠나가 주세요. 이렇게 빌게요. 제게 잔인하게 굴지 말아 줘요……. 여긴 왜 왔어요? 전 체념했어요. 전 당신의 사랑을 받지 않는 불행에 익숙해졌다고요. 그런데 당신은 이렇게 저를 사랑하고, 저의 모든 고통은 다시 시작되었어요! 이제 제가 어떻게 살기를 바라죠?"

펠리시앵은 그녀의 마음이 약해졌다고 믿었다. 그는 반복했다.

"만약 내 아버지가 내가 그녀와 결혼하기를 바라면……."

그녀는 자신의 고통에 굳게 저항했다. 그리고 가슴이 찢어지는 아픔 속에서도 다시 꼿꼿이 설 수 있게 되었다. 그런 다음 마치 그에게 길을 내주려는 듯 탁자를 향해 몸을 끌고 가며 대답했다.

"그녀와 결혼하세요. 복종해야 해요."

그녀가 그를 돌려보내려 하자 이번에는 그가 떠날 태세로 창 앞에 섰다.

"하지만 그 일로 인해 당신이 죽을 거요!" 그가 외쳤다.

그녀는 마음이 진정되었다. 그리고 미소를 띠며 중얼거렸다.

"오! 이미 반은 죽은걸요."

그는 한 점 바람이 날려 버릴 가벼운 깃털처럼 극도로 창백하고 작아진 그녀의 모습을 한순간 더 바라보았다. 그러고는 단호한 결심을 한 듯 격분하며 어둠 속으로 사라졌다.

그가 떠난 다음 그녀는 소파 등받이에 기댄 채 절망스럽게 어둠 속으로 손을 내밀었다. 주체할 수 없는 오열이 그녀의 몸을 뒤흔들었고, 죽음을 앞둔 마지막 순간을 알리는 진땀이 그녀의 얼굴을 흠뻑 적셨다. 맙소사! 그것이 마지막이었다. 이제 그녀는 두 번 다시 그를 보지 못할 것이다. 모든 고통이 다시 그녀를 엄습해 왔다. 두 다리가 꺾이며 휘청거렸다. 침대로 돌아가는 것은 그녀에게 너무도 힘든 일이었다. 무슨 승리라도 거둔 듯 그녀는 숨을 헐떡이며 침대에 쓰러졌다. 새벽이 되자 그녀 자신이 램프를 껐고, 그녀의 방은 의기양양하게 흰 빛을 뿜어냈다. 그다음 날 아침 위베르 부부가 그녀 방에 올라갔을 때 그녀는 침대에서 죽어 가고 있었다.

13

앙젤리크는 죽어 가고 있었다. 겨울 끝자락의 어느 청명한 아침 10시였다. 햇살이 빛나는 맑은 하늘은 눈부시게 화창했다. 전날부터 그녀는 빛바랜 분홍색 사라사 천으로 휘장이 쳐진 크고 장엄한 침대에서 의식을 잃고 누워 있었다. 상아색 두 손은 이불 위에 방치된 듯 놓여 있었고, 두 눈은 다시 뜨려 하지 않았다. 금발 사이로 드러난 그녀의 섬세한 윤곽은 더욱 말라 있었다. 두 입술 사이로 새어 나오는 아주 가는 숨결만 없었다면 사람들은 그녀가 이미 죽었다고 믿었을 것이다.

전날 앙젤리크는 상태가 극도로 악화되었음을 느끼고는 고해를 하고 영성체를 했다. 코르니유 신부가 3시경에 그녀에게 임종의 성체 배령을 시켜 주었던 것이다. 그런 다음 저녁이 되면서 죽음이 그녀를 조금씩 냉각시키자 그녀는 종부 성사를 강렬히 받고 싶어 했다. 그것은 영혼과 육체의 치유를 위한 성스러운 약이었다. 의식을 잃기 전에 그녀가 한 마지막 말은 성유(聖油)를 바르고 싶

다는 것이었다. 오! 너무 늦지 않게, 당장. 알아듣기 힘든 그 나지
막한 웅얼거림을 받은 사람은 위베르틴이었다. 그러나 밤이 깊어
위베르 부부는 날이 새기를 기다렸다. 신부가 소식을 듣고 마침내
도착할 시간이었다.

　모든 것이 준비되었고, 부부는 방 정돈을 마쳤다. 오전 그 시각,
화창한 햇살이 유리창을 치고 있었고, 장식 없는 널따란 흰색 벽
사이에서 앙젤리크의 안색은 새벽처럼 창백했다. 그들은 탁자를
흰색 천으로 덮었다. 십자가의 오른쪽과 왼쪽에는 아래층의 응접
실에서 가져온 두 개의 촛불이 은빛 불꽃을 태우고 있었다. 또 거
기에는 성수와 성수산포기(聖水散布器)와 성수반과 귀금속 물병
과 수건이 있었다. 그리고 그 옆에는 흰 자기 접시 두 개가 놓여
있었는데, 그중 하나는 솜덩이로, 다른 하나는 흰색 종이 원뿔로
가득했다. 그들은 저지대의 신시가지를 쫓아다니며 온실을 샅샅
이 뒤졌지만, 장미 외에 다른 꽃은 찾을 수가 없었다. 굵은 백장미
다발은 마치 백색 레이스 주름처럼 탁자를 장식하고 있었다. 더욱
늘어난 백색 속에서 죽어 가는 앙젤리크는 눈을 감은 채 여전히
가늘게 숨을 쉬고 있었다.

　아침에 다녀간 의사는 그녀가 그날을 넘기지 못할 것이라고 말
했다. 그녀는 의식을 되찾지 못한 채 어느 순간에 가 버릴지 몰랐
다. 위베르 부부는 기다렸다. 그들은 매우 슬펐지만 현실을 엄연
히 받아들였다. 그들이 그 죽음을 원했다면, 그들이 반항하는 딸
보다는 죽은 딸을 더 원했다면 그것은 신이 그들과 함께 그녀의
죽음을 원했기 때문이다. 이제 그것은 그들의 권한을 벗어나는 일

이며, 그들이 할 수 있는 것은 오직 복종뿐이었다. 그들은 아무것도 후회하지 않았다. 그러나 그들의 존재는 고통에 짓눌렸다. 그녀가 그곳에서 죽어 가기 시작한 순간부터 그들은 모든 외부인의 도움을 거부하고 그녀를 돌보았다. 이 마지막 순간에도 여전히 두 사람만이 그녀의 곁을 지켰다. 그들은 기다리고 있었다.

위베르는 기계적인 동작으로 사기 난로의 뚜껑을 열어 갔다. 난로가 내는 멍멍한 소리는 마치 신음처럼 들렸다. 침묵이 흘렀고, 은은한 온기 속에서 장미꽃의 빛깔이 시들어 갔다. 잠시 전부터 위베르틴은 벽 너머로 들려오는 성당의 소리에 귀를 기울였다. 종소리가 울리며 해묵은 돌을 진동시켰다. 아마도 코르니유 신부가 성유를 들고 성당을 떠나고 있을 것이다. 그녀는 그를 맞으러 아래층 현관으로 내려갔다. 2분이 흘렀다. 중얼거리는 소리가 계단탑을 타고 올라왔다. 온온한 방 안에서 위베르는 충격을 받으며 떨기 시작했다. 신앙심에서 우러나온 어떤 두려움과 한 가닥 희망으로 그는 무릎을 꿇으며 쓰러지고 말았다.

방 안으로 들어온 사람은 기다리던 늙은 사제가 아니라 주교님이었다. 그는 흰색 레이스 예복에다 바이올렛 색깔의 스톨을 어깨에 걸치고 은그릇을 들고 있었다. 그 속에는 성 목요일에 그 자신이 축성한, 허약한 자들을 치유하기 위한 성유가 담겨 있었다. 그의 독수리눈은 정면을 직시하고 있었고, 흰색의 숱 많은 곱슬머리 아래 창백한 아름다운 얼굴은 위엄을 드러내고 있었다. 그 뒤로 코르니유 신부가 낮은 신분의 성직자처럼 한 팔로 기도 문집을 품에 안은 채 십자가를 들고 따라 들어왔다.

문턱에 잠시 멈추어 서서 주교는 엄숙하게 라틴어로 말했다.

"이 집 안에 평화가."

그러자 신부가 역시 라틴어로 더욱 낮게 화답했다. "그리고 이곳에 사는 자들에게도."

그들이 방 안으로 들어서자 뒤따라온 위베르틴 또한 강렬한 감동으로 전율하며 남편 옆에 다가와 무릎을 꿇었다. 두 사람은 머리를 조아리고 두 손을 모은 채 영혼을 바쳐 기도했다.

펠리시앵은 앙젤리크를 방문한 그다음 날 그 참담한 일을 아버지에게 설명했다. 그날 아침이 되자마자 그는 모든 문을 격렬하게 열어젖히며 기도실에 모습을 드러냈다. 주교는 되살아나는 과거에 대항하여 처참한 투쟁의 밤을 지새우고 난 다음 아직 기도하는 중이었다. 지금까지 두려움으로 몸을 굽히고 공손하기만 하던 아들에게서 오랫동안 억눌렸던 반항심이 넘쳐흘렀다. 같은 피가 흐르는 두 남자 사이의 충돌은 혹독했다. 그들은 금방이라도 격렬해질 수 있는 기질이었다. 아버지는 꿇은 무릎을 받치던 낮은 기도 의자에서 몸을 일으켰다. 그리고 곧장 얼굴을 붉히며 거만하고 완고한 태도로 아무 말 없이 아들의 말을 들었다. 아들 또한 붉게 달아오른 표정으로 격정을 거침없이 터뜨리며 점점 더 높이 외쳤다. 그는 앙젤리크가 병상에 누워 죽을 지경에 이르렀다고 말했다. 사랑을 잃어버리게 될까 봐 너무도 두렵고 불안하여 그녀와 함께 달아날 계획을 세웠지만 그녀가 성녀다운 순결과 체념으로 그를 따라나서기를 거부했다는 얘기를 들려주었다. 그녀를 그렇게 죽게 내버려 두는 것이야말로 살인 아닌가? 그 순종적인 소녀는 오직 그의 아버지의 허락 하에서만 그와 결합하기를 원했다. 그녀가 마침내 그를, 그의 지위와 재산을 소유할 수 있게 되었을 때 그녀는 아니라고 외치며 그녀 자신과 싸웠고, 승리를 거두었다. 그리고 그는 그녀를 사랑했다. 죽도록 사랑했다. 그녀 곁을 지키다 같은 순간에 그녀와 함께 죽지 않는 자신을 경멸했다! 정녕 어른들은 잔인하게도 두 사람에게 그러한 비참한 종말을 바란단 말인가? 아! 이름의 오만함, 금전의 영광, 의지를 꺾지 않으려는 고집. 두 사람을 행복하게 해 주는 것만이 문제 된다면 그러한 것이 과연 중요할 수 있는가? 그러한 심경 토로 끝에 격앙된 그는 아버지에게 다가가 그의 떨리는 손을 잡고 흔들며 승낙해 주기를 부탁하고 또 간청했다. 그것은 이미 위협과도 같은 것이었다. 주교는 마침내 입을 열기로 결심했고, 그가 한 대답은 오직 그의 절대적인 위력을 드러내는 한마디 말뿐이었다. 절대 안 돼!

그러자 펠리시앵은 반항 속에서 모든 자제력을 상실하며 머리에 떠오르는 생각은 무엇이든 내질렀다. 그는 어머니에 대해 말했다. 열정의 권리를 요구하기 위해 바로 어머니가 그의 마음속에 소생한 것이다. 서로 사랑하는, 그리고 진정으로 살고자 하는 사람들에게 그토록 냉혹한 모습을 보이다니 아버지는 결국 어머니를 사랑하지 않았으며 그녀의 죽음을 기뻐했던 게 아닌가? 아버지는 종교가 요구하는 대로 포기함으로써 얼음 같은 존재가 되었지만 그건 다 소용없는 일이다. 어머니가 결혼으로 낳은 그 아들이 지금 아버지에게 고문당하고 있으니 그녀는 강박적으로 되돌아와 아버지의 뇌리를 쫓아다니며 괴롭힐 것이다. 어머니는 여전히 살아 존재하며, 그 아들의 자식들 마음속에까지 영원히 존재하기를 원한다. 아버지는 그 아들이 선택한 약혼녀, 가문을 존속시키게 할 여인을 거부함으로써 어머니를 다시 죽이고 있다. 우리는 한 여인과 결혼할 뿐 교회와 결혼하는 것이 아니다. 그리고 끔찍한 침묵 속에서 요지부동인 아버지를 바라보며 더욱 흥분한 그는 배신자와 살인자라는 심한 말을 내뱉었다. 그러고는 공포에 사로잡혀 비틀거리며 달아났다.

주교는 홀로 남게 되자 가슴 한가운데를 칼로 찔린 듯 뒤돌아서서 기도대 위로 무릎을 꿇으며 털썩 쓰러졌다. 끔찍한 신음 소리가 헐떡이는 그의 목구멍으로 솟구쳐 올라왔다. 아! 심정의 비참함이여, 육신의 극복할 수 없는 약점이여! 그 여인, 끊임없이 되살아나는 그 죽은 여인을 그는 결혼 첫날 저녁 그녀의 새하얀 발등에 입을 맞추던 때처럼 그렇게 열렬히 사랑했고, 그 아들을 그녀 자신에 예속된 것처럼, 그녀가 남긴 생명의 일부인 것처럼 애지중지 사랑했다. 그리고 그 아가씨, 그가 거부하던 그 어린 자수공 또한 그는 그녀를 향한 아들의 그 열렬한 마음으로 사랑했다. 이제 그 세 사람 모두 그의 밤을 절망시켰다. 그가 그 사실을 스스로 인정하지는 않았지만, 그녀는 성당에서 그의 마음에 파문을 일으켰다. 금빛 머리카락과 풋풋한 목덜미를 지닌 너무도 소박한 그 귀여운 자수공 아가씨는 젊음의 향기로움을 발산했다. 그는 그녀를 다시 보았다. 그녀는 매력적인 순종미를 드러내며 섬세하고 순수한 모습으로 지나가고 있었다. 좀 더 확고하고 좀 더 자신만만한 걸음걸이였다면 그의 마음속으로 회한이 들어서지는 못했을 것이다. 그가 그녀를 거부한다고 크게 외칠 수는 있었다. 그러나 그는 그녀가 바늘로 상처 입은 그 누추한 손으로 그의 가슴을 움켜쥐고 있다는 사실을 잘 알고 있었다. 펠리시앵이 그에게 격렬하게 호소하는 동안 그는 아들의 금발머리 뒤로 그 자신이 지극히 아끼는 두 여인을 보았다. 그 앞에서 눈물을 흘리던 여인과 아들을 위해 죽어 가던 여인. 그의 가슴은 더 이상 하느님의 것이 아니었다. 그는 참담한 심정으로 오열하며 어디서 마음을 진정시킬 줄 몰라 자신에게서 그 가슴을 뽑아 버릴 용기를 달라고 하늘에 간청했다.

주교는 저녁까지 기도했다. 다시 나타났을 때 그는 밀랍같이 창백하고 비통한 모습이었지만 단호해 보였다. 그는 "절대 안 돼"라는 말만 반복할 뿐 아무것도 할 수 없었다. 오직 하느님만이 그에게서 그 말을 제거할 권리를 갖고 있었고, 하느님은 기도를 듣고 침묵했다. 고통을 받아들여야만 했다.

이틀이 흘렀고 펠리시앵은 고통 속에서 소식이 오기만을 기다리며 미친 듯 그 작은 집 앞에서 서성거렸다. 누군가가 거기서 나올 때마다 그는 두려움에 쓰러질 지경이었다. 그렇게 위베르틴이 성유를 구하러 교회로 달려가던 아침, 앙젤리크가 그날을 넘기지 못할 것이라는 사실을 알게 되었다. 코르니유 신부는 자리에 없었다. 그는 신성한 도움을 줄 수 있으리라는 마지막 희망을 가슴에 품고 신부를 찾으러 동네를 뒤졌다. 그러나 신부를 데려오는 순간 희망은 사라져 버렸다. 그의 내면에서 의심과 분노가 폭발해 버렸다. 무얼 할 수 있단 말인가? 무슨 방법으로 하늘을 개입하도록 할 수 있단 말인가? 그는 달려갔다. 그리고 다시 문을 박차고 주교 관저 안으로 들어갔다. 주교는 아들의 횡설수설 앞에서 잠시 겁이 났다. 그런 다음 앙젤리크가 죽어 가고 있으며, 그녀가 종부성사를 기다리고 있고, 하느님만이 그녀를 구원할 수 있다는 사실을 알게 되었다. 아들은 오직 자신의 고통을 소리쳐 폭발시키며 그 가증스러운 아버지와 인연을 끊고 아버지의 면상에 아버지가 살인의 죄를 저질렀다고 퍼붓기 위해 왔을 뿐이었다. 그러나 주교는 화내지 않고 침착하게 아들의 말을 들었다. 어떤 목소리가 마침내 주교의 내면에서 말을 한 것일까. 그의 눈은 불현듯 한 줄기 섬광으로 빛이 났다. 그는 아들에게 앞장서라는 신호를 했다. 그리고 아들의 뒤를 따르며 이렇게 말했다.

"하느님이 원하시면 나도 원한다."

커다란 전율이 일며 펠리시앵의 온몸을 떨게 했다. 아버지가 자신의 의지를 내던지고 선량한 기적의 의지에 순종하며 동의했다. 그들은 이제 존재하지 않았다. 하느님이 작용하실 것이다. 주교가 제의실에서 코르니유 신부의 손에 들려 있던 성유를 받아 드는 동안 펠리시앵은 눈물이 앞을 가렸다. 그는 이성을 잃은 채 그들을 따라갔다. 하지만 차마 방 안으로 들어가지는 못하고 계단참에서 활짝 열린 방문을 바라보며 무릎을 꿇었다. 주교와 코르니유 신부가 라틴어로 화답했다.

"이 집안에 평화가."

"그리고 이곳에 사는 자들에게도."

주교는 성유가 든 은그릇을 들고 공중에 십자가를 그은 다음 흰 탁자 위 두 양초 사이에 놓았다. 그리고 신부의 손에서 십자가를 받아 들고 환자에게로 다가갔다. 그녀에게 십자가에 입을 맞추게 하기 위해서였다. 그러나 앙젤리크는 여전히 의식을 잃은 채 눈을 감고 있었다. 그녀의 뻣뻣해진 두 손은 마치 무덤 위에 뉜 가늘고 마른 석상의 형상처럼 보였다. 그는 한순간 그녀를 바라보았다. 그녀의 가는 숨결에서 그녀가 여전히 목숨을 부지하고 있다는 사실을 알아차리고는 그녀의 입술에 십자가를 갖다 대었다. 그는 기다렸다. 그가 그 섬세한 얼굴과 그 찬란한 머리카락 어디에도 떨림의 파장이 없다는 사실을 확인하던 순간, 그의 얼굴에는 고해 성사에 임하는 성직자의 위엄만이 서려 있을 뿐 어떤 인간적인 감정도 드러나지 않았다. 그러나 그녀는 여전히 살아 있었고, 그것만으로도 잘못을 속죄하기에 충분했다.

주교는 신부에게서 성수반과 성수산포기를 받아 들었다. 신부가 그녀에게 공개적인 의식을 치르는 동안 그는 죽어 가는 앙젤리크에게 성수를 뿌렸다. 그리고 동시에 제의식과 관련된 라틴어 구절을 읊었다.

"주 하느님, 향기로운 히숍 물로 저의 몸을 적셔 주시옵소서. 그러면 저는 정화될 것이옵나이다. 저를 씻어 주시옵소서. 그러면 저는 눈보다 더 희고 깨끗해질 것이옵니다."

물방울을 뿌리자 그 커다란 침대가 마치 이슬에 젖은 듯 신선해졌다. 물방울이 손가락과 뺨 위로 비 오듯 떨어졌다. 그러나 물방울은 마치 무감각한 대리석 위로 떨어진 듯 방울방울 굴렀다. 그다음 주교는 돌아서서 이번에는 보조원들에게 성수를 뿌렸다.

위베르와 위베르틴은 나란히 무릎을 꿇고 각기 자신의 열렬한 신앙심의 욕구 속에서 성스러운 축성의 물방울을 받았다. 그다음 주교는 그 방과 가구와 흰 벽, 장식 없는 그 모든 소박한 흰색에 축복을 빌었다. 그는 문 가까이로 지나가며 문턱 너머에 쓰러져 두 손을 꼭 모아 쥐고 오열하는 아들 앞에 잠시 멈추어 섰다. 그리고 느린 몸짓으로 세 번 산포기를 흔들며 아들에게 부드럽게 물방울을 흩뿌렸다. 그 성수를 곳곳에 뿌린 것은 우선 수천씩 무리를 지어 날아다니는 보이지 않는 사악한 귀신들을 쫓아내기 위함이었다. 그 순간 한 줄기 희미한 겨울 햇살이 침대까지 스며들어 왔다. 헤아릴 수 없이 많은 미세 입자와 날렵한 티끌이 죽어 가는 자의 차가운 손을 그들의 따뜻한 무리로 감싸 안기 위한 듯 창문 한 귀퉁이에서 내려와 그곳에서 살아 움직이는 것 같았다.

탁자 앞으로 되돌아온 주교는 라틴어 기도문을 읊었다.

"우리의 기도를 들으시옵소서……"

그는 침착했다. 죽음이 거기 빛바랜 사라사 휘장 사이에 있었다. 그러나 그는 죽음이 서두르지 않는다는 것을 직감했다. 그것은 아주 천천히 올 것이었다. 비록 자신의 존재가 소멸되어 가는 와중이라 그 아이가 그의 기도를 들을 수는 없었지만, 그는 아이에게 물었다.

"네 마음에 고통을 주는 것에 대해 털어 놓을 것은 없는가? 네 고통을 모두 고백하라. 그리고 마음의 짐을 내려놓아라."

앙젤리크는 여전히 아무런 응답이 없었다. 그녀에게 대답할 시간을 준 다음 그는 그의 말이 그녀에게 한마디도 전달되지 못한다는 사실을 알지 못하는 듯 여느 때처럼 충만한 목소리로 설교를 시작했다.

"너 자신의 가장 깊은 곳에 내려가 마음을 가다듬어라. 그리고 하느님께 용서를 빌라. 성사는 너를 정화하고 너에게 새로운 힘을 주실 것이로다. 네 눈은 맑아질 것이고 네 귀는 순결해질 것이며, 네 코는 신선하고 네 입은 성스럽고 네 손은 순진무구해질 것이로다……."

그는 그녀를 바라보며 해야 할 말을 모두 끝마쳤다. 그러나 그녀는 겨우 숨만 쉴 뿐 감긴 두 눈의 속눈썹에는 어떤 미세한 떨림도 없었다. 그다음 그는 명령했다.

"신경(信經)을 읊어라."

잠시 기다린 다음 그 자신이 라틴어로 읊었다.

"오직 주 하느님 한 분만이 계심을 믿으옵나이다……."

"아멘."

방 밖에서는 펠리시앵이 조바심하며 계속 흐느끼고 있었다. 위베르와 위베르틴은 마치 미지의 전지전능한 권능이 강림하는 것을 느끼는 듯 열성적이고도 겁먹은 자세로 기도하고 있었다. 기도의 웅얼거림이 잠시 멈추었다. 이제는 하염없이 이어지는 의식이 차례로 펼쳐지며 성인과 성녀들에 바치는 기도, 불쌍한 인류의 구원을 위해 하늘에 호소하는 기도문, '주여 우리를 불쌍히 여기소서'가 이어졌다.

그다음 갑자기 목소리가 잦아들며 깊은 침묵이 내려앉았다. 주교는 신부가 부어 주는 물 몇 방울로 손가락을 씻었다. 마침내 그는 성유 그릇을 들고 뚜껑을 연 다음 침대 앞으로 다가갔다. 잊힌 과거 죄악의 찌꺼기, 미처 알지 못하고 저질렀던 죄악, 하느님의 은총 속에서 확고하게 속죄하도록 허락받지 못했던 무기력함과 나태함의 죄악, 이처럼 이미 받은 다른 성사 이후에도 여전히 용서받지 못한 채 영혼 속에 남아 있는 치명적이거나 가벼운 죄악을 지워 주는 최후의 성사(聖事)를 거행하는 엄숙한 순간이 되었다. 그러나 그런 죄악을 어디서 찾을 것인가? 그것들은 바깥에서, 그 햇살 속에서 춤추는 먼지 알갱이 속에서 오고 있는 게 아닐까? 그것들은 한 처녀의 죽음이 있는, 싸늘하게 식어 버린 그 커다랗고 장엄한 흰 침대 위로 삶의 싹을 가져오는 듯했다.

주교는 시선을 다시 앙젤리크에게 멈추고 마음을 가다듬었다. 그녀의 가느다란 숨결은 아직 멈추지 않았다. 너무도 말라 버려 이미 모든 물질성을 벗어 버린 듯한, 천사의 아름다움을 간직한 그녀를 바라보며 그는 모든 인간적인 감정을 스스로에게 금지했다. 이제 영혼 속으로 악이 침투해 오는 다섯 창문인 감각에 기름을 바를 시간이었다. 엄지손가락에 성유를 적시고 그 감각이 살고 있는 그녀의 육체 다섯 부분에 기름을 바르기 시작했을 때, 그의 손에는 한 치의 떨림도 없었다.

맨 먼저 눈에, 감은 눈꺼풀 위에, 오른쪽 왼쪽 차례로, 주교는 엄지손가락으로 가볍게 십자가를 그으며 라틴어로 기도문을 외었다.

"네가 네 눈으로 저지른 죄가 무엇이든 이 성유와 아버지의 자비로운 사랑으로 주 하느님께서 네 죄를 사해 주시기를."

음탕한 시선, 불명예스러운 호기심, 광경의 허영, 사악한 독서,

수치스러운 근심을 위해 흘린 눈물, 그러한 시각의 죄악이 속죄되었다. 그러나 그녀는 『황금빛 전설』 외에 다른 책을 읽은 것이 없었고, 성당 건물의 후진이 그녀에게 다른 세상을 향한 시선을 차단해 버렸으므로 시야를 뻗을 다른 지평도 알지 못했다. 그리고 그녀는 오직 열정에 대항하는 복종의 투쟁 속에서만 눈물을 흘렸을 뿐이다.

코르니유 신부는 솜덩이 하나를 들어 눈꺼풀을 닦은 다음 그것을 흰 종이 원뿔에 담았다.

그다음은 귀. 주교는 그녀의 진주 빛깔 투명한 귓불에다 오른쪽 왼쪽 성유를 바르며 가볍게 십자가를 그었다.

"네가 네 귀로 저지른 죄가 무엇이든 이 성유와 아버지의 자비로운 사랑으로 주 하느님께서 네 죄를 사해 주시기를."

그렇게 청각의 모든 가증스러움이 속죄되었다. 모든 말, 타락시키는 모든 음악, 모든 비방과 중상과 신성 모독, 모든 거만하고 방종한 얘기, 의무를 저버리게 하는 사랑의 거짓말, 육신을 흥분시키는 불경한 노래, 밤의 관능을 애절하게 그리는 관현악의 바이올린 소리. 그러나 철저하게 고립된 삶 속에 갇혀 살았던 그녀는 이웃 아낙네들이 떠들어 대는 수다나 말을 채찍질하는 마부의 욕설조차 들어 본 적이 없었다. 그녀는 오직 그 수백 년 묵은 성당의 옆구리에 붙은 작은 집을 통째로 진동시키던 오르간의 울림과 성가와 웅얼거리는 기도 소리 외에는 다른 어떤 음악도 귀에 담아 본 적이 없었다.

신부는 솜덩이 하나로 귀를 닦은 다음 그것을 다른 흰 종이 원뿔 속에 담았다.

그러고는 흰 장미꽃잎 같은 오른쪽 왼쪽 콧구멍에 성유를 발랐다. 그의 엄지손가락이 그은 십자가가 그것들을 정화해 주었다.

"네가 네 코로 저지른 죄가 무엇이든 이 성유와 아버지의 자비로운 사랑으로 주 하느님께서 네 죄를 사해 주시기를."

후각이 최초의 순진무구함으로 돌아갔다. 꽃의 유혹에서 지나치게 달콤한 입김에 이르기까지 영혼을 잠들게 하는 공기에 퍼져 있는 향기의 육감적인 수치뿐만 아니라, 내적인 후각의 잘못, 타인에게 제공한 그릇된 경우, 물의를 빚어 타인들에게 전염시킨 경우까지 모든 더러움이 씻겼다. 그러나 순결하고 정직한 그녀는 백합들 가운데 허약한 자들의 기력을 보강해 주는 큰 백합꽃 향기를 한 번 맡은 것이 마지막이었다. 더구나 그녀는 너무도 순진하고 예민해서 강렬한 패랭이꽃이나 라일락, 열정적인 히아신스는 견딜 수가 없었고, 오직 향기 그윽한 꽃 가운데 바이올렛과 들앵초만이 그녀를 편안하게 해 주었다.

신부는 콧구멍을 닦은 뒤 솜덩이를 다른 흰 종이 원뿔에 넣었다.

그다음 주교는 가는 숨결이 미세하게 틈을 만들어 놓은 닫힌 입의 아랫입술에 십자가를 그었다.

"네가 네 입으로 저지른 죄가 무엇이든 이 성유와 아버지의 자비로운 사랑으로 주 하느님께서 네 죄를 사해 주시기를."

이제 입이 순진무구한 꽃받침이 되었다. 왜냐하면 이번에는 포도주와 꿀의 맛과 식도락과 관능적 쾌락의 저급한 만족이 용서되었고, 특히 혀의 죄악, 선동하고 타락시키는 만고의 죄인인 사악한 혀의 죄악, 말다툼과 전쟁과 실언과 하늘을 암흑천지로 만든 교활한 말이 용서되었다. 그러나 식도락은 그녀의 결함이 되었던 적이 한 번도 없었다. 그녀는 엘리자베트처럼 음식을 가리지 않고 오직 양식으로만 섭취했을 뿐이다. 설사 그녀가 실수 속에서 살았다 하더라도 그녀를 그러한 실수로 이끈 것은 그녀의 꿈, 다시 말해 그녀의 무지가 만들고 그녀를 성녀로 만들어 주던 그 모든 신비로운 세계, 저 너머의 세계에 대한 희망, 보이지 않는 존재의 위안이었다.

신부는 입을 닦고 솜덩이는 넷째 종이 원뿔 속에 접어 넣었다.

마지막으로 주교는 오른쪽 그리고 왼쪽, 이불 위에 누워 있는 상앗빛 두 작은 손바닥에 기름으로 십자가를 그으며 손의 죄악을 지웠다.

"네가 네 손으로 저지른 죄가 무엇이든 이 성유와 아버지의 자비로운 사랑으로 주 하느님께서 네 죄를 사해 주시기를."

촉각의 오점은 더러움을 가장 많이 타는 것으로, 물론 가슴과 허리와 발 등 다른 부분의 죄는 물론이고 노략질, 구타, 살인, 살 속에서 타오르며 소리치는 모든 것, 우리의 분노, 욕망, 난잡한 열정, 우리가 달려들어 가는 시체 구덩이, 우리의 사지가 소리쳐 요구하는 금지된 즐거움, 그 모든 오점이 마지막으로 씻기고 이제 몸 전체가 순수해졌다. 그러나 마치 그녀가 최초의 죄악을 가져온 것은 오직 그것에 승리를 거두기 위함이었던 것처럼 그녀가 그곳에 있게 된 이래 그녀는 자신과의 싸움에서 승리를 거두고 죽어가면서 자신의 격렬한 기질, 오만함 그리고 열정을 모두 쓰러뜨려 버렸다. 그리고 그녀는 자신이 욕망을 갖고 있고 자신의 육신이 사랑으로 신음하고 자신에게 밤을 지새우게 하던 그 커다란 떨림이 사악한 것일 수 있다는 것조차 몰랐다. 그만큼 그녀는 무지로 철저히 보호되었고, 그녀의 영혼은 순수했다. 너무도 순수했다.

신부는 손을 닦은 솜덩이를 마지막 흰 종이 원뿔 속에 집어넣은 다음 다섯 개의 종이 원뿔을 난로 깊숙이 넣어 태웠다.

의식이 끝났다. 주교는 마지막 기도문을 읊기에 앞서 손가락을 씻었다. 이제 악령을 쫓고 세례의 무구함을 되찾았음을 보여 주기 위해 그녀의 손에 상징적인 촛불을 쥐여 줌으로써 죽어 가는 그녀에게 한 번 더 격려하는 일만이 남았다. 그러나 그녀는 여전히 눈을 감은 채 뻣뻣한 상태로 죽은 듯 미동도 없었다. 성유가 그녀의 몸을 정화했고 십자가가 영혼의 다섯 창문에 흔적을 남겼지만 그것들이 삶의 기운을 그녀의 뺨 위로 다시 올라오게 하지는 못했다. 간절하게 희망하고 기도했지만 기적은 일어나지 않았다. 위베르와 위베르틴은 이제 기도를 멈추었고, 여전히 무릎을 꿇은 채로 성당의 옛 그림 유리창 한구석에 비치는, 부활을 기다리는 자들의 형상처럼, 마치 영원히 굳어 버린 듯, 너무도 열렬하게 그녀의 침상을 뚫어지게 바라보고 있었다. 펠리시앵은 방문까지 무릎으로 기어 왔다. 이제 오열을 멈추고 하느님이 그들의 기도 소리에 귀먹은 것에 격분하며 고개를 들어 바라보았다.

마지막으로 한 번 주교가 침대로 다가갔고, 신부가 환자의 손에 쥐여 줄 촛불을 들고 그 뒤를 따랐다. 주교는 하느님에게 작용할 시간을 주기 위해 의식을 끝까지 진행하리라 결심했다. 라틴어 기도문을 외웠다.

"주 하느님이 이 땅에 강림하실 때 네가 모든 성자들과 함께 그분께 달려가 영원히 살도록 이 촛불을 받들고 이것을 지금처럼 순수하게 지키도록 하라."

"아멘." 신부가 대답했다.

그들이 앙젤리크의 손을 열어 타오르는 양초를 끄우려고 하는 순간, 미동도 하지 않던 그녀의 손이 가슴께로 움직였다.

주교는 엄청난 전율에 사로잡혔다. 그의 마음속에 넘쳐흐르던, 그러나 오랫동안 억눌러 왔던 감정이 그동안 지켜 왔던 성직자의 꼿꼿함을 허물어 버렸다. 그는 이 아이가 그의 무릎 아래 쓰러지며 흐느끼던 그날부터 이 아이를 사랑했다. 이 순간 무덤처럼 창백하고 고통스러우리 만큼 아름다운 그녀가 너무도 가여웠다. 그녀의 침상을 향해 돌아서는 그의 가슴은 남모르는 깊은 슬픔에 잠겨 있었다. 그는 감정을 더 이상 억누를 수 없었다. 그의 눈에 맺힌 굵은 눈물방울이 뺨 위로 흘러내렸다. 그녀가 그렇게 죽을 수는 없었다. 그녀의 매력이 죽음의 문턱에서 그를 정복했다.

주교는 대대손손 내려오는 기적과 하늘이 그들에게 내린 치유의 권능을 떠올리며 하느님이 그가 아버지로서 동의하기를 기다리고 있다고 느꼈다. 그는 그의 모든 조상들이 숭배했던 성 아그네스에게 간청했다. 그리고 오트쾨르 가의 장 5세가 페스트 환자들의 머리맡에서 기도하고 그들에게 입을 맞추었던 것처럼 그 또한 기도하며 앙젤리크의 입술에 그의 입술을 댔다.

"하느님이 원하시면 나도 원하노라."

바로 그 순간 앙젤리크가 눈을 떴다. 오랜 실신 상태에서 깨어난 그녀는 놀라는 기색 하나 없이 그를 바라보았다. 그녀의 입술은 주교의 입맞춤으로 온기를 되찾으며 미소를 지었다. 그것은 실현되어야만 할 일이었다. 어쩌면 그녀는 한 번 더 그 일을 꿈꾸다 깨어났는지도 모른다. 그래서 그녀는 때가 되었으니 주교가 자신의 아들과 그녀를 약혼시키기 위해 그곳에 와 있다고 아주 단순하게 받아들였는지도 모른다. 그녀는 그 거대한 침대 한가운데 혼자힘으로 일어나 앉았다.

기적을 두 눈으로 똑똑히 바라본 주교는 기도문을 반복했다.

"주 하느님이 이 땅에 강림하실 때 네가 모든 성자들과 함께 그분께 달려가 영원히 살도록 이 촛불을 받들고 이것을 지금처럼 순수하게 지키도록 하라."

"아멘." 신부가 대답했다.

앙젤리크는 촛불을 받았다. 그리고 그것을 꼭 쥐고 똑바로 들었다. 생명이 되돌아왔고 불꽃은 밝게 타오르며 밤의 귀신들을 쫓아냈다.

커다란 외침이 방 안으로 울려 퍼졌다. 마치 기적의 바람이 일으켜 세운 듯 펠리시앵이 벌떡 일어서 있었다. 위베르 부부는 무릎을 꿇은 채 그 기적의 숨결이 그들의 몸을 뒤로 젖힌 듯 상체를 일으키며 황홀한 표정으로 그들 앞에서 벌어지는 광경을 바라보았다. 침대는 강렬한 빛으로 감싸인 듯 보였고, 그 방을 가득 메운 흰색은 햇살 속에서 마치 흰 깃털처럼 떠오르는 듯했다. 흰 벽, 그 하얀색 방 전체가 눈처럼 새하얀 빛을 띠고 있었다. 그 한가운데 앙젤리크가 줄기 끝에 매달려 다시 고개를 든 한 송이 백합처럼 맑고 밝은 빛을 발산하고 있었다. 그녀의 황금빛 머리카락은 후광처럼 그녀의 얼굴을 둘러싸고 보라색 눈동자는 성스럽게 빛나며, 생명의 빛이 그녀의 순결한 얼굴에서 찬란하게 퍼져 나왔다. 펠리시앵은 그녀가 치유된 것을 보자 하늘이 그들에게 내린 은총에 감읍하며 침대로 다가와 무릎을 꿇었다.

"아! 당신이 우리를 알아보고 있어요. 당신은 살아났어요……. 나는 당신의 것이오. 하느님이 원하셨으니 이제 내 아버지도 원하세요."

그녀는 고개를 숙이며 명랑하게 웃었다.

"오! 난 알고 있었어요. 기다리고 있었어요……. 내가 본 모든 것은 분명 존재해요."

평온하고 고매한 기품을 되찾은 주교는 그녀의 입술에 십자가를 다시 대었다. 그녀는 순종하는 신의 종복으로서 그것에 입을 맞추었다. 그다음 주교는 팔을 크게 움직여 모든 사람들의 머리 위로 방 전체에 마지막 축복을 내렸다. 위베르 부부와 코르니유 신부가 기쁨의 눈물을 흘렸다.

펠리시앵은 앙젤리크의 손을 잡았다. 그녀의 조그만 다른 쪽 손에는 순진무구함을 상징하는 촛불이 높이 타오르고 있었다.

14

결혼식은 3월 초로 예정되었다. 그러나 앙젤리크는 그녀의 존재 전체에서 퍼져 나오는 환희에도 불구하고 좀처럼 건강을 회복하지 못했다. 그녀는 회복기에 들어선 첫 주부터 벌써 아틀리에로 내려와 주교의 의자를 위한 낮은 돋을새김 수놓기를 마치겠다고 고집을 부렸다. 그녀는 그것이 자수공으로서의 마지막 임무이고, 주문받은 일을 중도에 그만두어서는 안 된다며 명랑하게 말했다. 그러나 그녀는 그러한 노력 때문에 쇠진하여 다시 방에 누워 있지 않으면 안 되었다. 그녀는 과거의 완전한 건강을 되찾지 못했고, 성유를 받을 때처럼 여전히 매우 창백하고 야윈 상태로 유령처럼 작은 발걸음으로 오가며, 탁자에서 창문까지 이동한 다음엔 마치 오랜 달리기라도 한 듯 여러 시간 긴 휴식을 취하며 몽상에 잠겼다. 그러나 밝은 모습을 잃지 않았다. 그들은 그녀의 건강이 완전히 회복될 때까지 결혼식을 연기하기로 결정했다.

매일 오후 펠리시앵은 그녀를 보러 위층으로 올라왔다. 위베르와 위베르틴도 거기서 함께 즐거운 시간을 보내며 같은 계획을 세우고 끊임없이 또다시 세웠다. 앙젤리크는 앉아서 그들의 삶에 다가올 충만한 나날, 여행이나 복원해야 할 오트쾨르 성, 앞으로 경험하게 될 그 모든 행복에 대해 먼저 말을 꺼내며 명랑하고 쾌활한 모습을 보였다. 그럴 때면 열린 창문을 통해 느껴지듯 나날이 온화해져 가는 초봄의 온기처럼 그녀의 건강도 점차 회복되어 가는 것처럼 보였다. 그녀는 혼자가 되어 타인의 시선을 걱정할 필요가 없게 되면 몽상으로 이끌려 갔다. 밤이면 목소리가 그녀를 스쳐 갔다. 그다음 그녀를 둘러싼 땅이 그녀를 불렀다. 그녀의 마음속에서는 모든 것이 명확해졌다. 그녀는 오직 그녀의 꿈이 실현되기 위해 기적이 지속되고 있을 뿐이라는 사실을 깨달았다. 그녀는 이미 죽었지 않은가? 그녀는 오직 일이 유예되고 있는 덕택으로 겨우 겉모습 사이에서 존재할 뿐이지 않은가? 그러한 생각은 홀로 있는 동안 한없는 온화함으로 그녀를 달래 주었다. 그녀는 행복의 끝점에 반드시 이르게 될 것이라는 변함없는 확신을 갖고 있었으므로 행복의 환희 속에서 영원히 떠나가 버리고 말 것이라는 예감에는 어떤 안타까움도 느끼지 않았다. 고통은 기다려 줄 것이다. 이제 그녀의 거대한 환희는 침착하고 사색적이 된 듯했다. 그녀는 완전히 긴장이 풀려 버렸고, 꼼짝할 수 없는 상태에서 자신의 육체를 느낄 수조차 없게 되어 순수 열락의 세계로 날아다녔다. 그러다 위베르 부부가 방문 여는 소리를 듣거나 펠리시앵이 그녀를 보러 들어오는 소리가 들릴 때면 그때서야 그녀는 건강을 되찾은 듯 가장하며 다시 일어나 앉아 아득히 먼 장래에 그들이 가정을 꾸리고 살게 될 세월에 대해 즐겁게 웃으며 얘기를 나누었다.

3월 말경 앙젤리크는 한층 더 명랑해진 것 같았다. 그러나 그녀는 혼자 있을 때 벌써 두 번씩이나 혼절했다. 어느 날 아침 그녀는 침대 발치에서 쓰러진 적이 있는데, 마침 위베르가 우유를 들고 올라오던 터라 그를 속이기 위해 땅바닥에 엎드린 채 잃어버린 바늘을 찾고 있다고 농담조로 말했다. 그리고 그다음 날 그녀는 아주 즐거운 표정으로 결혼식을 4월 중순으로 앞당길 것을 제안했다. 모두 흥분하며 말했다. 그녀가 아직 너무도 허약한 상태인데 서두를 이유가 무엇이겠는가? 그러나 그녀는 열광하며, 즉시, 즉시 식을 올리고 싶다고 했다. 위베르틴은 앙젤리크가 그렇게 초조해하는 것에 의구심을 가졌다. 그리고 스쳐 오는 차갑고 가녀린 그녀의 숨결을 불안하게 여기며 잠시 그녀를 쳐다보았다. 주변 사람들에게 환상을 일으키려는 욕구 속에서도 딸은 벌써 식어 가고 있었다. 앙젤리크는 자신이 죽어 가고 있다는 사실을 알고 있었던 것이다. 위베르와 펠리시앵은 그녀에 대해 끊임없이 애정을 쏟으면서 아무것도 보지 못하고 아무것도 느끼지 못했다. 의지의 노력으로 일어나 과거의 유연한 걸음으로 방 안을 오갈 때 그녀는 매력적으로 보이기까지 했다. 그녀는 결혼식이 엄청난 행복감으로 그녀를 완전히 낫게 해 줄 것이라고, 하지만 결정은 주교님이 하실 것이라고 말했다. 그날 저녁 주교가 찾아왔을 때 그녀는 그의 눈을 간곡히 바라보며 너무도 부드러운 목소리로 자신이 바라는 것을 설명했다. 그녀의 말속에는 말로 표명되지 않은 어떤 애절함이 들어 있었다. 주교는 알고 있었고, 이해했다. 그는 결혼식 날짜를 4월 중순으로 결정했다.

그러자 모두 부산을 떨며 결혼식을 정성껏 준비했다. 위베르는 앙젤리크의 비공식 후견인이었음에도 불구하고 그녀가 아직 미성년자였으므로 여전히 가족 심의회를 대표하는 고아원 책임자에게 동의를 물어야만 했다. 그리고 펠리시앵과 앙젤리크가 그런 일의 성가신 측면을 경험하지 않도록 그 모든 세부 사항은 치안 판사인 그랑시르 씨가 떠맡았다. 그러나 그들이 자신의 신분을 숨기려 하자 그녀는 스스로 자신의 고아원 기록부를 약혼자에게 건네주고 싶었고, 하루는 그것을 그녀에게 가져다 달라고 했다. 그녀는 자신이 전적으로 비천한 처지에 있었지만 이제 그와의 결혼 덕택으로 비천함에서 빠져나와 그의 전설적인 이름과 거대한 재산의 영광을 누리며 상승할 수 있게 되었다는 사실을 그가 알게 되기를 원했다. 그 행정 문서, 일련번호가 달린 날짜만 적혀 있을 뿐인 그 기록부가 그녀 자신의 신분을 밝히는 유일한 문헌이었다. 그녀는 다시 한 번 그 책을 뒤적였다. 그리고 아무것도 아닌 그녀를 그가 전부로 만들어 준다는 사실에 기뻐하며 어떤 거북함이나 주저함도 없이 그 기록부를 그에게 건넸다. 그녀의 그러한 태도에 깊이 감명받은 그는 눈물을 흘리며 무릎을 꿇고 그녀의 손에 입을 맞추었다. 그는 그녀가 가슴에서 우러나온 고귀한 선물, 세상에 둘도 없는 유일한 선물을 그에게 준 것만 같았다.

두 주 동안의 결혼 준비는 보몽의 고지대와 저지대 도시 모두의 관심을 끌고 들뜨게 했다. 스무 명의 일손이 밤과 낮으로 혼수 준비에 나섰다. 웨딩드레스에만 세 사람이 동원되었고, 백만 프랑 바구니가 준비될 것이고, 레이스와 벨벳과 새틴과 명주실이 넘쳐 흐르고, 최고로 값진 보석과 다이아몬드가 가득할 것이다. 그러나 무엇보다 세상을 술렁이게 한 것은 엄청난 자선이었다. 새 신부는 자신이 받은 만큼 가난한 자들에게 베풀기를 원했다. 그 고장 여기저기에 벌써 두 번째로 백만 프랑의 황금 바구니가 비 오듯 쏟아졌다. 마침내 그녀의 오랜 베풂의 욕구가 만족되었다. 활짝 벌린 손가락들 사이로 강물 흐르듯 풍요로움과 행복이 가난한 자들 위로 쏟아져 내리게 하는 것이야말로 그녀가 꿈꾸어 오던 풍성함이었다. 코르뉘유 신부가 나눔의 목록을 가져왔을 때 장식 없는 흰색의 방에서 낡은 소파에 꼼짝할 수 없이 앉아 있어야 했던 그녀는 그 사실이 너무도 기뻤다. 더 많이, 더 많이! 한도 끝도 없이! 그녀는 아마 마스카르 아범이 왕자의 잔칫상 같은 진수성찬 앞에 앉고, 슈토 씨 가족이 궁전처럼 화려한 집에서 살고, 가베 어멈이 돈의 힘으로 치유되어 젊음을 되찾기를 꿈꾸었을 것이다. 또 랑발뢰즈 어멈과 세 딸을 화려한 옷과 보석으로 치장해 주고 싶었을 것이다. 마치 동화 속에서처럼 일상생활에 필요한 것 이상으로 아름다움과 기쁨을 위해, 황금의 영광을 위해, 황금 조각이 우박 쏟아지듯 도시로 쏟아지며 거리를 베풂의 빛으로 빛나게 했다.

마침내 결혼식 전날이 되었고, 모든 것이 준비되었다. 펠리시앵 은 주교 관저 뒤 마글루아르 길에 위치한 한 오래된 저택을 사서 화려하게 꾸몄다. 큰 방은 훌륭한 벽지로 장식되었고 최고로 값진 가구로 채워져 감탄을 자아냈다. 거실엔 옛날 양탄자들이 깔렸고,

푸른색 내실은 아침 하늘의 부드러움을 떠올렸다. 특히 침실은 날 아오를 듯 경쾌한 흰색 비단과 흰색 레이스로 꾸며져 빛의 전율 그 자체라 할 만했다. 마차가 앙젤리크를 데리러 오게 되어 있었지만, 그녀는 그 멋진 것을 보러 가기를 한사코 거부했다. 그녀는 행복한 미소를 얼굴 가득 띠고 그 모든 것에 관한 이야기를 귀담아들었다. 하지만 그녀는 어떤 주문도 하지 않았으며, 어떤 간섭도 하고 싶어 하지 않았다. 그렇다. 그 모든 것은 너무도 먼 곳에서, 그녀가 아직 알지 못하는 미지의 세상에서 일어나고 있었다. 그녀를 사랑하는 사람들이 그녀를 위해 그토록 깊은 애정으로 행복을 준비하고 있으니 그녀는 꿈의 나라에서 실제의 왕국으로 다가와 그곳에 군림하게 되는 동화 속의 공주처럼 그렇게 행복 속으로 들어가기를 원했다. 혼수에 대해서도 그녀는 마찬가지로 알고 싶어 하지 않았다. 후작 부인을 상징하는 문자를 수놓은 세련된 리넨 호청, 대향연 때 입을 화려하게 수놓은 드레스, 물려받은 옛 보석, 성당의 보석함에나 있음직한 보석 세트, 신식 장신구, 그 모든 것은 감탄을 자아내는 섬세한 세공으로, 투명하고 맑은 빛으로 반짝였다. 그 모든 행운이 다가올 삶의 현실 속에서 찬란하게 빛나며 그녀가 오기를 기다리고 있다는 사실만으로 그녀의 꿈은 승리하기에 충분했다.

결혼식 날 아침, 앙젤리크는 가장 먼저 잠에서 깨어났다. 그러나 침대에 누워 온몸에서 힘이 빠져나가는 듯한 절망스러운 위기를 잠시 겪고는 일어서서 몸을 지탱할 수 없을 것 같아 불안했다. 일어서려 할 때마다 다리가 휘청거리는 것을 느꼈다. 몇 주 전부터 그토록 꿋꿋하게 보여 주려 했던 평온한 모습을 부정하는 어떤 극도의 불안이 그녀의 전 존재를 뒤흔들었다. 그러나 기쁨에 상기된 표정으로 들어오는 위베르틴을 보는 순간 그녀는 걷기 시작했다. 이 사실에 그녀는 내심 놀랐다. 그것은 그녀 자신에게서 나온 힘이 아니었다. 보이지 않는 존재가 다정하게 손을 내밀어 그녀를 잡아 준 것이 틀림없었다. 위베르틴이 그녀에게 옷을 입혀 주었다. 그녀가 어찌나 가벼웠던지 그녀의 어머니는 놀라며 농담하듯 말했다. "조금이라도 움직이면 날아가 버릴 것 같아!" 성당에서는 벌써 예식을 준비하는 소리가 붕붕 울려 왔다. 성직자들의 흥분된 움직임, 특히 종들이 날아갈 듯 힘차게 흔들리며 쉼 없이 내지르는 요란한 소리가 수백 년 묵은 돌을 진동시켰다. 몸단장을 하는 동안 그 작고 신선한 위베르 가족의 집은 성당의 옆구리에서 활기를 띠며 거대한 몸체가 내뿜는 엄청난 숨결에 바르르 떨었다.

고지대 도시에는 커다란 축제가 있는 날처럼 한 시간 전부터 종들이 울려 퍼졌다. 태양이 찬란하게 떠오르자 4월의 화창한 아침 봄 햇살은 주민들을 부르며 울려 퍼지는 종소리와 어울려 더욱 생기가 넘쳤다. 보몽 시 주민들은 진심으로 어린 자수공의 결혼을 축하했고, 도시 전체가 환희로 벅차 있었다. 맑은 햇살이 거리를 비추었고, 그녀의 가녀린 손가락 사이로 황금비가 동화에서처럼 쏟아져 내렸다. 그 빛의 환희 속에서 군중은 무리를 지어 성당으로 몰려들어 클루아트르 광장에 넘쳐나며 갓길까지 가득 메웠다. 광장에는 엄격한 로마네스크 양식 위로 화려하게 장식된 고딕 양식의 장엄한 성당 정면이 돌 꽃을 피운 듯 서 있었고, 종탑에서는 종들이 계속 울렸다. 성당의 정면은 빛을 사이사이로 통과시키는 레이스를 연상시키는 작은 기둥의 백합꽃 문양, 난간, 홍예 모양의 장식, 벽의 두께 속에 세워져 있는 성인들, 까치발과 꽃 문양으로 장식한 합각머리, 그리고 창살 사이로 신비로운 빛을 발산하는 거대한 장미꽃 문양과 함께 솟아오르고 타오르는 모든 것을 표상하는 듯했다. 그것은 그 결혼의 영광 자체이자 기적을 통한 가난한 소녀의 비상(飛翔) 자체인 듯 보였다.

10시가 되자 오르간이 웅장하게 울렸고, 앙젤리크와 펠리시앵이 주 제단을 향해 밀집한 군중 사이로 작은 걸음으로 들어왔다. 감동과 감탄으로 흥분한 군중의 머리들이 이리저리 물결쳤다. 그는 매우 상기된 표정으로 당당하고 엄숙하게 지나갔다. 그는 금발 머리의 젊은 신처럼 아름다웠으며, 검은 정장의 엄격함으로 더욱 날씬해 보였다. 그러나 군중의 가슴을 흥분시킨 것은 무엇보다 너무도 사랑스럽고 성스러운 앙젤리크의 모습이었다. 그녀는 환영처럼 신비로운 매력을 풍겼다. 온통 하얀 레이스로 뒤덮인 드레스는 상의의 장식 선과 하의의 주름 자락에다 진주알을 꿴 가는 끈으로 선을 대고 진주알들로 레이스를 고정해 마치 흰색 빛 물결로 일렁이는 듯했다. 옛 영국식 바느질 방식으로 수놓은 베일은 세 개의 꼭짓점을 갖춘 진주 왕관으로 고정되어 그녀를 감싸며 발꿈치까지 내려왔다. 그것이 전부였고, 어떤 꽃도 보석도 없었다. 오직 그 가벼운 물결, 그 떨리는 구름에 싸여 바이올렛 빛깔의 눈동자와 황금빛 머릿결을 가진, 그림 유리창 같은 부드럽고 순결한 그녀의 조그만 형상이 날갯짓하는 듯했다.

진홍색 벨벳 의자 두 개가 제단 앞에서 펠리시앵과 앙젤리크를 기다리고 있었다. 파이프 오르간이 그들을 환영하는 음악을 연주하는 동안 위베르와 위베르틴이 그 뒤의 가족석에 마련된 기도대에 무릎을 꿇고 있었다. 전날 그들은 딸의 행복에 덧붙여 얻은 그들의 행복에 대해 주체할 수 없는 엄청난 기쁨을 느끼며 감사하는 마음을 어떻게 표현해야 할지 몰라 안절부절못했다. 위베르틴은 사랑하는 딸이 떠나 버리고 났을 때의 적막함과 텅 빔에 대한 슬픈 상념에 빠져 다시 한 번 묘지로 찾아가서 오랜 시간 그녀의 어머니에게 간청하는 기도를 올렸다. 그런데 돌연 그녀 안에서 어떤 충격이 일어났고, 그녀는 일어서서 전율했다. 그녀의 소원이 마침내 실현된 것이었다. 30년이 지난 지금 땅속 깊숙한 곳에서 그 고집스러운 죽은 여인이 그들을 용서하고, 그토록 갈망하고 기다리던 용서의 아이를 그들에게 보내 주는 것이다. 그것은 그들이 어느 눈 오는 날 성당 앞에서 거둬들인 그 비참하고 불쌍한 아이를 자애롭게 돌본 것에 대한 보상인가? 오늘 그 아이는 거대한 예식이 갖추는 모든 화려함 속에서 한 왕자와 결혼한다. 이제 그들은 두 무릎을 꿇었고, 어떤 기도의 말씀으로 표명하진 않았지만 그들의 전 존재는 무한한 감사의 마음으로 피어났다. 중앙 예배 홀 건너편에는 주교 또한 가족으로서, 그가 대변하는 하느님의 위엄이 서린 모습으로 주교 의자에 앉아 있었다. 그는 성직자의 복장이 뿜어내는 영광스러운 광채에 둘러싸여 이 세상의 열정에서 벗어난 고고하고 평정된 표정으로 찬란하게 빛났다. 그의 머리 위로는 수놓아진 두 천사가 오트쾨르 가문의 화려한 문장을 떠받치고 있었다.

이제 장엄한 예식이 시작되었다. 모든 성직자들이 참석했고, 주교를 공경하는 마음으로 각 교구에서 사제들이 왔다. 주름 잡힌 사제복의 물결 사이로 성가대 선창자들의 황금빛 제의와 어린이 합창단의 붉은색 옷들이 화려하게 물결쳤다. 로마네스크 양식의 부속 예배당 아래로 짓눌린 듯 늘 어둡기만 하던 측랑이 이날 아침만큼은 그림 유리창을 비추는 4월의 맑은 햇빛을 받아 환하게 밝았고, 보석은 불을 머금은 듯 붉게 빛났다. 특히 중앙 예배 홀의 응달에는 한여름 밤의 별만큼이나 많은 촛불이 타올랐고, 한가운데에는 주 제단이 촛불로 활활 타올랐다. 그것은 영혼들의 불꽃이었고, 하느님이 모세에게 모습을 보여 주었던 그 불타는 덤불숲을 상징했다. 커다란 촛대, 횃불 등롱, 천장의 샹들리에도 마찬가지로 타올랐다. 신랑신부 앞에는 둥근 가지로 갈래진 두 개의 커다란 촛대가 두 개의 태양처럼 빛났다. 초록 나무가 흰색 철쭉꽃과 흰 동백꽃과 흰 백합꽃을 피우며 성당의 내진을 생기 넘치는 정원으로 변화시켰다. 금물결과 은물결, 비단과 벨벳 자락이 후진 깊숙한 곳까지 반짝였고, 초록색 사이사이로 제단 감실(監室)이 눈부시게 빛났다. 그리고 그 찬란한 불빛의 반짝거림 위로 중앙 예배 홀이 천장을 향해 힘차게 뻗어 올랐다. 수천 개의 작은 불꽃의 떨리는 숨결이 높이 솟은 고딕 창문을 온통 빛으로 어른거리게 했고, 그 사이로 가로 회랑의 네 개의 거대한 원주가 치솟으며 궁륭을 떠받치고 있었다.

앙젤리크는 코르니유 신부의 집전으로 결혼하기를 원했다. 주름 잡힌 제의를 입고 그 위로 흰색 스톨을 어깨에 두른 코르니유 신부가 두 성직자와 함께 다가오는 것을 보며 그녀는 미소를 지었다. 드디어 그녀의 꿈이 실현되려는 것이다. 모든 희망을 넘어선 지점에서 그녀가 부와 아름다움과 권능과 결혼하려는 순간이었다. 오르간이 힘차게 노래 불렀고, 성당은 촛불로 반짝이며 신도들과 사제들의 무리로 생기가 가득했다. 과거 어떤 성당 내부도 그보다 더 성대하고 화려했던 적이 없었다. 행복이 그 성스러운 화려함 속으로 퍼져 나가며 성당 내부를 확장시켜 나가는 듯했다. 앙젤리크는 그녀 안에 죽음을 품고 있다는 사실을 알고 있었지만, 그 기쁨 한가운데 자신의 승리를 찬양하며 미소 지었다. 그녀는 성당 안으로 들어서며 오트쾨르 예배당 쪽으로 시선을 보냈다. 그곳에는 사랑의 환희로 충만한 상태에서 극히 젊은 나이에 저승으로 가 버린 행복한 로레트와 발빈이 잠들어 있었다. 이 최후의 시간에 그녀는 완벽했다. 그녀의 고귀한 친구인 성당이 불러 주는 환희의 찬가 속에서 자신의 열정에 승리를 거두고 교정되고 새로워진 지금, 그녀는 승리의 자만심조차 내던져 버리고 자신의 존재의 비상을 조용히 수긍했다. 출생의 죄악이 완전히 씻긴 그녀는 극히 겸손하고 순종적인 종복으로서 무릎을 꿇었다. 그녀는 자신의 포기가 너무도 기뻤다.

코르니유 신부는 제단에서 내려온 다음 다정한 목소리로 권고의 말을 했다. 그는 예수가 교회와 맺은 결혼을 예로 제시했고, 장래에 대해, 신앙 속에서 살게 될 날에 대해, 기독교도로서 길러야 할 아이들에 대해 말했다. 그 순간 앙젤리크는 다시 그 희망과 마주하며 미소를 지었다. 펠리시앵은 그녀 옆에서 그 모든 행복을 이제는 완전히 붙잡았다는 생각에 전율했다. 그다음 전례서의 질문에 따라 전 생애를 결정적으로 묶어 줄 대답을 해야 할 순서가 되었다. 앙젤리크는 가슴 깊숙한 속에서 우러나온 감동된 목소리로 "예"라고 말했다. 그리고 펠리시앵은 부드럽고도 신중한 목소리로 좀 더 크게 대답했다. 돌이킬 수 없는 일이 완성되었다. 사제는 두 사람의 오른손을 서로 잡아 주며 라틴어로 중얼거렸다. "성부와 성자와 성신의 이름으로 그대들을 결혼으로 결합시키노라." 그리고 깨뜨릴 수 없는 정조의 상징이자 결합의 영원성의 상징인 반지를 축성하는 일이 남았다. 절차가 진행되었다. 코르니유 신부가 은수반 속의 금반지 위로 성수산포기를 십자가 모양으로 흔들었다. "내가 들고 있는 이 반지에 축복이 있으라." 그다음 그는 그 반지를 펠리시앵에게 주었다. 그것으로 교회는 그의 가슴을 엄숙히 조인하고 봉인한다는 것을 증명해 주었고, 이제 어떤 다른 여인도 그 속에 들어가서는 안 된다. 새신랑은 그것을 새신부의 손가락에 끼워 줌으로써 모든 남성들 가운데 오직 그만이 그녀에게 존재한다는 사실을 알려 주었다. 그것은 영원히 지속될 단단한 결합이었으며, 그녀가 지니게 될 의존의 징표로서 그에게 맹세한 서약을 끊임없이 상기시켜 줄 것이다. 마치 그 작은 황금 반지가 무덤에서까지 그들을 묶어 둘 것처럼 그들은 함께 보내게 될 기나긴 세월을 서로 약속했다. 코르니유 신부가 최후의 기도문을 읊고 그들에게 한 번 더 설교하는 동안 앙젤리크는 해맑은 포기의 미소를 지었다. 그녀는 알고 있었다.

코르니유 신부가 두 사제들과 함께 물러가자 그들 뒤로 오르간이 경쾌하게 울려 퍼졌다. 주교는 위엄을 갖춘 부동의 자세로 앉아서 독수리눈으로 신랑신부를 아주 부드럽게 굽어보았다. 위베르 부부는 여전히 무릎을 꿇은 채 고개를 들었다. 그들은 눈물이 앞을 가려 아무것도 볼 수가 없었다. 오르간은 웅장하게 음악을 울리더니 뒤이어 종달새의 아침 노래 같은 고음의 작은 소리를 옥돌 굴리듯 궁륭 아래로 쏟아 냈다. 그러고는 긴 떨림 음과 감동 어린 속삭임으로 측랑과 중앙 예배 홀에 운집한 신도들을 술렁이게 했다. 꽃으로 장식되고 촛불로 반짝이는 성당 내부는 혼인 성사의 기쁨으로 찬란했다.

그다음에도 찬송 미사가 향을 피우며 두 시간여 더 길게 최고로 화려하게 이어졌다. 흰 제례복을 입은 미사 집전자가 향로와 향항아리를 든 시종들과 불붙인 큰 촛대를 든 시종들을 동반하고 도착했다. 주교의 존재가 인사와 입맞춤 등 의식의 절차를 복잡하게 했다. 매 순간 몸을 굽히고 무릎을 굽힐 때마다 주름 잡힌 제복의 장식에 구김이 생겼다. 조각으로 장식된 낡은 성직자석에 있던 모든 참사회 회원들이 일어났다. 다른 순간에는 후진을 가득 메우고 있던 사제단이 한꺼번에 머리를 조아렸다. 미사 집전자가 제단에서 선창을 한 다음 조용히 제자리에 가 앉았고, 그사이 어린이 합창단이 저음의 선창자가 부른 노래 구절을 대천사의 피리처럼 가벼운 목소리로 높고 길게 이으며 화답했다. 그때 아주 아름답고 맑은 한 목소리가 높이 솟아올랐다. 감미로운 소녀의 목소리였다. 사람들은 그것이 부앵쿠르 가의 클레르 아가씨의 목소리라고 했다. 그녀도 그 기적의 혼인식을 찬양하고 싶었던 것이다. 그녀의 노래를 반주하는 오르간은 감명받은 듯 넉넉한 숨소리를 내며 선량하고 행복한 영혼의 평온함을 느끼게 했다. 그러고는 갑자기 조용해지더니 다시 엄청난 용트림을 했다. 미사 집전자가 촛대를 든 시종들을 불러들이고, 향 축성을 하려는 집전자에게 향과 향 항아리를 든 시종들을 인도했다. 매 순간 향로에서 연기가 피어올랐고, 향로를 흔들자 은 향로 사슬이 쟁그랑거렸다. 향기를 피워 올리는 연기가 파르스름하게 공중으로 피어올랐다. 그는 주교와 사제단과 제단과 복음서에 향로를 흔들며 축성했다. 성당 깊숙한 곳에 모인 군중에 이르기까지 모든 사람과 모든 사물에 오른쪽, 왼쪽, 그리고 정면에 향 연기를 뿌렸다.

그러는 동안 앙젤리크와 펠리시앵은 무릎을 꿇고 경건한 자세로 미사에 귀를 기울였다. 그것은 예수와 교회의 결혼의 신비로운 완성을 의미했다. 세례 받은 이래로 지켜 온 순결의 상징인 타오르는 촛불을 각자의 손에 하나씩 쥐어 주었다. 주기도문 다음에도 그들은 복종과 순결과 겸손의 징표인 베일을 여전히 쓰고 있었다. 사제가 제단 오른쪽에 서서 규정된 기도문을 읽어 나갔다. 그들은 타오르는 촛불을 여전히 들고 있었다. 그것은 또한 정당한 혼인의 기쁨 속에서도 죽음을 생각하도록 일깨워 주는 불꽃이었다. 그리고 끝이 났다. 봉헌식이 있었고, 미사 집전자는 신랑 신부가 자식들을 낳아 대대손손 이어 나가도록 그 두 사람에게 축복이 내리기를 하느님께 기도한 다음 시종들을 데리고 떠나갔다.

그 순간 성당 전체가 기쁨과 흥분의 도가니로 변했다. 오르간이 천둥처럼 우렁차게 행진곡을 연주했다. 늙은 성당 건물이 진동했다. 군중이 몸을 떨며 일어서서 그들을 바라보기 위해 목을 뺐다. 여성들은 의자 위로 올라갔고, 측랑의 어두운 부속 예배당 깊숙한 곳까지 머리들이 빼곡히 층을 이루고 있었다. 모든 사람들이 두근거리는 가슴으로 미소를 지었다. 수천 개의 촛불이 그 마지막 작별의 순간에 더욱 높이 타올랐고, 길게 뻗어 오르는 불꽃 혀로 궁륭이 어른거렸다. 성스러운 화병과 화려한 장식 가운데 꽃과 푸른 나뭇잎 사이로 사제단의 마지막 환희의 찬송가가 울러 퍼졌다. 갑자기 오르간 아래로 대 성당 문이 활짝 열리자 바깥의 햇빛이 어두운 벽에 구멍을 뚫은 듯했다. 생기 넘치는 봄 햇살이 내리쬐는 청명한 4월 아침이었고, 흰색 집들이 모여 있는 클루아트르 광장의 정경은 쾌활했다. 그곳에는 더 많은 군중이 신랑신부를 더욱 성마르게 기다리며, 흥분된 몸짓으로 탄성을 지르고 있었다. 촛불이 창백하게 빛났고, 천둥 같은 오르간 소리는 거리의 소음을 덮어 버렸다.

양쪽으로 늘어선 신도들의 울타리 사이로 앙젤리크와 펠리시앵은 성당 문을 향해 느리게 행진했다. 승리를 거둔 지금 그녀는 꿈에서 빠져나와 현실로 들어가기 위해 저곳으로 걸어가고 있었다. 그녀가 알지 못하던 세계를 향해 눈부신 빛의 문이 활짝 열려 있었다. 그녀는 걸음을 늦추며 활기찬 집들과 그녀가 나타나기를 기다리는 술렁이는 군중을 바라보았다. 그녀는 너무도 허약해졌고, 그녀의 남편은 그녀를 거의 안아 들다시피 했다. 그런 상황에서도 그녀는 여전히 미소를 띠고 있었다. 그녀는 보석과 여왕의 옷이 가득한 그 왕자의 저택을, 신혼의 방이 그녀를 기다리고 있을 그 저택을 상상했다. 그녀는 숨이 차서 잠시 멈추었다. 그리고 몇 걸음 더 나아갈 힘을 차렸다. 그녀의 시선이 손가락에 끼워진 반지에 머물렀다. 그녀는 그 영원한 결합이 행복했다. 대 성당 문의 문턱, 광장으로 내려가는 계단 꼭대기에서 그녀는 비틀거렸다. 행복의 끝점에 도달한 것은 아닐까? 존재의 기쁨이 마감하는 곳이 거기였던가? 그녀는 마지막 힘을 다하여 몸을 일으켜 펠리시앵의 입술에 자신의 입술을 포갰다. 그리고 그 입맞춤 속에서 숨을 거두었다.

그러나 그 죽음은 슬프지 않았다. 주교는 자신을 진정시키고 그 숭고한 허무로 다가가 축복을 내리는 사제의 습관적인 몸짓으로 죽은 영혼이 해방되도록 도왔다. 위베르 부부는 용서받았고, 삶으로 되돌아가며, 한 꿈이 완성되고 있다는 사실에 황홀한 감동을 느꼈다. 성당과 도시 전체가 축제 분위기에 있었다. 오르간은 더욱 우렁차게 연주되었고, 종들은 힘차게 울렸다. 봄의 태양이 내리는 찬란한 영광 아래 군중은 신비로운 성당 문턱에서 사랑으로 하나가 된 두 사람을 환호했다. 고딕 불꽃 양식의 궁륭 아래 로마네스크 양식의 부속 예배당의 어둠은 황금과 그림의 잔해로 채워진 전설의 낙원이자 그녀를 매료시키는 황홀경이었다. 그 문턱에서, 자신의 꿈이 실현된 순간, 순결하고 여윈 모습의 앙젤리크는 도취와 행복 속에서 목숨을 거두었다. 그녀의 죽음은 승리의 비상이었다.

펠리시앵은 너무도 감미롭고 너무도 부드러운, 그러나 아무것도 아닌 무엇을 잡았을 뿐이었다. 그에게 남은 것이라곤 온기가 남은 한 줌의 가벼운 새 깃털, 레이스와 진주로 장식된 신부 드레스뿐이었다. 오래전부터 그는 그가 어떤 그림자를 소유하고 있다는 사실을 뚜렷이 직감했다. 보이지 않는 세계에서 온 환영은 다시 보이지 않는 세계로 돌아갔다. 그것은 어떤 환각을 일으킨 다음 사라져 버리는 허상에 불과했다. 모든 것은 꿈일 뿐이다. 그리고 행복이 절정에 이른 순간 앙젤리크는 사라졌다. 입맞춤의 가느다란 숨결 속에서.

꿈과 리얼리티-자연주의와 신비주의의 경계를 넘어

최애영(고려대 연구원)

1. 졸라와 자연주의

자연주의는 그것이 등장하던 시기에 많은 물의를 일으켰다. 과학을 위장한 거만 떨기, 외설과 저속함 혹은 취향의 결여 등을 내세우며 프랑스와 유럽 문학에 훌륭한 작품들을 배태한 이 경향을 평가 절하하려는 경향이 있었기 때문이다. 자연주의자는 원래 자연의 역사를 연구하는 학자를 가리켰고, 18세기에는 여기에 철학적 의미가 첨가되어 초자연적 원인에 기대지 않고 오직 메커니즘의 법칙으로 자연 현상을 설명하는 자를 가리켰다. 19세기에 들어서는 미술 분야의 어휘 속에 등장하게 되는데, 1863년 비평가 카스타냐리(Jules Antoine Castagnary)는 동시대 회화의 흐름을 특징짓기 위해 '사실주의적'이라는 용어보다 '자연주의적'이라는 용어를 선호하기도 했다. 아마 이것은 1857년에 보들레르의『악의 꽃』과 플로베르의『마담 보바리』가 리얼리즘이라는 이름으로 고발되었던 것처럼 사실주의라는 단어가 저속하다는 모욕적인 함의를 지녔기 때문일 것이다. 이처럼 프랑스 문학사에서 자연주의와 사실주의의 구분은 그리 단순하지 않은 것 같다. 1850년경부터 대두된 사실주의 경향은 제2제정(1851~1870) 아래 발전하며, 어떤 의미에서는 1870년 이후로 자연주의가 계승하여 그 경향을 극대화했다고 할 수 있다. 에밀 졸라(Émile Zola, 1840~1902)가 1881년에 발자크, 스탕달, 플로베르, 공쿠르 형제, 도데 등 사실주의 소설의 선구자들과 거장들, 그리고 당시 자연주의 소설가로 명성을 날리던 작가들을 모두 자연주의의 깃발 아래 묶었듯, 사람들은 이 두 경향을 유사한 것으로 취급하고, 때로는 졸라의 자연주의를 좀 더 거칠고 비속한 관심으로 선회한 사실주의의 변형으로 취급하기도 했다. 그러나 사실주의와 자연주의 사이에는 과학, 특히 생리학에 괄목할 만한 발전이 있었고, 작가들은 과학이 일궈 낸 발견뿐만 아니라 그 방법까지도 차용하고자 했다. 1891년 문학의 진보에 관한 쥘 위레(Jules Huret)의 설문에 대해 졸라의 영향 아래 있던 젊은 소설가 알렉시(Alexis)는 "졸라 이후로 자연주의는 생각하고 보고 반성하고 연구하고 실험하는 방법, 알기 위해 분석하는 방법이 되었으며, 글을 쓰는 어떤 특별한 방식을 가리키는 것이 아니"라고 대답했다.

졸라는 1865년부터 이 용어를 자신의 것으로 사용하게 되는데, 그 의미는 대략 세 가지 특징으로 요약될 수 있다. 1866년 그는 텐(Taine)을 '자연주의 철학자'라 규정하며, 이 사상가가 "지적 세계가 물질 세계처럼 법칙에 순응하고 있다는 사실과, 인간 정신이 지식에서 확실하게 진보하기를 원한다면 무엇보다 이 법칙을 발견하는 것이 관건이라는 사실을 주장"했기 때문이라고 그 이유를 설명했다. 그리고 1881년에는 「자연주의」라는 글에서 자연주의자들은 자연에 대한 연구를 원천 자체에서부터 새로이 시작하며, 형이상학적 인간을 생리학적 인간으로 대체하고, 그 인간을 환경과 분리해서는 안 된다는 결정론적 관점을 주장했다. 그는 유전, 신경증, 광기에 관심이 있었고, 특히 텐, 클로드 베르나르(Claude Bernard) 등의 영향을 받았다. 『실험 소설(*Roman expéimental*)』에서 졸라는 "과학적 절차를 사용하고, 절대 혹은 계시된 비합리적 이상을 부정함으로써 분석과 관찰을 통해 세계에 대한 연구를 지속하는 모든 작가들을" 자연주의자라고 지칭했다. 요컨대 자연주의는 실증주의 정신, 진보에 대한 믿음, 그리고 인간에게 행복을 가져올 과학의 가능성에 부여된 진리의 미학이다.

1880년대에 이르러 졸라는 그 스스로 극구 부인했음에도 불구하고 한 유파의 우두머리처럼 등장하게 되었고, 때로는 대변인으로 혹은 한 문학 세력을 규합하고 역동성을 불어넣는 자로 인정받았다. 비평계는 졸라, 모파상, 위스망스를 위시한 몇몇 젊은 작가들이 함께 엮은 작품집 『메당야화(夜話)(*Soirées de Médan*)』(1880)을 일종의 자연주의 선언처럼 받아들였다. 그러나 이 모임은 곧 깨졌다. 졸라의 '목요 모임'에 참여하지 않던 신세대 작가들은 졸라의 『대지(*La Terre*)』(1887)에 대해 저속함의 극치라고 격렬한 비판을 가했고, 어떤 이들은 자연주의의 파멸이라고까지 비난했다. 실제로 그가 1893년 『루공-마카르 가(*Les Rougon-Macquart*)』를 완성했을 때에는 심리 소설이나 상징주의 등의 새로운 모델이 부각되고 있었다. 그러나 자연주의는 '변두리'에, 다시 말해 사회의 변두리(위험한 계급, 장벽, 노동자들의 도시), 건강한 것 혹은 정상적인 것의 변두리(퇴화, 히스테리, 신경증, 질병, 광기 등), 즉 인간 육체나 사회 조직체 속에 무질서를 일으킬 수 있는 모든 요소에 관심을 기울임으로써 그 시대의 세기말 문학의 싹을 내포하고 있었다고 하겠다. 이렇듯 자연주의라는 용어는 개념이 기보다는 깃발이었고, 그 기치 아래 현실에 대한 지각과 분석에 새로운 방법을 가져왔으며, 19세기 말에서 20세기 초반의 작가와 영화인들이 꾸준히 추구했던 새로운 영역의 탐험에 한 길을 열어 주었다.

2.『루공-마카르 가』와 실험 소설

그의 동시대인들과 마찬가지로 졸라는 자신의 시대가 모색과 반항과 붕괴와 재건이 혼재하는 어떤 전환기에 놓여 있다는 사실을 강하게 느꼈다. 이러한 사회적, 정치적 전망은 작품과 행동을 통해 전적인 투쟁으로 이어졌다. 그는 국립 미술 학교인 에콜 데 보자르와 미술전 심사위원들에 대항하여 투쟁하는 젊은 화가들 편에 섰고, 제정에 반대하는 공화정파의 투쟁에 가담했으며, 유대인들이나 노동자들처럼 억압받는 자들 편에 서기를 주저하지 않았다. 그 새로운 시대에는 소설 쓰기에서도 새로운 기법이 필요했다. 1864년부터 그는 자신이 찬양하는 작품, 그림 혹은 소설을 정의하기 위해 주로 '기질', '현대성', '진실'과 같은 표현을 주로 사용했다. 이런 개념은 소설가는 인간에 대한 체계적이고 철저하고 방대한 과학적 탐구(질문)에 참여해야 하고, 그 탐색의 장은 이제 현실 전체가 되며 여기에 금기시되는 주제는 더 이상 있을 수 없다는 그의 신념을 반영한다.

졸라는 클로드 베르나르의 『실험 의학 입문(Introduction á la médecin expérimentale)』을 참조하면서 『실험 소설』을 발표했다. 이 글은 관찰 과정 속에서 착상되었을 가정을 실험의 결과가 확인시켜 준다는 관점을 토대로 하는데, 여기서 소설가는 현실에 대한 관찰자이자 분석가일 뿐 아니라 실험가이기도 하다는 그의 생각을 읽을 수 있다. 그러나 소설가의 작업을 과학자의 작업에 동일시하는 것은 그의 측근에게서조차 비판받았다. 그것은 졸라가 (베르나르처럼) 실험을 배합하고 가능한 최선의 시나리오를 조합하는 것이 과학자에게만큼이나 소설가에게도 중요한 작업이라고 생각한 것은 사실이지만 창조성, 직관, 상상력 또한 그에 못지않게 매우 강조했다는 점을 사람들이 보지 않은 탓이다. 어쨌든 졸라는 1865년에 세웠던, 기질을 통해 본 인간 본성의 한 모퉁이로서의 예술 작품이라는 관점을 끝까지 포기하지 않았다.

『루공-마카르 가』의 방대한 계획은 1867~1868년에 세워졌다. 그는 발자크의 『인간극』에 버금가는 작품을 쓰겠다는 야망을 갖게 되었고, 뤼카 박사(Dr. Lucas)의 『본성의 유전에 관한 철학 생리학 개론(Trait philosophique et physiologique de l'Hérédit énaturelle)』(1847~1850)을 읽고 영감을 얻었다. 그리고 1868년 말, "제2제정 하 한 가족의 자연적 사회적 역사"라는 제목 하에 일련의 작품을 발표하기로 계획하고 당시 계약을 맺고 있던 출판사라크루아에게 그 사실을 알렸다. 이 계획은 합법적 가계인 루공가(家)와 사생아계인 마카르 가의 두 가계가 사회의 모든 분야로 퍼져 나가는 광경을 그리는 것으로, 이 두 가계를 통하여 유전의 영향, 즉 연쇄적으로 이어지는 후손들의 숙명을 연구하는 자연사적 측면과 시대의 부글거리는 열기와 혼란이 빚어내는 환경의 영향을 연구하는 사회사적 측면을 담고 있다.

뤼카 박사의 개론서는 그가 그때까지 사용했던 기질 이론보다 소설가-창작자의 자유를 더 발휘할 계기를 마련해 줌으로써 그에게 독창적인 가능성을 무한히 열어 주었다. 유전(모방을 통한 재현의 측면)과 선천성(창의적 측면)의 두 원칙은 실제로 조합에 있어서 더욱 많은 경우의 수를 허용해 준다. 바로 이 조합의 경우를 통해 그는 마흔 가지 가능성을 끌어낼 수 있었다. 선천성은 소설가에게 자유를 부여했고, 유전성이 지니는 지나치게 체계적인 성격을 보완해 주었다. 이 과학적 법칙에 근거하여 졸라는 가족의 생성 가계를 그린다. 이것은 진정한 체계의 면모를 띠지만 언제나 열려 있는 체계다. 그는 어느 순간에도 전체의 일관성을 놓치지 않으면서 한 가지 소설 요소, 즉 한 중심 인물의 삶을 따라서 또 하나의 소설을 새로이 첨가할 수 있었고, 매번의 소설은 가족의 구성원 중 한 인물을 중심으로 창작했다. 졸라는 맨 먼저 1868년 열 편의 목록을 만들었고, 1872년 2차로 열일곱 편의 목록을 만들었다. 그리고 최종적으로 이십 편이 되었다. 그 사이 작가의 내면적 욕구나 시사 문제가 몇몇 소설을 따로 쓰게 부추기기도 했다.

사람들은 졸라의 과학적 주장에 대해 공개적으로 비웃었지만,

그것이 그의 작품의 가장 새로운 국면의 하나였으며 여전히 그렇게 인식되고 있다는 사실은 아무도 부인할 수 없다. 그 시대의 가장 믿을 만한 유전 작용의 생리학적 발견에 근거하여 이상주의적 전통에 대립하던 그는 자신의 작품이 진실을 탐구하는 시도가 되기를 원했다. 그는 잘 정의된 형태학적 성격이 상속되는 현상을 단순히 보여 주는 데 만족하지 않고, 모호한 형태 속에 있는 해명하기 어려운 신경정신병적인 정서의 유전에 더 관심을 가졌다. 사물들의 원인을 꿰뚫고 그것을 기계적인 메커니즘으로 인식함으로써 그것을 철저하게 제어하려는 실험 의사 혹은 생리학자의 꿈은 곧 인간에 대한 자연적, 사회적 연구에 그러한 실험 방법을 적용하려는 소설가의 꿈이기도 했던 것이다. 이것은 실험을 통해한 사회 환경 속에서 열정이 어떻게 움직이는지를 보여 줌으로써 그 열정의 메커니즘에 대한 지식을 소유하게 되면 우리는 그 열정을 제어하고 축소하거나, 어쨌든 적어도 그것을 우리의 능력이 허락하는 만큼 최대한 비공격적으로 만들 수 있을 것이라는 믿음의 반영이다. 다른 한편으로 그는 또한 선천적 특성의 우연성에 무시할 수 없는 몫을 부여했고, 그 '신비의 무한함'에 현혹되어 결국은 자신의 계획을 세우는 데 중심에 서 있었던 과학적 지식의 완벽한 결정주의와 실증주의적 확실성에 의문을 던지기도 했다. 그러나 그는 과학의 파산은 있을 수 없으며, 과학의 진보는 지적 탐험에 새로운 장을 열어 놓는다는 확신을 저버리지 않았다.

이 작품 시리즈는 사회 조직체와 그 내부에서 일어나는 대립과 갈등을 폭로하려는 시도다. 이것은 제2제정을 탄생시킨 1851년의 쿠데타를 이용하여 권력과 부를 장악하는 루공 가의 부흥(『루공 가의 행운(*La Fortune des Rougon*)』)에서 시작하여 제2제정의 몰락을 그리는『파산(*Le Débâcle*)』(1892)으로 막을 내린다. 이 두 소설이 설정하고 있는 루공-마카르 가의 등장과 퇴장을 양 극점으로 하여 졸라는 금융과 산업 혁명이 그 시대에 제기한 거의 모든 문제에 접근한다. 신용의 대두와 확장, 증시, 대 토목 공사, 도시 발전, 쇠와 유리를 이용한 새로운 건축, 백화점의 등장, 철도망의 확장, 토지 개혁의 문제, 산업 시대의 대두, 기계의 발달, 자본과 노동의 투쟁, 노동자의 삶과 근로 조건, 노동조합의 탄생, 파업, 실업 문제뿐만 아니라 여자 아이들의 교육, 종교, 과학, 법 질서, 정치적 문제, 억압, 검열, 섹스, 예술, 광기, 알코올 중독, 생리적 · 정신적 비참함, 그리고 군중, 권력, 욕망, 때로는 지옥처럼 느껴지는 어떤 힘……. 다양하고 구체적인 환경 속에 놓일 수 있는 온갖 종류의 운명이 여기에 총망라되고 있으며, 이를 통해 19세기 후반의 커다란 사회 변화가 문학 속에 총체적으로 들어올 수 있었다. 졸라는 거시적인 정치, 경제적 메커니즘보다는 그것이 만들어 낸 인물들이 그다음 그 속에 갇혀 때로는 지배적이고 폭압적이기까지 한 그것의 위력 앞에서 드러내는 개별적 반응을 추적하는 데 더 관심이 있었고, 바로 그러한 정교한 심리 분석이 그를 진정한 소설가로 만들어 주었다고 할 수 있다.

3. 『꿈』— 가능한 두 독서

1) 자연주의를 넘어선 이중 언어

『루공-마카르 가』시리즈에서 『꿈』은 아주 예외적인 소설이라 할 수 있다. 이 소설은 '앙젤리크'라는 주인공 이름 자체가 암시해 주듯 '천사 같은' 인물이 경험하는 꿈 같은 사랑 이야기가 중심을 이루며, 특히 원시 가톨릭 교회의 강렬한 신비주의적 색채가 지배하는 동화적인 분위기를 연출한다. 당대의 비평가들은 졸라가 아카데미 프랑세즈 회원으로 출마하기에 앞서 그들의 호감을 사기 위해, 혹은 적어도 그들의 반대를 무마하기 위해 이렇게 종교적 신비주의로 선회한 소설을 썼을 것이라고 추측하기도 했다. 공교롭게도 졸라는 이 작품을 발표한 직후 아카데미 회원에 입후보했지만 어쨌든 아카데미 회원이 되지는 못했다. 그러나 이 작품에 뒤이어 곧장 『짐승 같은 인간(La Bête humaine)』을 집필한 사실을 기억한다면 졸라가 정치적인 영달을 위해 자신의 신념을 일시적으로 포기했을 것이라고 상상하는 것은 적절치 않다는 데 모두 동의할 것이다.

졸라는 이 소설을 준비하면서 쓴 메모 속에서 자신의 관점을 이렇게 요약했다.

나는 이 시리즈 속에서 저 너머 미지의 세계를 오직 우리 육체의 물질성 속에 담겨는 있지만 우리가 알지 못할 뿐인 어떤 힘의 효과로서만 인정할 뿐이다. 앙젤리크는 자신이 미처 깨닫지 못하는 욕망과, 전설에서 자양분을 얻은 상상력과, 무지와 꿈속에서 피어난 사춘기를 통해 보이지 않는 저 너머의 세계를 지어내어 스스로 자신을 그 속에 가두게 되고, 그것은 다시 역으로 그녀에게 작용한다. (중략) 이것은 우리에게는 감각이 일으키는 착각밖에 없다는 이론, 세계를 만들어 내는 것은 우리 자신이고, 모든 것은 우리에게서 출발하여 우리에게 되돌아온다는 이론 속에 편입될 것이다. 결국 모든 것은 꿈이다. 우리 각자는 어떤 신기루를 만들어 낸 다음 사라져 버리는 어떤 겉모습일 뿐이라는 사실을 보여 주는 것이야말로 이 소설이 최종적으로 갖게 되는 확장된 의미일 것이다.

이와 같은 작가의 관점은 이 작품에 대해 '종교에 대한 작가의 신비주의적 감명을 드러내는 지루한 소설'이라 신랄하게 평하던 당대 비평가들의 해설을 부정하게 만든다. 실제로 이 소설은『루공-마카르 가』라는 커다란 작품 틀 속에서 창작되던 소설 시리즈에 나름의 자리를 확보하고 있다. 분명 행복의 문턱에 선 어린 여주인공의 죽음은 그의 다른 소설이 이미 보여 주었듯이 이 세상에서 행복하기란 얼마나 힘든 것인지를 잘 보여 주며, 이것은 그의 철학과 소설 미학의 진화의 연속선상에 위치한다. 무엇보다 저 너머의 세계, 혹은 포착할 수 없는 미지의 신비에 대해 합리적인 분석과 설명을 내리려는 작가의 의도는 그의 자연주의 소설 미학에 전적으로 부합한다.

앙젤리크의 일상생활을 에워싸고 있는, 종교 의식에 사용되는 용품이나 성당을 중심으로 하는 공간적 배경은 그녀 삶의 환경을 결정하고, 성인들의 생애 이야기는 그녀의 생각과 행동을 조율하며, 그러한 환경의 영향 속에서 자란 그녀에게 사랑의 황홀경은 신비의 황홀경과 혼동되기까지 한다. 그러나 이 이야기가 우리에게 흥미를 끄는 것은 단순히 그녀의 세계를 구성하는 성스럽고 신비로운 국면을 보여 주는 명백한 텍스트 표면 때문이 아니라, 그것들이 그 이면에서 어떤 이중 언어를 말하기 때문이다. 『꿈』은 인접하면서도 모순적인 두 담론의 기이한 혼합으로 구성된 작품이다. 다시 말해 이 소설은 저 너머 미지의 세계 혹은 꿈에 대한 질문과, 신앙과 기도로 점철된 고요하고 정적인 삶을 향한 이끌림, 우리 내면에 도사리고 있는 힘의 효과라 할 초자연적인 믿음, 그리고 그러한 것에 대한 합리적이고 유물론적인 설명이 한데 어울려 구성된 작품이다. 이러한 이중 언어의 틀을 짜는 방법으로 작가는 풍부한 자료 수집을 통해 중세적 건축과 성인들의 생애 이야기와 종교 의식을 묘사함으로써 앙젤리크의 꿈을 정당화하는 어떤 환경을 조성했고, 그녀의 운명을 설득력 있게 전개하기 위해 수백 년간 삶이 정지해 버린 한 지방 소도시를 배경으로 삼았다. 그리고 앙젤리크의 직업으로, 의미가 퇴색되어 버린, 성직자의 제례 의복을 수놓는 자수 공예를 선택했다. 이를 통해 이 작품은 교육과 환경과 유전 사이의 메커니즘으로 한 인간의 삶을 설명하려는 자연주의 입장에 충실한 구성을 갖추게 되었고, 신앙심이 투철한 영혼들에게서 신비를 벗겨 버림으로써 신앙이, 성인들의 삶 이야기의 진정성에 대한 믿음이, 그리고 종교 의식에 대한 얼빠진 존경이 생물학적 성향(텐의 말로는 기질)과 환경에 의해 배태된 망상에 불과하다는 사실을 보여 준다.

　이러한 이중 언어는 앙젤리크라는 인물의 이중적 성격과 운명에 집약된다. 당대에 유행하던 라파엘 전파(前派)의 회화 경향을 반영하여 앙젤리크의 순진무구한 아름다움은 금발의 황금빛 후광을 배경으로 더욱 성스럽고 사랑스럽게 그려진다. 그러나 그녀는 또한 루공-마카르 가의 인물이기도 하다. 그녀는 두 가지 나쁜 본성, 즉 강렬한 자만심과 열정을 내면에 품고 있다. 그녀는 한 멋진 남성을 만나기를 꿈꾸는 사춘기 소녀의 흥분된 육체와 가슴과 예민한 본능적 충동을 너무도 잘 체현하고 있다. 그녀는 공기의 미묘한 떨림만으로도 이미 펠리시앵이 가까이 있음을 느낄 수 있다. 게다가 그의 품으로 주저 없이 자신을 내던지는 그 대담성까지 그녀는 루공-마카르의 피를 물려받았다. 그러나 앙젤리크의 운명은, 소설 줄거리 자체가 보여 주듯, 독특한 환경 속으로 이식된 루공-마카르 가의 '버림받은' 존재의 운명을 연출한다. 거기에는 복종과 체념만이 행복의 유일한 조건이라는 철저한 세뇌 교육이 있었고, 중세 자크 드 보라진의 『황금빛 전설』이 그녀의 정신 세계로 속속들이 파고든 깊숙한 침투가 있었다.

이 같은 상황의 짜임새 속에서 그녀의 사랑은 위베르 부부의 용서받지 못한 사랑의 고통의 여파와 사회적 신분 차이로 인한 시련으로 허덕인다. 이로 인해 고통 받는 앙젤리크의 지상의 사랑은 전적으로 순수하고 갈등 없는 삶만큼이나 낭만적이지 않아 보이며, 망상으로까지 비치게 된다. 그러나 앙젤리크의 최종적인 승리, 다시 말해 행복한 죽음을 통해 예수와 영원히 결합하고자 한 그녀의 꿈의 승리는 이 소설을 무미건조한 부르주아 소설의 진부함에서 또한 벗어나게 해 준다. 현실로 첫 발을 내디뎌야 할 성당의 문턱에서 그녀의 존재는 흔적도 없이 사그라져 버린다. 그리고 그녀의 죽음 앞에는 축복과 열광과 환희만이 있을 뿐 어떤 슬픔도 없으며, 오직 바람에 날려 버릴 한 줌의 깃털만이 승천한 앙젤리크의 결혼의 비현실성을 암시할 뿐이다. 기적과 은총만이 가능하게 해 준 앙젤리크의 행복은 그 절정에 이르러, 이제 현실로 나가야 할 문턱에서, 순식간에 환상적 분위기로, 몽환적 비현실로 돌변해 버린다. 그런 만큼 그 기적의 신비로운 황홀경이 남긴 포착할 수 없는 텅 빈 여운은 더욱 강렬하기만 하다. 이것을 꿈의 허망함이라 말할 수 있을까? 우선 이것은 당대에 각광을 받았던 쇼펜하우어의 비관주의의 유산이라 할 수 있다. 또한 이것은 기적과 은총의 효과를 극대화함으로써 꿈의 본질 자체를 연출해 준다. 결국 자연주의 결정론과 실험 소설의 야망과 신비주의의 합리화를 겨냥한 의도는 졸라가 창조해 낸 앙젤리크의 꿈의 황홀경 속에 완전히 용해되어 버렸다. 이것이야말로 작가 졸라가 협소한 자연주의의 논리에 얽매이는 대신 작품의 논리에 전적으로 충실했으며, 그 시대 예술의 흐름에 자신을 내맡기면서도 자신의 명제에 충실했다는 증거가 아닐까. 이렇게 볼 때 이 소설이 당대에 커다란 성공을 거두었다는 사실은 결코 놀라운 일이 아닌 듯하다.

2) 꿈 같은 이야기, 꿈 이야기

그렇다면 우리는 이 작품 속에서 어떤 꿈을 읽어야 할까? 앙젤리크의 이야기는 죽음과 가난의 벼랑 끝에서 운 좋게도 마음씨 착한 사람들의 도움을 받는 어린 고아 이야기의 전통 속에 있다. 이 고아는 그동안의 불행과 고난의 보상을 받기라도 하듯 결국 멋지고 부유한 젊은 청년을 우연히 만나 결혼하게 된다. 이와 같은 신데렐라류의 꿈 같은 이야기는 세계 문학 속에서 수많은 변이체를 갖고 있다.

이 소설의 흥미는 우선 이야기가 선악 대립의 전통적 구도를 벗어나 있다는 사실에 있다. 주인공에게 시련을 주는 것은 악이 아니라 유전으로 물려받은 기질을 억제하고 교정하는 덕성이며, 시련을 겪는 측은 물려받은 피의 뜨거운 욕망이다. 그런데 여기서 욕망은 악마적 형태로 표현되기보다는 앙젤리크의 순진무구함과 원시적 신앙심 아래 변장되어 나타난다. 우선 처음부터 끝까지 이 소녀가 온통 흰색에 감싸여 있다는 사실에 주목할 필요가 있다. 흰색은 죽음의 극한에까지 이르는 그녀의 육체적, 정신적 순결을 상징적으로, 그리고 거의 강박적으로 표현한다. 그러나 마찬가지로 그녀는 펠리시앵이 보는 앞에서 셔브로트의 물길에 흰색 면 캐미솔을 떠내려가도록 놓쳐 버리고, 열정에 들뜬 청년에게 그 뒤를 쫓게 만든다. 개울물은 조약돌 위로 폴짝폴짝 뛰면서 달아나고, 캐미솔은 안달하는 청년의 손아귀를 두 번씩이나 빠져나간다. 유전의 얼룩을 말끔히 씻고 지워 버리는 상징적 행위의 표면적 의미와는 반대로 캐미솔과 그 옷의 주인 사이의 환유적인 관계 속에서 순결의 상징인 흰색은 관능을 꿈꾸는 유희에 아무런 금기 없이 노출된다. 또 다른 순간 앙젤리크는 랑발뢰즈 어멈의 집에서 펠리시앵에게 또 한 번 상징적으로 자신을 내준다. 펠리시앵이 그네들에게 새 신발을 사 줄까 봐 겁이 나서 그녀는 얼른 자신의 신발을 양말까지 함께 벗어 거지 여자에게 황급히 내주고 만다. 그러나 그 행위는 그녀의 새하얀 벗은 몸의 일부를 펠리시앵에게 내보이는 결과를 낳는다. 펠리시앵은 그 순간을 놓치지 않는다. 도망가는 앙젤리크를 뒤쫓으며 마침내 소리친다. "당신을 사랑해요." 결국 성당의 신비로운 그늘 아래 지켜지던 순진무구한 기독교적 가치는 사춘기의 몽상 속에서 꿈을 표현해 주는 통로였던 것일까…… 더구나 펠리시앵은 사춘기 소녀의 몽상 속에서 절대적 사랑의 대상인 예수를 체현하는 인물이 아닌가.

그녀의 상상 세계 속에서 욕망은 다른 형태로 등장하기도 하는데, 이것은 훨씬 더 불안하고 도착적인 성격을 띤다. 앙젤리크는 성스러운 처녀들의 박해와 잔혹한 고문을 꿈꾸는 것이 황홀하고 감미롭기만 하다. 이처럼 이 소설 전체를 지배하는 백색의 성스러운 순진무구함과의 대비 속에서 사도마조히스트적인 도착성은 그 욕망의 격렬함을 더욱 부각시키고, 이것은 이 소설의 또 다른 매력이 된다.

한편 이 소설의 거의 모든 구성 요소는 행복한 죽음을 얘기하는 『황금빛 전설』만큼이나 그녀의 희생과 죽음을 예고한다. 소설의 첫 페이지를 장식하는 얼어붙은 추위. 보호자인 동시에 또 그만큼 딸의 욕망을 가차 없이 거세하는 강력하고 냉엄한 어머니 위베르틴. 딸의 사랑을 무덤 속에서조차 부정하는 또 하나의 위협적이고 고집 센 어머니. 위베르 부부의 신앙심. 소설의 공간 전체를 뒤덮고 품는 거대한 성당의 그림자. 용을 쓰러뜨린 성 조르주의 칼. 사랑의 절정에서 행복하게 죽어 간 오트쾨르 가의 젊은 여인들의 전설. 무엇보다 사랑의 희열 속에서 죽은 다음 아들의 가슴속에 살아 있는 어머니—펠리시앵은 그녀를 앙젤리크에 투사한다. 그리고 주교 관저의 느릅나무, 클로-마리를 가로질러 주교 관저의 정원을 통과하여 어느 순간 지하로 흔적 없이 사라져 버리는 셔브로트. 펠리시앵과 도주하려는 바로 그 결정적인 시점에 그녀를 둘러싼 자연 전체가 그녀의 영적인 승리를 속삭이며 그녀를 붙잡고 욕망을 포기하게 만든다. 교육은 오직 복종만이 행복을 가져다줄 수 있음을 그녀의 뇌리에 깊이 새겼고, 그녀는 그녀를 둘러싼 환경이 강력하게 암시하는 체념과 포기의 가르침에 결국 순종한다. 죽음을 대가로 지불한 행복은 무엇보다 법의 승리를 의미하며—여기서 이 소설에는 오직 아버지의 이름(姓)만이 존재할 뿐 어디에도 어머니의 이름은 없다는 사실을 떠올리자—에로스와 타나토스의 대립이 한 공간에 혼재하는 소설 공간의 모호함과 조화를 이룬다.

앙젤리크의 행복의 열쇠를 쥔 자는 장 오트쾨르 주교다. 그는 육체의 혼탁한 욕망과 정신의 순결한 상승에의 의지 사이의 갈등을 누구보다 잘 체현한다. 귀족인 동시에 주교라는 그의 이중적 신분은 속세와 종교 세계의, 그리고 욕망과 금기의 법 사이의 근본적인 충돌을 포함한다. 그는 끊임없이 되살아나는 죽은 여인의 추억에 사로잡힌 채 사랑하는 여인의 육체에 대한 욕망을 떨치지 못하고 고뇌하며 자학적인 금욕과 고행의 엄격함 속에서 날마다 고통스러운 밤을 지새운다. 악마의 유희와 신의 작용이 그의 내부에 혼재해 있어서 이 두 세계 사이의 경계는 모호하며, 성당 또한 오트쾨르 가의 흔적을 성인들의 흔적만큼이나 고이 간직하고 있다. 이처럼 욕망을 끊임없이 환기시키기에 금기는 더욱 강렬한 힘을 발휘한다. 그렇게 모든 금욕과 금기의 화신으로 그려지는 주교는 앙젤리크에게 하느님과 같은 존재이며, 역설적으로 이 소설 속에서 유일하게 작용할 수 있는 남성이다(위베르의 모호한 남성적 위치를 여기서 떠올리자). 왜냐하면 그는 하느님의 이름으로 앙젤리크의 입술에 입을 맞춤으로써 그녀에게 생명의 온기를 되살리고, 그러한 상징적 결합은 그녀의 이상적 사랑과 결혼의 꿈이 실현되도록 허락해 주기 때문이다.

핵심을 말하자면 이 소설 속에는 줄거리를 관통하며 앙젤리크의 모든 운명을 그 자체로서 요약하는 꿈이 있다. 그것은 프로이트가 '가족 소설'이라고 부른 바로 그 환상이다. 이것은 프로이트가 만든 개념으로, 어린아이가 부모와의 관계를 상상적으로 변경하는 환상을 가리킨다. 어린아이는 자신은 주워 온 자식이거나 혹은 아비 없는 사생아이며, 자신의 실제 부모는 훌륭하거나 명망 있는 사람일 것이라고 상상한다. 그러한 환상은 오이디푸스적인 상황과 결부되어 있는데, 예를 들어 현실의 부모를 비하하고 거창한 부모를 상상함으로써(펠리시앵은 고아처럼 자란 동시에 거창한 귀족 아버지의 자식이란 점에서 앙젤리크가 꿈꾸는 이상형의 표상이기도 하다), 위대함에 대한 자신의 나르시시즘을 충족하는 한편 근친상간에 대항하는 장벽을 환상 속에서 교묘히 피하려는 시도로 해석될 수 있다.

이렇듯 가족 소설에 대한 간단한 개념 파악만으로도 이 소설이 앙젤리크를 중심으로 한 편의 가족 소설을 엮고 있다는 사실은 그리 어렵지 않게 짐작된다. 우선 그녀는 버림받아 위베르 부부에 의해 거둬진 '업둥이'이고, 그녀에 관한 정보를 알려 주는 것은 일련번호를 갖춘 빈민 구제 사무국의 아동 기록부가 전부이며, 그 안에는 아버지의 이름도 어머니의 이름도 없다. 이렇게 버림받은 앙젤리크에게는 다른 한편으로 그녀가 행실이 나쁜, 성도 없이 '시도니'라고만 불리는 여인에게서 태어났다는 출생의 비밀이 있다. 또한 아버지가 누구인지도 밝혀지지 않고, 어머니의 존재조차 위베르의 거짓말로 사망한 것으로 지워진다. 한편 성당의 후진이 여성의 '엉덩이'를 떠올리듯 그녀의 새로운 생활 환경은 거대한 여성적 건축물과 주교에 의해 표상되는 부권의 절대적 권위가 양 축을 이룬다. 딸의 사랑과 결혼을 쉽게 허락할 수 없는 강력한 두 어머니, 위베르틴 모녀의 위력에 맞서 마침내 아버지의 이름을 얻을 앙젤리크의 결혼식은 꿈같이 펼쳐지다 꿈 자체로 화학적으로 변해 버린다. 본능적인 욕망을 철저하게 포기시키는 교육에 열중하는 어머니 위베르틴, 앙젤리크의 기질과 훨씬 더 공모 관계에 있는 아버지 위베르, 그런 욕망을 포기하고 법에 복종해야 한다는 딸의 죄책감. 그녀의 삶을 구성하는 굵직한 요소가 오이디푸스의 삼각 관계를 떠올리게 한다. 이와 같은 소설 구도 속에서 하느님 아버지와 그의 아들 예수를 꿈꾸는 소녀가 『황금빛 전설』을 읽으며 열광하고 황홀경에 빠지는 사도마조히스트적인 환상 또한 특별한 의미를 갖는 듯하다. 이러한 자학적 환상은 앙젤리크의 죽음을 통한 꿈의 실현이라는 결말과도 무관하지 않다. 게다가 주인공의 꿈이 실현되는 순간에 그녀 자신은 소멸되는 대신, 지하의 어머니가 위베르틴에게 새로운 '용서의 아이'를 보내 준다는 결말은 더욱더 의미심장하다. 어쨌든 그녀의 결혼은 현실이 아니라 그저 꿈일 뿐이지 않은가. 꿈은 모든 것을 가능케 하면서도 모든 현실적 부담으로부터 자유로울 수 있게 해 준다. 바로 여기에 꿈의 본질을 꿰뚫은 졸라의 직관이 있었다. 앙젤리크라는 주인공 인물의 삶의 여정을 관통하며 텍스트의 이면에서 이 소설은 한 소녀가 가족 소설의 환상을 지어내고 금기를 피해 아버지와의 결합을 꿈꾸는 무의식적 환상을 조직한다.

지금까지 당대의 첨단 과학이었던 생리학에 기대어 유전과 환경, 교육의 상관관계를 연구하고자 했던 자연주의 실험 소설의 야망이, 현실적 삶의 허망함에 대한 철학적 전망 속에서 신비주의와 묘하게 조화를 이루는 한 소설을 읽었다. 『꿈』이 탄생하던 때는 과학주의가 기승을 부리던 동시에 신비주의가 회귀하던 시대였다. 또한 샤르코(Jean Martin Charcot)라는 정신의학자가 우리의 내면에는 우리 자신도 모르게 작용하는 정신적 힘이 있다는 사실을 예감함으로써 프로이트의 등장을 예고하던 시대이기도 했다. 모든 진리는 자연과학을 모델로 설명할 수 있어야 한다는 합리주의와 과학주의가 기승을 부리던 그 시절에 사람들은 인간 정신의 리얼리티가 무엇인지를 새삼 되물었던 것이다. 이 소설은 결국 꿈이란 무엇이며, 리얼리티란 무엇인지를 다시 묻게 만든다. 그러나 그 결론은 쉽지 않다. 몽상과 현실 그 어느 것도 우리에게는 모두 실제적 의미를 지니며, 결국 리얼리티란 우리의 내면에서 발견하게 되는 정신적 혹은 상상적 현실의 진정성을 가리키는 게 아닐까. 『꿈』 서문을 쓴 앙리 미트랑은 모든 배타적이고 환원주의적 설명을 경계하면서 이렇게 그의 글을 끝맺는다.

샤르코의 시대에, 아르누보의 시대에, (신비주의의 도시) 루르드에 베르나데트가 출현했던 시대에 성 아그네스에 매혹되어 죽어 간 한 소녀의 고통스럽고 의기양양한 이야기를 담은 『꿈』은 『루공-마카르 가』 시리즈의 한중심에서 성인들의 생애를 다시 쓰고 해석했다고 할 수 있다. 이로써 이 소설은 지적 나침반이 조금씩 공포에 사로잡히며 술렁이던 세기말의 한 현상을 증언해 준다. 리얼리티란 무엇인가? 꿈이란 무엇인가? 결국 우리는 언어라는 하나의 같은 문을 통해 이것에서 저것으로 교대로 지나다닌다. 이 소설의 공간에 출입문과 대문들이 풍부하게 등장한다는 사실을 알고 있는가? 그것들 가운데 하나를 통해 작가는 슬그머니 빠져나가며 결론을 내려야 할 필요성을 피해 간다. 그를 모방하자.

졸라가 독자들에게 기대했을 그런 열린 태도로 이제 우리 각자가 이 소설을 다시 음미해 보자.

판본 소개

1) 연재

『꿈(*Le Rêve*)』은 1888년 4월 11일부터 10월 15일까지 격주간지 인 『라 르뷔 일뤼스트레(*La Revue illustrée*)』에 연재되었다.

1888년 12월 2일부터 1889년 1월 20일까지 『라 비 포퓔레르 (*La Vie populaire*)』에도 연재되었다.

2) 완본판

『루공-마카르 가: 꿈(*Les Rougon-Macquart : Le Rêve*)』은 파리의 샤르팡티에 인쇄-출판사에서 일본산 종이로 25부, 그리고 네 덜란드산 종이로 250부 제작되었으며 모두 일련번호가 매겨 져 있다.

삽화가 든 첫 판본으로는 1892년 12월 26일 파리의 플라마리 옹 출판사에서 단행본으로 발행되었으며, 슈바베(C. Schwabe)와 메티베(L. Métivet)가 그림을 맡았다. 그리고 일본산 종이로 30부

일련번호와 함께 발행되었다.

이어 1928년 모리스 르 블롱(Maurice Le Blond)의 작품 해설, 주석과 함께 베르누아르 출판사에서 단행본으로 발행되었고, 1961년 스위스 로잔에서 앙리 기유맹(Henri Guillemin)의 서문과 함께 랑콩트르 출판사에서도 단행본으로 발행되었다. 1966년 갈리마르 출판사의 플레야드(la Pléiade) 총서의 『루공-마카르 가』 제4권에, 앙리 미트랑(Henri Mitterand)의 연구, 주석과 함께 수록되었으며, 본 번역은 이 판본의 문고판인 폴리오(folio) 총서 n° 1746을 바탕으로 했다.

1967년 세르클 뒤 리브르 프레시외 출판사에서 앙리 미트랑의 주도 하에 프랑츠-앙드레 뷔르게(Frantz-André Burguet)의 서문과 함께 『전집(Oeuvres Complètes)』 제5권에 수록되었다. 1970년 쇠이유 출판사에서 『루공-마카르 가』 제5권에 피에르 코니(Pierre Cogny)의 서문과 함께 출판되었다. 1975년 가르니에-플라마리옹에서 콜레트 베케르(Colette Becker)의 서문과 함께 『꿈(Le Rêve)』이 단행본으로 출판되었다.

에밀 졸라 연보

1840 4월 2일 파리에서 베네치아 출신 건축 엔지니어 아버지 프
      랑수아 졸라(François Zola)와 프랑스의 평범한 노동자 가
      족 출신의 어머니 에밀리 오베르(Emilie Aubert) 사이에서
      출생.

1843 4월, 가족이 프랑스 남동부에 위치한 엑상프로방스에 정
      착.

1847 3월 27일, 아버지의 사망으로 에밀의 가족은 재정적 몰락
      이라는 불행을 겪게 됨.

1848 2월 24일, 7월 왕정이 붕괴하고 공화당파가 승리.

1851 12월 2일, 루이-나폴레옹 보나파르트의 쿠데타가 일어나
      제2제정을 선포.

1852 중학교에 들어감. 후에 유명한 인상파 화가가 될 폴 세잔과
      교우.

1857 외할머니가 사망하자 어머니는 파리로 떠나고 에밀은 이

듬해 파리로 감.

1858 파리, 생루이 고등학교 장학생이 됨. 극작품 습작을 처음으로 시도. 엑상프로방스 친구들과의 우정은 서신 교환을 통해 지속됨.

1859 8월, 바칼로레아(대학입학자격시험)에 실패.

1861 미술계와 교류가 시작됨.

1862 5월, 아셰트 출판사에 입사하여 홍보 담당으로 일하게 됨 (집필에만 전념하기 위해 1866년 이 출판사를 떠났다). 같은 해 10월 31일, 프랑스 체류 외국인의 아들 자격으로 프랑스 국적을 취득.

1863 1866년까지 여러 신문사에 지면을 확보하고 칼럼을 연재. 특히 『사건(L'Evénement)』에 게재한 칼럼 「살롱」에서 마네와 쿠르베에 찬사를 보냄.

1864 장차 아내가 될 여인 알렉상드린 멜레(Alexandrine Meley)를 만남. 두 사람은 1870년 5월 31일 결혼함.

1867 장차 인상파 화가들이라 불리게 될 마네, 피사로, 모네, 르누아르, 팡탱-라투르 등의 화가를 만났다. 12월에 그의 첫 걸작 『테레즈 라캥(Thérèse Raquin)』이 출판됨.

1868 마네, 모네와 규칙적으로 교류. 언론 자유화에 관한 법률에 따라 탄생한 공화주의 성향의 일간지인 『라트리뷴(La Tribune)』에 참여함. 이 시기에 유전과 생리학에 관한 텐의 글을 읽음. 그리고 심리학적, 생리학적, 사회학적 분석이 소설의 현대적 형태가 될 것이라는 '자연주의적' 믿음을 직관적으로 갖고 '한 가족의 역사'를 열 편의 소설 시리

즈로 쓸 계획을 처음으로 세움. 대작을 완성하기 위한 시간적 여유와 물질적 안정을 유지하기 위해 장기 계약을 맺을 출판사를 찾음.

1870 9월 4일, 제2제정이 붕괴하고 제3공화정이 선포됨.

1871 파리 코뮌(3~5월). 알베르 라크루아 출판사와 계약을 맺고 『루공-마카르 가(Les Rougon-Macquart)』 시리즈의 첫 작품,『루공 가의 행운(La Fortune des Rougon)』을 출판함. 곧 이어 후속 작품인『전리품(La Curée)』을 준비함.

1872 플로베르, 도데, 투르게니예프와 친분을 맺음. 그리고 이 시기부터 조르주 샤르팡티에 출판사가『루공-마카르 가』의 출판을 담당하게 됨. 마네를 통해 말라르메, 플로베르, 모파상과 친분을 맺고 정기적으로 만남.

1873 『파리의 배(腹)(Le Ventre de Paris)』를 출판.

1874 인상파 화가들의 전시회에 호감을 보임.

1876 4월『목로주점(L'Assommoir)』연재를 시작. 1877년부터 졸라는 마침내 가장 많이 읽히고 가장 많이 논의되는 작가가 됨. 그는 자연주의를 옹호하고 당시 유행하던 인습적인 진부한 연극이나 사극 등에 대한 통렬한 비판을 통해 자신의 성공적인 입지를 더욱 넓힘.

1877 10월, 공화주의파 대통령이 국회를 안정적으로 장악하게 되고 졸라는 문학적 성공과 경제적인 성공을 거둠. 이 두 국면이 동시에 일어난 것은 새로운 부르주아 계급의 정치적, 이념적 미학적 부각을 의미함.

1878 『목로주점』의 인세로 거둬들인 재력으로 센 강변의 메당

에 집을 매입함. 졸라는 해마다 여름과 가을을 이곳에서 보냄.

1880 연구서 『실험 소설(*Le Roman expérimental*)』의 출판으로 졸라의 명성은 절정에 달했고, 그는 자연주의 학파의 우두 머리로 인정받음. 젊은 문인들이 정기적으로 모이던 메당 은 자연주의의 상징이 되었고, 졸라는 저널리즘을 포기함. 『나나(*Nana*)』와 몇몇 동료 작가들과 엮은 단편 모음집, 『메당야화(*Les Soirées de Médan*)』를 출판함.

1884 2월 23일부터 3월 3일까지 노동자 소설을 준비하기 위해 앙쟁으로 가서 진행 중이던 석탄광의 파업 사태를 취재.

1885 망명 갔던 코뮌 주동자들의 귀환 5년 후, 쥘 게드(Jules Guesde)의 노동당 창건 3년 후, 그리고 노동조합의 합법 화 1년 후인 이 해에 『제르미날(*Germinal*)』을 완성. 서사 적 재능과 예언적 힘이 집약된 이 작품은 『루공-마카르 가』의 절정이라 할 수 있음.

1886 화가들의 삶과 예술 창작에 관한 소설인 『작품(*L'Oeuvre*)』 을 발표. 세잔은 주인공의 모습에 자신이 투영되었다고 믿 고 졸라와의 모든 관계를 끊어 버림.

1887 8월, 노동자 소설에 대응하는 농민 소설 『대지(*La Terre*)』를 완성했는데, 이 소설은 자연주의에 관한 많은 비판과 논란 을 일으켰다. 이 시기부터 곧장 표면적으로 꽤 성실해 보 이는 원시 기독교의 신앙심에 관한 작품을 준비했는데, 이 것은 1888년 『꿈(*Le Rêve*)』이라는 제목으로 발표함.

1889 5월 6일부터 11월 6일까지 만국박람회가 열림. 12월에는

아내가 고용한 부르고뉴 출신의 세탁부 잔 로즈로(Jeanne Rozerot)를 정부로 삼았고, 아내의 동의를 얻어 이중생활을 하게 됨. 그녀는 드니즈(1889)와 자크(1891)를 낳음으로써 쉰 살이 넘은 에밀에게 아버지가 되는 기쁨을 안겨주었음. 그는 사진 찍기를 즐겼고, 구도가 잘 잡힌 좋은 사진을 많이 남겼음.

1890 『짐승 같은 인간(*La Bête humaine*)』을 발표.

1890 5월 1일, 아카데미 프랑세즈 회원이 되기 위해 입후보했지만 실패. 1891년에 입후보한 문인협회회장 선거에도 실패.

1891 증권에 관한 소설 『금전(*L'Argent*)』을 출판, 6월에는 『꿈』이 알프레드 브뤼노(Alfred Bruneau)의 음악으로 오페라코믹 극장에서 상연됨.

1892 『파산(*La Débâcle*)』을 발표.

1893 5월 15일, 『파스칼 박사(*Le Docteur Pascal*)』를 완성함, 그해 6월 21일에는 『루공-마카르 가』 시리즈의 완성을 기념하는 커다란 문학 향연이 열림. 1888년에 레지옹도뇌르의 기사(chevalier) 칭호를 받았던 졸라는 이해 7월 13일 장교(officier) 칭호를 받으며 2등 수훈자가 됨. 9월에는 런던에서 개최된 국제 언론 대회의 명예 초청 인사가 됨.

이 무렵부터 프랑스에는 국수주의와 신비주의가 회귀했고, 정치적으로는 혼란했다. 그는 『루공-마카르 가』의 도식을 부분적으로 사용하여 『세 도시(*Trois Villes*)』라는 한 가족의 삶을 추적하는 일련의 소설 『루르드(*Lourdes*)』

(1894), 『로마(Rome)』(1896), 『파리(Paris)』(1898)를 썼고,
저널리즘 활동을 재개하며 반유대주의를 예견함.

1898 알프레드 드레퓌스(Alfred Dreyfus) 대위가 독일군에 국가
기밀을 빼돌렸다는 죄목으로 1894년 12월, 디아블 섬에
종신 감금되는 사건이 벌어짐. 1896년, 피카르(Picquart)
대령이 진범이라는 사실이 밝혀지지만, 드레퓌스는 복권
되지 않음. 졸라는 드레퓌스의 무죄를 확신하고 그의 석방
을 주장하기 위해 대통령에게 바치는 서한 「나는 고발한
다(J'accuse)」를 1898년 1월 13일 일간지 『여명(L'Aurore)』
에 게재. 이로써 이 사건은 권력과 의회의 바람과는 반대
로 정치적 논쟁의 중심에 서게 됨. 이 편지는 국수주의적
이고 군국주의적 경향과 사회주의적 좌파 경향을 대립시
키고, 가톨릭 원리주의와 자유 사상을 대립시켰을 뿐 아니
라, 국가의 질서라는 명분에 법 옹호자들을 대립시킴.

1898 2월 7일부터 2월 23일까지 극우 선전의 온갖 모욕 속에서
자신이 고발한 장교들에 대한 명예훼손죄로 고발당하고
1년 징역과 3천 프랑의 벌금형을 선고받음. 그는 런던으
로 망명하고 비밀리에 투쟁을 벌임.

1898 8월 31일, 드레퓌스의 고소를 주동했던 앙리(Henry) 지휘
관은 거짓을 인정한 뒤 자결했고, 드레퓌스는 무혐의로 처
리됨. 드레퓌스 옹호자들이 승리하고 졸라는 파리로 돌아
옴. 드레퓌스 사건의 승리는 1902년 선거에서 근본 좌파
(la gauche radicale)의 승리와 종교 단체와 국수수의자들
연합 세력의 쇠퇴를 몰고 옴.

1900 만국박람회에 대한 사진 탐방 기사를 씀.

1902 9월 28일부터 9월 29일 밤 사이 메당의 저택에서 에밀 졸라는 난로 연통의 고장으로 질식사. 그동안 그는 암살의 위협을 여러 차례 받았지만, 그의 죽음이 단순 사고인지 테러인지는 확실하지 않음. 당국은 확실한 증거도 제시하지 않은 채 사고사로 결론 내림.

1902 10월 5일, 엄청나게 많은 파리 시민이 그의 장례 행렬을 지켜보기 위해 운집한 가운데 장례식이 성대하게 거행됨.

1908 6월 4일, 그의 시신은 팡테옹 국립묘지에 안치됨.

새롭게 을유세계문학전집을 펴내며

을유문화사는 이미 지난 1959년부터 국내 최초로 세계문학전집을 출간한 바 있습니다. 이번에 을유세계문학전집을 완전히 새롭게 마련하게 된 것은 우리가 직면한 문화적 상황에 적극적으로 대응하기 위해서입니다. 새로운 을유세계문학전집은 세계문학의 역할이 그 어느 때보다 중요해졌다는 인식에서 출발했습니다. 오늘날 세계에서 타자에 대한 이해는 우리의 안전과 행복에 직결되고 있습니다. 세계문학은 지구상의 다양한 문화들이 평등하게 소통하고, 이질적인 구성원들이 평화롭게 공존할 수 있는 문화적인 힘을 길러 줍니다.

을유세계문학전집은 세계문학을 통해 우리가 이런 힘을 길러 나가야 한다는 믿음으로 만들어졌습니다. 지난 5년간 이를 준비하기 위해 많은 노력을 기울였습니다. 세계 각국의 다양한 삶의 방식과 문화적 성취가 살아 있는 작품들, 새로운 번역이 필요한 고전들과 새롭게 소개해야 할 우리 시대의 작품들을 선정했습니다. 우리나라 최고의 역자들이 이들 작품 속 한 문장 한 문장의 숨결을 생생히 전하기 위해 심혈을 기울였습니다. 또한 역자들은 단순히 번역만 한 것이 아니라 다른 작품의 번역을 꼼꼼히 검토해 주었습니다. 을유세계문학전집은 번역된 작품 하나하나가 정본(定本)으로 인정받고 대우받을 수 있도록 최선을 다했습니다. 세계문학이 여러 경계를 넘어 우리 사회 안에서 주어진 소임을 하게 되기를 바라며 을유세계문학전집을 내놓습니다.

을유세계문학전집 편집위원단(가나다 순)
김월회(서울대 중문과 교수)
박종소(서울대 노문과 교수)
손영주(서울대 영문과 교수)
신정환(한국외대 스페인어통번역학과 교수)
정지용(성균관대 프랑스어문학과 교수)
최윤영(서울대 독문과 교수)

을유세계문학전집

을유세계문학전집은 계속 출간됩니다.

을유세계문학전집 연표